浅夜

鲁京 著

北京日报出版社

图书在版编目（CIP）数据

浅夜 / 鲁京著. — 北京：北京日报出版社，
2023.4

ISBN 978-7-5477-4561-8

Ⅰ.①浅…　Ⅱ.①鲁…　Ⅲ.①长篇小说—中国—当代
Ⅳ.①I247.5

中国国家版本馆CIP数据核字（2023）第007003号

浅夜

出版发行：北京日报出版社

地　　址：北京市东城区东单三条 8-16 号东方广场东配楼四层

邮　　编：100005

电　　话：发行部：（010）65255876

　　　　　　总编室：（010）65252135

印　　刷：北京军迪印刷有限责任公司

经　　销：各地新华书店

版　　次：2023 年 4 月第 1 版

　　　　　　2023 年 4 月第 1 次印刷

开　　本：710 毫米 ×1000 毫米　1/16

印　　张：23

字　　数：308 千字

定　　价：98.00 元

目　录

第一章

摄影师山俊彦所在的白水城，是个拥有五百万人口的省会都市，三面环山，闻名遐迩的鉴明湖位于城市的中间位置，八千亩的水面在夏天更像个蒸笼，让整座城闷热得透不过气来。今年的白水城估计还会评上全国四大"火炉"之一。

光影客杂志社成立十周年庆典，邀请了管宣传的政府官员，还把杂志社签约的作家和摄影师一并邀请。山俊彦作为行业内小有名气的摄影师，也是光影客杂志的特聘摄影师，自然也接到了邀请函。

清早，山俊彦从单身公寓的小区走出来，在小区门口等了二十分钟，却看不到一辆空闲的出租车。山俊彦只好走向不远处的地铁站，令他没想到的是挤地铁的人也不少，虽然过了早高峰，但地铁入口处还是排着长长的队伍，过了四五趟车山俊彦才挪到门口的护栏前。戴红袖标的大妈，一边摇动小黄旗，一边拖着浓浓的白水方言，热情地提醒着大家："先下后上，请务必注意安全！"

"都这个点儿了，咋还这么多人？"有人问道。

大妈看了那人一眼，答道："这几天都这样，学生放暑假，扎堆来旅游了。"

山俊彦这才意识到挤车的队伍中，大多是半大不小的学生，暑期到了。记得半个月前女儿可可给自己打电话，她说学校为提高学生的成绩故意晚放假一周，据上次打电话已经过去十几天，可可现在应该回到了家里。山俊彦心里有些自责，女儿自从上初中后，他只顾着忙自己的事情，平时并没有给女儿太多的关心。所幸女儿非常懂事，学习一直名列前茅，所上的中学也是当地最好的学校。山俊彦在省会工作，一年里回家的次数并不多，他感觉女儿越来越和他疏远了。有一天，可可打电话过来，埋怨山俊彦从来不主动关心她，最后还质问说："爸爸，你天天对我不闻不问的，我一直怀疑我究竟是不是你亲生的？"这次通话让山俊彦愧疚了好一阵子，随后一段时间，他主动回家和打电话的频次明显地增加了许多。

地铁缓缓驶入站内，车门打开却没有人下来，车厢里的人像竹林一样挤得密不透风，根本没有再插进一条腿的地方。山俊彦看了一眼手表，离庆典开始的时间还早，等下一辆宽松一点儿的列车来了再上，排在他后面的一位身着短裙的姑娘却一步跨到前面，手扒着车门，屁股向里一拱竟然挤了进去，引起车厢里一阵骚动。

山俊彦心想，难怪这大城市的姑娘们个个生猛，纯粹是被生活逼出来的性格。

地铁门即将关闭的刹那间，山俊彦眼前突然一亮，摄影师的直觉让他不自觉地举起了手机，并快速地按下快门键。刚刚上车的姑娘短裙下露出的修长白皙的玉腿与车厢里那些毛茸茸的黑粗大腿，形成了绝妙的明暗光影对比。山俊彦仔细端详着手机里的照片，脸上浮起满意的笑。他打开手机里的修图软件，给照片做调整，拉高亮点压低暗色，有锐度的质感凸显了玉腿立在粗腿丛林中的感觉，使照片的主题更加突出。虽然有许多摄影师并不喜欢对照片进行后期处理，认为那是装饰和造假，然而山俊彦却不认可这种观点，拍照片的目的是更好地展示美，为了美，稍加刻意修饰也是有必要的，他认为只要不是造假就可以。他多年从事摄影行业，知道这个圈子鱼龙混杂，为了拍出一张好的照片，造假的行为四处横行。山俊彦却一直坚守着保真的习惯。他认为"真"很重要，就好似一个人可以涂脂抹粉，但是绝不能改头换面。山俊彦比较排斥那些去美容医院整容的人。他认为，容颜是父母给予的，只要不是病，不影响生活，就没必要去整形。有些人有一点儿瑕疵，就去美容医院开刀，皮肤好像不是自己的一样，任人宰割。总想让自己完美无瑕，其实却是得不偿失。

终于来了一列稍微有点稀松的地铁，山俊彦被后面的人群推搡着走进车厢里，中部有些空闲的地方，他便挤了过去，左手抓着车厢顶部的把手，右手摆弄着手机，用修图软件一张张地修补着近期拍摄的照片。

他挑选了自己比较满意的两张照片，一张是上周出差时在重庆古街拍的一只金毛，它趴在巷子里一张破旧的案几上，两只眼睛忧郁地望着远方，眼里流露着悲伤，山俊彦给照片取名《回忆》；另一张是刚才在地铁里拍摄到的秀腿，他给这张照片起名《飞毛腿与芊芊》。然后在微信里，找到一位名叫素雅的好友，发了过去。

光影客杂志社的庆祝典礼，在办公楼大厦后面的露天草坪上举行，山俊彦到达的时候，典礼即将开始，礼仪小姐前面带路，带他去找自己的座位。这时，人群里有人举着遮阳帽向他打着招呼，山俊彦抬头一看，是在报社做记者的大学同学耿浩。

山俊彦对礼仪小姐说了声"谢谢"，走向耿浩身边坐下。

"大'色'影师，你的牌位在前边，名人专座。"耿浩边调侃边冲着前排座位处努了努嘴巴。

"不过去了，挨着名记坐，听听你那娱乐圈的花边新闻呢。"山俊彦拍拍耿浩的后背，坐到挨着的空位上。

耿浩刚过不惑之年，在一家大报做记者，至今单身。收入和自身条件都不错，年龄也只比山俊彦小一岁，女朋友常换常新，却始终不结婚。前几年，山俊彦见到他就催促他结婚，后来发现他根本没有想结婚的意思，便懒得再去说他。按耿浩的说法，他并非不想结婚，而是一直没碰上那个让他想娶的女人。山俊彦却认为，耿浩是已经适应了不婚的生活，结婚是个负担。但是，也说不定哪一天，他突然感觉厌烦了，就随便找一个人结婚，对于这个好友来说，在他身上无论发生任何事情都不新鲜。

"你家里的事处理得咋样了？"耿浩突然问了一句。

"还是那样。"

"你啊，和上学时一个屌样，磨磨叽叽的，不如快刀斩乱麻干脆一点儿，那样做对家庭伤害会更小。"

"哪有你想得这么简单，你又没结过婚，也没生过孩子，这种事真是一言难尽。"山俊彦叹了口气。

"你看，还不如我这一直单着的呢，你现在还劝我结婚吗？"

被耿浩将了一军，山俊彦用拳头捶了一下他的腰，不再同他说话。

两个人在闲聊打诨中等待着典礼的结束。耿浩说，杂志社安排的午餐在大楼对面的皇冠假日酒店，是海鲜自助餐，中午可以喝两杯。这时，山俊彦口袋里的手机轻微振动了一下，他取出手机，是一条微信的消息。

是刚才发出的微信有了回音，素雅的回复："我喜欢照片里那只金毛，一双好忧郁的眼神，楚楚动人又惹人怜。另一张照片里的那排腿不喜欢。对了，偷拍别人，是不礼貌的。"

"你刚才在忙什么，回信息这么慢？"山俊彦发消息问。

在一边的耿浩瞟了山俊彦的手机屏幕一眼，这时，恰巧素雅又发回了文字，清楚地显示在屏幕上。

"上午一直上课，没及时回，抱歉了。"后面还有一个俏皮的表情。

"哪里的美女？"耿浩一脸的坏笑，"你邀请她过来吃自助餐吧，我去多领一张券。"

山俊彦把耿浩的脑袋向一边推了过去。

随手又发了一条信息："我在光影客杂志社参加庆典，你中午过来吃海鲜自助餐吧。"

"时间太紧张，我下午还有课。傍晚时我有空，若是你没事，我就去你那里看照片，请山老师指导一下。"

"好，下午我没事，等你。"

"傍晚见。"

耿浩斜着眼睛望着山俊彦，带着一脸诡异。

"这可不像你，平日里见到模特都不动心，咋这样认真的样子？"

"有吗？你想多了。"

"我还不了解你吗？手机里的这个女人肯定不简单，能让你这个大'色'影师动心，肯定是个大美女吧，抽空带我见见。"耿浩说。

"见什么见，你们这些记者闻不得腥味。"

认识素雅是在半年前的一场个人摄影展览上。

山俊彦与《地球风云》杂志的摄影师海阔先生联合举办摄影展。山俊彦擅长人物摄影，尤其是民族风情的人像摄影，在国内外多次获过奖，他善于捕捉人物的表情和情感，故事感比较强，美国著名摄影师奥伦斯利评价他的作品能够"直击灵魂深处"，这个评价曾引起小小的轰动，山俊彦一度被认为行业内人像摄影专家。一起合作展览的摄影师叫海阔，他是以拍摄风景见长，作品喜欢表现气势磅礴的山河湖海，善于捕捉光影变幻中的景色。他拍出的作品美轮美奂，多次刊登在著名的杂志封面以及国内外航空公司的旅游杂志上。风景与人物的搭配，是最佳的摄影展览组合，此次已经是他们的第三次合作。

摄影展在白水城的三一艺术社区举办，该艺术社区位于风景秀丽的鉴明湖南岸，在原国营第 31 棉纺织厂的旧址上改造而成。近几年，国内流行改建破旧的企业厂房，经园林设计师的精心设计，旧厂房会改头换面被打造成有浓浓艺术氛围的厂区，也成为城市的网红打卡基地和旅游景区。这些经过刻意修饰的厂房既保留了历史的记忆，又添加了时尚新元素，改造后的厂区焕然一新，是艺术家的创作乐园。政府非常鼓励这样的旧厂区改造，多个城市都有类似的艺术社区。

山俊彦的摄影展叫《人色天地间》，地址选在社区入口处不远的红衣影像博物馆。带有两位摄影家头像的海报从二楼直垂到一楼地面，远远望去像个平铺下来的画卷，颇有艺术感。开馆的前两天，参观的人络绎不绝，洽谈合作的单位也来了不少，山俊彦和海阔与许多杂志及网站的人员签订了多个版权合同，从前几天展览的经济情况来看，两人都收获颇丰，是几次合作中最好的一次。

撤展的那日下午，山俊彦专门来到博物馆，准备把剩下的一些展览画册带回去。展厅里仍然有不少观众在参观，山俊彦来到博物馆后直接上二楼的冲印室，他给自己泡了一杯绿茶。端着杯子站在二楼的窗子前面，透过茶色玻璃望着不远处泛着清波的鉴明湖，想起这次影展的成果，心中非常高兴。楼下广场上是一组红色的人物雕塑，那是著名的雕塑家寒山先生参加法国泰勒艺术大奖赛获金奖作品，作品的名字叫作《欢快的中年人》，一个个憨态可掬，姿势各异，面带夸张笑脸的中年男人，或蹲，或立，或仰天长叹，或开怀大笑地矗立在广场里。每一个都塑造得惟妙惟肖，引得路过的游人在雕像前驻足拍照，合影留念。在一个后背弯成九十度，双手交叉背在身后，面部带着哈哈大笑表情的雕塑前，一位身材高挑，穿浅黄色上衣、白色长裙的女人，正举着手机在与雕像自拍合影，衣服色彩与红色的雕塑有着巨大的反差，在雕塑群里显得格外抢眼。她时而静静地端详，时而摆着各种姿势用手机从不同的角度拍摄。二楼窗子里的山俊彦一直用摄影师的眼光注视着广场里的情景，他放下手中的茶杯，从柜子旁边的背包里取出了带有长焦镜头的单反相机，回到茶色的玻璃窗户前，眼睛贴到相机的取景框里，用长焦镜头把广场里的女人拉近到眼前仔细欣赏。那略施粉黛的姣好面容就到了跟前，她看上去三十岁左右的样子，长发周边的波浪像是自然的卷曲，在白皙的脖颈上能看到细微的汗珠。山俊彦摁了几下快门，女人恰好转过脸朝这边望了过来，惊得山俊彦连忙退后了几步，站定后，他才意识到自己离广场的距离较远，女人看不到楼上有人在拍摄她。

山俊彦再到窗前望去，那女人已经无影无踪了。

山俊彦带着遗憾回拨相机的屏幕，刚才拍到的是那女人转身的侧影，看背影有些熟悉，似乎在哪里见过面，但一时又想不起来。他不禁暗自笑话自己，人到中年，却仍然如毛头小伙一般，对一个陌生的女人竟然还有那种怦然心动的感觉。山俊彦轻轻摇了摇头，端起杯子抿了两口茶水，坐到沙发上。他把后背向沙发上依靠，眯上眼想休息一会儿，可是脑海里总是闪现那个穿白裙子的女人，像谁呢？大学里的同学吗？好像是在哪里见过一样。

山俊彦在楼上沙发上闭着眼睛眯了一阵子，感觉撤展的时间也差不多了，于是他从二楼的旋转楼梯走下来，来到一楼的展厅。

展厅里的人已经不多，几名工人正在拆卸大堂中央的展示平台。展厅的最里面，在一幅自己作品的前面，一位穿着黄上衣白裙子的女子正在用手机拍照，她的另一只手里还拿着一本山俊彦的摄影集，正是刚才在广场上拍照的女人。山俊彦心里不禁一喜，可谓"踏破铁鞋无觅处"。墙上挂的那幅照片叫《乡恋》，是山俊彦去贵州采风时拍的，一名十三四岁的少女蜷缩在火车的窗子边上，眼睛望着远处逐渐远离的家乡，眼里充满了留恋。山俊彦刻意把照片转换为黑白色，影调调成偏暗色，凸显了忧伤的情绪。

"这张照片照得太好了。"女人自言自语地说。

"你喜欢吗？"山俊彦的声音把女人惊了一下，她下意识地向后退了两步。

"你不觉得摄影师照的很好吗？"

"你手里的摄影集里面也有这一张照片。"山俊彦用手指着她手里的册子。

"真的吗？谢谢你的提醒。"

"也谢谢你的夸奖，作为摄影师来说，得到观众的认可是件很高兴的事情。"

女人回过头来看着山俊彦，仔细打量了他一番，好似想起了海报上的头像，她的脸上露出了惊喜的表情。

"您是山俊彦先生吧？太意外了，见到您很高兴。"

"谢谢了，我也很高兴认识你。"山俊彦实话实说。

"您的照片拍得真好，这张照片我看了有种想哭的感觉。"

"如不介意，我在摄影集上给你签个名吧。"

"那太好了，谢谢您。"

山俊彦从她手里接过影集，打开书的扉页，从衣兜里拿出自来水笔。

"请问你叫什么名字？"

"关素雅，关公的关，朴素的素，优雅的雅。"

"哦！"山俊彦的目光，掠过素雅那张如同晨光洒在湖面上的光洁生动的脸庞，心想，真是名如其人啊。

山俊彦在书上写道："相知无远近，万里尚为邻。请素雅女士雅正。"

"谢谢啦，我也喜欢拍照片，可惜技术不好，希望有机会得到您的指导。"

山俊彦听了喜上心头，顺势把手机递了过去。

"别客气，加我微信，有讲座我可以通知你。"

自从这次见面以后，两人便开始了交往。

微信是很好的交流工具，不但能随时发消息，还能通过朋友圈看到对方的行动。互加微信后，山俊彦每次在朋友圈发了照片以后，在众多点赞的粉丝里面，总能找到素雅。山俊彦开始有意识地关注她的朋友圈，看到她拍的照片，就发消息给她提出对照片的点评和改善意见。素雅是个聪明又好学的人，摄影进步特别快。有时，一些相机器材厂商组织的展销会，也会经常邀请山俊彦去做一些摄影讲座，山俊彦就要了门票送给素雅，两人见面的机会就多了起来，彼此之间变得越来越熟悉。

素雅今年三十三岁，是本市一所职业学校的地理老师，居住在城市南面山脚下的高档小区内，有个儿子刚上小学，这是山俊彦所知道素雅的一些基本情况。

第二章

夏日的天气变脸比小孩快，刚才还晴空万里，一会儿的工夫，风起云涌，天空堆积了乌云，眼看就要下雨的样子。

山俊彦的摄影工作室，位置在白水城商务艺术中心的一个二层沿街楼房，周边全是繁华的商业街，租金很昂贵。

阴沉的天气，让工作室里暗了不少。摄影助理周惠子把房间里的白炽灯打开，她将洗印烘干好的照片一张张封进相框里面。这时，天空中传来了几声噼里啪啦的雷电交加的声音，再抬头望门外，豆大的雨滴密集地洒落下来，雨下得又急又快，落到地上流淌不及时，地面就变成了一个涌动的池塘。

出租车闪着尾灯在瓢泼的大雨中沿着路边缓缓地停下来，山俊彦推开车门，用公文包盖着头，蹚着湍急的水流向店里跑了过来，仅仅二十几米的距离，到了门口却被淋得像个落汤鸡。

周惠子连忙跑进卫生间里，把一条毛巾拿过来递给山俊彦，用眼睛扫视着山俊彦，咯咯地笑着。

"师父，您这被雨打湿的样子好像个艺术家，出门没有带把伞啊？"

"我怎知道今天下雨啊，上午还晴得好好的。"

"你应该到路口时给我打电话，我拿着伞去接你也行啊！"

"这雨下得也是太急了。"

"哼，你淋感冒了没人管你。"

山俊彦一边擦着头上的水，一边将湿透的裤腿卷起。惠子跑到前台的屏风后面，从柜子里抱出一件衣服。

"给，上次我看你扔在楼上的衣服脏了，拿回去给你洗了洗，抓紧上楼换上吧。"

"你这丫头，怪不得我找不到这件衣服呢。"

山俊彦拍了拍惠子的头，拿着衣服上了楼梯。

周惠子是两年前由同学耿浩介绍来的大学生，在省艺术学院学习绘画专业，平日里比较喜欢摄影。惠子的母亲是耿浩报社一个办公室的同事，惠子临近毕业的寒假，想找一家杂志社实习，耿浩想让山俊彦帮忙介绍去光影客杂志社，周惠子来摄影工作室找山俊彦时，却提出来不想去杂志社了，要在他这里学习摄影知识，于是整个寒假周惠子每天来摄影室里边实习边学习。绘画与摄影本身就属于一个艺术范畴，这丫头聪明勤快，遇到不懂的地方就问山俊彦，一个寒假时间，摄影技术提高许多，而且她很快就喜欢上了摄影的工作。毕业时，母亲给惠子找了一家园林设计院，她只去了三天，便自作主张地辞掉了工作，主动跑到山俊彦的工作室来上班。她的母亲和耿浩一起来给她辞工作，山俊彦也劝她去设计院上班，却奈何不了惠子的倔强，于是她便留了下来。

上午，素雅在微信里说傍晚时要到这边来，现在这雨下得又大又急，路上积水又多，山俊彦估计她不过来了。

临近下班前，山俊彦发信息过去问她是否还过来。素雅回信说，学校那边的雨已经停了，而且她已经出了校门，坐上了公交车。

山俊彦将二楼的沙发和茶几收拾了一番，将刚才换下的湿衣服装进塑料袋，塞到背包里，准备晚上带回公寓里洗。这时，周惠子走上了二楼，来到山俊彦面前，伸出了手。

"拿过来，我回家帮你去洗。"

"不用啦。"

"客气啥，孝敬师父是应该的。再说了，你一个男人会洗衣服吗？"

"真的不用，洗衣机转一下就行。"

"这种衣服需要手洗才行，洗衣机里会把边磨掉。"

"没事，我一直都是扔进洗衣机里去洗。"

"不让洗拉倒！"周惠子赌气地说。

山俊彦心里想，素雅来工作室，周惠子看到她也许会引起误会，便想让惠子早一点儿回家。

"丫头，今天天气不好，你早点下班回去吧。"

"呀，师父真是个好人，比周扒皮强多了。"惠子刚才还生气的脸上立即带上笑容。

"怎么把我当成周扒皮了，我又没有半夜学鸡叫过。"山俊彦说。

"我们同学说，老板都是周扒皮，对员工都是千方百计地剥削。看来，我遇上了最好的老板，三生有幸。"惠子双手抱拳拱了拱手。

"好了，别贫了，走吧。"

惠子站在那里，踌躇了一阵子，回过头来说："师父，上个月您帮我发表的那几张照片，最近收到稿费了。今天下雨，要不我请您去吃火锅吧。"

山俊彦想起周惠子的那几张照片，是一组造船厂工人烈日下劳作的人物肖像照片，是他推荐刊登在《白水日报》的副刊上面。

"那倒是该祝贺祝贺，不过我今天约了人，改天吧，叫上你耿浩叔叔一起。"山俊彦说。

"男的女的啊？"

"你这丫头，兼职做侦探啊？"

"哼，若是女的，我汇报给我师娘。"

"拿着我给的工资，还吃里爬外啊。"

"要不，我给你们做个电灯泡吧，你们聊天我负责吃喝，给你打个掩护？"

"去去去，抓紧回家，我谈的是正事。"

惠子看到山俊彦表情里有些着急，双手举过头顶做投降状，脸上却带着不高兴的样子，临出门的时候回过头来还狠狠地瞪了他一眼。

惠子刚走没一会儿，素雅就到了店里，山俊彦暗暗舒了一口气，若是遇到惠子，还不知道这丫头说什么闲话。素雅今天穿了一身浅蓝色连衣裙，有点像牛仔服的颜色，布料看上去却质地柔软，裙边和袖口上是白色的丝衬，一双米黄色雨靴，衣着如其名，既素又雅。

"你今天穿的真好看。"山俊彦脱口而出。

"谢谢山老师，这雨下得够急的，也没来得及换衣服，穿着上课的服装就过来了。"

"我以为你今天不过来了呢。"

"学校到你这里，正好有直达的公交，挺方便的。"

"幸亏你还记得这个地方。"

半个月前，某企业在山俊彦工作室举办了一场摄影讲座，请了几个摄影师专门讲授旅游摄影，山俊彦把消息和地址发给了素雅。那天，素雅带了两个女老师一起来听讲座，听完后给山俊彦打了个招呼就离开了，山俊彦没有机会单独和她聊天。

工作室一楼的墙上挂了周惠子洗印出的照片，这些照片是准备下个月参加艺术展览会用的，多数是山俊彦去外地采风所拍摄的。素雅一张张地欣赏着，嘴里不时发出赞叹。山俊彦走到她的身边，一阵栀子花的清香浸入他的口鼻，这并非香水的味道，而是身体散发的香味。

这时素雅却回过头来，山俊彦连忙低下了头，装作看自己的鞋子。

"这幅照片是在西藏照的吗？"素雅指着一张有红色僧袍的喇嘛像的相片问道。

"哦，不是，是在甘南地区，不过那里也是藏区。"

"你啥时候去的？天好蓝，像西藏的天。"

"去年夏天，甘南也很美。你去过西藏？"

"嗯。前两年去过，确实很美。可惜我拍不出这么好看的照片。"

"藏区穿藏红色服装的喇嘛很多，对宗教的信仰非常虔诚，那里的天和那里的人都充满了故事和传说，因而随手一拍都是有故事的好作品。"

"真好，只是不知道以后我有没有机会去看看呢。"素雅情不自禁地叹了一口气。

"想去就去啊，老师的假期多。"

"哪有这么容易，哪像你们这些艺术家，实现了时间自由，想去哪就去哪。"

"呵，这句话倒是像嘲讽呢。谁不知道最穷的就是我们这些搞艺术的呢。"

"嗨，我又不和你借钱，倒是在我面前哭穷。"

"没有没有，开玩笑，别当真。"山俊彦连忙拱手笑着说，心里却想，这女老师倒是挺耿直的，开玩笑都容易较真。

山俊彦邀请她到楼上参观，他心里总担心一件事，就是周惠子会突然从外面赶回来，或许楼上会更安全一些。山俊彦心里也纳闷，自己又不是做什么偷偷摸摸的事情，干吗还要担心呢。

外面的雨早已停歇，雨水冲洗过的天空更加清新，夕阳还有一丝余晖，从二楼的窗子里透进来，屋子里有些暖暖的色调。

"喝点茶，还是咖啡？"

"咖啡吧。"

山俊彦从橱柜里拿出一个蓝山的咖啡胶囊，放进咖啡机的卡槽里，打开电源，咖啡机研磨的声音传了出来。不一会儿，一杯带有泡沫的咖啡端到了素雅的面前。

"加糖吗？"

"不用，我喜欢纯的。谢谢。"

"这咖啡应该口味不错，要比楼下超市咖啡机里的好一些，但肯定不如星巴克的味道入口。"素雅轻轻地抿了一口，冲着山俊彦点了点头，表示对咖啡味道的认可。

"这楼上的灯光和幕布是照模特的吗？"她指着对面的那些灯具问。

"有些杂志的封面照就是在这里拍的。"山俊彦说着，从茶几下面拿出几本杂志。

"真好看，从照片上根本看不出是从这里拍的。"

"影棚里的摄影关键看布光的技巧，加上后期修图，杂志上的图片倒是没啥技巧，你的形象照片也可以上杂志封面。"

"那可不行，我可没有这些演员的颜值。"素雅摆着手，眼睛盯着杂志上的封面，脸上透着红晕。

"我说的是真的，你的气质，皮肤光泽都适合。"山俊彦不失时机地夸赞。

"哦，山老师一定认识不少女明星吧？"素雅聪明地把话题岔了过去。

"有时候接一些影视圈的摄影，拍一些海报、特写之类，不过我不太喜欢娱乐圈的人。我喜欢和教育界的人打交道，尤其是女老师。"山俊彦故意说了一句。

"哈，谁信呢，不过您说的话，还是很讨女人喜欢的。"

"有吗？"山俊彦边笑边举起手机，此时他发现一束夕阳的余晖正好透过窗子射进来，洒在素雅的头发上，泛起一周漂亮的金边。素雅此时正端着咖啡杯，一只手托着下巴，像一幅油画一般。

"不能拍啊，没化妆，头发也乱得很呢。"素雅看到山俊彦在拍自己，连忙低下了头。

"刚才的姿态很美，像维纳斯在喝咖啡。"

"哈哈，你真逗，没胳膊怎能端杯子？"

山俊彦拿着手机绕过茶几来到沙发前，挨着素雅坐了下来，把手机屏幕给她看，素雅转过头来去看，一头蓬松而柔软的秀发蹭到山俊彦的下巴上，山俊彦禁不住深吸了一口气。

"不信，你看。"

"真不愧是摄影师呢，把我拍得这样好看，不过，你真要教教我呢。"

"不教不教，没好处不教。"

"收钱吗？"

"不收钱，收人。"

两个人边交谈边开着玩笑，其实素雅并非如山俊彦感觉的那样内向，她很善谈，尤其是关于国内外的艺术及文学的话题，说起来也是滔滔不绝。

不知不觉中，已经过了饭点，两人忘记了吃晚餐的时间。素雅的手机铃声突然响了，她看了一眼屏幕，拿起手机站了起来。冲着山俊彦说了一声"不好意思"，便走到了摄影棚的幕布后面去接听电话。

山俊彦竖起耳朵，声音很小，隐约听到了素雅在小声地解释着什么。

不一会儿，素雅从幕布后面走了出来，表情有些不自然，山俊彦装作若无其事的样子。

"山老师，不好意思，我还有点儿急事，现在就要回去。"她轻声地说。

"没事吧？餐厅我订好了，要不吃完晚餐再走？"

"下次吧，谢谢了。"

"我的车正好在这里，可以送你，晚上正好我也没事情。"

"那麻烦您了。"

因为刚刚下过雨的原因，路上的车并不多，地上的水洼把路边的霓虹灯光反射到地面上，变成了一条条彩带。车行驶在路上，素雅的话很少。

"本来想和你一起吃晚饭的，办公室旁边有家不错的西餐厅。"山俊彦想打破沉闷的气氛。

"嗯，不好意思了，下次吧。"

"别和我客气。"

"最近他经常发脾气，昨天把家里的猫踢了。"素雅突然说了一句。

山俊彦基本明白了意思，车里又是一阵沉默。

导航显示距离素雅的小区还有二百多米的时候，她让山俊彦把车停下来，准备下车。山俊彦伸出手在她的胳膊上安慰地轻轻拍了两下，这时，素雅缓缓地把另一只手伸了过来，轻轻地抓住山俊彦拍打的手，脸却仍然朝着窗户外面，过了一会儿，松开手，嘴里说了一声："我下车了。"

山俊彦目送着素雅进了小区，调转了车头。

回去的路上，山俊彦琢磨着素雅刚才的话语和举动，猜想着她丈夫的样子，由于她平时说的很少，一时难以猜出。

山俊彦快到自己住宿的公寓的时候，他收到了素雅的微信。

"没事，别担心。我今天挺高兴的，谢谢。"

第三章

　　交通的发达与便利，拉近了城市之间的距离，山俊彦的老家潍阳市距离白水城仅有一个小时左右的路程，若是说没时间回家，那是在找借口。到省城工作已经有十几个年头，这十多年间火车从绿皮车一直升级为高铁，时间也从六个小时缩短到一个小时。省城这几年堵车厉害，从城西开车到城东有时也会耗时一个小时，所以去潍阳用的时间并不多，可是山俊彦每年回家的次数并没有增多。刚离开家的时候，女儿可可还在咿呀学语，如今长成大姑娘，身高追上了她的妈妈。

　　昨晚十点多，可可打来电话，周末是姥爷的生日，希望山俊彦回潍阳。山俊彦原计划周六参加白水城摄影比赛的作品评审会，晚上还要参加他们的晚宴。也许是平日亏欠较多的缘故吧，如今对待女儿的命令像对待圣旨一般，在电话里答应可可周末回家。

　　周四上午，山俊彦让周惠子重新安排行程，把参加摄影比赛评审的活动取消，重庆杂志社需要的摄影作品尽快打样邮寄过去。不要耽搁了日期，并嘱咐她把下月的出差行事历再梳理一遍，别漏下某些活动。最近一段时间摄影室的工作安排得很满，周惠子提醒山俊彦最近的一些重要活动，最好提前安排出时间。下月初要去白水大学讲课半天，然后参加省里举办的照相器材展销会，期间组织方给他安排了摄影讲座。月中，到新华书店为刚刚出版发行的摄影集签名售书，还要去一个模特训练营做评委。

　　周惠子忙得应接不暇，经常加班到晚上，她除了帮助山俊彦安排工作的日常事务外，还要帮助工作室接一些外拍项目。山俊彦看到她忙碌的样子，想为工作室再招聘一个摄影助理，把想法告诉了惠子，她却说现在还能忙得过来，并称干活多也是一种锻炼。其实，山俊彦知道周惠子并不想让别人分享这份工作，看她如此坚持，山俊彦也只好顺着她的意思，毕竟这丫头够机灵，许多工作干得有声有色。

周五下午，山俊彦坐上了回潍阳的高铁，路上给素雅发了微信，告诉她自己在回老家的火车上，素雅回信息说，她也放了暑假，准备休息几天，然后带着儿子去外地转转。

山俊彦到了潍阳市火车站。从站台的楼梯下来，远远地就看到女儿可可在出站口处向他招手，等他从闸机口走出，可可像只小鸟一般兴奋地跑了过来，山俊彦张开双臂迎接了女儿的拥抱。

"爸，我和妈妈来接你了。"

"大宝贝，想爸爸了吧？"

"嗯嗯，可想了。"可可故意做出可爱的样子，像小时候一般。

可可帮着山俊彦拉着行李箱，一只手伸过来挽住山俊彦的胳膊。

"妈妈在路边等着呢。"

"哦。"

在白水买高铁票的时候，山俊彦把车票拍了照片发给可可，只是想告诉她已经安排了回来的时间，并没有想过让她来车站接。四五年的时间，夫妻关系一直僵持着，互相不关心已经成为了彼此的习惯。平日里回家，山俊彦都是自己打车回去，妻子从来没有主动到车站接过自己，即使遇到再紧急的事情，山俊彦也不告诉妻子，都是自己打出租车往返，这也已经成了习惯。今天，大概是女儿可可想早点见到自己，才让她妈妈开车到车站接。

从车站广场走出来，看到了家里的轿车正停靠在车站广场的马路边上，妻子戴着墨镜站在车旁边，看不出脸上的表情。山俊彦和可可快到车跟前时，妻子拉开后车门自己坐了进去。山俊彦和可可一起把行李放进后备厢里，他走到驾驶座位前，拉开门坐了进去，将汽车引擎打着火，嘱咐在副驾驶坐着的可可系好安全带，开车向家的方向驶去。

路上，可可兴奋地向山俊彦描述着期末考试的成绩，这次考试她竟然考进了班里的前五名，这可是连她自己都没想到过的名次。老师在班会上表扬了可可的进步，并鼓励她要坚持下去，在这所省重点中学里，若是能保持这样的成绩，一定能考上一所好高中。山俊彦听到女儿这么优秀，忍不住伸出手摸了摸她的头，从心底里涌起一股自豪感。

一个月前，山俊彦回家时，潍阳市的绕城高架还在修建中，而今天已经顺利通车，一路十分畅通，十几分钟的时间就来到了自己家的小区内。

山俊彦在外地工作十几年，岳父母一直与妻子、女儿住在一起，现在都已退休，女儿可可从小到大都是他们照看。岳父母退休前都在市里的报业集团上班，都是高级知识分子，岳父还做过报社的副社长，两人退休后的工资在潍阳市是比较高的，在一个中等发达的地级城市，做过管理工作，熟人比较多，而且收入稳定，所以他们生活过得悠闲自得，十分惬意。山俊彦想，自己离开家这么多年，并不太多牵挂家里，也是因为妻子和女儿由岳父母照顾。但是山俊彦总有一种异样的感觉，那就是每次回到潍阳的家里，总找不到家的感觉，反而像是到了亲戚家一样，住宿也像住进宾馆一样，两日后就有想离开的想法。家里也早已习惯山俊彦不在的生活，他待在家里超过三天时间，心里就感到别扭，山俊彦估计岳父母也一样别扭，只是他们不想表达出来而已。也许因为山俊彦离开的时间太久了，岳父母和妻子、女儿的生活已经融为一体，而自己就像个独立的个体，已经游离在家的外面。山俊彦经常想，也许单身的生活才是属于自己的。现如今和妻子的沟通越来越少，除了谈可可的学习以外，也没有什么共同的话题可聊，俩人工作生活的环境差距也越来越大，说起个人感兴趣的话题，如鸡同鸭讲。

　　晚上，山俊彦在客厅陪着岳父看着电视聊家常。等岳父母回到他们的卧室里，山俊彦回到妻子的卧室里，屋里的台灯亮着，妻子正拿着一本杂志斜靠在床头上，看到山俊彦走进来，把身子朝台灯的方向倾斜了一下，没有说话。山俊彦在床头柜的抽屉里翻找着，他发现抽屉被一些洗好的袜子、内衣塞满，没有自己想要的证件。

　　"结婚证去哪了？"山俊彦问。

　　妻子没有回身，手里依旧拿着杂志："你要结婚证干吗？"

　　"我办理公积金取款用。"

　　"在衣柜的抽屉里，你自己找吧。"

　　山俊彦在衣柜里找到了结婚证，走出了卧室，来到对门的书房里面。书房里有张单人床，这是近年来专属于山俊彦的家具。四年前，在省城创业立住脚跟的山俊彦，工作比较繁忙，随着交往面的开阔，省城的信息更新明显要快于潍阳，且无论是事业还是生活他逐渐地适应了大城市的节奏。山俊彦也发现，自己和潍阳市的那些当年天天在一起玩耍的朋友沟通越来越少，观念也产生了些差异。安逸的小城里关心和关注的事情与大城市迥然不同。山俊彦还意识到自己与妻子之间逐渐有了隔阂，他知道长期的夫妻两地分居，一定会对夫妻感情及孩子的教育产生较大的影响。于是，决定在省城买一套房子，让女儿可可转学到省城，然后把妻子的工作调到省城。这个想法和妻子说了后，没想到遭到了妻子及岳父母的一致反对。反对的理由是山俊彦的摄影事业根本靠不住，说不定哪天就失业，妻子是公务员，调到省城的机会微乎其微，若是辞职过去，连个稳定的收入都得不到保障，更何况公务员这种饭碗不能随意丢弃。目前，全家在潍阳已经过得很幸福了，没必要去折腾。家人不但反对山俊彦在省城买房子，还劝他尽早回到潍阳找一份稳定的工作。因为当时山俊彦把每月的收入都交给家里，妻子的反对也就没办法在省城购买房子，只好把这个念头打消了。

说来也奇怪，经过这件事情，山俊彦发现夫妻两人在许多观念上分歧十分大，他们两人日常并没有太多争吵，生活中的繁杂事情都是妻子决定，山俊彦都是随声附和。对女儿的教育，孩子比较听话，虽然有些观念不一致，但是无论老人还是妻子对待女儿的教育目标是一致的，这也不是什么大问题。经过仔细考虑，山俊彦觉得俩人的障碍在于夫妻彼此之间要的东西是不一致的，自己需要一个什么样的妻子在身边，妻子需要一个什么样的丈夫，两人完全相悖，只会越走越远。

三年前，山俊彦把离婚协议书放在了妻子卧室的床头柜上，妻子拿起来只看了一眼就撕掉了，并且轻蔑地说："你做梦吧。"山俊彦看了看在一旁睡熟的女儿，拖起行李当晚坐车回到了省城。

从那时起，俩人形同陌路，遇到事情也几乎不沟通。只是在女儿可可面前，假装和从前一样。后来，这种冷漠成了一种默契，也许两个人的心里都在等待女儿长大。

山俊彦此时在书房的单人床上，看了一会书便睡了。

第二天中午，山俊彦在小区附近的一家海鲜餐厅定了一个大包房，妻子的两个哥哥及其全家都过来，一起为岳父过七十岁的生日。午餐十分热闹，孩子们叽叽喳喳地闹个不停，女人们一起聊着家长里短，一家人很久没聚在一起了，谈得十分开心。妻子的两个哥哥在政府部门工作，与山俊彦没谈几句，就像往常聚会一样，开始大谈政府的大政方针，还有谁谁主政后，百姓对官员的反映之类内容。山俊彦本来对政界的事情就不太关心，当他们想从山俊彦嘴里了解省城官员的事项时，发现这个妹夫对自己的政治前途也帮不了什么忙，也就不再多聊，就只剩下无聊地劝酒了。

在喝酒的空当，山俊彦悄悄地看了下桌子上的手机，一条微信提示显示在手机屏幕上，是素雅，她问："在忙吗？"

山俊彦抬头看妻子正坐在桌子的对面，她与两个嫂子正在谈论家具的事情，最近她想置换家里的家具。山俊彦拿起手机，做出去厕所的样子，从容地走出了房间。

从通讯录里找出素雅的手机号码拨了过去，铃声刚响，就听到了素雅的声音。

"你在忙什么呢？"

山俊彦记得在火车上给她发过短信，告诉她回潍阳的事情。

"一家人正在饭店里给老人过生日，今天喝了不少酒。"

"哦哦，抱歉啊，我竟然忘记你回老家的事情了。"

"没关系，乱糟糟的，我正好借机出来喘口气，你在哪儿？找我有事？"

"其实我也没什么事，放假这几天比较无聊，想去你的工作室，忘记你回家的事啦。抱歉了。"

"哈哈，是不是想见我啦？"山俊彦打趣地逗了她一句。

"嗯，确实有点。"

"那我今天回去见你。"

"别，你在家先照顾好老婆和孩子。"

山俊彦听不出素雅的话语是否发自内心，只好说："那好吧，等我回去后，再约你一起吃饭。"

"好的。"

那边匆匆地挂了电话，山俊彦心里想，看来素雅是对自己有好感的，否则，周末时间怎会想起他呢。他点燃了一根烟，深深地吸了一口，转念又一想，刚才自己是不是有点自作多情，问得有些突然才导致她挂了电话呢？不过听她后来的话语，好像并没有生气，否则也不会主动发微信过来。这也许就是喜欢的开始吧，想到这些，山俊彦心里有些高兴起来。

第二天一早，岳母起床做的早餐。一家人吃完饭后，岳父拿着小板凳到广场去打麻将，妻子与二嫂约好去家具城预订家具。山俊彦陪可可去市图书馆看书，一家人按照各自的生活规律，都安排得很有计划。

　　市图书馆距离小区只有两公里左右的路程，夏末转秋，凉风习习。可可提议骑自行车过去，在小区门口各寻了一辆共享单车，父女俩并排骑车而行。可可十分开心，与爸爸在一起的日子虽然不多，但是随着年龄的增长，可可感觉和爸爸更加亲密，有许多话不想给妈妈说，倒是跟爸爸有共同的话题。她骑着自行车，一路上叽叽喳喳地给山俊彦说学校的事情，可可喜欢班里长得帅的一个男孩子，然而却被班里的团支书抢了去，俩人在谈恋爱，每次看到他们，可可就感到难过。而自己不喜欢的一个男孩，却一直偷偷给自己送情书，让她徒增了许多烦恼。山俊彦看着身高一米六五的可可，才感觉到女儿确实长大了，不再是那个咿呀学语的孩子，有了自己的思想，而且情窦初开。山俊彦知道在花季的年龄会有许多的困惑，他给可可讲自己在中学时的故事，当然为了教育女儿，故事中有的情节是做了删减和润色的，讲故事的目的还是告诉女儿，仍然以学业为重，不要因为情窦绽开而耽误了升学，花季的年龄，对异性有好感是正常的，关键是自己要分清轻重。可可一会儿点头一会儿又若有所思，她对爸爸的说教是认可的。可可说，爸爸既见多识广又民主和善，是个难得的好爸爸。山俊彦听到女儿的表扬心里感到非常高兴。

　　周末的图书馆人并不多，四层楼里面，只有一层大厅里的人比较集中，其中还有不少来此做暑假作业的学生。可可在一楼找座位时碰到了初中的同班女生，俩人找到挨着坐的座位后，把书包放好，拉着手高兴地到书架上找书去了。

　　山俊彦在图书馆的走廊里看到一张海报，在图书馆地下一层的展览室里正在举办法国著名画家马蒂斯的画展，这让山俊彦感到十分地惊奇，小城市竟然有这位大画家的作品展览，简直是不可思议的事情。即使在省会白水，马蒂斯的画作也少有展出，他的画作在中国本就不多见，若有展览也是在北京、上海等大城市，如今在潍阳能见到，也算是缘分，山俊彦要去参观一下。山俊彦给可可和她的同学说了一声，让她们在这里读书，自己去楼下看画展。按照走廊里海报上面的提示，山俊彦沿着楼梯来到展厅。

展厅十分凉爽，也很大，参观者却寥寥无几。山俊彦想，这也很正常，即便在省城也不会有太多的人了解马蒂斯，更何况在潍阳了。看了展厅门口的介绍才知道，是潍阳学院艺术系组织的学生临摹画展，并非马蒂斯的原作展览。山俊彦估计是潍阳学院的某位美术教授热爱马蒂斯先生的作品，才组织学生们去学习和临摹。山俊彦在上学期间也学过马蒂斯的油画，他并不太喜欢马蒂斯作品中那种色彩艳丽又夸张的画法。然而，今天这些学生的临摹作品水平很高，形象又生动，色彩搭配也很好，倒是能够达到以假乱真的水平。展厅的最后是马蒂斯的一张画像，还有他的基本介绍。马蒂斯，法国著名画家，野兽派的创始人和主要代表人物，他的画以配色鲜艳著称。他在国际上是与毕加索并举的巨匠，被称为二十世纪最伟大的艺术家之一。山俊彦觉得这个作者简介应该放在展室的入口处，在中国，即使是艺术界，对马蒂斯了解的人也不是很多，毕加索不必说，就是凡·高、尤特里罗甚至蒙克也比他的名气大得多，也许马蒂斯的作品单纯强调色彩的缘故，没有给观赏者带来故事感和精神主张，所以在中国，人们更喜欢有思想共鸣的画家，如凡·高的画可以联想到作者的悲狂，透过尤特里罗的画能感受到他的孤独。

山俊彦用手机把一些临摹得较好的作品拍了下来。在展厅的拐角处，他突然想起了素雅，也是在自己的作品展览厅里，就是这样一个角落里，遇到她，虽然两人还没有更多的交往，但是在感情世界里无疑两个人开始走得越来越近了。此时，素雅在做什么？是否也和老公孩子一起度周末呢？山俊彦眼前出现了一幅图画面，绿色的草坪和红色的小木屋，素雅与老公手牵手走在公园的草坪上，孩子在一边欢快地跑来跑去。山俊彦心里有点酸酸的，转念又一想，这不是很正常的事吗，自己不也是在陪女儿嘛。自己属于典型的"只许州官放火，不许百姓点灯"的思维，他不禁对自己的情绪苦笑了一下，手机此刻轻轻地颤动了一下，山俊彦想，说曹操曹操就到了，拿起手机一看，却是周惠子的消息。

"师父，几点的火车，我开车去车站接你。"

山俊彦回信息说："我下午六点到，你怎么良心发现想起接我了？"

"咳，我一直很孝顺您啊，难道没感觉吗？"

"好吧，你今天咋有空了，周末疯够了啊？"

"不是一直想请您吃饭嘛，我今天还约了耿浩叔叔一起。"

"哦，是这样啊，我晚上有空。"

山俊彦想起周惠子摄影作品获奖的事情，《白水日报》前几天刚汇过来一千三百元的奖金外加一袋黄金小米。惠子坚持把小米送给山俊彦，说是吃米不忘种米人，没有山俊彦就没有今天的惠子。话虽说得牵强，但山俊彦听起来很高兴，最起码这丫头是个懂得感恩的人。

高铁站的出口处有一个穿红裙子戴墨镜的高挑女孩，远远望着山俊彦不断地招手，山俊彦定睛一看正是周惠子，今天这身打扮与往日上班完全不一样，好似刻意打扮了一样。周惠子看到闸机门打开，风一样跑过来，帮着拖起行李箱，伸手拉山俊彦的胳膊。山俊彦虽有些不自然，但心里温暖。这举动前天到潍阳车站享受过，是女儿可可挽着他的。

"你这丫头，今天咋打扮得这样时髦，相亲去了？"

"我啊，大叔，来和你相亲嘛。"

"没正经，这车站好多人呢。"山俊彦提醒她。

"怕啥，就说我是你女儿。"

"我有那么老吗？有这样大的女儿。"

"干女儿啊。"

"好像不是什么褒义词。"

恰巧旁边一穿牛仔裤的小伙子斜着眼望过来，打量着他俩。

周惠子扭头冲着那男子瞪了一眼："瞅啥啊，这是我爸！"

那小伙子低着头向一边走过去，惠子哈哈笑着，把山俊彦的胳膊抓得更紧了。

周惠子预订的餐厅在鉴明湖南门口的巷子里，这条巷子是历史古街，名字叫明柳曲水街，垂柳轻轻，泉水潺潺，青石板路被路人踩得光可鉴人，一条小溪沿着石板路缓缓流淌，两岸的店铺也装扮得古色古香，路上不时有穿着华丽古装的女孩轻飘飘地走过，在这里，仿若穿越回了民国一般。惠子选的餐厅在明柳曲水街的中间位置，餐厅由一家四合院改造而成，院子的顶部安装了玻璃罩，把整个院子罩成了一个整体的大房间，中央空调把院子里的温度控制得四季如春，院子的宁静被外面喧嚣的街道隔离成别有洞天的感觉。小院里间有清泉流畅，红花绿植镶嵌在几张茶桌一侧，又好像是进到了温室里的生态园。院子里的茶桌旁早已坐满了喝茶聊天的客人，沿着小院的四周一圈为包间雅座，服务员引领着他俩来到预订的房间，包间的木制门上扇形镂空处写着"静雅"两字，让山俊彦想起了素雅的名字，这个地方环境真不错，哪天有空时也可以把素雅约过来一起吃饭，这种地方估计她会喜欢。

"师父，请坐，请上座。"周惠子用手做了个请的姿势。

"你还挺厉害，怎知有这个好地方？"山俊彦进到房间里，坐到长形桌最里面的位子上。

"我哪知道，耿浩叔叔帮我订的。"

"哦，你这个记者叔叔东奔西跑的，没有他不知道的好地方。"

"这地方真的不错，适合谈恋爱。"

"惠子，你有情况了？抽空领过来，师父给你把把关。"

"没有啊，差的咱看不上，好的又花心，不省心。"

"把择偶条件给我说说，师父也帮你看看周围的人，看有没有合适的。"

"感谢师父关心，按照师父的标准找就行！"

"你这丫头，开什么玩笑，准备找老头啊？"山俊彦瞪了惠子一眼。

"老头好，被宠着的感觉多幸福啊，成熟的大叔知寒懂暖，多好！我才不希望找个小奶狗，还得天天照顾他。"

"你啊，净瞎说，估计有心上人了吧。咱条件又不差，长得也漂亮，抽空老老实实地把男朋友带过来，让师父瞧瞧。"

山俊彦抓紧结束话题，过一会还不知这丫头讲什么疯话呢。山俊彦知道，周惠子爸妈离婚早，她从小跟着妈妈长大，难免会缺一些父爱，婚恋观里会有些恋父情结。想到这些，他又想到了女儿可可，自己虽然没有离婚，但是对女儿及家庭的付出太少，或许女儿的性格也会受到影响。

门帘掀开，耿浩胳肢窝里夹着用报纸包着的东西。

"你俩早来了啊，路上有点堵车。"

"大周末你又去哪里鬼混了啊？"山俊彦说。

"昨晚喝大了，今天睡了大半天，下午好多了。"耿浩把夹着的东西拿出来放到桌子上，把报纸剥开，露出一瓶白酒。

"这里不让喝白酒的。"山俊彦指了指墙上的木牌，牌子上写着"茶尽兴，酒不可"的字眼。

"别管，我和老板熟；不喝酒怎么祝贺我侄女获奖啊。"

"真心祝贺的话，连饭钱一块掏了。"山俊彦回怼了一句。

"你这做师父的，护犊子啊，你俩合伙给我设套呢。没问题，我进套。"

惠子连忙接话："那不行，说好我用奖金请的。"

"你耿叔叔是大记者，门路多，根本花不着他的钱。你的钱留着下次用吧！"山俊彦继续用话语挤对着耿浩。

"好吧，我今天请两位大摄影师。"耿浩爽快地答应了。

"这就对了，这么好的地方，丫头的奖金哪够啊，再说了，这么好的地方也不早介绍给我，应该你请。"

"你第一次来啊，不应该。下次你可以带那个当老师的女朋友来这里调调情。今天我给你带来了一个小姑娘，不穿衣服的！"

"哎，注意言行啊，这里还有一个'未成年人'呢。"惠子在一边不高兴地叫了起来。

"哈哈哈，这是酒的名字。"

这是一瓶白水市当地生产的白酒，名字叫"白水古酿"，当地人称为白水姑娘，瓶子高的叫高个子姑娘，瓷瓶装的叫矮个子姑娘，没包装的叫光屁股姑娘。耿浩带来的是没包装的内部招待酒，属于这个品牌里面的高档次产品。

"师父，哪个当老师的？"周惠子想起耿浩刚才话里提到的老师。

"你耿叔叔在报纸上写的文章只能信一半，他说的话你连三分之一都不能信。"

"来来来，喝酒。"耿浩把杯子举了起来。

"还没上菜呢。"

周惠子是有些酒量的，不时地端着酒杯敬着山俊彦和耿浩。在耿浩逼着山俊彦干杯的时候，她却豪迈地帮着去挡酒，甚至夺过山俊彦的杯子直接倒入自己的口中，惹得耿浩嘴里一个劲地发牢骚，说他俩一致对外，自己吃亏了。

幸亏耿浩只带了一瓶酒，若是再有一瓶，周惠子和耿浩也仍然会劝着把它喝掉，恰好这里也不提供酒水，他们只好不尽兴而归。

第四章

　　夏末仍是夏，天气凉一天热一天。

　　细数今年的夏天，高温的日子确实比往年多了不少。网络新闻报道，即使在我国的东北地区，超过35摄氏度的高温天气也成了日常，更奇特的是今年酷夏的炎热传递到了冰雪世界的北极，冰山开融，竟然危及了北极熊的生存。北极熊是游泳健将，一口气可以在海里游上百公里，前提是游一段时间就要休息一阵子，休息的地方是漂浮在海里的浮冰。然而，今年高温天气导致浮冰减少，北极熊因为找不到停歇的地方，而筋疲力尽淹死在大海里。看到新闻令人十分痛惜，然而，陆地上的空调依然24小时的不停运转，碳排量不断推高着热浪，人们唯一与北极熊共同的盼望是，这盛夏尽快地结束吧。

　　清晨，水滴落到阳台的遮阳布上"噗噗"直响，睡梦中的山俊彦以为是楼上空调滴水，逐渐紧促又密集的滴答声让他无法在床上继续睡下去，山俊彦起身来到阳台前，一股清新而湿润的空气从半开的纱窗处浸入口鼻，再看窗子外面，竟然下雨了。马路上已是人来人往，远处地铁口前已经排起了长队，各种颜色盛开的雨伞俨如花布一般悬挂在路边，车辆在马路上疾驰，溅起一团团的水花。

　　山俊彦租住的公寓是两房一厅结构，家具设备一应俱全，近七十平方米的面积一个人住着足够宽敞。十几年单身在外漂泊，山俊彦已经完全习惯了一个人的生活，他早已成为楼下洗衣房和快餐店的VIP会员。平日里是自己做早餐，打扫卫生是男人最头疼的问题，找了按小时收费的清洁工，每半个月来打扫一次，保持公寓的整洁。

下雨的时候，是不愿出门的。摄影师的时间相对比较自由，办公室没有什么紧急的工作，估计周惠子会按时到办公室，山俊彦决定上午先待在家里，等雨停了再出门。山俊彦打开冰箱，从里面找出了两个鸡蛋和两片面包，在厨房里加热煎制后，端到客厅的茶几上，又在咖啡机上磨制了一杯咖啡，打开电视一边看新闻一边吃早餐。

这是一个人的漂泊生活，有人笑称为"已婚享受未婚待遇"，其中有苦有乐，冷暖自知。对山俊彦来说，十几年就这样过来了，人生短暂，再没有几个十年，自己有时过得简直是浑浑噩噩，任时光随意流逝，没有珍惜没有规划。看看周围的人，却也觉得自己不好也不差，虽没有声名显赫的职位和轰轰烈烈的事业，但是也没过着穷困潦倒的生活，在摄影这个小圈子里还有些小名气。比上不足比下有余，高兴时张狂，失落时自卑，仍然是情绪的奴隶。山俊彦认为四十多岁并不成熟，孔子所云的"四十不惑"，并非指四十以后就没有困惑了，这个年纪依然有许多疑惑，甚至对很多事情很无知。山俊彦认为，孔夫子指的不惑意思是人过四十以后，应该知道哪些事情可以做，哪些事情做不得，要分得清楚拎得明白。

山俊彦被自己绕口令似的思维绕得也有些晕，品尝了一口杯子里的苦咖啡。这时收到了周惠子发来的微信。

"师父，你今天是不是在家睡懒觉啊？"

"没有啊，早起床了。今天晚一些过去。"山俊彦回复。

"当老板就是好，苦了做下属的，办公室门口的积水好多呢。"

"你以后争取自己做老板。"

"师父，我给你买了早餐，并给你煮了咖啡。以后不来时能否提前告知啊？"

"谢谢你，以后记得提前告诉你，给你请假。"

"请假就免了，好像我是老板一样。"

最近惠子和自己说话越来越随意了，关系也越来越亲密，这丫头对工作十分负责任，把工作当成了自己的事业，许多事情都处理得井井有条，这段时间也让山俊彦省了不少心，索性把工作室的事情都交给惠子去打理。现在找一个好助手实在是不容易，遇到惠子也算是幸运吧。在惠子来工作室之前，山俊彦也招聘过两个助理，都是二十几岁的女孩子，但是没几个月便辞职不做了。这个年纪的大部分孩子，有思想有个性，爱吃爱玩，但就是不愿踏实学习，心思也根本不在工作上，眼高手低，根本受不了一丁点的累。周惠子却不是这样的。

空闲的时间过得总是很快，雨却下得不紧不慢，路上的行人已经不像早高峰时间那么多了，车辆没有减少，十字路口堵了长长一排。

山俊彦躺在沙发上，翻看着手机。这个时间正是暑期的最后时光，许多家庭带着孩子出去旅游，朋友圈里晒的全是美景美食，让他又想起了可可，真应该带她出去玩几天，昨日电话问可可，她却说妈妈不想出去，可可倒是把假期安排得满满的，除了报培训班外，最近和同学吃吃喝喝过得也不错，而且她说也懒得出去旅游。

素雅很少在朋友圈里发照片，前几日带孩子去了广州长隆游乐园，在朋友圈里晒了三张与儿子坐过山车的照片，第一幅是上车时和儿子比着胜利的姿势，一副开心的样子，中间一幅是过山车在最高处，根本看不清人坐在哪里，最后一幅是过山车结束行程时，素雅和儿子一脸狼狈夸张的样子，素雅的头发把脸全遮上了。

山俊彦猜测最后一张一定是素雅自己筛选的，故意不把面部露出来，怕影响自己的形象。山俊彦在想象着她的样子，禁不住笑了。这几幅照片应该是素雅的老公给照的吧，当时应该光线充足，照片很清晰，但是构图一般，两张人像的照片都是身子只照了一半，中间的一张也只看到半个过山车的轨道。当然，非专业的摄影师并不一定能看到这些毛病，但是照片是可以看出拍照人的审美观，从这几张照片来看，素雅的老公应该对美的理解还不深刻，或者说是他并不认真地对待美。山俊彦转念一想，三十几岁的男人，有几个懂得对美珍惜的？自己三十岁出头的时候，不也是一毛头小伙嘛。

中午的雨小了许多，好似老天意犹未尽，仍然滴滴答答的。山俊彦用手机点了麦当劳的外卖，自己做饭，既麻烦也不好吃。思前想后，山俊彦觉得还是订外卖比较好。

虽然外面下着雨，快递服务却很及时，不到二十分钟山俊彦就听到了敲门的声音，外卖小哥十分利索地把袋子放下，转身就走了。一个汉堡，两个鸡翅，外加一个鸡蛋卷和一听可乐，一件也不少。早上吃的煎蛋比较晚，在肚子里还没完全消化，虽然闻着鸡翅的味道蛮香，但是开口吃的时候却没有多少胃口。山俊彦把一个汉堡和一个鸡翅吃下后，把蛋卷与另一个鸡翅用塑料袋包起来放进了冰箱，准备作为晚餐。他把餐盒扔进垃圾桶里，拿着手机走到阳台上，看着窗外的美景，在跑步机上走了十几分钟，冲了个澡。回到卧室里，拉上窗帘，决定再美美地睡上一觉后去办公室。

醒来的时候，墙上时钟的指针已经指在了两点半的地方。山俊彦好久没这样踏实地睡这么久的午觉了，舒服地伸了个懒腰。窗外的雨已经停了，山俊彦想起有些事情还要处理，下午应该去办公室里转一转。山俊彦从床头柜上拿起手机，屏幕上显示着有三个未接来电，打开一看竟然全是素雅的来电。山俊彦连忙把电话拨了过去，手机里面的铃声响了很久，却没人接听，山俊彦又打了两遍，依然没有人接。打开微信，有素雅发来的消息，是一个多小时前发的，共三条。"你在哪？""在忙吗？""？？？"

山俊彦赶忙回了一条信息过去。

"抱歉，刚才睡着了，请回电话。"

依然没有消息。

山俊彦有些着急，素雅会有什么事情找自己呢？估计，她的手机此时不在身边，从来电的信息思索，她似乎有急事找自己，究竟发生了什么？

山俊彦又把电话号码拨了过去，滴滴的振铃声敲打着他的心，依然没人接听，就在山俊彦要挂掉的时候，那边突然接通了。

"素雅，你在哪儿？"

"……"声音嘈杂，有几个人说话的声音。

"喂，喂。"

"……"

过了好一会儿，山俊彦也不敢把电话挂掉，把手机紧贴着耳根上。

"素雅，你在哪儿？"

"你，你，过来接我。"是素雅微弱的声音。

"告诉我地址，在哪儿？"

"……"

话筒里却传来一个男人的声音。

"你抓紧过来吧，你朋友喝多了。"

"哦，哦，在哪儿？地址在哪儿？"

"朝山街18号，山水餐吧。"

"麻烦你了，先帮着照顾着点，我马上就到。"山俊彦边说边穿衣服，抓起手机和钱包就冲出了门外。雨已经停了，地上还有许多的水洼，山俊彦的皮鞋踩进水坑里溅了裤腿一些泥。

这个天气，出租车是很难打上，山俊彦用手机在打车软件上约了一辆专车过来，车一到，便钻进车里面，告诉司机山水餐吧的位置。朝山街与山俊彦居住的公寓相隔七八公里的路程，司机对道路很熟悉，加上山俊彦的催促，比往日开快了许多，没花多长时间，就到了朝山街的山水餐吧。山俊彦让司机在路边等着，从车里冲出来，跑进了餐吧里面。

下午三点多的餐厅内，早已过了用餐的时间，由于下雨的缘故，大厅里仍然有零散的几桌客人在不紧不慢地喝酒聊天，山俊彦站在餐厅的地板上，环视了一周，并没有发现素雅的身影。

餐厅吧台的男服务员看到站在屋子中央的山俊彦，走了过来。

"先生，你是不是来找一位女士？"

"对对，她在哪儿？"山俊彦着急地问道。

"您的朋友喝多了，刚才是我接的电话，您跟我来。"

山俊彦紧跟在服务员的身后向大厅后面的院子走去，原来院子的里面还有一个餐厅，绕过几张空着的餐桌是一个雕有梅兰竹菊的黑色屏风，在屏风后面的卡座里，山俊彦看到了斜倚在沙发座上的素雅，穿着白色的职业裙装，上衣绣有深绿色蝴蝶，她脸色苍白，双目紧闭着，双手紧抱着头部，牙齿紧紧咬着嘴唇，一副痛苦的样子。桌子上有两个青菜，没有吃几口，四个啤酒瓶子已经空空，卡座另一面的沙发上没有人，也没有碗筷，看场景这几瓶酒是她一个人喝掉的。

"素雅，醒醒，我是山俊彦。"

素雅摇着头，眼睛依然没睁开，嘴里喃喃的不清楚在说着什么。

"我来接你了，醒一醒。"

山俊彦轻轻地摇了摇她的胳膊。

"不要碰我，不要碰我。"素雅甩了甩胳膊。

"是我，你没事吧，我是山俊彦。"

这时，素雅才缓缓地抬起了头，眼睛里噙满了泪，一缕头发斜落到脸颊上，望着山俊彦的脸看了一会儿，泪水便流了下来。素雅把手伸了过来，紧紧地抓住山俊彦的胳膊。山俊彦蹲下身子，把素雅揽到了怀里。

"别怕，我来接你了。"

素雅没有吱声，紧闭着双目，抓着山俊彦的手握得紧紧的。

山俊彦抱着素雅静静地待了几分钟，看到了不知所措的男服务员，不好意思地说："谢谢啦，她确实喝多了。还没结账吧？"服务员点了点头，山俊彦抽出一只手，从衣服里取出钱包递给服务员。

"麻烦你从里面取钱结账吧。"

服务员把钱包接了过去，从里面抽出三百块钱，把钱包递还给山俊彦，说："我去找零钱给您。"

"哦，不用找了，你帮我把她送到外面的车上去。"山俊彦叫住了正要转身的服务员，叫他拿着素雅的手挎包，自己把素雅抱了起来，素雅只有五十公斤左右，抱起来并不是太费力，服务员跟在后面，一前一后从院子里穿过大厅向外急匆匆走去，引得大厅里的几桌人回头望向他们。

出租车司机早已等得不耐烦，见到山俊彦抱着一个女人从大门里出来，嘴里嘟囔了几句，不情愿地从车里走了出来，帮着把后车门打开。山俊彦轻轻地把素雅放到车后座上，自己也坐了进去，伸手从服务员手里接过素雅的手挎包，对他连说了几声"谢谢"，司机便把后门关上了。山俊彦把素雅的头抬起放置在自己的腿上，一只手轻轻地揽住了她的肩膀。

"去哪里？"司机师傅冷冷地问道。

"哦，去……你等一下。"

山俊彦的大脑飞快地转了起来，把素雅送回家？她家的小区自己是知道的，上次开车送她回去，虽然是傍晚，但是大体位置记得。小区里的哪座楼并不清楚，因为上次离小区还有段距离，素雅就下车了。另外，若是送到家里，碰到她的家人该如何解释喝醉这回事？素雅喝醉了为何不给老公打电话来接，而是打给自己呢？这说明素雅并不想回家，至少现在不想。

去宾馆开个房间？自己出来得匆忙，忘记带身份证了，也不知素雅是否带了证件。带一个醉酒的女人去宾馆开房间，这好像是小青年才会做的事情吧。另外，素雅已婚，若是遇上她的熟人，会不会给她带来不必要的麻烦？这大白天的去宾馆，是不是有些太明目张胆，假若住进去，也容易说不清楚。

去自己的公寓？这也许是最好的答案吧，省去了诸多的麻烦，也许还会有意想不到的收获吧。到公寓碰到自己的熟人怎么办？就说是自己的夫人，反正别人也没见过。

"师傅，原路返回。"

"嗯。"

一路上，素雅在山俊彦的怀里睡得好踏实，很安静，细微的呼吸，呼出了暖暖的气息，柔软的发质，紧贴着山俊彦的皮肤，温温的，蹭到皮肤上麻麻的。山俊彦不断提醒着司机，让他尽量慢一些，避免颠簸打扰熟睡中的佳人，两条腿更是不敢动弹，揽着的那只手也不敢松一下，怕稍微松一下就会滑落。可惜路程太短，没一会儿的工夫就到了小区门口。山俊彦让司机把车开到小区院子里，司机并不是很情愿的样子，但是看到还在醉酒的女人，脸上虽带着不情愿的神情，还是把车开到了楼道的门口。山俊彦轻轻地摇了摇依然不清醒的素雅，贴到她的耳旁说："到地方了，醒醒吧。"也许是睡了一会儿的缘故，或是汽车的颠簸，素雅醒了，但依然是醉酒的样子，嘴里"嗯"了一声，想起身坐起来，但是腿脚却不太管用。山俊彦只好自己先下车，又躬身进入车里把素雅轻轻地抱了出来，让司机把挎包递给自己，转身就急忙地向楼道走了过去。尚不到下班的时间，楼道里并没有碰到人，昏沉的素雅依然紧闭着眼睛，将头深埋在山俊彦的胸口。

电梯很快到了山俊彦住的楼层，电梯的门打开，山俊彦紧紧抱着素雅，小步走过楼道的走廊，来到了房门处。由于两只手抱着素雅，没法腾出手来去拿口袋里的钥匙，又不想把她放到冰冷的水泥地上。于是，一条腿抬起，膝盖顶在墙上，一只手抱住素雅放到抬起的腿上，抽出另一只手从兜里掏出钥匙去开防盗门，门好不容易被打开，山俊彦抱着素雅直奔卧室，把她轻轻放到了床上，这才松了一口气。山俊彦望着躺在床上的素雅，心情舒畅了许多。轻轻地把她的高跟鞋脱了下来，放在床边，被丝袜包裹着的秀腿和玉足显露出来，他不禁多看了几眼。山俊彦将被单盖在她身上，把空调的温度调到适合。回过神来才想起，屋门此时还敞开着，他连忙起身去关房门，却正好碰到了邻居张大姐出门路过他的门口，热情的邻居向山俊彦打着招呼。

"今天下班这么早啊？"

"哦哦，是的，今天下雨，就早回来了。"

"别忘了把门关上啊。"

"好的。谢谢谢谢。"

山俊彦把屋门关上，身子倚在房门上，心却怦怦地跳着，刚才抱素雅时并没有觉得多么累，此时却有些汗流浃背，后背上衬衣都湿透了。

客厅的窗子还开着，外面的嘈杂声不时传进屋子里，山俊彦把推拉窗关严，又把窗帘放下来，屋子里顿时黑了许多。打开立在客厅一角的冰箱，从里面取出蜂蜜罐，这一罐蜂蜜是三个月前，惠子去乡下采风时，从当地蜂农的帐篷里买回来的，应该是纯天然产品，现在打开盖子仍然飘出浓浓的槐花香味。他挖了两小勺到瓷杯子里，拿到饮水机前，把冷热水调到合适的温度。他端着杯子走进卧室，素雅还是保持着刚才的姿势，安静地躺在床上，眉头舒展了许多，山俊彦不忍心叫醒她，便把蜂蜜水的杯子搁在了床头柜上。他端详着熟睡的素雅，苍白的脸色已经开始恢复红润，几缕鬓发垂下来搭在脸颊上，山俊彦忍不住用手去拂，这时，素雅那清秀的眉毛却微微地动了一下，吓得他赶忙把手收了回来。

棉麻布柠檬黄的 T 恤短袖，质地轻柔，上面印有水墨的枝叶，领口敞开，白皙的脖颈挂着一条铂金项链，项链上挂着一墨绿色宝石坠，仔细一看却是一只雕刻精致的丘比特。从领口的敞口向下望去，两边隆起的中间，是一道白色的沟渠，浅灰色蕾丝边的文胸翘起一道美妙的风景线，此时的山俊彦感到下身的骚动，突然意识到了自己猥琐的想法。如果此时借机去做了什么事情，这一定是乘人之危，也属于下流无耻的行为。山俊彦为自己有这样的想法而感到羞愧。

暧昧的卧室，宽宽的大床，醉酒的女人，一个壮年男人，这些元素组合在一起都会引起身体的躁动，山俊彦知道自己不是柳下惠，又不想做浑水摸鱼之事，只好站起身来，坐到客厅里的沙发上。

这时，他收到了周惠子三条微信。

"您今天是不想来办公室了吧？"

"今天身体有点不舒服，不过去了。"

"啊？没事吧，是不是感冒了？我给你买些药送过去吧。"

山俊彦连忙回信："没事没事，不用吃药，谢谢你。"

"那好吧师父。"女孩提醒，"白社长给你安排的周三那个拍照的事情，你别忘了啊。"

"好，到时我们一起参加，你提前安排好，注意保密。"

山俊彦放下手机，从抽屉里拿出一支香烟点燃，可能许久没有吸烟的原因，香烟在抽屉里放了多日，烟丝变得很干燥，抽起来呛嗓子，没吸几口便扔到垃圾桶里。山俊彦斜躺在客厅的沙发上，不一会儿竟然迷迷糊糊地睡着了。

"喂喂。"山俊彦在睡梦中被摇醒了，睁开眼睛，素雅一张娇美的脸庞映入眼帘。

"你醒了？"山俊彦从沙发上坐直了身子，"头还疼吗？"

"真不好意思，现在还晕乎乎的，谢谢你了。"

"别客气，我再给你倒一杯蜂蜜水。"

"不用了，刚才我把床头上的那杯水喝了。"

"哦，你坐吧。"山俊彦把身子挪到沙发的一边，素雅不知是因害羞还是酒精的缘故，脸上带着红润，眼睛四顾，却站在一边不知所措，又十分难为情的样子。窗外已灯火阑珊，钟表的指针已经指到了晚上十点的位置，马路上也早已安静下来。

"我想回去，衣服都馊了。"

"太晚了吧，你还头晕，就留一晚上吧。"山俊彦劝说道。

"嗯……"

"……"

时间静止了一会儿，素雅手捻着裙边说。

"求你件事情，可以吗？"

"说，别客气。"

"借你身衣服，冲个澡。"

"当然可以啦，只要你不嫌弃就行。"山俊彦高兴地回答。

"谢谢。"

"我这里可没有女人的衣服哦，我的圆领衫和大短裤可以吧？"

"嗯嗯。"

山俊彦快步走到卧室里，打开衣橱从里面找到两件洗熨过的圆领衫和棉布大短裤，回到客厅里，递给素雅。山俊彦把淋浴间的水温调节到合适的温度，告诉素雅哪是冷热开关，又给她找了一套新的牙具毛巾，才走了出来。

卫生间的门"咔嚓"一声上了插销，不一会儿又听到了淋浴花洒喷水的声音。

山俊彦坐在客厅里，心神不定地望着电视上的画面，心里想的却是接下来要发生的故事。一个女人为何喝醉酒？也许多半是为了情感吧，现在的社会，外人看到的多是家庭和睦、夫妻恩爱；然而家家都有本难念的经，貌合神离、同床异梦的夫妇也很普遍。

卫生间的开门声打断了山俊彦的猜测，穿着宽硕的男士圆领衫，大短裤的女人，别有一番风味，灯影中的素雅更加性感迷人。

"眼睛这么直勾勾看着我干吗？"素雅莞尔一笑，露出两个酒窝。

"太迷人了。"

"谢谢，借宿一晚，辛苦你住沙发了。"

"……"

"我喝的都断片了。"

"一个人咋喝这么多酒呢？"

"唉，是不是形象很狼狈啊？抱歉，真的不好意思了。"素雅脸色变红了。

"那倒是没有，不过一个人喝这么多还是挺危险的。"

"嗯，知道了，以后不会这样了。"

"有什么烦心事，可以找个人说说，别喝闷酒。"

"嗯，一两句话难说明白。"素雅说着，脸上的愁云又开始堆积。

"还头疼吗？"

"还有点，太阳穴的筋还在不停地蹦来蹦去。"

"睡一晚上就好了，多喝点水。"山俊彦站起来，又去帮着她倒水。

"你也早睡吧，真是打扰你了，山老师。"

"别客气。"

"晚安，那我去睡了。"

"好……"山俊彦立在沙发旁边，脑子里还在发蒙的时候，听到了卧室关门的声音。

窗外的蛐蛐在肆无忌惮地求偶，风吹树叶沙沙作响，夜晚的世界仿佛在演奏着大自然的乐章。电视剧一个频道接一个频道的结束，墙上钟表的嘀嗒声也变得越来越刺耳，不知不觉中已经过了午夜。

山俊彦在失望中关掉电视，准备关灯回到沙发上睡下。此时却隐约听到有人抽泣的声音，声音的方向是从卧室那边传过来，他悄悄地走到卧室门前，趴在门上仔细听，确实是素雅的声音。

山俊彦连忙去开门，发现门反锁着，他用手轻轻去敲了几下门，屋里的声音便停了下来。

　　"素雅，怎么了？"

　　过了一会儿，里面传来弱弱的回答："没事，你睡吧。"

　　"你开一下门，让我进去。"

　　"……"

　　山俊彦转身来到客厅，从抽屉里拿出了房门钥匙，轻轻一转，卧室门便打开了。屋里的台灯还亮着，素雅蹲坐在床头，宽大的圆领衫连腿一起蒙住，双脚露出，头低垂在膝盖上，身体随着抽泣不停地起伏。

　　山俊彦走到床前，望着娇小而可怜楚楚的女人，什么话也没说，轻轻地揽了过来，素雅把头深深地埋到山俊彦的怀里，失声地哭了起来。

　　"发生了什么事？"

　　素雅轻轻地摇着头，紧咬着嘴唇，任凭泪水打湿了山俊彦的衬衣。

　　山俊彦轻声地安慰着她。

　　黑夜里，台灯罩里散出一束微弱的光晕，模糊的身影投到墙壁上，两人就这样紧紧地抱着，心和心紧贴着，能感受到彼此的心跳。慢慢地寂静下来，透过薄薄的外衣，皮肤逐渐地靠近，身体的温度开始交融在一起，两人能感受到心跳在逐渐加速，素雅扭动了一下身子，想挣脱欲望的驱使，或者抗拒着内心的坚守，然而胳膊和身躯却不听使唤，在暗黑的浅夜里，依然紧紧地抓住山俊彦的胳膊。

　　山俊彦是能感受得到素雅的心情的，虽然没有言语的交流，两人的身体却已经开始亲密地交流，他轻轻地捧起素雅的脸，依稀能看到泛着泪光的眼睛，低下头去在灰暗的灯影里寻找着她的嘴唇，顺着带有滚落痕迹的脸颊，轻轻地探寻着溪流的踪影，终于寻到了那张迷人的樱桃小口。起初的时候她还紧紧地闭着，丝毫不退缩的样子，但是在山俊彦那火热的嘴唇和不断探试的舌尖攻击下，素雅终于开启了那扇尘封的门户，当两个舌尖触碰到一起的时候，连接在一起的躯体便瞬间燃烧了起来，再也不想分开。

山俊彦把素雅轻轻地放平在床上，素雅紧闭着双眼，轻咬着嘴唇，一只手放在额头上，山俊彦试图去撩开那件宽松的短袖衫，却被素雅另一只柔软的小手紧紧地抓住。

"关上灯吧。"

随着灯灭的瞬间，四片唇再次黏合在一起，窗外的星光一明一暗地眨着眼睛，望着屋里肆无忌惮疯狂扭动着的身躯。

第五章

　　世上没有无缘无故的爱恨情仇，交错在一起的要么是利益，要么是情感，失去的就需要补偿，无论是主动还是被动。这是山俊彦近期的感悟，可能到了喜欢总结人生的年龄吧，最近没事的时候就思索一些人生的困顿，并且还能说出几句富有哲理的话来。山俊彦的摄影工作室的场地从光影客杂志社租赁的，房子位置较好成本不低，这是杂志社为了留住摄影室和作家的常用方式。签约后的作者每年要在杂志上发表一定数量的摄影作品，还有些广告拍摄的项目要和杂志社一起做，当然这些合作项目的收益也会按照比例给山俊彦报酬。山俊彦曾做过比较衡量，双方应该是都比较划算的，杂志社利用山俊彦的作品和名气锁定了粉丝，并增加杂志的销量。山俊彦则有了固定的工作场所和一些固定项目的收入，双赢的局面。

　　这次安排的写真照摄影，是光影客杂志社的白社长亲自给山俊彦打的电话，说是应一个重要的广告客户需求，要拍个人的写真集，客户要求私密并且摄影技术要好，所以社长想到了山俊彦，并再三叮嘱他要保密，并且要他带个女助手一起去。山俊彦接到这个工作思考了一段时间，他不知道这个客户什么情况，也不知道和社长什么关系，他也不想问清楚，让惠子和对方联系安排拍摄的时间以及准备的事项。

　　拍摄的时间安排在一个风和日丽的下午，上午山俊彦没有到办公室，而是午睡后直接从家里开车出门，首先去约定的地铁站接上从办公室赶过来的周惠子。到地铁站的时候，惠子早已等待在那里，看到山俊彦的车穿着高跟鞋就跑了过来，来到车跟前拉开车门坐了进来。

"地铁上的色狼真是不少，总是一个劲地向你身上挤。"

"说明你长得好看呗！"山俊彦故意逗她。

"师父，你是不是也觉得我很好看啊。"惠子歪着头打量着山俊彦。

"嗯，眉清目秀的，确实挺好看的。"

"太好啦，我以为在你心目中是个丑八怪呢。"惠子高兴地笑出声来。

"哈，你这丫头不是一直很自信吗？"

"师父，我估计这次拍照的是位大美女呢。"

"你怎么知道的？"

"我给她打电话，觉得她口气蛮大的，我猜测和社长的关系不一般，白社长不会找不漂亮的女人。"

"别瞎说，有些事不要瞎打听，把活干好就行。"

"好吧，我就是给你说说。"

"你知道为何带上你吧？是因为你不会瞎传话。"

"谢谢师父信任啊，我知道这种事要保密的。"周惠子懂事地点了点头。

"那就好，知道这一点，相信你未来会成为一个优秀的摄影师。"

"师父你太逗了，我知道你为何带上我了。"

"为什么？"

"估计怕自己一个人去了，受不了诱惑呗。"

"我有那么脆弱吗？又不是第一次拍。"

山俊彦一边开车，一边与惠子逗着乐。时代在变迁，观念也在变化，物质的丰富为精神追求奠定了基础，饱暖方能思淫欲，享乐主义与自由主义也开始横行。随着微信的流行，缩短了人和人之间的距离，减少了繁杂，仪式感也在弱化，人们更加关注实用主义。有些好的传统和价值观也逐渐地弱化，甚至消失。山俊彦不知道自己为何想到这么多，但是他自己也能感觉到自己的变化，时代在时时刻刻地同化他，他却并不想去挣扎，也许只有这样才能活得越来越真实。

导航仪指引车子在拥堵的街道上行驶，距离地图显示的地址已经不远。这是一片古院落保护区，距离明朝遗留下来的一座衙门不远，没有高楼大厦，一座座院落错落有致，大门口坐着年代久远的小石狮子，看得出这附近的住宅无论是过去还是现在都不是普通人所居住的地方。

不远处有一石拱板桥，清水从板桥下面哗哗地流淌着，汽车穿过板桥拐进胡同中，来到一开阔处，地图显示到了目的地。在空地的对面，坐落着一黑漆大门的方正四合院，门口有两个保安指挥着山俊彦把车子停好。

周惠子下车，到门口的保安处确定了这个院子就是约好的地方，山俊彦打开汽车的后备厢，取出相机背包，并让保安帮着把折叠的灯光架子和灯光罩搬到院子里去。

院子属于典型的明清建筑风格，青砖琉璃瓦，红漆绕院廊，乍一看形体简练，仔细观察却细节烦琐，显示了主人极强的审美眼光。院子不大，楼台亭榭，假山溪流，一件件错落有致，并不拥挤繁杂。院子中间有一四柱凉亭，亭下有一木制圆桌，防腐木圆凳四个，供休闲茶叙，凉亭的一侧是一歪脖子垂柳树，万千丝绦垂下来，令人心旷神怡。山俊彦不禁感叹，这闹市中竟有如此安静之地，此院落在黄金地段，价格恐怕一两千万元打不住，猜测院主人非富即贵，看院落的设计，并非一般暴发户所有。

周惠子事先功课做得好，像是对院落比较熟悉一样，指挥着保安将摄影器材搬运到南屋一边的玻璃门处，那玻璃门打开，是一小型电梯，直通地下室，原来地下还有房间。

山俊彦便在院子的凉亭里坐下，桌子上摆着一本书，是劳伦斯的《查泰莱夫人的情人》，他在大学期间看过这本名著，因为书中宣扬婚外情和赤裸裸的性爱描写而当时被列为禁书，同学们传阅得争先恐后，山俊彦是用两盒大碗面作为交换才借到的，假装生病换了一天的宿舍时光，一口气看完的。正在青春期的山俊彦当时看的是口干舌燥、面红耳赤，主要细节看了三四遍。山俊彦想到过去的糗事不禁感到好笑，现在再拿起这本书翻看，很多那时感到脸红的场景，如今早已习以为常。

院门外听到了汽车的马达和开车门的声音，山俊彦连忙把手里的书放到原位上，整理好坐姿。不一会儿，从大门里走进来一戴着紫色遮阳帽女人，皮肤白皙，二十多岁的样子，浅灰色的蝴蝶衫配绛红色的裙裤，摘掉帽子露出的是一副姣好的面孔。

"你是摄影师吧，老白说你的摄影水平很高啊。"那女子说话的声音很干脆，带着干练的味道。她说的老白就是杂志社的社长。

"哦，白社长有点夸大。"山俊彦笑了笑说。

"他说的一般都对，噢，对了，老白是我爹，是我干爹，哈哈。"

"哦。"山俊彦尴尬地笑了一声。

"你可别多想啊，你可以叫我小白，今天我就交给你了啊。"小白冲山俊彦眨了眨眼睛。

这时，周惠子不知道从哪里蹿了出来，轻轻地咳嗽了一声。

叫小白的女子转脸看了过去，脸上露出不悦的表情，并轻声地嘟哝了一句："这老家伙还安排个监督的。"

山俊彦装作没听见，向她介绍道："这是我的助理，周惠子。"

"你好，前几天给你打过电话的。"周惠子大方地伸手过去，对方却没有理会，惠子尴尬地把手又放了下来。

"我给你说的是要在地下室拍摄，那个地方行吗？我后来想在这个院子里拍也行。"

"写真的照片，在屋子里拍效果会更好。"周惠子不冷不热地说，"我把灯光已经搬到你给我说的那间屋子里。"

"那开始工作吧，下面的灯光都摆好了吧？"山俊彦帮着打圆场。

"嗯，都好了。"周惠子说。

"我想在院子里拍一些，然后再到下面去。"

"这院子环境也不错，现在光线还好，先在院子里拍一组照片吧，等一会儿再到室内去拍。"山俊彦见这位姑娘有些个性，便顺着她说。

"你们等一下，我去换身衣服。"

小白去屋里换服装，留山俊彦和周惠子在院子里。

"真践，不就是个小三嘛。"周惠子气得嘟起嘴巴。

"嘘，丫头，记住，你是来赚钱的。"

"哼，赚钱也不能忍气吞声吧，你看她那样，这老白也……"

没等她说完，山俊彦就狠狠地瞪了她一眼，并且把手指放到嘴边上做停止状。

周惠子只好不作声。

安排在院子里拍照片，是为了缓和一下气氛。写真照关键在于真，拍出人的真实气质，山俊彦作为摄影家，并不靠卖照片生活，每次工作都是追求艺术的完美，不会为了追逐金钱或者名誉而糊弄一件事情，这是他能够在摄影圈子里出名的原因，也是很多人欣赏他的一个品质，其中也包括周惠子。

写真在中国古代解释为肖像画，人像绘画要求做到形神肖似，所以叫写真。而写真摄影的词语，却最早出现在日本，日本人把摄影叫作写真，照相馆都叫写真店。写真摄影传到中国以后，它的概念变得模糊暧昧了，多数百姓理解的写真属于艺术范畴的人体写真，被拍摄者应该半裸或者全裸出镜才能算得上。白社长当初安排给小白拍照的时候，说得含糊其词。今天见到了小白，山俊彦才懂得今天是拍写真照片。看样子，社长是拗不过干女儿才做的无奈选择。白社长不想让她自己在外面瞎找人拍摄，所以才找到了山俊彦。

山俊彦曾为多家杂志拍过封面模特，不少就是人体写真摄影。作为摄影师，多数人是愿意拍此类型照片的。一方面，人体模特少，聘请人体模特的费用也较高；另一方面，人体艺术写真拍摄容易出好的作品。大牌的摄影师都有一些人体艺术的佳作存世，所以，对于山俊彦来讲，这次拍摄既是为了白社长的安排，也是自己心有所往，当然这些心思，山俊彦是没给周惠子透露的。

此时，梳妆打扮完毕的小白从屋子走出来，身着浅紫色旗袍，手里拿一绢制宫扇，古风古韵，婀娜多姿，连站立在一边的周惠子都禁不住惊叹："真是个美人胚子。"那小白姑娘听到惠子的夸奖，回报了她一个微笑，丢掉了刚才的高傲，完全转换了画风，气氛顿时好了许多。

明清建筑的蓝砖红墙伴着下午柔和的阳光，穿旗袍装的小白在山俊彦的指挥下，身体摆出各种风情姿势，走廊、凉亭、假山、柳树都成了摄影师的道具，而周惠子也拿着补光板忙碌在小白的周围，追逐着阳光的方向。下午的阳光散射出柔和的光，是最适合拍人像的。山俊彦从各种角度去拍摄着模特，从镜头里欣赏着白社长的干女儿，脑子里却显现出白社长和小白在一起的影像，看年纪真的就是父女，但是，明显的又不是父女，山俊彦情不自禁地想到了俩人在一起的样子，画面感觉到有些别扭。此时，他脑子中闪出了素雅的影子，俩人在一起年龄差距没这么大，应该还算和谐吧。

院子里的这段拍摄，迅速拉近了小白和惠子的关系，毕竟是同龄人，不一会儿，俩人就有说有笑，亲密得像姐妹一般，山俊彦很佩服惠子处理人际关系的能力。

三人乘厢房旁边的电梯来到地下室，随着电梯门的打开，眼前映出的是一片豁然开朗的天地，地下空间不小于地上院子，装修却十分考究，仿佛来到了另一个空间，与地上院子里的明清风格截然不同，这里的修饰是极具现代感。让山俊彦感觉到房子主人的文化素养和经济实力，他猜测这院子的主人应该是白社长。屋子的装饰与功能是相匹配的，这里是娱乐活动的世界，斯诺克台球桌摆放在从电梯出来的屋子中央，穿过台球厅，过另一道门，是一个酒吧间，迎门的一面墙透亮的酒柜就映入了眼帘，洋酒、红酒填满了每一个格子里，酒柜前是欧式的吧台，吧台前摆放着皮质的高脚椅，吧台上方悬挂着晶莹剔透的水晶酒杯，在水晶吊灯的映射下折射出五颜六色的光线。再穿过一道门，就到了最里面的一个厅里，是一个卡拉OK影音室，宽大的投影幕布垂到地面，四周是深暗色的吸音布做的壁纸，对面墙上挂着著名画家达·芬奇的《丽达与天鹅》，宽大的意大利真皮沙发与墙上油画中的裸女相得益彰。周惠子事先应该是和小白沟通过，早早做好了功课，写真艺术照的拍摄地点就选择在这里，刚才她已经把各种摄影的灯具在沙发前摆好。

山俊彦刚进入地下室的时候，感觉有些压抑，认为不是太适合拍写真照片，倒不如在室外，自然光做光源，拍出来的照片才有真实感。周惠子告诉他，为了私密，选择在下面拍也不错。但是，当山俊彦看到影音室的装潢以及家具和油画的搭配后，感觉这简直就是一个天然的摄影棚，完全具备拍摄人体艺术的条件。他重新摆设了一下摄影灯的角度，告诉惠子拍人像应该如何布置灯光，以及人体姿势与灯光角度之间应注意的问题等。

布置好灯光后，惠子陪着白小姐去屏风后面换衣服化妆，山俊彦把相机的三脚架摆好，用测光表把相机的曝光参数一一调节到合适的数值。这时，惠子已将白小姐梳妆打扮完毕，扶着仅着浅色蕾丝胸衣，三角内裤的白小姐从屏风后面走了出来，旁边的惠子冲着山俊彦挤了一下眼睛，山俊彦却装作没看到一样，表情严肃地指挥着白小姐到沙发上指定的位置。

透过相机的取景框，山俊彦虽然是个专职摄影师，但如此美丽的胴体，坚挺的胸部和青春欲滴的肌肤，加上几乎完美的线条，还是忍不住咽了一下口水。

"师父，灯光可以吗？"惠子在一边刻意地提醒着。

"哦，还行。把左侧的灯向前挪一下。"

"这样行吗？"

"可以了。小白，把右腿伸直，左腿圈起来，对对，脸部的表情自然一些，想想开心的事情。"

"这样可以吗？"小白冲着他说。

"OK，OK，别动。"

不同的姿势，不同的角度，不同的服装，半裸，半透，全身，半身，"啪啪"的相机声与闪光灯的闪烁浑然一体。用了两个多小时的时间，才算拍完了。

当拍摄完毕回到地面院子的时候，发现太阳早已落山，整个院子已经黑了下来。

白小姐的情绪却似乎更加高涨，此时，三个人的关系也亲近了许多。

"辛苦大摄影师了，晚上我请两位吃饭吧。"白小姐热情地邀请道。

"不用了，你也辛苦了，等把照片洗出来，你满意了，咱们再一起吃饭吧。"周惠子没等山俊彦说话，抢先婉拒了小白的邀请。

"谢谢白小姐，你也辛苦了，改天再约。"山俊彦应声附和着惠子的话。

"那好，大摄影师加个微信吧。"

"好的。"

"那以后再拍摄影，能直接约您吗？"白小姐边扫描着二维码边俏皮地看着山俊彦。

站在一边的惠子有些不愿意，直接把话接了过去："那可不行，估计你干爹不会愿意的。"

"哈，惠子看护得真严实啊，大摄影师的贤内助啊。"白小姐斜着眼睛看了惠子一眼。

"好，那我们回去了。"山俊彦眼看着俩人要起争执，赶忙拉着惠子告辞。

　　回去的路上，惠子一句话也没说，山俊彦感觉她对自己有些误会，主动地邀请惠子。

　　"师父今天请你吃饭吧，你这助理今天做得很优秀啊。"

　　"哼，幸亏我来了，否则你人身不保啊！"

　　"什么叫人身不保啊？"

　　"晚上我要吃龙虾，边吃边告诉你。"

　　"嗯，好，师父请你吃麻辣小龙虾。"

　　"我要吃澳洲大龙虾。"周惠子把嘴巴噘得高高的。

　　"这真没有，只有小龙虾。"

　　"好吧！"

　　俩人开车去了白水城著名的小吃一条街。

第六章

十多天的时间，素雅对他不理不睬，她的朋友圈也没有动静，不发一张照片也没有只言片语。山俊彦发微信过去也没有回音，打过几次电话，都被挂掉。究竟出了什么事情？难道不想再交往了？山俊彦猜不透素雅是如何想的。

山俊彦清楚记得素雅酒醉后的第二天清晨的情景，阳光从窗帘缝隙透了过来，打在枕头上面。山俊彦先从梦中醒来，他睁开眼睛，想抬起胳膊却动弹不得，发现满头秀发的素雅把头埋在山俊彦的胳臂拐弯处，睡得依然很香，秀发在朝阳的光线下闪着金光，她呼吸轻柔，闭着眼睛的样子十分可爱。山俊彦轻轻掀开被单的一角去看里面，却发现不知在深夜的什么时间，素雅已经把短衣裤穿在了身上，山俊彦记得，昨夜的激情时刻，在疾风骤雨中的俩人是脱得一干二净的。闻着秀发的清香，山俊彦的下体又开始有所萌动，他偷偷把腿靠拢过去，挨到了光滑而柔软的皮肤上面，身体更加地兴奋，情不自禁地把身子转了过来，却没想到弄醒了素雅，她微微睁开的眼睛里，看到了山俊彦目光里的欲望，身体不自觉地向后缩着，眼睛却又悄悄地闭上了。山俊彦好似得到了某种暗示，身体靠得更近，另一只手轻轻地把素雅的身子搂了过来，嘴巴凑到了素雅的耳郭边上，他听到了素雅的呼吸逐渐急促起来。

山俊彦一边想着那天早上的情形，一边翻动着手里的手机。自从上次以后，他总感觉那是乘人之危的行为，估计素雅也会事后后悔吧，否则为何对自己不理不睬呢。山俊彦没事时总是点开她的微信和朋友圈，若是有一张图片，也能猜出她的心情来。如今晒朋友圈成了时尚，吃饭、旅游、健身、逛商场，甚至做个梦都要在朋友圈去晒一晒，却没想到这种随意中暴露了自己的行踪，提供软件的公司能够根据你所发的图片和文字，分析出爱好和性格，甚至你的出行路线，然后再做一些商业活动满足你的需求，从而从中盈利，现在称之为精准营销。但是，细想之下又有些恐惧，无形中你成了透明人，若是数据落到坏人手里，后果不敢想象。山俊彦前几年对性格学感兴趣，和大学里几个教心理学的教授是朋友，在一起分析过一些不同类型的性格，大概能通过所发的图片和文字内容，看出一个人的性格和行为习惯，所以他喜欢用微信朋友圈的配图和文字去观察人。然而，对于素雅这种不太喜欢在朋友圈里发图文的人，却看不出有何破绽，让山俊彦有些不知所措。

但是，并没有让山俊彦失望，当他在翻看着手机里的信息时，却发现素雅在朋友圈里发了一张照片。那张照片拍摄的是落在街道上的一片黄叶，阳光照在叶片上，脉络透亮可见，黄叶与石板路的青色浑然一体，十分漂亮。透过照片，可以感受到拍照者的心情，素雅今天心情不错。山俊彦眼前亮了许多，应该抓住这个机会和她联系，本想打电话过去，转念一想万一被拒绝咋办，不如发个微信试探一下。

"照片的光用得很好啊，角度选得也不错。"

"谢谢。"对方回复很快，符合山俊彦的判断。

"今天咋有空了？"

时间可以按秒读针，三分钟像半小时，却没有回音。山俊彦有些着急，干脆把电话直接拨了过去，对方的电话却一直是占线的忙音，又拨了几遍还是忙音，难道她把自己屏蔽了？山俊彦有点恼火，此时，却收到了素雅的回信。

"嗯。"一个字。

"一直联系不到你，电话要么不接要么占线，是不是得罪你了？"山俊彦干脆把不满都通过微信发了过去。

"嗯，难道不是吗？"

"怎么也要给个道歉的机会吧。"

"怎么道歉？"

"最起码接个电话吧。"

"……"

"我拨打你电话，你接听吧。"

"哼！"

山俊彦拿起手机，按了重复键，这次是拨通了的声音，但是手机铃声一直在响，对方并没有接听，也没有挂掉，显然是故意的。山俊彦准备挂掉的时候，那边却接通了。

"素雅，你这是故意折磨人，知道吧。"

"说吧，你不是要道歉吗？"

"抱歉啊，不该这么久联系不上你，应该去找你当面认错才对。"山俊彦故意逗着对方，这种事本来就没有对错之分，说道歉只是一种借口。

"你这是道歉啊，分明是气人。"

"电话里看不到态度，这样吧，晚上请你吃饭咋样？"

"……"

"有个环境不错的小院，可以喝茶聊天，估计你会喜欢。"

"嗯。"

"傍晚五点半，我去学校接你。"

"不用，我自己过去就行。"

山俊彦挂掉电话，心情舒畅了许多，只要再见面，一切都会好。想起那个夜晚，这也许是生命的注定，也许是瓜熟蒂落的结果，在恰当的时候，发生了应该发生的事情，半推半就也好，你情我愿也罢，只要是两情相悦，何问东西。

虽然这不是山俊彦的第一次外遇，但是，与素雅的相遇和交往，他的感觉与前几次却完全不同。山俊彦并不是那种随便和女人上床的人，摄影工作的性质仿佛又离不开女人，无论是模特还是杂志，都和时尚有关，而时尚圈又是女人居多。与有些女人交往几次后，发现并非自己所要，除了肉体的欢愉外，对山俊彦来说情感的需求可能更重要。

山俊彦觉得拿素雅和其他女人相比较，有些对她不敬。他开始想象傍晚与素雅共进晚餐的情形，感情是否会继续，还是就此打住，从素雅刚才的对话来猜测，也许都有可能吧。这次见面应该带点小礼物给素雅，一是表达歉意，另外，小礼物也会紧密俩人的情感。究竟买什么好呢？口袋里有一只无线蓝牙耳机，是周惠子刚送给自己的。她说，这个耳机不同于其他，对耳朵的耳膜无损害，是通过电子的振动，把声音散射到耳朵里面，并不直接冲击耳膜，山俊彦试用过，感觉确实不错，尤其是重音的金属质感很强。送个无线耳机做小礼物确实不错。

街对面就是电子城，山俊彦去挑选了同一款的耳机，又给店员要了丝制的绒布口袋，外面加了个手提纸袋，这样看来是个既不贵重却又精致的伴手礼。

下午的时间，山俊彦在工作室里准备近期参展的作品，对近期收到的一些邀请函，安排妥了能参加的时间。又让周惠子把前几天在四合院拍的写真照，在电脑里挑选出三十几幅，让惠子进行修正。他指点着惠子应该从哪个角度去补减光源，从哪个地方调整饱和度。这些照片用光准确，加上模特娇好的面容和完美身材，出片效果非常好。周惠子说，小白确实长得精致，无论身段还是面容，这些照片可以直接用到杂志的封面上，她准备和小白联系。山俊彦提醒她，这需要征求社长的意见才行，即使小白同意老白不同意也白搭，周惠子不满地瞪了山俊彦一眼。提出让山俊彦给自己也拍一组照片，最好是全裸的，自己希望能刊登到杂志上，并不需要老白小白的同意。山俊彦逗她说，必须找到男朋友后才能拍，否则就会嫁不出去。周惠子赌气说，若是嫁不出去，就跟他拍一辈子的照片。

秋天是白水城最清爽的季节，天高云淡，昨夜的凉风吹走了弥散在空中的些许雾霾，还吹落了一地的黄叶。下午的阳光柔柔地照下来，照在地上翘起的梧桐叶上面，逆光中叶脉清晰可见，红黄相间分外漂亮。

山俊彦从工作室走出来的时候，还是下午四点多，虽然和素雅约定的时间还有一段距离，但是他还是希望能早点到那里去等她。

吃饭的地点是上次与周惠子、耿浩一起去的丽水庭院，山俊彦上次吃饭，只记得这家店在白水城的古街上，却没记得餐厅的名字，本想问问惠子，又怕她追问，在手机导航地图上搜索好一段时间才找到。看了网上的评论才知道，这是一家网红店，挺有名气，无论是环境还是味道都是好评如潮。山俊彦把地址转发给素雅的时候，素雅回复了一句："哦，是那家啊，距离有点远。"山俊彦从素雅回复的内容判断，她是知道这家餐厅的，山俊彦想，她究竟是和谁来过呢，老公还是情人，搞不清楚。说距离远也许是借口，怕引起回忆，素雅可能不想来这里吧，但是微信里又没拒绝。山俊彦又发信息过去，得到的答复是：这家餐厅挺好的，没意见。山俊彦觉得自己想多了，也许素雅是和朋友或者同事一起来的呢。

餐厅距离山俊彦的工作室并没多远，十几分钟的车程便到了。庭院里，人并不多，有几桌喝茶聊天的客人。阳光透过房顶的玻璃照过来，暖色调很浓厚，第一感觉是非常适合拍人像照片的。在大厅的角落里寻找到一处光线较好，绿植茂密的桌子前坐了下来，服务员走过来，把茶盏和茶台放到桌子上面，台桌一边的书架上搁着一摞杂志，山俊彦一边品着香茗，一边翻看着手里的杂志，斜靠在藤制的沙发座上，享受着闲暇的下午时光，静静地候着佳人到来。

未到就餐时间的小院，更像是茶馆咖啡店，静谧而温情，三三两两的客人进进出出，脚步轻轻的。对面坐着的一对小情侣，两人的头挨得很近，说话的时候，嘴巴轻轻地贴近对方的耳朵，不知男孩讲了什么好笑的事情，女孩笑得前仰后合，用手捂着嘴巴，不让笑声传得太远。

轻轻的脚步声，伴着似曾相识的香水味，素雅来到山俊彦坐的沙发前停了下来，像阳光下伫立在春天里的一株桃树，在那里静静地盯着他，山俊彦抬起头，眼睛顿时亮了，站起身子。

"你来了啊，够早的。"山俊彦抬起胳膊看了看手上的腕表，刚到五点半。

"你不是来的更早嘛。"

"我近，下午没事就过来了。"山俊彦用眼睛打量着素雅，脸色仍有些苍白，看上去比上次又消瘦了一些，素雅今天穿了浅咖色上衣，墨绿色裙子，手里搭了一件风衣。

"坐，喝杯茶吧，这里的普洱不错。"

"嗯，谢谢。"

山俊彦倒了一杯茶，递到素雅的面前。

"你学校的课程紧张吗？"

"刚刚迎来一批新学生，军训刚结束，前段时间忙，最近轻松了不少。"素雅端起茶水轻轻地抿了一口。

山俊彦想，看来不是故意不理我，主要是忙的原因，但是转念又一想，不对啊，不会忙得连电话都不接吧，说工作忙是借口，估计还是有些原因的。

"看样子，你很喜欢你的学生啊。"

"是呢，看到孩子们我就开心，单纯真好，无忧无虑的，好想回到他们这个年纪。"

"你可以多生几个啊。"山俊彦看素雅谈起学生，脸上活泼了许多，便给她开起玩笑。

"唉，一个还没带好呢，不在身边，亏欠很多，更别说再生了。"素雅的表情突然凝重了下来，眉头皱了一下，眼里全是哀伤。

山俊彦本想顺着问一句，孩子不是一直在身边吗？但是突然意识到，可能是触及了素雅某些脆弱的神经，不便追问，只好快速地转换话题。

"我也喜欢学生，半年前我还和报社的同学一起去贵州参加山区助学活动呢。"

"真不错，挺有爱心的，若是下次有机会，我也可以一起过去。"

"那太好了，到时候咱们一起去。"

山俊彦把菜单递给素雅，让她点菜。这家餐厅确实有特色，菜单有两个，一个是自助火锅，一个是西餐。两个根本不搭的菜系和风格，却被有机地结合到了一起，四合院的氛围是典型的中式风格，既古朴又典雅。服务员提醒说，每桌菜只能点一种类型，点了火锅就不能点西餐，反之亦然，菜品之间不可以混搭在一起。

上次周惠子和耿浩在包间里点的是中式火锅系列，当时是考虑耿浩的风格，他来餐厅就是喝酒的，所以点了火锅。今天，山俊彦认为自己和素雅就餐应该点西餐更合适，所以递给了素雅西餐单。

素雅很熟练地翻看着菜单，点了一份松露菲力牛排、鱼子酱沙拉、和一份木瓜塔塔，又把菜单递还给山俊彦。

山俊彦边翻着菜单，边问素雅。

"你来过这里？"

"嗯，来过一次。"

"怪不得对菜单很熟呢。"

"也不是很熟，这家的西餐菲力牛排在网上挺有名的。"

"上次和谁来的？"山俊彦故意不抬头看她。

"和一个朋友。干吗啊，你查户口吗？"

"没有啊，是因为我上次来这家餐厅时，认为你会喜欢这里，我以为你没来过呢。"

"那你上次和谁来的？"素雅笑着问他。

"和一位美女。"

"哦，怪不得呢。"

"逗你的，和我的助理，还有我大学的同学。"山俊彦连忙解释道。

"你干吗要逗我！"

两人你来我往地开心打趣，很快缓解了见面时的些许尴尬。

山俊彦给服务员说自己点了份纽约西冷牛排和一个迷迭蘑菇汤，还要了一瓶法国罗莎庄园的红酒，这款酒比较适合女性饮用。

"我戒酒了，怕再喝醉。"素雅看到山俊彦点红酒，轻声说道。

"哦，太意外了。"

"你不会以为我是酒鬼吧？"

"哪能啊，再说上次喝酒也不是和我一起啊。"

"哼，还不是让你占了便宜。"素雅小声地说，又看了看四周，桌子旁边的绿树很高，每个桌子之间有一段距离，两人说话的声音旁边听不到。

"少喝点，今天不会像那天一样。"

"你糊弄女学生都用这种招式吧？"素雅盯着山俊彦的眼睛。

"我糊弄女老师，用这种招式。"山俊彦端起酒杯，伸到素雅的面前，碰了碰她的杯子。

素雅并不拒绝，拿起酒杯，轻轻晃动着杯子，并不着急喝下去，目不转睛地望着杯子里的红色液体。

"你不想问问我那天为什么喝醉吗？"

"你想说的时候自然会告诉我，再说了，心里不痛快的时候，用喝醉的方式发泄一下也不为过。"

"你真是暖男一枚。有时候喝酒真的可以麻醉自己呢，只可惜的是麻醉一时，醒来后还要面对现实。"

"所以啊，酒这个东西啊，两个功能，一个是解愁，一个是开心，看你如何选择了。"

"我试过了，是无法解愁的，至于喝酒开心，那要分和谁喝了。"

"今天和对面这个人试试，说不定就很开心呢，小醉怡情，大醉伤身，不醉伤心。"山俊彦仰起头一饮而尽。

来这家餐馆就餐的人并不多，看样子都是熟客，来时悄悄地，走时也很安静，不喧闹，也恰是这个餐厅的调调。即使是吃火锅的餐位，每人一个酒精炉，菜品也是定量的，并不需要自取。送餐的服务员很熟练的样子，客人一个眼神和表情，不需要言传就可以会意，院子里只听得见缓缓的音乐声，是美国的乡村音乐，为柔和的灯光增添了暖意。

几杯酒喝下去，素雅的脸上泛起了红晕，在桌子上烛光映照下，脸色更加好看。仔细一看，那蜡烛并非真的蜡所做，而是塑料制成，火焰用的是发光片，下面连着电子电池，可以开关，通电后塑料圆柱体通身透亮，做得十分逼真。山俊彦与素雅的话语也随着酒劲不断增多，山俊彦发现素雅的知识面很广，不但对所教课的地理专业精通，其对绘画颇有一些研究。素雅说，她大学期间学习的是旅游地理专业，但是在课余时间却选修了艺术学院美术系的油画专业，对色彩特别着迷，当时艺术学院讲授色彩学的讲师是个研究生毕业时间不长的小伙子，对她的作品评价很高，对她也非常上心，并劝她更改专业，跟他学美术专业。当时，素雅也很心动，后来接触一段时间才知道，那艺术学院的讲师是要追求她，而她并不喜欢他，后来干脆就不学了。但是对绘画的爱好，却一直保留了下来，每到周末时，在宿舍里自己也爱画一些，并表示要送给山俊彦一幅。

"在大学期间谈过恋爱吧？"山俊彦问道。

"嗯。"

"现在的老公吗？"

"不是，毕业前分手了。"

"初恋吗？"

"是，谈了三年。当时他对我非常好，可是我总觉得他像哥哥，并不是恋人。那时候，认为恋人就应该像琼瑶剧里的那样。"

"看小说看多了呗，琼瑶小说影响了一代人的婚恋观。"

"是的，琼瑶式的爱情只能在小说里。现实里的爱情，应该就是和他天天在一起，天天相见不相厌，相互宠着，你在他面前无拘无束的，像靠山一样。虽然，不一定天天浪漫，但是一定要长久的依恋。"

"我认同你的爱情观。不经历是不会懂的，虽然经常在失去以后懂得，但是却也留下了美好的回忆。"山俊彦虽然感觉素雅话里还是有浪漫情结，但是他也很认可她的想法。

"分手的地方，就在这条街上，石桥那边儿。那天下着小雨，分手时，他双手掩面，顺着指缝流下的不知道是雨水还是泪水。当时，我傻傻地站在那里，望着他转身离去，心里却并没有特别难过。"

"说明那不是真爱，最起码没触及你心灵的深处。"

"或许吧，但是后来想起来就难过。所以，我经常会到这附近，却从来没有再见到他。"素雅的眼里泛起一片泪花。

"你来过这家餐厅吗？"

素雅抬起眼睛望了山俊彦一下。"来过，但不是和他。那时，还没有这家餐厅。"

山俊彦看着素雅又低垂下去眼帘，并没有追问。酒是好东西，可以让人放松心情，活在当下，可以不思索明天。酒、音乐和灯光，拉近了心和心之间的距离。手表的指针，已经指向九点钟。两人不知不觉中已在一起度过了三个多小时，从素雅的表情来看，依然有种意犹未尽的感觉，她一只手托着腮，一只手举着红酒杯，冲着烛光慢慢晃动起红色的液体，烛光里的脸庞，还有透过光晕照映着的秀发，山俊彦感觉身体在发烧。

"我们是不是再换个地方去喝点，时间还早。"

"这么晚了，还能去哪儿？"

"我知道有个地方，可以喝酒，还很舒服。"

山俊彦结过账，拉着素雅走出了餐馆。华灯绚丽，秋风拂面，老街上人不多，青石板路刚被洒过清水，泛起乳黄色的灯晕。一阵凉风飘过，酒后的脸还是有些冷，山俊彦伸手揽过素雅，她并没有拒绝。昏暗的灯影里，看不出是谁，山俊彦并不担心被人看到，再看素雅，却把头低了下来，双手抱着肩膀。

一辆出租车过来，山俊彦伸手拦下。开门上车，两人并排坐到了出租车的后座上。

"去山水公寓。"山俊彦对司机说，那是山俊彦租住的地方。

车厢里传出的歌声是童安格的声音，雄厚的声音低沉，素雅紧闭着眼睛，轻轻把头斜靠到了山俊彦的肩膀上，山俊彦把胳膊伸了过去，轻轻地按在她的腰上，能透过衣服触摸到柔软的温度。出租车开得很快，拐弯也比较猛，或许是喝过酒的原因，山俊彦也觉得头有些晕，他让司机开得慢一些。贴在素雅的耳边轻声地问道。

"你没事吧？"

"有点晕。"

"那我们换个地方。"

"……"

没有同意，也没有拒绝。车子放慢了速度，过了二十多分钟，到了公寓的大门口，山俊彦让司机把车开到楼下，扶着素雅下车，素雅睁开眼睛，看了看楼宇和楼道。咬着嘴唇望着山俊彦，山俊彦和她对视了一下，并没有征求她的同意，一只手拉着她就进到了楼道里面，按亮了电梯的按钮。

　　门厅的灯光不亮，山俊彦寻到电梯的按钮轻轻按了一下，电梯的门徐徐地打开了，素雅紧拉着山俊彦的手跨进了电梯里面，又按了下楼层的数码，看着电梯门缓缓关闭。在两扇门合拢的刹那间，听到了门外有人轻喊了一声："等一下。"紧接着，那扇门又被分开了，一个白色雪球一样的东西忽地从脚下冲了进来，吓得素雅"哎呀"一声喊了出来，身子迅速向后躲，两只手紧紧地抓着山俊彦的胳膊，山俊彦下意识地向前靠了一步，把素雅护在了电梯角落里。山俊彦定睛一看，是一只白毛的贵宾犬。狗的脖子上拴着套绳，绳子的另一端还在门外，紧接着跟进来的是一戴着灰色帽子的中年妇女，山俊彦看着眼熟，却想不起来在哪里见过。那妇女抬头望见山俊彦，脸上露出了带着许多褶子的微笑，打招呼说："这么晚才回来啊？"山俊彦笑了笑，点了点头。那妇人看了一眼躲在山俊彦后面一脸恐惧的素雅，上下打量了一番，撂了一句不知是对狗说还是对素雅说的话："不用怕，都是邻居。"那只小狗却没闲着，摇着尾巴，撅着鼻子到处嗅着，总是想去寻找穿着高跟鞋的那只躲在角落里的玉足，山俊彦抬起自己的皮鞋驱赶着它，它却不知趣地依然不懈地去找寻，山俊彦能从胳膊上手指掐的力度感受到素雅的恐惧。幸亏楼层不高，电梯很快就到了，门打开，妇人和狗先挤了出去，临出门时还不忘回头又看了一眼素雅。山俊彦这才想起，这人是同一层楼的邻居，好像住在筒子楼公寓的另一侧。山俊彦等她出去后过了一会儿，才拉着素雅出来，这时的素雅酒已经清醒了，手心里还有些汗渍残存着。

　　打开房门，进到屋子里面，山俊彦从鞋橱里取出两双拖鞋，较小的一双递给素雅，一双自己换上。

　　"你不是带我去喝酒的地方吗？"素雅边换鞋边问。

　　"这里也有酒啊。"山俊彦知道她明知故问。

　　"骗子。"

山俊彦从冰箱的冷藏格里取出一瓶威士忌，又从墙边的酒柜里拿出两个玻璃杯子，各倒了半杯在里面。

"没骗你吧，加冰还是冰红茶？"

"都不用加，少倒一点儿，谢谢。"

山俊彦把一只酒略少点的杯子递给她，顺手把客厅里的音箱打开，房间里流淌着舒缓的音乐。

"没想到，你还有这样的情调，肯定没少带女人来吧？"

"你觉得会吗？"山俊彦没有直面回答，他知道，这样的问题回答是和不是都不是最佳答案。

"哼，男人啊，没有几个不偷腥的。"

"就像刚才那只狗吗？好像它对你挺感兴趣的。"山俊彦想转移话题。

"那只狗确实挺讨厌的，人家越害怕，它越靠近。"素雅给了山俊彦一个白眼，端着酒杯走向窗前。

秋天的天空透亮度很高，高层望去视野出奇得好。窗外灯火通明，可以望到远处闪着霓虹的摩天轮，摩天轮架在鉴明湖的水面上，被尊为"白水之眼"，岸堤上闪烁着红绿交错的灯光，摩天轮转动后像飘落下的一条彩色飘带一般，美轮美奂。

素雅斜坐在飘窗的软包坐垫上，一只手里端着酒杯，一只手靠在窗户的栏杆上，秀腿从窗边垂下来，身材扭成 S 形的曲线。山俊彦望着倩影，悄悄来到窗子边上，挨着素雅坐了下来。听着音乐看着美景，闻着香味，品着美酒，确实别有一番风味。景色一直就在那里，山俊彦竟然没有发现，一个人看与两个人一起欣赏，竟然有如此大的区别。时间似乎凝滞了许久，不知过了多长时间，几乎是同时转过头，四目相视，手里的杯子放在了阳台上，自然而然，两只热唇就黏在了一起。

素雅的唇是热的，柔软而湿润，散发着香气；山俊彦用自己的唇轻轻触碰着，亲吻着，用舌尖去试探着推开紧闭着的玉齿，试了几次还是不情愿打开。山俊彦并不着急，他偷偷睁开眼睛望了一眼，却见素雅紧闭着双目，沉浸在享受之中。

山俊彦伸手绕过身体轻轻抱起，女人的胳膊自然地套在了男人的脖子上，嘴唇却不分离，穿过客厅，轻轻推门进去，又轻轻放下，身体已经倒在了卧室里的那张大床上……床头的闹钟显示，两个人缠绵已经一个多小时。柜子上的手机发着蓝光，显示着有来电提示，山俊彦一看是素雅的手机，瞄了一下屏幕，发现有四个未接电话，估计是刚才两人缠绵时的来电，素雅把手机调成了静音状态。屏幕上显示来电人的名字叫风。山俊彦猜测，这应该是素雅丈夫的来电吧，正思索时，手机又振动了一下，消息显示在屏幕的上方。

"去哪里了？？？？"后面是四个问号，看得出发信息的人很焦急。

山俊彦轻轻碰了一下面对墙而睡的素雅。

"你手机有未接来电。"

"嗯。"

"不看吗？"

"等一会儿，有点累。"

"好的。"

山俊彦把素雅的电话又放在床头上，轻轻合上了眼睛，也许是刚才太累的缘故，不一会儿竟然睡着了。

再次醒过来，屋里的灯光已经暗了。转过身子去抱躺在里面的素雅，却发现被窝里只剩下自己。山俊彦连忙爬起身子，打开卧室里的灯，发现闹钟已经指向凌晨三点钟。客厅里，厕所里都没有人。再看鞋柜那边，素雅的高跟鞋也不见了，刚才穿着的拖鞋留在那里。不知道她几点离开的。

回到床边，拿起手机。发现微信上留了信息，凌晨一点的时候。

"我打车回去了，在你家冲了澡，你的沐浴香波很好闻，用了很多。晚安，勿念。"还留了个调皮的表情包。

山俊彦没敢回电话和微信。

自己也进到浴室里去冲个澡，发现浴室里的毛巾叠得整整齐齐。

第七章

深秋了。白水城这几年的秋天变得越来越短，好像过了夏天不久就直接到了冬天。几场秋雨以后，天就开始变凉了许多。尤其是早晚的温差变大，街上路人穿衣也五花八门，爱俏的依然单衣短裙，怕冷的早早穿上了秋衣秋裤，外面还穿了外套。

山俊彦和周惠子，就属于两个世界的人。一个早已毛背心上身，另一个还穿着套裙，露着半截白花花的长腿，虽然瑟瑟直抖，但是嘴里却死撑着不说一个"冷"字。

《潍阳周刊》要举办刊物创刊二十年庆典，山俊彦作为潍阳老家出来的著名摄影师，也接到了当地宣传部门的邀请函，希望他能在庆典结束后给当地的记者和摄影爱好者做一次关于摄影的讲座。家乡的邀请不能轻易拒绝，哪怕再忙都要支援家乡建设，否则会落个架子大的名声传出去，更何况这种讲座还有讲课费。山俊彦没有推辞的理由，也想顺便回家看一看女儿。可可最近好像学习很忙碌，打了几次电话都没说几句便挂了，不像前段时间，没事还给自己谈谈学校里的事情。妻子依然在忙自己的事情，除了偶尔发短信过来催还信用卡的提醒外，关于女儿在学校的情况也只字不提，反而让山俊彦觉得很蹊跷，俩人好似故意屏蔽他。

庆典时间安排在周六，因为周末的原因，周惠子没有给他买去潍阳的高铁票，说她可以开车过去，并且解释说三百公里的路程，在高速上最多开三个小时，也不是很远，开车去时间也自由一些。平日里这种活动都是带周惠子一起参加，所有的安排都由她负责。但是这次因为是去潍阳，回老家城市出差，山俊彦计划是自己一个人回去的，但是，周惠子说她也想去潍阳看看，并声称不会影响他的回家安排，山俊彦只好答应了。

周惠子从光影客杂志社的下属单位，杂志社服务公司借了一辆别克商务车，并且告诉山俊彦，杂志社的白社长也要参加这个活动。白社长来杂志社前曾经是省建设城市开发投资公司的负责人，白水城是省会，白社长和各地市的相关领导都很熟悉，被邀请也是情理之事。

商务别克车体型很大，周惠子虽然身材修长，但是在驾驶舱里依然显得娇小，穿着白色套裙开车看上去别扭很多，没开出白水城几公里，就被山俊彦叫停下，把惠子替换到副驾驶，自己驾驶汽车上了高速。周惠子则高兴得手舞足蹈，把汽车音响开得很大，身子随着音乐的节奏不断地扭动着，开心得像个孩子。

高速上的车辆并不多，前半程的路途比较顺利，开了三十多公里的地方有个休息区，山俊彦问惠子是否需要上厕所休息一会儿。惠子说一定要停一下，这个休息站里卖的水果萝卜特别出名，必须下来尝一尝。山俊彦笑着说她"吃货到哪里都知道天下美食的藏身之地"。周惠子说："吃货就吃货，到哪里都不能亏待自己的嘴是关键。"

山俊彦把车停在休息站的超市门口，推开车门下来，一股冷风直吹到脸上，这时周惠子也推开了车门，裙子下面裸露的双腿被冷风袭击了一下，下意识地又把门关上了，山俊彦看到后冷笑了一下。

"美丽冻人的感觉不错吧。"

"天气预报说不冷的。"

"你等一下。"

"我要吃萝卜，这里的萝卜可好吃呢。"周惠子嘟起了嘴巴。

山俊彦从车后座上取下自己的一件风衣，扔给惠子。

"还是我有先见之明吧，穿上自己去买吧。"

"谢谢师父，你真好。"周惠子一边穿着风衣，一边向山俊彦微笑着挤眼睛。

山俊彦关上车门去找洗手间，周惠子则穿着大号的男式风衣紧跟在后面，衣服虽不很合体，但是配上黑色的高跟鞋，留了一点肉色在风衣的下摆边缘，依然楚楚动人，惠子穿着男装反而另有一番女人味。

从洗手间出来，坐到车上。过了一会儿才看到周惠子手里抱着一个切成像花朵样子的青萝卜跑过来，风衣的领子竖起来遮了半个脸，凉风把头发吹得贴在脸上。

她上到车里，"砰"的一声把门关上。

"抓紧开车，抓紧走。"

"咋了？你没给人家钱？"

"抓紧离开这里，路上说。"

"人家追我咋办？"

"别啰唆了，白社长也在这里。"

"哦。"

山俊彦启动了汽车，快速离开了休息站。

"你知道白社长和谁来的吗？"周惠子这才松了口气。

"不是和他秘书吗？那个小伙子。"

"不是，和一个女的。"

"小白？"

"若是小白，我就不惊讶了。"

"哦，也许是和咱们一样吧，带了个社里的同事吧。"

"好像是杂志社服务公司办公室的，刚来的那个女大学生，我昨天借车时，就是她给办的手续，还问我去哪儿呢？"

"这有什么大惊小怪的。"

"他搂着那女人的腰呢。"

"哦哦。"山俊彦心想，这白社长都快六十岁了，思想倒是一直不落伍呢，便问："他没看到你吧？"

"没看到，我买萝卜时，他俩刚从车里下来。离很远我就认出他们了。"

"你怎么知道人家关系不正常，不能瞎猜。"

"女人的直觉，还有细节，俩人关系不正常，相信我的判断，师父。"

"这种事最好假装没看到。"

"师父，这白社长在杂志社讲话头头是道的，表面上冠冕堂皇，也算是德高望重的一位领导，可是为啥还骚扰人家这些年轻孩子呢？我上次还真认为那小白是他干女儿呢。"

"爱美之心人皆有之，领导也是人啊。"山俊彦自言自语道。

"看来师父也是这种人了，有点惺惺相惜的味道。"

"别瞎说，爱美之心人皆有之，但是要取之有道。任何事都是过犹不及，做过了头，就会有惩罚。"

"看得多了就容易对爱情失去信心。"周惠子说着，把萝卜掰了一条下来，伸到山俊彦的嘴边。

山俊彦拿出一只手去接，却被惠子撤了回来。

"你抓方向盘的手多脏，直接吃就行。"周惠子瞪了他一眼。

山俊彦斜看了周惠子一眼，对她伸过来的萝卜迟疑了一刻，张开嘴巴咬了一口。

这里的萝卜确实好吃，清脆香甜，一点儿都不辣，当地有句谚语"南方苹果北方的梨，不如这里的萝卜皮"，果然名不虚传。

和做其他事情一样，只要开了头就自然了。咬了第一口萝卜，后面就习惯了。半个萝卜很快吃完。山俊彦发现自己咬过的萝卜，周惠子也没忌讳地塞到自己的嘴里。

"你……这你也吃？"

"哼，我又没嫌弃你。"

下了高速，恰好夕阳尚未落山，潍阳的空气明显比省会白水城要清新许多，红红的落日与远处的山峦相映，浓淡相宜，余晖把天上的云彩照得斑斓亮丽，形成了一幅天然美丽的山水画。惠子把车窗的玻璃降了下来，把头伸了出去，深深地吸了口空气，轻轻地闭上眼睛。

"哇，原来你的老家这么美。"

"山那边是海，景色更美。"

"怪不得嫂子不去省会呢，若是换了我，我也不去。"

"小城市舒服，加上环境好，容易让人懒惰。"

"你离开，是为了实现梦想？"惠子把手机伸到窗子外边拍着照片，边问着他。

"梦想倒是没有实现，但是却无法回到过去。"山俊彦轻轻摇了摇头。

这时，山俊彦的手机铃声响了，他拿起手机一看，是潍阳市的陌生号码。

"你好，哪位？"

"到哪里了？老同学，我是王东。"手机里传来一个有浓重潍阳口音的男人声音。是山俊彦在电视台工作的高中同学。

"哦，是你啊，王台长好！刚下高速。"

"少啰唆，我和宣传部刘副部长在招待所餐厅等着你呢，抓紧过来。"

"别客气啦，晚上我回家吃。"

"别摆臭架子啊，我和刘部长都把菜点好了，晚上不会耽误你的。快点。"那边说完就挂掉了电话。

山俊彦看了周惠子一眼，脸上露出无奈的表情。

"来到这里，就身不由己了，今晚估计喝不少。"

车开进招待所的大堂前，同学王东和宣传部的办公室主任早已等在那里，看到穿着裙子的周惠子也从车里下来，让两个人惊愕了好一会儿，周惠子大方地与他们握手做自我介绍，反而让他俩不好意思了。

王东悄悄地对山俊彦说："你怎么还带了个漂亮的情人回家啊，够招摇的。"

"这是我的摄影助理，别瞎说。"

"鬼才信，不过这妞确实也够靓的。你这成功人士艳福不浅呢。"

山俊彦重重地拍了王东的背部一下。

晚宴安排在二楼的豪华套间，刘副部长还有杂志社的几位领导在房间已经等候多时，见到山俊彦后热情地握手拥抱，像多年未见的老友一般，赞誉之词也极尽夸张，什么"著名的""大摄影家""名人""家乡的骄傲"，令一旁的周惠子也目瞪口呆，她感觉师父在老家简直就是明星。其实，山俊彦知道，这都是官话套话，自己和这位部长只见过几次面，并不是特别熟悉，自己的名气在小地方容易被放大，再加上大家的吹捧，也就是说说罢了，说的人高兴，听的人心里舒服。

王东悄悄告诉山俊彦，今晚原计划是白社长也参加晚宴的，后来得到通知说，临时有重要事不能参加。今晚山俊彦和周惠子就成了宴会的主角，山俊彦知道白社长不来的缘由，和周惠子对了下眼神，会心地一笑。

山俊彦被请到主宾的位置，周惠子也被安排到副主宾的座位上，让她有些受宠若惊，刘副部长告诉她，远来的都是客，更何况是大摄影家的助理，未来前途也不可限量，潍阳市要提前预订下她，出名后也要经常来潍阳授课。周惠子听了有些飘飘然，逐渐放下了内心的拘束，说话也随便了许多。当地喝酒的规矩花样颇多，但目标就是要把客人喝倒为止，方显得主人的大方。山俊彦对当地的风土人情当然很熟悉了解，也知道劝酒的套路，除了象征性地和刘副部长、王东喝了两杯后，其他人劝酒则软硬不吃，把明天讲课作为挡箭牌就是不多喝。刘副部长自然地把目标转向了周惠子，惠子虽然有些酒量，但涉世未深，虽然山俊彦多次帮着拦阻，但是抵不过这些搞宣传的甜言蜜语加上软磨硬泡地频频举杯，惠子性格本来就爽快，没等别人劝，自己先把酒喝干了。没过多长时间，就开始面带红霞，说话也有些颠三倒四。山俊彦害怕若是再这样喝下去，周惠子一定会被灌晕，后面还不知道出什么事情呢。干脆给自己倒了一大杯白酒，端着杯子站起了身子，冲着刘副部长及座位上的所有人说道："刘部长，各位家乡的父母官，感谢今天如此盛情款待，明天的周刊庆典很重要，在家乡讲课我也很有压力，需要认真准备。另外，周助理今晚还要帮我准备明天讲课的投影片。所以，我提议大家把杯中酒喝掉结束晚宴，我干掉这一大杯，算是赔罪了。"说罢仰头把杯子中的酒倒在了嘴里，举着空杯子站在那里。刘副部长的表情虽然不悦，但还是悻悻地说了一声："还没上主食呢。"同学王东关键时候还是站了出来，举着酒杯帮着打圆场："大摄影师还要回家做功课呢，晚上要交功课、交公粮，这也是大事。"大家哈哈笑了起来，惠子也清醒了一些，连忙也跟着站起身子来："我也喝不动了，谢谢啦。"刘副部长伸出一只手拉住惠子的胳膊，说道："周助理，大摄影家回家办公事，你晚上去唱歌吧？来潍阳一次，玩个痛快。"周惠子抬起头看到山俊彦有些生气的表情，挣脱掉胳膊。嘴里却说道："谢谢部长的心意，我晚上还有工作要做，否则就要被老板炒鱿鱼的。"刘副部长被拒绝后，面上觉有些尴尬。但是，毕竟还是见过场面的人物，两只手一摊，自己给自己留了个台阶，脸上带着假笑，悻悻地说："好好，年轻人有进取心是好事，首先要把事业搞好，才能有更好的生活。我赞成大摄影师的建议，今天到此结束。改天再聚。"站起身来给山俊彦、周惠子道别，然后带着杂志社的人去转战别的地方，再喝第二场。

山俊彦和同学王东把周惠子送到宾馆的房间，嘱咐她好好休息。关门时，周惠子带着醉意冲山俊彦开了句玩笑："师父，回家把功课做好啊，按时交作业。按时交……"交公粮这三个字没好意思说出口，只做了个口型。

送山俊彦回家的路上，王东说："大摄影师，你这美女助理好像对你很倾心呢，不准备在省会再安个家？"

"别瞎说，她是个孩子，比我女儿没大几岁。"山俊彦故意生气地说。

"现在你们大城市，不都是喜欢老少恋吗？尤其是你们搞艺术的，这是艺术的源泉。"

"你可是台长啊，胡说八道可要负责任。"

王东自己轻轻地摇了摇头。

这几年山俊彦对社会和人的认识越来越清醒了，环境不一样，每个人的生活方式也不同，他在选择做一名摄影师的时候就已经做了人生的选择，远离自己不喜欢的事情，做个简单的手艺人，活在自己创造的理想国里，自由地行走。可是，他也知道，活在现实生活里，理想国只能在自己的心里，或者在自己的公寓里。出了门，就要面对现实，无法做到真正地远离。

到家的时候，晚上十点多，客厅里的灯关了。在鞋柜里寻到自己的拖鞋换上，把背包扔到客厅的沙发上面，看到女儿房间的门虚掩着，灯光从门缝里透了出来。山俊彦轻轻地推开可可的房门，蹑手蹑脚地走了进去。写字台前，是穿着睡衣的女儿，手里举着英语课本，头上戴着耳机，嘴里小声地读着英语课本。山俊彦不忍心打扰她，默默地站在一边，看着已经长大的女儿，心里的那份愧疚感再次升起。十几分钟后，可可似乎已经背诵完课本上的单词，合上英语书，摘下耳机，无意间看到了山俊彦，嘴里惊讶地喊了一声："呀，爸爸。"脸上露出了惊喜的表情。

山俊彦伸出一只手轻轻放在女儿的头上，另一只手捏了捏她的小脸蛋。

"明天周末了，早点睡觉吧。"

"还有两门功课的作业没做呢。爸爸，你是回来陪我的吗？"

"我明天在咱们这里有个讲课，讲完课我带你去吃好吃的。"

"太好啦，我好长时间都没出去吃饭了，姥姥做的饭都吃腻了。"

山俊彦从女儿房间走出来，把房门关上，今晚更有些后悔，不应该在外面吃饭的，好容易回来一趟，应该多陪陪女儿。

来到妻子的卧室门前，下意识地拧了一下门把手，突然想起自己不应该去这个房间。就赶忙退了回来，转身去书房方向。这时，卧室的门"吧嗒"一声响起了开锁的声音，门从里面拉开，妻子伸出头来，黑暗里看不到表情。

"你回来了？"语气冷淡，还带着埋怨。

"哦，这边有个活动，就回来了。"

"书房里小床上的被褥，妈拆洗了，我一会儿给你拿过去。"

"好的，我自己过去取吧。"

山俊彦走进妻子的卧室里，妻子正从衣橱里取他的被子。床头上的台灯亮着，一本书翻开，书的名字叫《夜晚同你聊聊》，作者的名字叫钟山，是潍阳市广播电台《钟山夜话》节目的主持人，这个节目是通过接听电话，为听众解决婚姻情感类的问题，主持人钟山五十多岁，主持这个《钟山夜话》节目有十多年，翻来覆去就是推销他的一些情感经验，听众多是些城市里的打工者，或者郊区农村的中老年妇女，这些年钟山积累了不少粉丝，成了当地中老年妇女的偶像。"明天我参加完活动，中午带可可一起吃饭。"山俊彦抱着被褥出门，回头对妻子说。

"嗯。上午我和她参加学校老师组织的校外补习班。"

山俊彦想了想说："你中午和她一起吧，也带上她姥姥姥爷。"

"明天，她姥姥姥爷坐公交车回趟老家，就不去了。"

"哦，我明天上午在《潍阳周刊》讲课，让他们租个车回去也行。"

"不用了，他们坐公交车就行。"

妻子的老家在潍阳市的郊区，并不是太远，公交车四十多分钟通到。

《潍阳周刊》的庆典举办得很成功，市里的领导悉数到场，庆典仪式隆重而热烈。山俊彦和光影客杂志社的白社长作为特邀嘉宾也坐在了前两排，山俊彦看到两鬓斑白的白社长，自然就想到和他一起来的大学生，另外还有干女儿小白。山俊彦心想，都是些二十几岁的姑娘，甚至比他的孩子都小很多，这白社长到底是什么心境，去和孩子辈的人谈情说爱呢？这时，山俊彦却又想到了自己和素雅，不禁苦笑了一下，白社长的感情不道德，难道自己和素雅的交往就高尚吗？仔细斟酌的话，从道理上来讲，性质都是一样的。

庆典活动最后一项是山俊彦的摄影讲座，由于事先做了宣传，来听讲座的人不少，有当地媒体的摄影记者，也有喜欢摄影专门赶过来听课的群众，会堂里挤得满满的，甚至比刚才庆典仪式的人还要多。山俊彦在白水城多个大学做客座教授，对于讲座这样的活动并不陌生，尤其是在老家讲课更是做了充足的准备，虽然听众里有专业的摄影师，也有刚入门啥也不懂的新手，但是山俊彦的讲座既生动又简练，把一些深奥的摄影技术通过通俗化的描述，讲得通俗易懂，还清晰地总结了日常摄影技巧，无论对新手还是专业的摄影师都有启发和帮助，他的讲座获得了听众的阵阵掌声。尤其是课件里周惠子选择的那些照片，都是山俊彦近几年拍摄的经典作品，无论从用光还是故事性的内容方面都显示了一个摄影家的深厚实力。总之，讲座很精彩，市委宣传部还有周刊的领导们也非常满意，纷纷表示，下次市里有活动还要请山俊彦赏光参加。

庆典活动结束，王东安排嘉宾一起吃午餐，山俊彦与女儿事先约定好一起吃饭，拒绝了同学的热情邀请。王东又邀请周惠子一起去，惠子却说要跟着山俊彦一起回家，去拜见师娘。王东悄悄问俊彦，你这是要作死啊，把情人带回家这是故意挑事啊。俊彦笑着说，若真是情人就不会带回来。

按照原计划，山俊彦是不想带周惠子与家人一起吃饭的，怕引起妻子的误会。但是，周惠子自己提出来要到他家里去看看，山俊彦以为那只是她为了拒绝王东的邀请寻找的一个借口，没想到惠子是真心想去。似乎也找不出拒绝的理由，山俊彦只好带着她去。

山俊彦在女儿补习班附近找了一家铁锅鱼馆餐厅，开车提前到了那里，和周惠子寻找到一四人座的房间坐下。这家餐厅以柴火铁锅炖鱼出名，是潍阳市的一特色餐饮，连锁店有十几家。山俊彦给周惠子介绍这家餐厅的特色，这里的鱼是潍阳郊区水库里的鲜活草鱼，餐厅里炖鱼的生铁锅是当地铁匠手工打制的，灶里用木柴大火，熬出来的汤呈乳白色，不添加任何的香料调制品，熬熟后只加些盐和少许香菜末，盛入碗中，汤色若奶，清香可口且鲜味十足，肉质嫩滑，入口绵软却又劲道，是可可最喜欢的餐馆。

尤其是当地的特产铁锅，惠子一边津津有味地听着他的介绍，一边十分好奇地向炉灶里填着木柴。

"爸爸。"可可清脆的声音传了过来。

山俊彦抬起头来，却正好看到妻子面露愠色地站在女儿旁边，连忙站起身来。

"哦，这是和我一起来参加会议的同事，周惠子。"

"嫂子好，一直想来拜访您呢。"惠子热情地向山俊彦的妻子伸出了手。

"你好，谢谢。"妻子的表情稍微缓和了一下，伸出手来握了握惠子的手。

"阿姨好。"可可看到周惠子倒是一点儿都不陌生，欢快地向她打着招呼。

"哈哈，你是可可吧，你爸爸经常提起你呢。对了，不能叫我阿姨，叫姐姐。"

"姐姐好。"懂事的可可赶忙改口道。

周惠子拉着可可坐在了自己身边，妻子只好挨着山俊彦坐了下来。

"爸爸，今天我若不是参加补习班，也想去听你的课呢。"可可对着山俊彦说。

"哦，等你中考完，爸爸送给你一台相机，专门教你摄影。"

"你爸爸是著名的摄影大师，他的女儿一定也会成为摄影家的。"周惠子在一旁附和着说。

"还是学点有用的吧，这照相花里胡哨的，找工作都难。"山俊彦的妻子边吃鱼边不屑地说了一声。

"妈，我也想和爸爸一样成为摄影师。"

"你别没出息，考上大学，未来当个公务员或者医生多好，或者当个教师也比没正当工作强。"

可可看到妈妈有些生气，干脆就低下头吃碗里的鱼。

"现在先全力以赴把功课学好，考上大学后，有大把时间来发展自己的爱好。"山俊彦一边给女儿添加着鱼肉，一边安慰着她。

"是啊是啊，大学生活可好玩了。"周惠子也帮着转换话题。

可可听到周惠子提到大学里的生活，话题也多了起来，向周惠子问这问那，周惠子借机给可可描绘大学里有趣的事情，并且鼓励可可要好好学习。听到周惠子讲学习的事情，可可的妈妈本来紧皱的眉头，也舒展了许多。

鱼馆的对面是森林公园，吃完饭后，可可要求山俊彦带着她们去公园里转一转再回去，山俊彦一口应允。可可跟在周惠子旁边，俩人边说笑着边沿着公园的小路向前跑。山俊彦和妻子则沿着小路慢慢地向前走着，两人并没有多说话，就像在公园里散步的陌生人一般。山俊彦本想找些话题谈，可是除了可可的学习确实找不到其他什么共同的话题来说。妻子的表情倒是放松了许多，边走路，边甩打着胳膊，并没有像山俊彦一样感到不自在。

公园的一角是欢乐谷，这可把周惠子和可可高兴坏了，俩人没打招呼，挨个项目都欢快地排队去乘坐。周惠子带着可可坐了两遍过山车，俩人仍然不过瘾，若不是山俊彦提醒时间，她俩会一遍一遍地坐下去。

山俊彦开着车把妻子和可可送到家门口的时候，妻子并没有客气一下邀请周惠子上楼，只是可可和周惠子恋恋不舍，俩人相约等可可放假后去白水城一起再坐过山车。直到车开走好远，可可还有些不舍地冲着他们摇着手。

回去的路上，周惠子没有多说话，趴在窗户边上看着窗外的风景，回程的高速路上拥堵了不少，回到白水城的时候，已是华灯初上，夜色阑珊，鉴明湖上的摩天轮霓虹闪烁，远远地望去就像它的名字一样潋滟——白水城之眼。

第八章

　　今年的冬天注定又是个暖冬，西北风没有往年那么凛冽，鉴明湖的水依然微波荡漾，丝毫看不出冬天的样子，岸边的垂柳垂下的枝条依然挂着一些绿叶，简直不像北方城市的冬日。似乎世界变暖的趋势愈演愈烈，三十年前，此时鉴明湖的湖面早已冻得结实，车开到上面都不用担心，岸边的土也冻成一块，有的地方冻得裂了口子。在湖面上滑冰的孩子，穿着棉袄棉裤，棉帽子下面是红扑扑的脸蛋，追逐嬉闹着，嘴里喷出来的是一团团白雾，完全是一幅冰天雪地的场景。现在的湖堤上，散步的人依然很多，年纪大点的穿着棉衣棉裤，许多青年人却穿着带有破洞的牛仔裤，还裸露着光秃秃的脚腕，这是近两年流行的时装。时代不同，观念变化也大，这气候的变化好似在追随着时代的变迁。

　　素雅与山俊彦的关系越来越紧密，见面的频次也在增加，每周总要安排一两次见面。山俊彦越来越觉得这是冥冥之中注定的一次相遇，无论是性格还是思想，素雅都越来越吸引自己。他心里一直在想，这也许是上天安排的一个礼物，用来补偿命里的空缺。但是交往这么久，山俊彦似乎对素雅的家庭了解并不多，每次见面后，素雅总是坚持在夜晚十二点前离开，偶尔的一两次留宿，山俊彦猜测应该是她老公出差的时候。素雅很少提起家里的事情，山俊彦有时候纳闷问几句，看她不乐意回答的样子，也就不再追问。只是经常会看到有个电话打过来，素雅有时故意不接，或者接的时候，也会躲到厨房或者洗手间里去，打完了再出来。但是山俊彦凭直觉判断，素雅与老公关系并不很好，因为她经常接完电话后，脸色就非常难看，情绪也变得低落。山俊彦又不好安慰，好在素雅调整情绪的能力比较强，没一会儿就能变得开心起来。素雅爱好广泛，学习东西快而且学得深刻，与山俊彦谈艺术、谈摄影，甚至谈学校里的事情，俩人可以无话不谈。山俊彦认为，素雅逐渐地爱上了自己，而且是发自内心的，俩人的交往中，山俊彦感受到，素雅在行动上也逐渐地由被动变得主动了许多。

周五早上，山俊彦像往常一样从公寓出来，在楼道口正碰上买油条回来的邻居大姐，山俊彦友好地打了声招呼。大姐却问了一声："这么早出门啊，你媳妇呢？"山俊彦愣了一下，然后意识到她是在问素雅，连忙应付地回道："哦哦，都在忙。"山俊彦边走边想，这大姐的记性真够好的，只是在电梯里碰到过一次，这么久还一直惦记着，好似看出了些破绽一样。

由于出门早，地铁里人不多，许多人抱着手机不太抬头。山俊彦翻看了一些时政新闻，又浏览着微信朋友圈的消息，看到耿浩发了一把餐厅里的勺子，勺子的柄是做工精细的景泰蓝。勺子的质地优良，应该是会所或者是五星级酒店里的用品，估计这风流哥昨晚又去潇洒了。山俊彦在照片下面点评："大记者又去砵兰街喝汤水了？"砵兰街是香港的一条风月街，耿浩前几年去香港出差，曾经到那里体验过风情，回来后给山俊彦描绘过，山俊彦对砵兰街印象深刻。

出地铁的时候，山俊彦意外收到了素雅的电话。

"吃过早餐了吗？"

"哦，我都快到单位了，谢谢关心。"山俊彦笑着回答。

"谁关心你啊，这是问候语。"

"哦，那我自作多情了。你呢？今天有课吗？"

"这三天都没事，看你有没有事呢。"

"我今天到单位有些合同要签，下午和《山茶花》编辑有个约会。"

"男的？女的？"这个问句应该是脱口而出的。

"女的。《山茶花》杂志是省内出名的文学刊物，在全国的影响也比较大，半年前不知在哪儿留的名片信息，一直没联系，最近说有合作，才接触的。咋了，不放心吗？"

"懒得操心。明天吧，去找你。"

"好啊，想去哪里玩？"

"哪里也不想去，想休息一下。"

"来我这里打扫卫生吧，一起做饭。"

"你把我当保姆啊？"

"哪能啊？保姆地位低，奶妈比较合适。"

"懒得理你。"

那边把电话给挂掉了，山俊彦也到了办公室里。门开着，一层的展览室里没有人，沿着楼梯走上来，看到周惠子站在摄影棚里的三脚架边上，不停地按动着相机的快门，随着快门的声音，两边的柔光灯箱也啪啪地闪着，对面的桌台上放着大卫的石膏像。高跟鞋配着紧身的牛仔裤，略弓着的身材凸显了翘臀与 S 形的曲线，与对面的白色影布恰好形成剪影的效果，作为摄影师的山俊彦下意识地掏出了手机，连按了几下快门。听到动静，惠子转过头来，看到了山俊彦。

"来来，师父，我怎么都调不好参数，不是过曝就是欠曝。"

山俊彦走了过去，看了一下，把石膏像的角度扭转了一下，并把左边的柔光箱拉升了四五厘米。

"你再试试。"

周惠子把眼睛贴近相机的取景框，拍了一张，看了看回放效果图，不禁惊呼道："哇塞，师父就是师父，我倒腾了半个小时就是调不好角度，你来了稍微一摆弄，就出现了奇迹，佩服佩服。"

"否则怎么当你师父啊，你以为比你多吃二十年的米饭，白吃了？"

"师父不白吃，哈哈。"

"不过你这丫头还是挺棒的，自己学习不放松，进步也蛮快的。拍人像需要富有感情才能出佳作。"

"师父说我没感情呗。"

"摄影需要生活的积累，你这个年纪富有激情，对感情的理解还是少了一些。"

"瞧不起人！"

山俊彦笑了笑，把刚才用手机拍的剪影给惠子看，惠子斜了他一眼。

"螳螂捕蝉黄雀在后啊，不允许偷拍我。"

"你记住，在摄影人的眼里没有偷拍，只有艺术。"

"原来是这样啊，搞艺术的人总是打着艺术的幌子去骗人，对吧？"

"你是在拐着弯故意骂师父吧？"山俊彦问。

"哪能啊，心里想也不敢啊，您是我师父，恩师如父呢。"

惠子把摄影棚的灯光关了，去柜子边的咖啡机那里，把两个咖啡胶囊放进机器里，机器开始嗡嗡作响，不一会儿，咖色的液体流到两只小杯子里。惠子把一只递给山俊彦。

"给师父递茶倒水，才是弟子应该做的。"

"今天气氛有些不对啊，咋说话含沙射影的啊？是不是男朋友惹你生气了？"山俊彦听耿浩说，前几天，周惠子妈妈逼着惠子去参加了次相亲会。

周惠子拉了把椅子推到山俊彦身边，自己斜身坐到了沙发上。

"说到这些就来气，我妈上次拉我去相亲，倒是真认识了个奇葩男生。"

"哦，说说看。"山俊彦端着咖啡坐到沙发上。

"一个大男人去参加相亲，还带着他妈和姐姐，简直就是个妈宝男。说话细声细气的，还常常伸着兰花指，看了想吐。"

"你看不上人家，也不能损人家啊。"

"你没去参加过相亲会，就和进医院诊室一样，我就是医生，男人是病人，一人五分钟，看完接着下一个，挺好玩的。"

"那男的咋样？别跑题。"

"那人进来后就开始给我谈服装艺术，到了五分钟，愣是不出去。工作人员提醒他，时间到了，让他出去，他不同意，说还没谈正事，剩下的时间他包了。"

山俊彦乐得差点把咖啡喷出来。

"更奇葩的是，不知他从哪里打听到我家地址，昨天他带着他姐姐来我家提亲了。"

"哈哈，看来真是一见钟情呢。"

"钟情个头啊，哪有这样的人啊。我妈也是同类人，见到人家还特热情，端茶倒水的，好像大喜临门的样子，我真不知道我在我妈心中是什么样子。"惠子越说越激动，手里还不断地学着兰花指。

山俊彦笑得前仰后合。

"结果咋样，我想知道结果。"他还是很好奇地刨根问底。

"结果是我受不了了，夺门而出，留下他们在家里谈。"

"哈哈，估计结果是这样。"

惠子抿了一口手中的咖啡，用小勺轻轻搅拌着，看着丝丝烟气从杯子里袅袅升起。

"师父，你说爱情是什么样的？"

"哦，开始探讨严肃的学术问题吗？"山俊彦故意逗她说。

"你是过来人，应该有很深的感悟吧。另外上次去潍阳见到嫂子，我觉得你并不爱她，为何不离婚呢？"

"哦，这个婚姻和爱情是两码事。爱情就是遇到了那个对的人，什么是对的人，就是你的感觉认为他（她）就是你要找的那个，有时候感觉会骗人，容易被外貌、物质、包装所迷惑，我说的感觉是一种真实的感觉，撕开所有包装的感觉。爱情是相互的，否则就是一厢情愿，初次碰到就有感觉叫一见钟情，刚开始碰到没太大感觉，越相处越有感觉，叫作日久生情，如老酒般情深意浓。比如，你和妈宝男试着接触接触。"

"别提那厮。你说得太抽象了，我虽然明白你的意思，但是还是弄不懂你说的感觉。"

"多实践实践，积累些经验就明白了。"

"你和嫂子属于哪一种？"

"能换个话题吗？"山俊彦脸上带着严肃。

每个人心里都有一个柔软的地方，触到它就会痛，放在那里没人关心，就似乎忘了。婚姻这个话题就是山俊彦的软肋，不愿意别人提到，自己也不愿意去想。就像鸵鸟一样，有危机的时候，便把头扎到沙子里，以为自己看不到，麻烦就会过去，抬起头来时就忘记了。这既是一种无奈，也是一种折磨，但是，似乎又没有好的办法去解决，拖延也许是治病的良药吧。

周惠子不是那种喜欢八卦的性格，看到山俊彦在躲藏，也就不再追问下去，而是提到了那几个要签约的合同。

周惠子到楼下一层，从文件柜里取出几个合同范本，回到二楼，递给山俊彦。

"这是这个月到期的一些聘用协议，你续签一下。"

"哦，还是去年的价格吗？"

"今年市艺术学院的课时费增加了一些。另外，省报的副刊明年要做专栏摄影，请你做点评嘉宾，要和咱们签个协议，估计你同学耿浩叔叔给运作的，给的价格还不低呢，我前几天去了他们那里，副刊的主编亲自接待的。"

"同学的关系，不能要价钱高了。"

"嗨，反正都是公家的钱，谁不乐意做个人情啊。"

"改天叫你耿叔叔吃顿饭吧。"

"对了，师父，山茶花杂志社安排下个月要去西藏采风，给了两个名额，要您带个人去。恰好那个时间我带我妈去贵州玩，机票都定好了，好遗憾呢。"

"是有些遗憾，那我自己去吧，可别说我不带你。"

"要不您带个女朋友去？"惠子调皮地说。

要是带素雅去，那样最好了，山俊彦心里想着，但是嘴里却说："那怎么可能，我自己一个人去就行了。"

"好同志，否则我给嫂子打小报告，闹得你鸡犬不宁的。"惠子嘿嘿笑着，拿着文件走下了楼梯。

山俊彦端着杯子走到咖啡机前，又续了一杯。这咖啡机是惠子从超市买来的，之前山俊彦是只喝速溶咖啡的，并不习惯喝现磨制的咖啡，总觉得自己调制麻烦且口味相差不大，但是自从惠子给他用咖啡机制作了第一杯开始，山俊彦就决定把橱子里的速溶咖啡扔掉了。

这时，楼梯上传来了急促的脚步声，周惠子抱着文件跑了进来，顺手把门给关上了，脸上带着不安，气喘吁吁的。

"师父师父，赶快赶快！"

"咋了？着急忙慌的。"

"那个，那个'妈宝男'，来店里了，你抓紧下去，不要说我在这里。"

"看你紧张的样子，我以为来强盗了呢。"山俊彦忍住不笑，把紧张的惠子倚着的木门拉开，自己径直沿着楼梯走了下去。

一楼的厅堂里，有个穿着白色西装上衣的年轻人，捧着一束红色的玫瑰花，正在四处张望，一会儿看看墙上挂着的摄影作品，一会儿又用手触碰一下案几上摆放的相框，一副心神不定的样子。山俊彦走下楼梯，故意咳嗽了一声。那男生赶忙地抬起了头，戴着黑色边框的眼镜，白皙的脸庞，模样倒是清秀。

"请问，那个，周小姐，在、在这里上班吗？"

"哪个周小姐？"山俊彦故意问道。

"那个周惠子小姐。""妈宝男"紧张得汗都流了下来，局促不安的样子挺可笑，伸手从口袋里掏出一个折叠方正的手帕擦拭额头，手指正是兰花状。山俊彦差点笑出声来，这个时代，用手帕的人恐怕也不多见了。

"她今天不在这里。"山俊彦装出一副严肃的样子。

"能帮我把这束花转达吗？""妈宝男"变得更加拘束。

"你是谁？来自哪里？要干什么？"山俊彦故意连着问了三个问题。

"哦，我、我自我介绍一下，我叫张元元，在康华大都保险公司做推销员，周小姐是我刚刚认识的女、女朋友。"他边说着，边从挎包里拿了张名片出来，递给山俊彦。

山俊彦接过名片，看了一眼，用手指着阳台上的玻璃瓶。

"把花放那里吧，她回来给她。"

"谢谢啦，谢谢啦。哦，您要是买保险，可以随时找我。""妈宝男"把花插在花瓶，还用案几上的水壶接了自来水倒进瓶子里，把花束散开来。临走时，冲着山俊彦作了个揖，嘴里说了一句："请您多帮忙。"

"妈宝男"走了好一会儿，惠子才蹑手蹑脚地从楼上走了下来，到门口处朝四周看了一下，确认他已经离开，才松了一口气。

"你刚才像见了强盗，这会儿咋像防贼一样啊？有这么可怕吗？我看这家伙长得还可以啊。"

"妈呀，师父你啥眼神？咋和我妈一样呢。"

"我感觉人家很有礼貌的，而且还很真诚。"山俊彦说着，边把"妈宝男"的名片递了过去，"保险公司的推销经理，挺会说话的，心很细，那玫瑰花人家也给你放花瓶里了。"

"我才不稀罕。"周惠子过去把玫瑰花从花瓶里捞出来，直接扔到垃圾桶里。

"你说是不是很娘啊？"

"兰花指的姿势倒是蛮好看的，我看电视里的小鲜肉都这样的，也没啥。"

山俊彦走过去，把玫瑰花从垃圾桶里又拿了出来，插到花瓶里。

"这花又没得罪你，为什么要扔掉，怪好看的。"

"我看着扎眼，否则把瓶子也扔掉。"

周惠子气冲冲地把瓶子抓了起来，朝门口走去。看到大街上的垃圾桶比较远，走到门口又折了回来，扭身走到一楼的楼梯后面，拉开门进到小院里，寻到一个墙角处，把花连同瓶子一起丢在那里。

关门的时候，惠子还冲山俊彦瞪了一眼。

下午，杂志社的编辑没有过来，却来了个电话，说是副总编准备和山俊彦见面做个访谈，下午的时间能否改到第二天上午。山俊彦早上的时候在电话里已经和素雅约好的，明天要一起在公寓里度周末，只是这家杂志比较出名，而且是副总编亲自做访谈，山俊彦觉得拒绝有些不礼貌，只好答应下来。赶紧给素雅打电话过去，想解释一下，但是电话打了几次却没接通。于是发了微信过去，傍晚的时候才收到素雅的回信："知道了，你忙你的，我去你家等。"

下班前，山俊彦让惠子帮着整理过去获奖得的证书，还有前几年在国家级刊物上刊登的摄影论文。看到过去的一堆证书和杂志，他意识到，近几年只忙于商业应酬，几乎在专业上没有什么突破，他觉得自己在吃青春、吃老本。想想三十岁左右时，到处采风，拍摄不同题材，不断地思考和学习，艺术创造的灵感也源源不断，作品经常发表在国内外重要的杂志上，连续几年都获得了国家级大奖。再想想这几年，虽然是赚了一些钱和名声，但是山俊彦觉得自己有些堕落，变得庸俗了许多，也不再追求进步。

　　他突然意识到了这一点，再想想自己的年龄离退休时间太远，觉得应该重新振作，人生再拼一下才对。

　　想到这些，山俊彦觉得自己年轻了许多。

第九章

　　周五晚上，山俊彦让保洁工来打扫了一遍公寓，把厨房擦得干干净净。由于许久不做饭，厨房里蒙了一层尘土，油烟机上的油污已经变黑，一层闪亮的油脂贴到了机器外表面，保洁大姐边打扫边嘴里嘟囔着。山俊彦把房间内的橱柜抽屉，内外翻了好几遍，把遗留在房间里的那些不知多久的女人衣服和用品，塞满了一个纸袋子，让保洁带走处理掉，保洁大姐看到有些衣物是崭新的，嘴里直说着可惜，却很高兴地拎着袋子回去了。

　　第二天早上，山俊彦出门前把钥匙放在了门口的脚垫底下，并给素雅发了微信。上午九点与《山茶花》杂志的副总编约在山脚下的一家茶社里，山俊彦到的时候，杂志社的副总编已经在那里，旁边还坐着一位女士，副总编是位五十多岁的男人，矮矮胖胖的，头发已经半秃。旁边的那位女士，山俊彦曾经见过，是该杂志社负责艺术版面的编辑。与副总编交换名片并客套地寒暄过后，三个人坐下来，边喝茶边谈论着业务合作。名片上印着副总编的名字高明，女编辑向山俊彦介绍说，高副总编是《山茶花》杂志的常务副总，负责杂志社的战略规划和业务拓展工作。高副总与山俊彦谈论起杂志行业目前的困境和机遇，随着数字化的发展，纸媒衰落的趋势不可逆转。山茶花杂志社是行业内转型比较快的，目前已经开始大面积地与网络媒体开展合作，并且收购了一些大型的网站，比如比较知名的青山网，就已经被他们控股。所以未来一段时间，将是线下线上联动的一个时代，未来的杂志将以快速向线上发展为主，或许某一天纸媒便会消失掉。山俊彦对副总编的观点比较认同，也给他讲了摄影行业发展的变革，胶片向数码转型就是一次变革。最典型的案例是，行业排名世界第一的日本柯达胶卷由于没跟上数码时代转型的步伐，被残酷地淘汰掉。山俊彦说，日本柯达公司也是最先发明数码相机，反而被数码时代抛在后面。时代潮流是无法阻挡的，你只有快速掉头紧跟而上，才不会被时代丢弃，纸媒与网络的发展趋势已经很清晰，杂志社的快速转型是正确的。山俊彦与高明副总编两个人谈得很投机，高副总编让女编辑把这次与山俊彦的访谈内容整理成文字发表在杂志上，并且计划给山俊彦拍一个《大摄影师》系列的专题片。

　　访谈结束的时候已经过了十一点半，三人客气地分别后，山俊彦急急地叫了出租车往回赶，在车上他拨打素雅的电话，铃声响了很久却没有人接。山俊彦心想，素雅肯定是生气了，有可能她不再等自己已经回家了，山俊彦心里也有些懊悔，这次访谈完全可以安排到下周的上班时间的。下车后，山俊彦快步走向楼道，乘电梯上楼。到门口的时候，发现脚垫下面的钥匙不见了，心才放了下来。伸手敲了几下门，却没有人来开门，山俊彦从包里找出备用钥匙，轻轻转动门锁把门打开。随着门被推开，房间里充满了欢快的音乐声，让山俊彦有些惊愕，房子里已很久没有这种欢快的场景了。山俊彦换上拖鞋，进到房间里，客厅里蓝色桌布衬底的餐桌上已经摆满了菜肴，彩椒牛柳、凉拌秋葵、粉丝扇贝、百合西芹，中间是清蒸鲑鱼，鱼上撒了五颜六色的彩椒末。荤素搭配，色香味俱佳，俨然是大厨之作。厨房里油烟机的沙沙声音透过门缝传到客厅里，山俊彦踱步到厨房门前，透过推拉门的茶色玻璃看去，围着围裙的素雅，正在认真地搅动着炉子上面的搪瓷锅，边搅动边用嘴轻吹着锅里飘出的青烟，察看着汤底的颜色，一副全神贯注的样子。看到厨房里的情景，山俊彦心中涌出了一股莫名的感动，眼眶顿时湿润了，这也许就是自己期盼的那种家的感觉吧。舒缓的音乐，娇美的妻子，家常便饭，柔和的灯光，宁静的港湾。最平淡的往往最珍贵，在别人看来，这些都是司空见惯，平淡无奇，然而对于一个在外漂泊的中年男人来说，却弥足珍贵，对于这种想法，有时也令自己费解。

山俊彦轻轻推开厨房门走进去，来到全神贯注地正在煲汤的女人身后，伸出双臂从后面环抱住女人柔软的身体，女人身子轻轻一颤，手臂停止了搅动，闭上眼睛，身子却静静地向后倚着男人的胸膛，音乐缓缓流淌过来，搪瓷锅里翻滚的气泡声也成了伴奏的节拍。

"去客厅吧，汤马上就要煲好了。"

"谢谢你。"

"你啊，像个孩子。"女人轻声地安慰道。转过头来，轻轻碰了一下男人的嘴唇，腾出双手，把他推到了厨房外面。

冰箱里还有半瓶威士忌，一瓶法国红酒，今天的情景好似不太适合喝烈性酒，山俊彦把红酒取了出来，从酒柜里取出两只高脚杯。

素雅已经脱去身上的围裙，端着汤走进客厅里。牛仔裤配着白衬衣，看上去身姿更加婀娜。

"我今天穿的休闲，是为了做个合格的煮妇。"

"真的好厉害。"山俊彦由衷地夸奖。

"坐下吃吧，都快凉了。"素雅有些害羞。

山俊彦看着满桌子琳琅满目的菜品，禁不住用手抓了盘子里的一只秋葵放到嘴里。

"洗手了吗？快去洗洗手。"

等山俊彦从卫生间出来，素雅已经把汤盛到小碗里，筷子、汤勺摆好。

"坐下吧，也不知道是否合你的口味。"

"厉害，出得厅堂，进得厨房，是个难得的好婆娘。"

"你这摄影师不但眼睛好，嘴巴倒也挺甜的。"素雅得到山俊彦的夸奖后有些羞涩，也不失时机地回赞了他一句。

"好好敬你一杯。"山俊彦把酒杯递了过去。

"哦，你稍等。"素雅看到红酒，突然想起了什么，转身到走到山俊彦的卧室里去了。

不一会儿，素雅从里面走了出来，左手拿着一个白色的手提灯，右手则拿了一个小小的酥油蜡烛。

"刚才看到你阳台有个烛灯，我擦拭了一下，发现还是新的。"素雅并没有追问烛台的来由，而是用火柴把蜡烛点亮，拉开手提灯的玻璃门，轻轻放到底座上面，把手提灯放到餐桌的中央，然后起身摁灭了房顶的灯。房间里顿时暗了下来，只有烛光透过玻璃散发出的柔光，让屋子里暖暖的，倒不像中午的时间，更像在冬夜里的小木屋一般。

家里吃饭的感觉不同于在酒店，令人身体更放松和舒适，加上饭菜可口，酒香扑鼻，更容易触景生情。原来都是急匆匆地来急匆匆地去，而今天和明天却还有大把的时间可以挥霍，两人可以整天腻在一起，所以可以忽略掉白天和黑夜，也可以忽略掉外面的一切，就在这六七十平方米的屋子里，沉浸在一个封闭的世界，一个属于两个人的世界。

酒是催化剂，也是催情液。半瓶红酒过后，话题也越来越多。

素雅开心笑的时候，用一只手去撩一下散落的秀发，随意中带着羞涩，那折射的烛光映照绯红脸颊，更显妩媚。看到山俊彦正目不转睛地盯着自己，素雅把红酒杯举起来，遮住山俊彦的视线，停在半空中。山俊彦只好把酒杯举起来，轻轻地一碰。

"难得的周末时光，安静地在一起。"山俊彦说。

"是呢，现在心里啥都不想了。"

素雅轻抿了一口葡萄酒，站起身来，到音箱边上重新选了曲子，音调更加地舒缓，音符偶尔有跳跃，听着感觉像在弥漫着雨丝的夜色里，沙沙的音色像是舞池中两人脚尖踏地的声响。

"这是什么曲子？"山俊彦望着素雅问道。

"《Kiss The Rain》，韩国的音乐家李闰珉写的，写这首曲子的时候，是在一个满是星星的晚上，突然来了阵细雨，作者有感而发创作的。"

"吻雨？雨之吻？"

"不是，中文译作《雨的印记》。"

"名字够浪漫的，我以为是欧洲人创作的呢。原来是韩国人。"

"你觉得亚洲人不懂浪漫吗？"

"那倒不是，东方人可能受儒教影响较多的缘故吧，不善表达，所以显得并不怎么浪漫。因此无论日本人、韩国人还是其他亚洲国家的，总感觉不如欧洲人。"

"你还挺厉害，这个李闰珉确实是在伦敦学的音乐，他的音乐兼容东方的抒情与西方典雅细致的风格，欧洲人也喜欢他的曲子。"

"音乐这种艺术和文化是分不开的，不同的文化环境产生不同的艺术，东方的矜持，西方的开放，都会产生不同的艺术形式。近代以来，欧洲经济快速发展，群众财富积累的厚重，为大众音乐发展提供了热土。因此欧洲的音乐，古典的、现代的、浪漫的、乡土的，表现的形式会多很多。而在亚洲，音乐数百年前是属于皇家的专属享受品，最多也就是贵族等少数人的雅乐，形式相对单一。因此和欧洲的音乐相比，还是有明显的差距的。"山俊彦借着酒劲侃侃而谈，也知道自己是一知半解，甚至信口开河，但是看到素雅一脸崇拜的表情，自己也被自己的瞎说一通打动了。

"你说的确实有道理，但是我认为艺术是不分国界的。人的欣赏水平是有层次的，但是你不能说，西方的就比东方的好，这是有地域歧视的。比如，我们学校的音乐张老师，写的乡村民谣，一点儿都不差。"素雅笑了笑继续说，"没有出名，只是因为没有人推广罢了。"

"那还是文化积淀的结果，一方土地一方庄稼，什么样的土壤开什么样的花，有些时候还是要认命的。若是李闰珉不去伦敦学音乐，也很难写出这样的曲子的。"山俊彦固执地把自己的结论回归到主题上面。

"好吧，我说不过你。"素雅只好举起杯子认输，眼睛里流露出愉悦而又娇媚的神色。

山俊彦举起杯子，仰头把红酒倒进嘴里。

"咱今天不谈远方的音乐，就谈谈近处的你吧，怎么样？"山俊彦的心里突然有种情绪波动，对面这位谜一样的女人，认识了许久，但是总是感觉蒙着一层层的面纱，借着酒劲，山俊彦尝试着撩起这层看不见的面纱。

"谈什么？我在你面前难道还不是透明的吗？"素雅咻咻地笑着。

"是吗？每次都关灯，看不清楚呢。"山俊彦也用素雅的语调开着玩笑。

"流氓。"伸出手轻轻地打了一下山俊彦，"真想了解吗？不怕听了后悔啊。"

"难道有让我听了后悔的故事吗？"

"不听是故事，听了或许是事故。"素雅望着杯子里的红酒，眼睛垂了下来。

一阵沉默。

"不想说，就别说了。"山俊彦感觉情绪有些压抑，开始后悔自己不应该去追问。

男女之间的事情，本身就应该有些神秘感，神秘就会造成猎奇的心态，去不断地探寻秘境，犹如迷宫的魅力，曲曲折折中寻找着快感。真若是直接而又简单地寻到了迷宫的出口，反倒是变得索然无趣了。尤其是已婚的男女，背后的隐情更是芜杂，平凡的生活附加的桎梏更多，有许多的理由都是人生的无奈。所以，知道了太清楚，反而不如保留着那丝神秘感。山俊彦不再是毛头小伙子，知道和女性交往的规则，所以和素雅交往这么久，没有太多去追问和打探，虽然内心有时候还是渴望了解得更多一些。

此时的素雅一言不发，手端着酒杯，望着灯罩里的烛光，静静地沉思着，似乎在思索着往事，目光中却飘出忧伤，屋子里除了缓缓流淌着的音乐，空气凝滞了下来，仿佛进了一个淋着细雨的浅夜。

"说给你听吧，一直也想给你说。"素雅苦笑了一下，率先打破了这份宁静。

山俊彦突然似乎意识到了什么，心像被揪了一下，怕听到就会丢失什么一样。索性站起身子，绕过餐桌，走到素雅的身后，胳膊轻轻从后面绕了过去，抱住了她，下颌抵在白色的香颈上，嘴巴凑到素雅的耳旁。

"我不想听了。"

素雅有些惊讶，把脸颊转了一下，却碰到了山俊彦火热的嘴唇，眼睛睁得大大的却被吻住，稍有一丝的反抗，便被山俊彦莫名的热情吞噬了。

这股热情来得突然，连山俊彦自己也说不清楚，只感觉此刻被一股内心涌动的无名力量所驱使，此时就是要熔掉她，吃掉她。

山俊彦醒来的时候，客厅里的音响还在重复着那段音乐，屋子里的光线很暗，不知道究竟是下午还是已到晚上，胳膊被幸福地枕着，一头秀发依偎在自己的胸口处，素雅依然宁静地睡着，均匀的呼吸轻轻地吹在山俊彦的肌肤上。山俊彦悄悄抬起手臂用手掌试探地抚摸了一下，触碰到了温润而又有弹性的后背，像绸缎一般的丝滑通过指尖的神经流淌回心里面。睡梦中的素雅好像感觉到了这种触摸，身子轻轻地向前缩动了一下，纤纤玉手无意识地紧紧抓了抓山俊彦的胳膊，过了一会儿，又安然地静了下来，山俊彦屏住呼吸，不再轻举妄动。

睡前的一幕像过电影一般在山俊彦的脑海里放映。不知是否因为酒精的缘故，还是言语的刺激，这一次两人比以往任何一次都要疯狂。山俊彦不断重复地回忆着刚才的画面，嘴里却忍不住笑出声来。素雅也已经醒来，黑影中，她用胳膊支起脑袋，用另一只手轻拍了一下山俊彦的头，斜望着暗自微笑的山俊彦。

"你不是一般的坏人！"

山俊彦并没有接素雅的话语，悄悄腾出一只胳膊去轻拉床头上的窗帘，窗帘的轨道很滑，拉开竟然没有半点的声响。此时的天并没有黑下来，正是夕阳落山之前的时候，窗帘一拉开，午后的阳光瞬时便沿着窗帘挤了进来，山俊彦抬起头，却看到素雅蜷缩到床头的一角处，蒙着被子，在一边哭泣着，身子一耸一耸的。

"哭了？"

素雅低着头，紧围着被子，楚楚可怜的样子。

时间一分一秒地流淌着，山俊彦反而不好意思起来。他起身，把散落在地上的衣服捡了起来，穿上自己的衣服，然后把素雅的衣服悄悄放到床的一角处，走到客厅里，倒了一杯温水回到卧室里把水杯递了过去。

"别伤心了，喝点水吧。"

素雅抬起头来，眼睛已经哭得红肿，伸出手来接过水杯，轻轻地喝一小口，低垂着眼帘不知思索着什么。

山俊彦站在一边不知如何是好，素雅蜷在那里并不说话。过了好一阵子，才缓缓地抬起头来，又喝了一小口开水，并开口说话："山俊彦，我喜欢上你了。所以才纠结要不要告诉你我的过去。前段时间，我一直在躲避这个话题，说实话是怕失去你。"

"不会的，过去的事情不重要，你不愿意说就不说。"山俊彦违心地说道，其实他也是纠结的，听素雅的话语，他想知道也怕知道。

人真是一种奇怪的动物，总是在情感里纠结地活着。

"我想告诉你，我的故事。"素雅语气坚定了起来。

山俊彦倒是由主动方变成被动方，不听好像也不行了，只好坐在床边上，眼睛盯着素雅。素雅却让他到客厅里去，并且嘱咐他把卧室的门关上，不叫他不要进来。

过了一会儿，卧室里传来了素雅的声音："进来吧。"

素雅这时已经穿戴整齐，头发也梳理得一丝不乱，一头秀发扎成个丸子头，显得干净利落。她看到山俊彦推门进来，冲着他做了个无奈的表情，歪着头一副不好意思的样子，山俊彦走过去伸开手臂抱了抱她。

素雅牵着山俊彦的手来到客厅里，把山俊彦按到座位上。餐桌上的蜡烛早已熄灭，素雅把房间里两个窗户的窗帘拉开，夕阳已经落了下去，但是余晖仍然把房间照得清晰。素雅又到洗手间里洗漱补妆了一段时间，出来的时候，已经丝毫见不到忧伤的印痕。

趁着素雅梳洗打扮的时间，山俊彦用咖啡机磨制了两杯咖啡，端到客厅的阳台上，阳台下面是暖气片，坐到上面暖烘烘的。

"加糖吗？"

"不用，苦涩会让我更清醒。"素雅摇了摇头。

"今天的天气不如前几日，看不清楚鉴明湖上的白水之眼。"

"俊彦，不绕圈子了。给你讲个故事吧。"

山俊彦点了点头，端起手中的苦咖啡与素雅碰了一下杯子，然后放到嘴边轻轻地抿了一口。

三年前，省教委组织全省的优秀教师教学技能轮训，全年共分两期，春季一次，暑假一次。那时素雅在郊区的中学做高中老师，被学校选派参加培训。培训地点选在风景秀丽的海滨小城青城市，培训除了为了提升教学技能，也是对优秀教师的一种奖励。入住的宾馆就在大海边上，蓝天白云，海浪声声，环境十分优美。省教委从省里的师范大学聘请教授讲授课程。一周六天的上课时间，安排三位教授，每人两天。其中，讲授哲学的老师是个中年男子，高高的个子，身材魁梧，声音也有磁性。

来自各所中学的年轻教师们，尤其是那些女学员，被他满腹经纶、出口成章的才华所折服。课后，学生们围着教授去索要他的微信号，素雅并不是那种爱社交的人，内心被这位教授的才华所折服，但是看到一群人围着，自己便懒得前去凑热闹了。

中午在宾馆的餐厅里，素雅一个人坐在餐桌前吃饭，一个穿白衬衣的身影端着餐盘在她对面坐了下来，素雅抬头一看，竟然是那位讲哲学的教授，俩人一起闲聊起来，吃完饭后，教授主动加了素雅的微信，从此开始建立了联系。

两人开始密切地交往，却是在八月暑假期间的第二期培训班上。临近培训班开始还有一星期的时间，素雅突然收到教授的微信，说八月份的培训班他仍然去讲课，希望能见到她。按照教委的要求，暑期培训班的教授要换成与春季培训不同的另外三个人，教授说他不讲哲学，而是讲授教育心理学。

后来才知道，这次是教授主动申请的，就是为了见到素雅。

在第二期的培训班上，由于春季参加过培训，部分学员之间已经成了老朋友，素雅见到他们格外亲切，空闲时间有几个特别谈得来的人便经常凑在一起。哲学教授的第二次授课也让他们感到惊喜，大家像老朋友一样，课余时间，相约着在海滨小城里吃饭、喝酒、聊天，相互之间无话不谈。有时把教授也一起叫上，教授的知识渊博，见多识广，而且比大伙的年龄也没大多少，观念也很超前，年轻的学员们也喜欢和他在一起聊天。但是，每一次教授总是有意无意地选坐在素雅的身边，经常地回过头来看看素雅，有些幽默的话语，似乎是故意说给她听，素雅起初并没有意识到，只是觉得这位教授比较亲切，对他还是有些好感的。

培训班结束是在周六下午，海滨的夕阳很美，即将离别，几个朋友一起相约去海边，这次也叫上了教授。那天浪很大，水很暖，海水浴场就像是下饺子一样，人很多。有人提议下海游泳，得到了大家的呼应，素雅因为不会游泳，说要在岸上给大家看物品，大家都不同意，笑说素雅不下水，浪费了这么好的身材。有个女老师给她买来了泳衣，另外一个男老师给她买了游泳圈，在大家的热心起哄下，素雅无奈只好听从安排，有种旱鸭子被赶下水的感觉。

穿着泳装的七八个人围在一起，相互撩着水打闹着，笑声不断。教授是他们中的长者，在大海里面却成了被捉弄的对象，大家无所顾忌地向教授泼着水，教授则乐得像个孩子一样。素雅不会游泳，也不喜欢被洒水，受不了海水苦咸的味道，但是海水的温暖让身体感觉很舒服，并不舍得上岸。素雅身上套着游泳圈，悄悄地向一边划了过去，她发现并没有引起嬉闹中大伙的注意。

夕阳开始下沉到海里，天空依然还很亮堂。不知是谁在岸上喊了一声："退潮了。"素雅发现周围的人开始向海岸边游过去，自己也想用手划着水向前走，但是发现这游泳圈却不听从自己的使唤，越用力，游泳圈带着自己距离岸边越远，心里便开始紧张起来。此时，脚下已经腾空，根本踩不到沙滩。素雅顿时慌了，张开嘴呼喊了几声，声音小，却发现已经没有人在旁边，只看到海平面变得像搓衣板一样，失去了刚才的平静。一个浪过来，让素雅灌到嘴里一大口海水，又涩又苦，素雅看到沙滩渐行渐远，沙滩上的人也变得越来越小。她的心变得绝望起来，眼泪顺着脸颊流了出来。

就在素雅束手无策，等待命运决定的时候，一个熟悉的身影出现在素雅模糊的视线里，像鱼一样身姿的人，正在奋力地向她游了过来。

是教授。素雅命里该出现的一个男人。

于是，后来就变成了感恩生情的故事，一切都变得顺其自然。

再后来，素雅从郊区调到省会的中学里，孩子和丈夫仍然在郊区生活。她没住单位提供的宿舍，住进了教授买的一套房子里面。

故事大致如此，素雅讲的时候表情平静，像是在讲述别人的故事，讲述的时候也是脸冲着窗外，是对山俊彦的解说，更像是自言自语。

山俊彦端着半杯变凉的咖啡，静静地听着。

"打电话的那位是他吧？"

"嗯，是。"

"现在什么情况了？"

"一年前就分开了。"

山俊彦脑子转了一下，一年前，还不认识素雅，说明他们的分手和自己并没有关系。

"为何分手？怎么还联系你呢？"

"男人的表面和内心是不一样的，对爱情的理解也不同，更何况都是已婚的人，后来发生了许多事情。不过他对我确实挺好的，虽然分手了，也经常打电话过来，但是再也没有见过面。"素雅虽然答非所问，但是山俊彦听得倒是挺清楚的。

"哦，最近半年真的没见面？"

"信不信由你。他最近调到了外省的一所大学任教，带着全家过去，他希望我继续住在他那所房子里，我前段时间搬了出去。"

"那倒是对你确实不错呢。"山俊彦酸酸地说。

"你说错了，真正对一个人好，不是仅有关心和物质的给予。"

山俊彦此刻并不想了解太多爱情的理念，也不想了解后面的故事，心情变得沉重，有种说不出来的感觉。

"我原来的电话卡停用了，这是我新的号码。"素雅把手机壳打开，把电话卡从里面取出来，顺手丢到了垃圾桶里，又换了个新卡塞到里面。

"这是为我做的吗？"山俊彦的问话冷冷的。

"可以这么理解，也可以说为我自己做的。我原以为电话号码不重要，重要的是自己内心的感受，现在觉得用物理办法斩断也是一种仪式。"

这个女人的心智模式是开放的，也是清晰的。山俊彦似乎无话应对。

第十章

　　当素雅把自己的故事给讲出来的时候，引起山俊彦的躁动和不安，也是他正常的生理反应。他知道素雅是已婚的，而且有孩子，有些事情已经是事实，无法改变，对多数男人来说，婚外情里，对方有配偶，是可以容忍的，但是对于配偶之外的异性则不会容许。一直以来，山俊彦以为自己是素雅婚姻外的第一个男人，或者是唯一的男人。然而，素雅今天的讲述打破了他这个幻想，让山俊彦有种严重的挫败感，是一种没有对手的挫败，是和幻想交手后的失败，败得莫名其妙。虽然山俊彦怀疑过素雅，但是并没有太认真地去分析，所以他放松了警惕，并且还是从心里否定了自己的怀疑，这个错应该算到自己的头上。山俊彦知道自己所想的这些都是幻影，自己塑造的一个泡沫而已，都是假象，真实的生活却是要面对真实。

　　山俊彦像新狮王一样回顾着与素雅交往的这段时间，关心的是这期间有没有出现老狮王悄悄归巢的情况。似乎经常有电话打过来，除了明显的是家人打的电话外，应该是和那个男人有电话往来的，两人似乎并没有断绝关系。虽然素雅接电话时在刻意躲避着自己，但是也没有去解释和辩解，这说明她并没有觉得对不起自己。另外，曾经送她回家的那个高档小区，看样子就是那个教授的房子，也就是说素雅和自己交往期间，并没有从那人的房子里搬出来。想到这些过往的情景，山俊彦竟然有些恼怒了，有种被骗的感觉，另外也有种被人瞧不起的感觉。

　　望着眼前的素雅，一副柔柔弱弱、清纯无瑕的样子，竟如此不堪，甚至是放荡的，山俊彦心头飘过了几个这样的字眼。他又从头到脚仔细地打量了素雅一番，山俊彦觉得自己的心底有些暗黑，思想有些下作，也许不应该这样恶毒地去评价她。

窗外的大街上已是华灯初上，黑色背景下来来往往的车辆打开的车灯照出一束束的光影，宽敞明亮的玻璃阻隔了喧闹的街道，让屋子里的沉默变得更加寂静。

素雅站在阳台边上，手里端着早已变凉的咖啡杯，两只眼睛一直望着窗外，脸上表情平静，没有话语。"我是不是该回去了？"素雅开口先讲的第一句。

"去哪啊？还去那个男人的房子吗？"

"我不是说了，早就搬出来了。我回学校。"

"是吗？我怎么不记得呢。"山俊彦依然不依不饶地追问。

"信不信由你，我有我的原则，认识你后并没有做过什么对不起你的事情。"

素雅说完，抬腿去沙发上拿起自己的外套和挎包，转身向门口走去。

也许这次离开，后面就可能不再联系。山俊彦突然意识到这一点，紧步追了上去，伸手抓住了正在开防盗门的素雅。

"哪能就这样走了？"

"你想怎么样？"素雅转身过来，怒目而视，用力挣脱开山俊彦紧抓的胳膊。

"我想让你解释清楚。"

"没什么可说的了，该说的都说了。"豆大的泪珠像断了线的珠子一般，簌簌地从眼眶里流了下来，"说这些话，我也是鼓了很大勇气的。"

山俊彦一时又不知所措了。两只手不自觉地伸了过去，把她拥入怀中，并违心地安慰道："我也没说什么啊，放心吧，不在意的，你说清楚就好。"

防盗门又轻声地上了锁，山俊彦拉着素雅的手到沙发前，挨着她坐了下来。

"好吧，过去了。我在意的是现在。"山俊彦故作大度地耸了耸肩。

素雅抬起头来，从茶几的纸巾盒里抽了一张纸巾，擦了擦泪痕，苦笑了一下。

"过去的事，不想再提了，你若是再小心眼，我们就不用联系了。我不怪你。"说话的口气很坚定。

"好的，知道了。"虽然还有些疑问，但是山俊彦也不敢再追问了。

第二天早上醒来时快九点钟，暖气烧得很热，被子的一半耷拉到地板上，半个身子露在外面，并没有觉得太冷。山俊彦下意识地向旁边摸了一下，没有人，素雅难道半夜又走了？山俊彦想坐起身子，却发现自己的双腿被紧紧地抱住，再低头看，一双洁白的玉足摆在自己的胸膛前。

原来，素雅是在床的另一头睡下，并且紧紧地抱着自己的双腿。

山俊彦又轻轻地斜躺在床上，胳膊支起脑袋，眼睛静静地盯着素雅。回想起昨晚睡前的情景，记得当时，素雅因生气欲夺门而出，山俊彦当机立断在门口拦住，用行动表示了理解和关爱。但是，随后两人坐在一起时却显得有些客气，氛围变得不像白天那样亲昵，刻意地聊了一些素雅工作中的问题。就是在睡觉前，两人也是象征性地亲吻了一下，便抱在一起睡下。素雅当时脸上还带着歉意，靠在山俊彦的怀里，身子有些僵硬，而山俊彦似乎不依不饶地用身体抗拒着，还故意地把身子扭向了一边。困意来得也快，不一会儿山俊彦便睡着了，睡意蒙眬中他仿佛听到了抽泣声。

这时，山俊彦突然意识到了自己的狭隘。在这段时期的交往中，素雅在自己的心里已经深深地埋下了爱情的种子，并且在彼此的心目中生根发芽，她不同于自己以前交往的任何一个女子，原来的交往并非没有情，只是不同于与素雅的那种心底涌动的情分，这也许就是所谓的爱情吧。素雅昨天的真情袒露，是把自己的内心呈献给他，而他却回报的是冷嘲和热讽。实在是不应该啊，山俊彦开始有些自责了，他并非完美之人，平日的生活也非洁身自爱，为何用高标准去要求素雅，更何况这是认识他之前就已经存在的。

紧紧搂住自己双腿的那双玉手松开并抽了出来。素雅从睡梦中醒来，轻轻地揉着哭红肿了的眼睛，看到山俊彦斜躺在那里，直勾勾地看着自己，像小姑娘一般害羞地把手掌摊开挡住了他的视线。

素雅起身坐了起来，穿好衣服下了床。

"昨晚看到你睡得香，怕打扰你，就回过头来睡了。"

"是我不好。"山俊彦歉意地答道。

素雅脸上带着惊喜，开心地笑了。

"你再睡一会儿吧，我做好早餐叫你。"

"嗯。"

山俊彦觉得回答得心安理得，却又感觉到自己内心涌起的傲慢。他并没有继续睡觉，而是躺在床上玩起了手机。厨房里很快传来了洗刷碗筷和油烟机的吱吱声。山俊彦心想，昨天餐厅里狼藉一片，素雅辛苦做的一桌子菜并没有吃多少，估计隔夜都需要倒掉，素雅此时正在打扫着战场。而自己从昨日到今天，没有帮素雅做什么，如今再躺在床上玩手机，似乎过意不去了。想到这里，山俊彦把手机扔到床上，从被窝里爬了起来，开始找自己的衣裤，发现叠得整齐的衣服就放在枕头边上，这一定是素雅昨晚把丢在地上的衣服整理好的。

客厅里的餐桌上已经被擦得干干净净，地面也已经擦拭过。山俊彦推开厨房的木门，抽油烟机还在呼呼地转着，围着围裙的素雅正站在洗碗池旁边，戴着塑胶手套仔细地洗刷着碗筷，炉灶上的锅里熬着翻滚的小米粥。山俊彦走了过去，从背后揽住了素雅的腰肢，用自己的胡碴蹭着素雅的脸颊。

"让你受委屈了。"

"有你这句话我就知足了。"素雅愣了一下，把洗碗的手停了下来，身体挺直，轻轻地吐了一口气，"你到客厅里去吧，马上熬好粥了。"

吃过早餐，两人走出公寓时已经十点半多，室外的温度已经在零下，楼前的喷泉池子里的水已经结成冰，蓝天映在像镜子一样的池面上。冬天的风吹得刺骨，素雅双手紧紧地搂住山俊彦的胳膊，身体也挨得很近。因为天寒，此时小区里的人并不算多，山俊彦下意识地把衣领竖起来，低着头走路。

"这天真冷，咱们回去吧？还是屋里暖和。"

"出来呼吸一下新鲜空气，窝在屋子里容易得病啊。"素雅说。

"去哪儿啊？"

原本计划去护城河边上的解放碑转一转的，天气这么冷，山俊彦是不打算跑这么远的，素雅似乎看透了他的心思。

"我刚从地图上看了一下，你家附近有个白堤公园，那里有温室植物博览园，咱们去那里看看吧。"

"好吧。"

山俊彦属于那种比较"宅"的男人，方圆一公里外的地方很少去，除非有人拉着他，他早就听说过白堤公园，但是从来没有去转过。

看地图显示走路不过二十分钟，但是山俊彦坚持打车过去，他们从路边拦了一辆出租车，告诉司机去公园，司机嫌弃距离近，赚钱少，有些不情愿，但是两人拉开车门已经坐到车里。起步价的路程一会儿就到了，素雅抢先把车费支付了，俩人下车。

冬天的公园，草黄叶枯，除了两边的松柏和冬青有些绿色，草坪和果树早已没有往日的葱郁。由于天冷，公园里不见一个游人，偌大个院子里好似只有素雅和山俊彦两人在散步。距离大门不远处有个丁字路口，一块木制指示牌立在那里，温室博览园在左侧。转过弯去，两边是茂密的竹林，竹叶泛黄但是根部还保留了几节绿色。竹林如墙，小风细微，一时也暖和了许多。除了竹叶间发出的沙沙声外，倒是一个幽静的处所。素雅双手紧抱着山俊彦的胳膊，身子紧挨到他的身上。

"这里真好，真希望一直这样安静地走下去。"

"岂不冻死在路上。"山俊彦开着玩笑说，说完觉得自己的话有点煞风景。

"多么寂静，你看，太阳也出来了，看看竹叶的影子，多么好看。"

"是呢，中午的阳光不太适合拍照，太强烈。但是，可以用手机拍影子，水墨画的感觉。"

两个人蹲下身子，举起手机，在竹丛里寻找透下光来的影子。山俊彦一边拍，一边给素雅讲解着拍照的技巧。

公园里的温室植物展览起名叫"万国植物博览"，实际上只是一个玻璃房子，房子里摆放了不多的东南亚宽叶子植物，还有一些不知名的花果树而已。若是非要说这里的植物能配得上"万国"这两个字的称呼的话，在玻璃房子拐角处，有个叫"沙漠地带"的角落，一大簇各式各样的沙漠植物，如仙人球、仙人掌，还有麒麟树之类的，算是有些异域风情，其余地方摆设的那些盆景植物，并没有特别之处。山俊彦觉得玻璃房子里憋闷，走马观花一般，浏览得比较快，借口抽支烟，快步来到玻璃房子出口处。倒是素雅对植物非常感兴趣，不但对一些不知名的树木认真地拍照，还对带有标记的植物在手机上记录下来，对一些不知名的花非要弄清楚来历，并不时询问着院子里的服务人员。

山俊彦在出口处等了好久，才看到素雅不慌不忙地走出来。

时间已过中午十二点，由于两人吃早餐比较晚，并没有感觉到饥饿。在两人决定去临近的咖啡厅休息的时候，素雅却接到了家里的电话。是素雅老公打过来的，他们的孩子在家里玩的时候，突然发生昏厥，目前已经送到了郊区的医院，希望素雅能尽快赶回去。挂掉电话，素雅变得心神不定，眼泪又掉了下来。山俊彦说回公寓开车把她送到郊区，素雅告诉山俊彦，去郊区开车比较慢，不如去坐城际列车，半个小时就能到郊区，到时候家里人开车接过去，估计一个多小时就能赶到医院。

山俊彦打了一辆出租车，和素雅一起坐上车，路上不停安慰着她不要太着急，送到了去郊区的城际列车进站口，目送着素雅跑进里面。

第十一章

窗棂上的冰花被寒冷雕刻的精美，悬挂在透明的玻璃上，而屋子里的暖气像个淘气的大男孩，不断地哈出暖风去骚扰那份优雅，冰花抗拒不住温暖的诱惑，转瞬间，作一滴清水，随风而逝。

山俊彦上午十点多到办公室时，周惠子在一楼展厅里正在打电话，声音很大，像是在与对方争吵。惠子生气的时候，肢体语言明显，手会不停地指指点点，不断地用脚跺着地板。只听"啪"的一声，惠子把电话重重地扣到桌子上，把头扭到一边，满脸的怒气，嘴里气呼呼地直骂。

"他奶奶的，简直是没道德没底线的奸商！"

"谁惹着丫头了，咋气成这样了？"山俊彦走到惠子面前，看着气鼓鼓的她。

"你记得咱有一幅在大凉山的一个农村小学拍的照片吧，一个小女孩蹲在窗户边上，眼睛盯着一只手上的书本，嘴里啃着另一只手中的红薯。"

"当然记得啊，那张照片好像被北京的一家救助基金会组织的比赛评了个一等奖。"

"就是那个破基金会，把我们的照片用在商业用途上，卖给了好几个大网站呢。是与我们合作的一家网络公司搜索到信息告诉我的。我找到原来签订的版权合同，当时只授权他们用于免费的公益活动，如果照片用于商业盈利目的，必须取得我们同意才行。"

"哦，咱们能拿到证据吗？"

"这个容易，让律师找那几家使用我们图片的网站就行。我刚才打电话给那家基金会，对方负责人蛮横无理，还胡搅蛮缠，不但不承认，还威胁我。我一会儿就找北京的律师上门找他去。"

山俊彦看着这么认真执着的姑娘，忍不住笑了。

"该走流程的走流程，发这么大火干吗？把小脸都气青了。"山俊彦拍了拍惠子的头。

惠子柔和了许多，但是仍然没有消气。

"有些人啊，为了点利益，把讲道理的当成傻子，倒是把自己强词夺理、无耻地占便宜引以为荣了，真看不惯。"

"社会和学校不同，什么人都有，见多了就不怪了。"

"我才不管，他们若是不按照约定把收益给我们，我和他们没完。"

"惹不起！谁要是遇上你，也够麻烦的。"山俊彦笑着逗她。

"哎，这事好像和你没关系似的，要回钱来，我自己留下。"

"好的，你若要回来，都给你。"

"哼，说好了，要回来就是我的了。"

山俊彦转过身子，准备去楼上倒杯咖啡，却看到展厅边上的班台上有一束鲜花插在花瓶里，顿时想到，那一定是妈宝男按时送过来的。

"真够准时的，每天一束啊，这次又带了花瓶。"

"哦，倒是把这事忘了，今天一大早就开始生气，那自作多情的家伙被我骂跑了。"

"你怎么好赖不分呢，人家好心给你送花，你还把人家骂走，他又不欠你钱，今天咋见谁骂谁啊。"

"山俊彦，你到底是谁的师父啊，胳膊肘总向外拐呢。"惠子瞪起了眼珠子。

"别，别急啊，师父是为你好。人家小伙子是真心追你，这不应该怪人家吧。"

"早上那家伙就是这个意思，好像他送花是他的事，我接不接受和他没关系，你说气人不气人，我问他，你怎么不送花给对面那个洗脚店的姑娘呢。"

"哈哈，他怎么说？"

"他说，我又不认识人家，干吗要送。你听听，你听听，师父，他认识谁就给谁送。我想用脚踹他，他扔下就跑了。"

山俊彦笑得差点从楼梯上跌落下来。

山俊彦用咖啡机磨制了两杯咖啡，一杯加了奶和糖，一杯只加了奶，惠子现在对糖有点厌恶，任何带糖的饮品一律不碰。山俊彦端着杯子下楼来，发现惠子正坐在电脑旁写资料，台子上的花瓶和鲜花都不见了踪影，他把咖啡放在惠子的旁边，转身去楼后面的小院里，墙角处成了鲜花回收处，前段时间的那些鲜花摆放在一起，已经变成了干花丛，今天的鲜花格外显眼，尤其是那些带着水珠的玫瑰花，成为万芳丛中的一抹红。

中午，周惠子订了两份咖喱牛肉饭送到店里，两人在楼上的沙发处边探讨着工作边吃着午饭。这时山俊彦感觉兜里的手机振动了一下，便拿出手机瞄了一眼，发现是素雅的微信。

"方便接电话吗？"

山俊彦放下手里的盒饭，回了条信息："我一会儿给你回过去。"

想到素雅当时走得匆忙，估计孩子的病情比较重，现在想给自己打电话，应该是比较急切的事情。想到这里，山俊彦拿起电话，冲周惠子晃了一下，在惠子异样眼神的注视下，走下楼梯。

"喂，怎么了？孩子咋样？"

"哦，是低血糖引起的，我平时照顾得少，孩子吃饭不规律造成的。"

"那就好，应该问题不大，以后多注意就行。"

"嗯，今天出院，我想请几天假，在家陪陪孩子，给学校说了。"

"好的，多陪陪他们。别的没什么事吧？"

"没事，怕你担心，给你说一声。"

"有事随时给我打电话、发微信。"山俊彦想起她老公在身边，估计发微信、打电话会有所顾忌，又补充了一句，"哦，在你方便的时候。"

"嗯，挂了吧。"

"保重，再见。"

周末见过面的山茶花杂志社很靠谱，并且效率很高，周三下午便派人到山俊彦的工作室谈采访的样稿，还把全年的合作合同带了过来。周惠子仔细看了合同条款，对约定的照片使用费和版权费非常满意，偷偷地冲山俊彦伸了个 OK 的手形。山俊彦等他们的人谈完离开，给杂志社的高副总编打电话表达了谢意，并邀请他有时间一起吃顿饭。没想到副总编一口便答应了，还表示择日不如撞日，就约在今天晚上。

山俊彦放下电话，让惠子安排晚上吃饭的地方。

周惠子把晚餐安排在山脚下的一家餐厅，餐厅名字叫"老街坊1908"，这是一家以民国为主题的餐厅。大门是青砖琉璃瓦式牌楼设计，门口挂了灯笼，一位穿长袍马褂戴瓜皮小帽的老者立在门口，做迎门的侍者。进到院子里，感觉时空转换，像是真的进入了百年前的民国时期，院子里墙根处摆放着旧时人力洋车，青帷轿子，这些仿制的老物件制作精良，能够以假乱真，惠子忍不住走向前去坐到里面，让山俊彦给她拍照留念。院子的墙角处摆着老式留声机，里面放的是苏州评弹小调，江南的吴侬软语特有历史沧桑的感觉。包间里的墙上悬挂着民国时期已经泛黄的明星画报，桌椅也有特色，黑漆的板式八仙桌，两把太师椅并排在桌子的正面一侧，其他的座位却不是椅子而是长条木质板凳。周惠子笑称，这里就是主仆分明的封建大家族的道场。

山茶花杂志社高明副总编比约定时间晚到了半个小时，带着上次与山俊彦见过面的艺术版面编辑。高副总编看到周惠子的第一眼，不禁感到眼前一亮，主动给她交换名片。编辑可能是做文字工作的原因，虽然见了几次还是有些腼腆，话并不多，静静地听着他们聊天，很少插话。高副总编说起话来滔滔不绝，酒量也大。他夸周惠子有眼光，选的餐厅是他喜欢的情调，还表示后面有多项业务可以合作。惠子听到夸奖也很开心，连连给高副总编敬酒，高副总编三四两白酒过后，也有了些醉意。席间，一男一女怀抱琵琶，身穿民国时期的服饰，一前一后走进房间里，为大家合唱一曲《醉红尘》。民国小调把高副总编的情绪调动了起来，他拉着编辑给山俊彦频频敬酒，要山俊彦一定要教会编辑摄影。高副总编又拉着惠子猜酒令，玩得很是高兴。山俊彦看了看手表，已经九点多，感觉时间差不多了，他怕惠子再喝多，便叫服务员上主食，准备结束宴席。但是高副总编好像还没太尽兴，表示饭后大家一起再到鉴明湖旁边的酒吧坐一坐。山俊彦推托今天肠胃不太舒服，说改天再去。周惠子看到高副总编一脸扫兴的样子，帮着山俊彦说解。她建议改个周末时间，让高总请客，到时大家一醉方休，喝个痛快。高副总编咧着嘴同意了，并强调要一言为定，尽快确定时间，这时大家才散席。

坐出租回去的路上，周惠子见山俊彦有些醉意，便执意先送他回家。

"你的肠胃舒服些了吧？"惠子关切地问。

"肠胃没事，只是不想再去酒吧折腾了。"

"哦，师父也会糊弄人啊，我还以为你真不舒服呢。"

"没办法，不想去。"

"我倒是想去再喝一会儿呢。"

"那你应该去啊，我自己回去就行。"

"我是不想和他们去啊，你要是去我就去了。"

山俊彦扭过头来看了惠子一眼，发现惠子正依着车门用一双水汪汪的眼睛盯着他。这时，山俊彦的手机铃声响了，他从口袋里掏出手机，是同学耿浩来电。

"你这家伙在哪儿鬼混呢？"山俊彦接通电话。

115

"哎，大摄影师，你在哪儿？"听筒里传出嘈杂的音乐声，耿浩的话里带着醉意。

"我也喝了些酒，现在准备回家睡觉。"

"太早了，抓紧过来，找了个陪你睡觉的。"耿浩脸上带着嬉皮的笑。

"不去了，你去的地方不适合我。"

"抓紧过来！有个重要人想见你。花园路的唱K，不是夜总会啊。"

"我不去夜总会，都是谁啊？"

"来了你就知道了，抓紧点，在888房间。"耿浩说完便把电话挂掉了。

周惠子瞪着眼睛看着他，嘴里痴痴地笑着。

"耿叔叔叫你吧，去夜总会啊？"

"你都偷听到了啊？咋样，你去吗？"山俊彦故意逗着她。

"你别说，我还真没去过夜总会呢。倒真想去见识一下呢。"惠子冲他做了个鬼脸。

"你这丫头，夜总会哪有带着女伴去的？"

"哼，你们这些男人。"

看到周惠子的嘴角能挂起油瓶，心想，普通的KTV带着惠子也无妨。

"好吧，带你去夜总会体验一下。"

"真的啊，我是不是需要女扮男装一下啊？"

"是呢，否则去了人家不让进门。"山俊彦决定逗她到底。

"那怎么办？"周惠子倒是当真了，皱着眉头思索着。

"你把我的外套穿上，把头发扎好，戴上帽子。"山俊彦故意严肃认真地说。

周惠子非常听话地打扮好，并且拿手机当镜子左看右看，又把口红擦掉，转过头来给山俊彦看。

"咋样？"

山俊彦忍住笑，夸奖她："别说，还挺英俊的，小心被小姐们争抢。"

"真的吗？我有点害怕呢。"周惠子下意识地收手拉紧了穿在身上的那件山俊彦的外套。

到了花园路的唱K门口，周惠子才发现是量贩式KTV，并非夜总会，她将信将疑地问山俊彦，山俊彦没忍住笑了出来。惠子识破，使劲用手拧了一下山俊彦的胳膊，俩人笑着进了店内。

888房间就在一楼，从门上的玻璃条看进去霓虹灯闪烁，推门进来，房间里的音乐声震得耳膜直响。房间很大，中间用竖条木格隔成套间。沙发上却只坐了一个女人，山俊彦以为走错了房间，连忙鞠躬想退出来，却见沙发上的女人抬起头来，手里拿着话筒，冲着他喊道："山老师来了，请进。"山俊彦有些疑惑地停住脚步，这时，周惠子也跟着走了进来。沙发上的女人见山俊彦带了个女孩进来，也愣怔了一下，然后站起身子来，向他们打着招呼："进来，进来。"然后拿起桌上的遥控器把音箱的声音调低。

走近了才看清楚，这个女人正是让山俊彦拍过写真照片的小白，白社长的干女儿。这时，小白也认出了周惠子，大方地伸出手来同惠子握手问好。小白看上去比前段时间消瘦了一些，穿着墨青色上衣，显得脖颈更加白净，下身着长裙，高跟鞋。茶几上摆了十多瓶啤酒，还有一瓶洋酒已经打开喝了一半。

山俊彦和周惠子坐下后，正在纳闷耿浩为何不见的时候，小白拿着话筒走向套间的隔离带。"你俩出来吧。别跳啦。"

透过投到格子栅栏磨砂纸上的光线，隐约看到后面随着音乐轻轻挪动的身影，听到小白的声音，身影缓缓地分离成一高一矮两个剪影。先出来的是耿浩，看到周惠子也愣怔了一下，用手在头发上捋了一下，冲山俊彦做了个鬼脸，跟在耿浩身后的姑娘身材修长，高挑纤细，冲着山俊彦两人点了下头，随着耿浩在沙发上坐了下来。

"呀，惠子丫头也来了啊。"

"耿叔叔的意思是，今天我就不该来吗？"周惠子斜着眼睛看着耿浩。

"哪里啊，叔叔是说好久没跟你一起唱歌了。"

小白把两个酒杯倒满，递给山俊彦和惠子。

"来，我给你们介绍一下，这位美女是我大学同学，宋小琼。"

那位叫宋小琼的姑娘，站起身子伸出手同他们握了握手，嘴里说着多关照，行动倒是落落大方。周惠子悄悄给山俊彦说，感觉宋小琼是做公关工作的，山俊彦问她咋判断的，惠子说这是女人的直觉。

惠子去点歌台，耿浩端着杯子坐到山俊彦身边。

"小白今天是请你唱歌，你怎么把惠子也带这里来了？"

山俊彦把双手一摊，耸了耸肩膀。

"来，小白，咱们四个干一杯，我邀请的任务完成了。"耿浩伸手把小白拉了过来。

"谢谢大摄影师今晚赏光，敬你。"小白把酒一饮而尽。

山俊彦望着化着浓妆对望着自己的小白，鲜红的嘴唇把唇印留在了酒杯的边沿上，留下了一层诱惑，山俊彦也把杯子里的酒倒进了嘴里。酒没有掺饮品有些烈，从食道到胃，能感觉到热辣地流动。

"小琼敬您一杯，常听我同学说起您。希望有机会也能帮我拍照片啊。"宋小琼端着杯子站到山俊彦身边。

"我同学也经常说起，你同学说起我，我同学说起你。咱们好像也是同学一样。"山俊彦反应也很快，像说绕口令一般。

"那我再敬您一杯。"

山俊彦也客气地站起身子来："谢谢啊，不胜酒力啊，刚才在外面也喝了不少。"

"这杯酒你要喝。小琼是我的朋友，前段时间一起唱歌认识的，后来知道她是小白的同学，你说是不是缘分啊。第一次和你见面咋能不干了呢。给个面子。"耿浩凑了过来，把一只手揽到了宋小琼的腰肢上。

山俊彦一下明白了他俩的关系，估计周惠子猜得对，耿浩肯定是在夜总会里碰到的姑娘。"好吧，看这架势，我即使倒下也要喝干了。老同学好有艳福呢。"

此时，惠子唱的是姚贝娜的《红颜劫》，歌词婉约，曲调悲情。周惠子音调优美，吐字清晰，几乎等同于姚贝娜的原声。"斩断情丝心犹乱，千头万绪仍纠缠；拱手让江山，低眉恋红颜，祸福轮流转，是劫还是缘？"

大家情不自禁地给了惠子掌声。

"山老师，能否请你跳个舞？"小白把手伸向山俊彦。

"哦，我不太会。"

"没事的，随意。"

山俊彦起身时，望了一眼正在唱歌的周惠子，此时，她正对着屏幕深情地沉浸在《甄嬛传》的悲情里，感受着患病中的姚贝娜唱此曲时的心情。

木质格子栅栏把里间隔成不被打扰的空间，音乐仍然从格子里穿了过来，屋顶上的霓虹球不停地转动，投射出七彩的霞光散射到地面。小白把两只胳膊勾到山俊彦的脖子上，随着音乐轻轻晃动着青春的腰肢，山俊彦把一只手搭在小白的腰部，另一只手却不知该往哪里放。看到了他的拘束，小白冲着他莞尔一笑，用手抓住山俊彦那只不知所措的手，把它放在腰部的另一侧，再把手勾到山俊彦的脖子上。

"咱们都这样熟悉了，还羞涩呢。"

"哦，我确实不太会跳。"山俊彦说完这句话，想起前几天和素雅在公寓里的舞，这时说的谎话并没有感觉有什么心虚的。

"其实啊，你是不喜欢我，对吧？"小白的眼睛紧盯着山俊彦的眼睛。

"没有啊，你这么年轻漂亮。"

"那为什么我给你发过几次微信，你回的都那么敷衍呢。"

山俊彦想起来，有几次收到小白发的微信，都是和素雅在一起的时候，也许是怕素雅看到，确实是敷衍的回复。

"哦，抱歉啊，可能当时工作比较忙吧。最近杂志社的业务挺多的。"山俊彦故意说杂志社，是让小白知道自己是顾忌白社长的。

"怪不得啊，不过我和我干爹一两个月没见面了，估计也是因为忙吧，或者被别的姑娘拴住了。"小白很聪明地把事情说透了。

外面飘过来的音乐还在响着，只是没有了周惠子的歌声。等乐曲结束，小白仍意犹未尽，勾着脖子的两只手不肯松开，山俊彦轻轻地推了她一下，小白才如梦初醒般回过神来，跟在山俊彦的后面走了出来。

其实，在他两人进到后面不久，周惠子回头发现山俊彦不在沙发上，便把麦克风丢到了一边，回到沙发上一个人边喝酒边玩手机。耿浩和宋小琼两人在掷骰子忘情地玩着游戏。

山俊彦端着酒杯，用手碰了一下在玩手机的惠子的胳膊。

"来，师父敬你一杯，唱的和原唱一样。"

周惠子抬起头来，看了一眼，静静地端起杯子，重重地撞了一下山俊彦的杯子，酒溅出来不少。恶恶地说了一句："原唱死了！"

山俊彦端着酒杯没有明白惠子的意思，意识到她一脸的不高兴。小白笑眯眯地凑了过来，眼睛看着惠子，帮着搭腔道。

"周妹妹说的原唱是姚贝娜，患了乳腺癌去世了，挺可惜的。"

周惠子并没理小白，继续低着头玩着手机。

小白请山俊彦去点歌台要和他合唱一曲，山俊彦看了一眼在玩手机的惠子，推托自己不会唱现代歌曲，让小白自己去点歌，小白的脸上也呈现出不高兴的颜色，自己悻悻地去点歌了。

山俊彦在沙发上挪了下屁股，坐到了惠子身旁，眼睛盯着惠子的手机，她正在聚精会神地打《王者荣耀》的游戏，游戏里的程咬金挥舞着两把扇形大斧头，横冲直撞地往返奔赴，嘴里不断地喊着，面目狰狞。山俊彦猜不透惠子为何用鲁莽的程咬金角色，而不用花木兰等女性的角色。游戏的间隙，惠子还不间断地端起酒杯倒进嘴里，她喝的酒，都是那种不掺任何饮料的原酒，刚才酒瓶里还余有大半，此时已经剩了个底。刚才与高副总编已经喝了不少酒，这样喝下去一定会醉倒，山俊彦悄悄地把矿泉水倒进惠子的酒杯子里。但当惠子再一次把杯子拿到嘴边时，只闻了闻，就顺手倒进了垃圾桶里，自己抓起酒瓶把剩余的酒又倒进了杯子里，还用眼睛狠狠地看了山俊彦一下。

"不能再喝了吧。"

"不用你管，我喝我的酒，你跳你的舞，互不打扰。"

这时，小白的歌声也传了过来，唱的虽然不如惠子的音质优美，但是依然委婉动听。

"师父请你跳个舞吧。"山俊彦只好硬着头皮给周惠子求饶，只怕她再喝下去，就真的多了。

"抱歉了，师父。我有洁癖，不想沾染被污染过的东西。"

一句话把山俊彦噎坐在沙发上，只好讪讪地坐着。一边是玩游戏的周惠子，一边是开心搂在一起的耿浩和女朋友。唱歌台上的小白正深情而忧伤地唱着一首不知名的情歌。

山俊彦有些后悔带惠子来这里，或者是自己也后悔就不应该来。

第十二章

素雅休假在郊区陪伴儿子和家人，她给山俊彦发微信说周日的傍晚坐火车回市里。

周五傍晚，山俊彦乘高铁回到潍阳市的家中，到家的时候已经是晚上九点多。女儿可可也是在傍晚才被她妈妈从学校接回家过周末。山俊彦到家的时候，可可正在自己屋子里做作业，由于是初三的最后一学期，学校布置的周末作业特别多，可可看到爸爸回家，非常高兴，拉着山俊彦的手说了许多话，让山俊彦感觉到，虽然自己回家的次数并不多，但是女儿和自己的感情却越来越近了。妻子并不在家，送回女儿后她去参加同事的聚会了。山俊彦这次回来也没事先给家里人打招呼，他知道即使给家里人说了，妻子也不会等他。岳父岳母在客厅的沙发上看电视，他们已经吃过晚饭，看到山俊彦回来，连忙站起身子来招呼他，知道山俊彦尚未吃晚饭，岳母去厨房里为他做了晚饭。在岳父母的眼中，这个女婿除了回家较少外，其他方面还是比较优秀的，他们也知道女儿女婿的关系不太好，和双方都有关系，并没有一味地怪罪山俊彦。在老人看来，他们只有尽可能做好后勤工作，其他的也无能为力。

吃过晚餐后，山俊彦到女儿可可的屋子陪着她坐了一会儿，询问了一下她的学习情况，然后从女儿屋子里出来，就径直进了书房。他从书架上找到了一本《纯影调》的摄影杂志，脱了鞋穿着衣服斜躺在床上翻阅着杂志，打了两个哈欠，睡意就上来了。

半夜时分，山俊彦的妻子从外面回来，参加完同事的聚餐又跟着大家一起去了 KTV，虽然她觉得自己不像年轻人一样爱追逐时髦，但是还是要合群，陪着他们一起玩到深夜才回家，也喝了不少酒。

看到门口的皮鞋，她知道山俊彦今天回来了。

路过书房的时候，她看见房间里的灯还亮着，男人拿着书睡着了，依然戴着眼镜。按照往日，她会扭头走回自己的房间，或许是因为今天喝酒，她走进了书房，在床旁边的凳子上坐了下来，把男人手中的书和鼻梁上的眼镜轻轻取了下来，放到书架边的柜子上。

眼前的这个男人，斜躺着并打着鼾，面容曾经熟悉得不能再熟悉，现在却几乎等同于陌路人，这个男人竟然是自己的丈夫。近十六七年的夫妻，几乎没吵过架，但是彼此都感觉到，曾经一起牵手向前的日子不再回来，如今背道而驰，他们越走越远。对她来讲，一切都没有变化，爱好、周围的朋友、生活方式几乎没有变化，但是为何丈夫到了省城以后，整个人的性格都变了。甚至他曾经最喜欢吃的潍阳烧饼，似乎也没那么喜欢了。

有人说男人有钱就变坏，山俊彦并没有赚到多少钱，平日里也不是舍得花钱的人，为何变心变得如此快。闺密曾经分析说，在大城市里摄影师职业，无论客户还是模特都是些青春美少女，男人很难做到坐怀不乱，被诱惑而变心，似乎是早已注定。按照闺密的建议，死活都不要同意离婚，男人折腾上一段时间就会累了，还会乖乖地回到自己身边。

作为妻子的她虽然有许多的不理解，如今既然山俊彦不想和自己和解，自己也懒得主动了。眼泪流了一会儿，也有些累了，就悄悄把灯关了，掩上书房的门，回到自己的卧室，和衣躺下来，睡了。

事实上，山俊彦并没有睡着，他听到了妻子的哀叹和抽泣声。但是，山俊彦并没有睁开眼睛，脑子里平静得像一湾静水，丝毫没有波澜，也许是争吵的阶段早已过去了，山俊彦心如止水。在他看来，两人的家庭就像一台收音机，他和妻子各自固守着自己的频道，一个执着听戏，一个爱听相声。女儿可可则拨弄着收音机的旋钮，变换着电台收听着来自不同频道的声音。可可弄不清楚，两个频道之间到底有什么关联，她想让这两个频道共同演绎一个和谐的曲目，却总是找不到那个开关，女儿心里是失落的。可可也逐渐明白了爸妈有各自的喜好，知道自己无法调节。在可可看来，自己毕竟拥有一个在同学眼里十分完美的收音机呢。

有好友认为是距离产生了隔阂，劝解过两个人，或许一方放弃自己的事业，就可以弥合夫妻关系。也许，妻子认为是这样的，总以为山俊彦的摄影事业，就和街头照相馆里的摄影师没啥区别，就是给人照相而已，远离家庭去省会开照相馆，是在逃避家庭责任。而她所在的是市里非常好的单位，自己又是公务员，因此，她从没想过要放弃自己的工作，去省会陪伴山俊彦。

因为妻子这些固执的观念，让山俊彦无法再和她进一步沟通，鸡同鸭讲、对牛弹琴这两个词似乎更符合两人的状况，这世界上并非所有的事情都可以通过沟通来解决。岳父母根据他们的经验认为，夫妻之间的矛盾无须解决，时间长了就磨合好了，关系自然会改善，这是老人的经验，所以他们经常劝女儿，要有耐心，坚持下去，老了就好了。

不知是听了父母的劝说，还是闺密的建议，妻子对山俊彦既不抱怨，也不热情，一副你愿意咋过就咋过的架势。所以，当山俊彦几次提出离婚的时候，她都是一副不屑的表情，逼问急了，就甩出一句："别做梦了，除非我死了。"山俊彦经常被这种回答噎在一边，不知如何是好，只好继续维持着这段在别人看来十分幸福美好的家庭关系。

回白水城的时间是山俊彦和素雅事先约好的，但是两人到达的一个是南站，一个是西站，中间距离差不多十多公里。山俊彦预订了下午六点二十到白水城的火车，下车后先回到公寓开车，再赶往西站接八点到站的素雅。

周末，路上并不堵车，到火车站的停车场时还不到七点半，山俊彦锁好车门，从车站广场边上的滚动电梯下到地下一层的出站口，等着从郊区开过来的城际列车到站。

来接站的人不少，山俊彦环顾了一下四周，看看是否有自己认识的人。还好，多数是一些青年男女，并没有自己熟悉的身影，他的心也安定了下来，距离素雅到站还有十分钟左右，山俊彦在出站口不远处的广告牌旁翻看着手机。

一阵惊呼和嘈杂声，从出站口那边传了过来，山俊彦抬头看到，一群少男少女拿着手机围着一位戴着口罩出站的人，边呼喊边追着拍照。人太多，看不清出站的人是男是女，只隐约看到一群穿黑衣服的保镖，拦住疯狂围过去的粉丝们，护送着那位戴口罩的人快速地走向停车场，引得广场上接站的人纷纷扭头观望。

出站口上方的电子屏显示，素雅乘坐的列车已经到站，陆续有乘客从站台内走出来。山俊彦躲在门口的玻璃窗前，寻找着素雅的身影，等站内的人快走光的时候，才发现穿着白色外套的素雅拖着行李箱缓缓地走了出来。她刷卡走出验票口，并没有看到玻璃窗后面的山俊彦，走出出站口，四周张望着、寻找着。山俊彦悄悄地走了过来，或许是感受到了他的气息，素雅也把身子转向了他这边，当看到山俊彦的时候，素雅立在原处，噙着泪花的双眼一动不动地盯着他，当山俊彦走近，她情不自禁地举起双臂，紧紧地抱住了他。山俊彦从素雅温暖的怀抱里，感受到了一周未见的思念和对久别重逢的渴望，他竟然忘记了是在熙攘的车站大厅里。

"咱们回家吧。"山俊彦轻声地给素雅说。

她不情愿地松开了双臂，用手抹了一下脸颊上的泪，并向后捋了捋头发，冲着山俊彦笑了。

山俊彦一只手拉着行李箱，另一只手拉着素雅，两人走向停车场。

"想我了没？"

"嗯。"素雅把身子向山俊彦的身上靠了靠。

"其实，也没多久，整整一周。"

"看来，你觉得没多久啊。"素雅的脸上带着一丝丝失望的表情。

"哪里啊，我觉得有好几秋的感觉呢。"山俊彦连忙解释道，"一日三秋，好几日呢。"

"哼！"

寒气逼人，迎着冷风，走在站外的广场上，山俊彦能感受到素雅的瑟瑟，用胳膊紧揽着她，低着头快步走向停车的位置。先拉开车门，让素雅坐在副驾驶位子上，再把行李箱放到后备厢里，合上车盖，山俊彦拉门上车坐到驾驶室里。车里比外面暖和许多，车顶的灯光照到素雅的脸上，脸颊明显消瘦了许多，灯光下白皙的皮肤和红唇，显得更加楚楚动人。四目相对时，女人的眼里泛起了思念后重逢的泪花，二人相拥而吻，胜过了所有的情话。湿润的嘴唇，缠绵的香舌，熟悉的味道，触碰的一刹那便再也不想分开。起初温柔，再而热烈，灵巧的舌尖相互冲撞着，吞噬着彼此，忘记了时间和窗外的冷风。直到对面的汽车发动，灯光直射进来，晃到了素雅微闭的眼睛，两人才醒了过来。

发动了汽车，车子驶出车站。夜晚的都市，灯火通明，路上的车开始变多，有些拥堵。天上皎月明净，能看到闪闪的繁星。素雅把头靠在山俊彦的肩膀上，眼睛向外，望着前方闪着亮光的车流。车厢寂静，时间停滞，四处流淌着暖意。山俊彦把手轻轻地搭在了素雅的腿上，触碰引得她一阵阵的悸动，能清楚感觉到她身体的颤抖。素雅伸出手，紧抓住山俊彦的手，并且抬起眼睛瞪了他一下。山俊彦叹了口气，用手在素雅的手心里挠了几下。

"真的想你了。"山俊彦这句话是脱口而出的。

"我也想你，每天都看你的朋友圈。给你打电话，又怕打扰你。只是想早点回来见到你。"

"孩子怎么样了？康复了吗？"

"嗯，没事了，正常上学了。"

"那就好，你也能安心了。"

"其实我内心还是愧疚的，孩子在郊区，我也照顾不了。"

"把孩子带到市里来吧，你们学校下面不是有子弟小学吗？"

"嗯，我最近也是这样想的。原来，我并没有想在市区待多久，总认为自己工作一两年就回郊区了。"

"现在还想回去吗？"山俊彦转过身子望着她。

"你想让我回去吗？"素雅反问道，那只攥着山俊彦的手紧了一下。

"把家人也一起带过来，大城市对孩子的成长有好处。"

"嗯，到时候把我妈也接过来。"

山俊彦本想问，是否把孩子的爸爸也一起搬到城里来，觉得这个问题会把气氛搞差，话到嘴边又咽了下去。

前方的车在蠕动，不远处警灯闪烁，好像发生了交通事故。

"你越着急，就越有事。"山俊彦愤愤地骂了一声。

"我回到城里，见到你，就心安了。"

汽车挪到警车旁边时才看到，并非出了交通事故，而是在检查酒后驾驶。警察把测试仪器伸了过来，面无表情："吹一下。"山俊彦不情愿地向测试仪吹了一口气，警察看了一下测试仪上的数字，又抬头瞄了一眼副驾驶座的素雅，不紧不慢地抬起头来，说："走吧。"

前面顺畅的环路，一路狂奔，一瞬间就忘记了刚刚的不快。

从环路下来，车少了许多，马路也宽敞了，素雅把车上的音响打开，缓缓的音乐流淌了出来。

"真舒服，希望这样一直开下去，天永远不亮才好。"素雅自言自语道。

山俊彦把车开进小区的地下停车场，拉好手刹，熄了发动机。二人从地下停车场进入直梯，俩人进去以后彼此相视一笑，素雅用手抓住俊彦的胳膊，脸红了。

这时电梯开门，山俊彦一只手拉着行李箱，另一只手揽着素雅快步走向自己的房门。从走廊的另一边却传过来一阵脚步声，紧接着一个女人的声音传了过来。

"这么晚才回来啊，听开门的声音就知道是你们两口子。"邻居大姐的身影也随之出来。

"哦，大姐啊，有事吗？"俊彦连忙打着招呼，一边从包里取着钥匙，素雅摸了一下自己的头发，并回头冲着大姐笑了一下。

"屋子里断电了，这不出来看看电表的闸，不知道为何掉下来了。"

"哦，需要帮忙吗？"

"不用不用，你们忙吧。"

山俊彦点了一下头，把素雅推进屋子里，顺手把防盗门关上，并且上了锁。

"这大姐怎么鬼鬼祟祟的，好像盯梢一样呢。"

"估计看上你了吧，你是少妇杀手啊。"素雅打趣地答。

"都大娘了，还少妇呢，去去去。"

屋子里凌乱不堪，茶几上酒瓶烟蒂一堆，地面上杂物也堆放了不少。最近一段时间，每天几乎都有应酬，回到家的时间比较晚，也没有找保洁来打扫，所以屋子显得凌乱了许多。

"你看看，这屋子的卫生，充分说明没有女人来过啊。"山俊彦自嘲地说。

"那不一定，说不定是一个不在乎的女人呢。"素雅脱掉外套，就开始动手收拾。

"你以为别人都和你一样啊？"

"你什么意思，你是嫌弃我了吗？"素雅抬起头来，停止了手里的活

128

儿。走向山俊彦，伸出手来要拧他的胳膊，山俊彦扭了一下身体轻巧地躲了过去。素雅没拧到，开始着急了，跺着脚吼道："你必须让我拧一下，否则和你没完。"山俊彦看到素雅着急的样子，十分可爱，心里添了不少欢喜，故意把身子凑了过来，让素雅拧了一下，自己夸张地做了痛的表情，这才让素雅心满意足地干活去了。

一杯茶的工夫，屋子里干净如初。素雅把拖把放好，接过俊彦递过来的水杯喝了一口，站在阳台前看窗外的夜景。俊彦催促着素雅，让她抓紧去洗漱。

暧昧的台灯一打开，小别胜新婚的感觉涌了出来，抖落一地桃花。

第十三章

经过周惠子不懈努力，那家盗用山俊彦照片的公司，终于服软认错，赔礼致函的同时，还支付了十一万元的赔偿款。惠子开心得像个孩子，一大清早就在办公室里又蹦又跳的。山俊彦对这个官司当初并没抱太大希望，也没想到赔偿金这么多，对他来说也算是个惊喜了。

"师父，没想到吧，正义最终是会战胜邪恶的。"

"丫头，确实厉害，我原以为这官司会拖很久，真若赢了也不过赔个万儿八千的，还不够折腾的。没想到赔了这么多，全是你的功劳。"山俊彦情不自禁地给惠子竖了竖大拇指。

"这还是轻饶了他们，咱们有一张照片，是您在德国柏林的影展上获过大奖的，这帮家伙胆子够肥的，竟然偷偷用到了航空杂志上，还声称自己有版权呢。"

"哦，是不是小孩站在森林里那张？"山俊彦想起了那张照片。

"就是那张，我在朋友圈内也发过。师父就是太善良了，我让律师给他们提的赔偿金也并非狮子大开口，主要是他们态度比较恶劣，而且他们简直是法盲，竟然不知道有《著作权法》。"

"按照法律规定可以赔多少？"

"按照《著作权法》规定，最高可以赔偿五十万元呢。"

"哦，这么多啊。"

"师父，是不是该请我吃顿大餐哦？"周惠子歪着脑袋问，调皮得像个孩子。

"这算是一笔额外收入，没有你的努力，就不会有这笔收入，师父准备奖励你。"

"哈哈，师父真好。"

"看看税后入账多少，拿出百分之七十给你发奖金吧。"

"这么多啊？不要不要！"周惠子坚决地摇了摇头。

"傻孩子，给钱也不要啊，再说了，这是你应该得的。"

"别想用金钱收买我，我不吃这一套。这样吧，我也不推辞了，我拿一万块钱吧，这本来就是我工作分内的事。"

山俊彦了解惠子的脾气，再劝下去是没用的，不如后面有机会再奖励她，便答应了。

惠子不但长相俊俏，做事认真，又负责任，除了脾气比较急外，实属是个好女孩，谁娶了这样的女孩应该是有福气的。山俊彦望着周惠子，让他想起了自己的闺女，他尴尬地笑了笑，总感觉惠子像自己丢失的另一个闺女一样。

从门外进来一个人，手里一如既往捧着一束鲜花，虽然来了多次，进了门仍然表情紧张。定期来送鲜花的"妈宝男"呆呆地站在那里，望着正在说话的山俊彦和周惠子。

周惠子斜着眼睛看了他一眼，转身要向楼上走。山俊彦一看连忙说："哎，惠子，你朋友来找你了，你招呼一下。"看到"妈宝男"今天穿了件大花色夹克衫，周惠子笑着说："不错，今天穿得很精神啊，进来坐一下。""妈宝男"紧张地点了点头，红着脸把鲜花递给了惠子，周惠子不情愿地接了过来，把眼睛翻到了天花板上，嘴里嘟哝着："后面都成花园子了，你这样做没用，你这要是装修院子，下次送点带根的，我直接种在地上算了。"那男子当真地点了点头："好的，好的。"

山俊彦忍不住在一旁笑了，冲着惠子说："你别逗人家了，他会当真的，你们聊着，我去楼上准备一下，下午去社里一趟。"说完就上了楼，留下他俩在房间内。

到了二楼，看到沙发上面有个快递包裹，山俊彦拿起来看了一下上面的快递单信息，发现收件人处写的是自己名字，便用桌子上的剪刀打开了盒子的外包装，里面是一个防撞泡沫盒子，他继续用剪刀剪掉厚厚的泡沫，一个精致的匣子露了出来，山俊彦打开匣子，里面是一桶茶叶，桶上写着"大红袍"的字样。山俊彦并没购买茶叶，也不记得谁说要给自己寄送茶叶。他把茶叶盒子打开，凑到鼻尖闻了闻，有股浓郁的兰花香味，这应该是品质比较上乘的大红袍。也许是哪个同学邮寄的吧，自己只是还没收到通知而已。想到这里，他坐到沙发上面，拿起手机开始翻看信息，无意中，却看到了昨天傍晚的一则微信，是小白发的。

"山老师，让朋友从武夷山给你邮寄了点大红袍茶叶，请查收。"

原来是这丫头邮寄的。

山俊彦在微信里回了一句："收到了，谢谢。"转瞬之间，就收到她的回音。

"这茶都凉了，才回信啊，嘻嘻。"

"昨天比较忙，没看到，确实是刚刚才看到，抱歉啦。"

"好的，原谅你了。"

这时，周惠子蹦蹦跳跳地走了上来，手里拿着两张票。看到山俊彦在发微信，便把脚步放轻了，站在门口不作声。

"咋了，把人家晾到楼下了啊？"山俊彦故意逗她说。

"人早被我骂跑了。"周惠子举了举手里的票，"不过，缴获了两张话剧票，麻花剧场的，这场票挺难买的。"

"好啊，你们俩可以一起看看话剧，多聊聊。"

"谁跟他一起看啊，刚才支支吾吾地说了半天，我也没听懂他想说啥。我问他，是不是给我送票来了？他点了点头，还涨红了脸。我就把两张票都要了过来，并且给他说了声谢谢，把他赶走了。"周惠子满不在乎地说。

山俊彦笑得差点岔了气。

"人家本来是来邀请你一起去看，结果被你把票都要过来了，你这不是故意欺负人家嘛。"

"没有啊，给他说了，若是给我一张我就不去了，他就把两张都给我了。"

山俊彦坚决地表示不会陪惠子看演出，一是因为这种抢来的票，去看也不舒服；二是接到素雅的微信，晚上约他去商场，给他定制了衣服去试穿。

光影客杂志社最近迁址搬进了其主管部门的大院子里面，本身这家杂志社就是市直管的事业单位。当初成立时，刻意地选了远离主管部门的地址，是希望其能发挥市场的灵活性，做一家相对市场化的杂志。如今已经成立多个年头，其社会影响力已经较大，加上新形势下，要加强对主流媒体的管理，《光影客》杂志借助搬迁的机会重新搬回到大院里，更凸显了其背景和身份，杂志社的影响力也进一步扩大了。

山俊彦下午开车来到杂志社，由于第一次到新的地址，还不熟悉环境。车辆并没有事先办理进出的通行证件，被站岗执勤的武警人员拦住，要求其停在大院外面的停车场里。山俊彦停好车，到门卫处，打电话与杂志社的安保人员核实后，这才让他走进去。新办公环境很舒适，院子里植被茂盛、法桐布道，路的一侧有个比较大的池子，池子中心有个凉亭，通往凉亭的是蜿蜒的走廊，红黄色的锦鲤在池水里不紧不慢地游着，天气寒冷，但是在这个院子却感受不到一点儿冬天的味道，倒像是在江南一带的城市中。

院子很大，有楼台亭榭，也有小桥流水，仿佛走进了《红楼梦》里的大观园一般。山俊彦打听了几个人，才找到《光影客》杂志的位置，这里是大院里面相对独立的一个小院子，说是小院子，其实占地面积也不小，两层的阁楼环绕了一周，清式风格的院子里面，假山林立，四季常绿的植物点缀在小路的两旁，宁静而又典雅。

白社长的办公室在二楼中间位置，房间内摆设也极为简单朴素，中间是办公用的大班台，座椅的后面是一排整齐而硕大的书架，书架内摆满了《资治通鉴》《史记》等历史书籍，以及国内外的名著，从表面看过去许多书籍都已经被翻看过多遍的样子，显现了主人是位饱读诗书的人士。白社长琴棋书画样样精通，办公室左侧墙壁上的一幅卷轴行书，是临摹王羲之的《兰亭集序》，行家一看便知书写者具备临摹王体多年的功力，卷轴的落款处标明是白社长亲笔书写。而书架的中间摆放的奖杯和证书非常显眼，那是他多年前作为电视剧《一代英模》编剧获得的省级优秀编剧奖，当时为白水市赢得了较高的荣誉，电视剧在省市电视台曾经连续播放多遍。办公班台上还放了一张全家福的合影，白社长坐在家人中间，幸福洋溢在脸上。办公室的装扮把主人的爱好及性格体现得淋漓尽致。

白社长身高一米八左右，身材魁梧，着浅色夹克衫，脚上穿了一双棕色布鞋，笑容可掬，脸上没有一点皱纹，看上去比实际年龄年轻许多。他望见山俊彦敲门进来，连忙站起身子，招呼着他坐在班台对面的沙发上，并起身从消毒柜里拿出盖杯，沏上茶水，端到山俊彦面前。山俊彦连忙起身接了过去，看到领导这么客气，觉得非常不好意思。其实，山俊彦日常与白社长并没有打太多交道，和杂志社的编辑部联系较多，平日里也很少有工作与白社长直接联系，倒是白社长对他一直比较关心，当初他成立摄影工作室，也是白社长的建议。这几年来，杂志社安排的摄影图片创作和对外的一些摄影活动，交给山俊彦的工作室运作，其中也表明白社长对山俊彦也是比较照顾的。从心底来说，山俊彦对白社长这些年来的支持是很感激的。

"小山，最近工作咋样？我不打电话给你，你也不过来坐坐？"白社长说话像个长辈。

"社长，真不好意思，知道您工作忙，怕打扰您，也没什么事情，就没过来。"

"这样你就有点见外了，我们认识也好几年了，虽然没有太多的接触，但是我一直在关注着你，无论是人品还是能力，都很不错的。觉得你会有大发展的。我嘱咐过分管业务的乔副社长，让他多帮你。"

"是呢，乔社长还有其他同事都挺帮忙的，我知道您一直很关心我，真心谢谢您。"山俊彦这时候不知道该说什么好，况且今天也不知道白社长叫自己来的目的是什么。

可能白社长也猜测出山俊彦的疑惑。

"小山，今天叫你过来也没什么事情，一是杂志社又搬回到大院里，你来认认门，再一个就是看看你那边业务需求还有哪些。最近杂志社承担了市里一些宣传项目，有些业务在招标，看看你这边能否对接。"

"好的，社长，谢谢您的关心。工作室这两年运作得挺好的，除了编辑部的业务外，在外面接的活也比较多，一切都挺顺利的，你这边有什么需要我做的吗？"

"哦，那倒是没有，你现在还只是个摄影工作室，许多业务还没办法承接。没想过成立个公司什么的，把事业做大一些，最起码把广告的业务也承接一下？"

"原来想过，但是感觉比较费心，目前摄影的业务也还不错，所以就没考虑开立公司的事情。"山俊彦回答得比较实在，前两年确实考虑过成立公司的事情。

"眼界放宽一些，你还年轻，机会也多，无论人品还是能力我都看好你。现在杂志社接管了市里的一些广告业务，你考虑一下。"

"好的，谢谢您。"

"对了，上次给晓彤拍的照片我看了，真不错，她也比较喜欢。最近给我说想跟着你学学摄影，你抽空也教一教她，这孩子比较任性，跟我说了好几次了。"

"晓彤？"山俊彦刚听到这个名字时觉得很陌生，突然想起了小白，她的名字好像叫晓彤，但是没听人说过，山俊彦猜测这应该是指她。赶忙对白社长答道："好的，社长。我安排时间。"

"那好，抽空让她安排一下，请请你这个老师。你去过那个四合院，最近来了几个厨师，水平还不错，可以去那里聚聚。你回去后考虑一下开公司的事情。"

"好的。"

白社长又给山俊彦的杯子里续了些开水，并问起了他家里的一些情况，白社长建议山俊彦把妻子和女儿带来省会生活，他可以帮忙把山俊彦媳妇的工作还有孩子上学问题安排好。山俊彦听着白社长关心的话语，在心里涌起了一股感动和感激之情，但是想到自己目前的状况，向白社长表达了感谢之意，并说这种大事需要回家商量商量再定，坦言自己在家里说了不算。白社长哈哈一笑，用手在山俊彦的肩膀上拍了几下，说男人一个人在外还是比较危险的，应该家里家外都要照顾好才对。

山俊彦离开的时候，白社长从二楼送到楼下的小院门口。

第十四章

和《山茶花》杂志的合作还是很愉快的，杂志连载了三期山俊彦的作品，而且《大摄影师》的系列访谈在杂志社的网站上点击量超过了三十万次，反响非常好。

杂志社的高副总编打电话邀请山俊彦参加他们组织的文艺沙龙，时间定的是周五上午，在市郊的温泉度假村。山俊彦收到邀请函后，看到活动要求周四下午报到，周五上午正式活动，下午是红酒品鉴会，晚上安排了晚宴，高副总编特意嘱咐山俊彦务必要带上助理周惠子。山俊彦知道这老家伙对周惠子不怀好意，但是拒绝也不太好，他提醒周惠子小心这老家伙。惠子说，对付这种人她有办法，不用太担心。

周四是惠子妈妈的生日，山俊彦让她在家陪妈妈过生日，周五早上再开车去温泉度假村参加活动。周惠子开玩笑地邀请山俊彦一起到家里给她妈妈过生日，山俊彦建议她这次应该带着"妈宝男"回家才对，惠子听了，嘴巴噘得高高，气鼓鼓的还没到下班的时间就去了蛋糕店。

等周惠子离开后，山俊彦在办公室给素雅发了个微信，问她晚上是否有时间，素雅很快回复他晚上没事。山俊彦让素雅在学校等他，一会儿开车接上她，一起去郊区的温泉度假村，素雅愉快地答应了。

室外的温度还是很低，寒风刺骨。素雅的学校正好在去郊区度假村的路上，并不绕道。正赶上放学的时间，学校不远处的街道上，放学的学生成群地走在路上，寒冬腊月，有些学生穿的单薄，站在街头瑟瑟发抖，尤其是那些女生，为了凸显苗条的身材，却依然不愿意穿上厚实的棉衣，应了"美丽冻人"的调侃。学校门口两侧，是成长了几十年的法桐，树叶早已落尽，树干上堆积着前几日下的残雪，也许是临近圣诞和元旦，每棵法桐的腰部都缠了红黄色的霓虹灯，树枝上配了多色的小彩灯，傍晚时分，灯光亮起，斑斓的光晕与树干上的残雪遥相呼应。

素雅告诉山俊彦把汽车开进校园里，在教学楼门口等候她，山俊彦把车开到楼旁边的路旁，把车子倒入停车位，汽车前玻璃冲着教学楼的出口，熄了发动机在车里等她。十几分钟后，有人从楼道里走了出来，穿着职业装，戴着黑框眼镜，手里提着一个文件袋，在楼道口张望着、寻找着。山俊彦第一眼并没认出素雅，因为从没见她穿过这么职业的装束，直到素雅望见了山俊彦的车，姗姗地走过来，他才意识到那人是素雅。

素雅拉开车门坐了进来，脸上带着笑容。

"咋了，不认识了？是不是没见过这么丑的时候啊？"素雅把眼镜摘了下来，歪着头看着山俊彦。

"确实没看出来，不过穿职业装也很好看的。"

"真的吗？听着像假话呢。"

"真的，另一种风格。你没听说过，制服诱惑吗？职业装也有诱惑。"山俊彦故意逗着素雅。

"啊？制服还有诱惑？"素雅瞪着眼睛，一脸的迷惑，当看见山俊彦一脸坏笑时，才意识到他说的不是什么好话，用手捏了山俊彦的胳膊一下。

"坏蛋一个。跟我去宿舍一趟，换一下衣服。"

素雅的宿舍在学校后面不远的一个小区里面，当时搬过来借宿在闺密租的房子里，后来两个人干脆就一起合租了。山俊彦过来接送过她几次，但都是在小区的门口，这次素雅却让他把车开到了小区里面，并让山俊彦和她一起上楼。

打开房门，门口是鞋架，上面只摆放着一双女人的拖鞋，素雅从上面的抽屉里拿出一双从宾馆里带回的一次性拖鞋递给山俊彦换上。屋子并不大，两室一厅结构，很干净。

山俊彦禁不住去抱素雅，却被她挡开，把手指按到嘴唇上，不让山俊彦吱声。这时山俊彦才意识到，屋子里还有别人，顿时变得不知所措起来。

素雅指了指其中一个卧室，冲他小声说："这是我的屋子。"

"回来啦？"从厨房里飘出来一个女人的声音。

"是呢，刚回来。"素雅连忙答道，并冲着山俊彦挤了挤眼睛。

山俊彦站在门口处，不知该进来还是出去。厨房里的女人却走了出来，看到他俩站在门口，不禁也愣了一下。

"哦，来客人了啊，素雅也不说一声。"

"进来吧，去沙发坐一下，这是我闺密娜娜。"素雅拉了一下山俊彦。

"是大摄影师吧？前几天我和素雅还在网上看你的访谈呢。"

山俊彦尴尬地笑了笑，在沙发上坐了下来，看样子素雅的闺密知道两个人的关系。

"本人比视频里年轻啊，喝点什么不？"娜娜笑着问山俊彦。

"不用了，我换一下衣服就出去。"素雅把话接了过去，然后进了自己的房间。

"谢谢，不用客气的，一会儿就走，打扰你了。"山俊彦冲着娜娜点了点头。

"那吃点水果吧，这素雅也不事先说一声，你看我也没梳洗打扮一下，家里也没准备什么吃的。"娜娜把一盘洗好的小红果端到茶几上。

"谢谢啦。"山俊彦心想，我又不是来看你，你还要什么梳妆打扮啊。

"摄影师啊，你啥时候有空，能否给我们拍些照片呢？比如在下雪的时候。"

"随时啊，到时候你和素雅安排时间，叫我就行。"

"那真是太好了，摄影师拍的照每一张都一定是经典。"

"呵呵，也不是，发表的照片都是在数张照片里选出来的。有些也需要摆拍，还有后面的修图。"

"哦，这样啊，不过照相技术还需要你多给指点指点啊。"

娜娜觉得山俊彦的脾气倒是蛮好的，关于摄影的话题她也很感兴趣，对平日里不太了解的知识，一股脑地去提问，山俊彦也耐心地一一作答。两人聊的倒是很开心。

"摄影师若是方便的话，就加个微信吧。有问题我可以随时问你。"

娜娜说完把手机的微信二维码打开，递到山俊彦面前。

"干啥呢？"素雅正好从房间里走出来，看到两人要加微信，嘴里嚷着，伸手把山俊彦的手机夺了过去，"趁我不注意，你俩这是要成为好友吗？"

"只是加个微信，你还这么小气啊。"娜娜抬头瞪着素雅。

素雅微笑着摇了摇头。

"不行，就是小气了。有事可以通过我传达，不能给私聊的机会。"说完冲着娜娜挤了挤眼睛，然后对着山俊彦说，"起来吧，该走了。"

山俊彦赶忙站了起来，冲着娜娜笑了一下，走到门口去换鞋。

"你这个小气鬼，走了就别回来。"娜娜气鼓鼓地冲着素雅叫了一声。

"哈哈，这事不能大气啊，不过，可以让他给我们拍照，咋样？"

"好吧，看好他，别让人抢走啊。祝你们晚上过得快乐。"娜娜说这话的时候拍着腰，不知是酸酸的，还是真心祝福。

素雅把一个盛衣服的手提包交给山俊彦，拉着他走出房间，坐电梯到了楼下的车里。

"我带了几天的衣服，先放到你车里，明晚去你宿舍住，过了周末再回来。"

"你今天怎么想起来把我带回这里了？"山俊彦把心中的迷惑说了出来。

"哦，早就想把你带回来啊，娜娜这小妮子也说了好几次，要见见你呢，今天正好她在。"

"咱俩的事，你都给她说了啊？"

"说了啊，我给她说我爱上你了，有些无法自拔。"

山俊彦歪头看了素雅一眼，暗红色的上衣把她的脸颊映照得绯红，上扬的嘴角洋溢着幸福。

两人计划晚一些时间到宾馆，避免去早了遇到熟人，于是两人准备在外面吃点晚餐后再过去。素雅从手机上里找到一家日式餐厅，餐厅在去往度假村的路上。

服务员带着两人来到一个靠窗的两人座，素雅主动把菜单要过来，开始点菜，她点了一份海鲜沙拉，秋天的童话寿司，刺参三文鱼，鲜松茸汤一钵，还有两瓶松子清酒。

她笑着说："今晚你请我洗温泉，我请你用餐，两不相欠。你开车，这两瓶酒带到宾馆里去喝。"

"那岂不是我占大便宜了，宾馆的钱是单位埋单的，我今晚不花一分钱就可以享受食色性了。"

"看把你美的，有你受累的时候。"素雅说完这句玩笑，脸红了一半，她不知道自己为何这样放肆，这种话以前自己可是从来不说的。

"哈哈，关老师变了。"

"都是被你带坏了，不能再笑我。"素雅用手去按山俊彦的嘴巴，却被山俊彦一把抓住，放在嘴上亲了一口。

两人吃完饭，把剩下的寿司打包，连同两瓶清酒带到了车上，开车奔向郊区的温泉度假村。

月光如洗，穿梭在山间无人的高速路上，夜静风平的晚上令人心旷神怡。

　　杂志社安排的温泉度假村在白水山脚下，离市区并不远，是白水市第一家由韩国投资的外商企业，市政府当年为了招商引资，也是大手笔地支持外资，规划了一大片土地给这家企业开发，这家韩国企业投资的土地光增值也发了不少财，当然，当地政府成功地引进这家外资后，也带来了一批外商来投资兴业，为当地税收做了较大的贡献。这家度假村虽然开业十多年，但是经常翻新设施，温泉的软硬件在省内同行业中始终保持着一流水准，因而生意一直很火爆。

　　山俊彦把车停在停车场，素雅让他把后备厢打开，从大的手提包里取出一个塑料手提袋，然后把后备厢的盖子盖上，告诉山俊彦，车里的手提包明天记得带回家。

　　山俊彦把车钥匙递给素雅，让她在车里等着，自己去宾馆大堂登记。拿到房卡后，去楼上开好门，把房门虚掩，然后给素雅打电话，告诉了她房间的号码，嘱咐她锁车后上楼到房间里。

　　宾馆的房间很大，装修风格古朴典雅，一侧是中式的沙发书桌，房间的中央摆放了一张大型的双人床，奇特之处是在床的四角各有木框，顶部垂下的粉红色幔纱把床围起来，类似仿制的古代四柱架子床，但是粉色纱幔装饰又具备现代感。

　　房间的另一侧是雕花拱形门，白色柔布落地窗帘分系在两侧，推开拱门，竟然是个独立的院子，鹅卵石铺设的小路，一簇簇细竹扎成的篱笆围成一圈，冷风吹过来，从黄叶上抖落一地的积雪，只见一个方形的温泉浴池展现在眼前，清水汩汩，热气弥漫了整个小院子，那水面漂着的玫瑰花瓣若隐若现，犹如进入了另一个奇妙的世界。

　　这时，素雅已经推开虚掩的房门走了进来，把外套脱下挂在壁橱的衣架上，从手提袋内取出一双自己带来的拖鞋换上。走到沙发跟前，把刚才从饭店打包的酒和菜取出来放到茶几上，这才开始打量房间，眼睛

142

环绕了一圈，尤其是看到大床上面飘落下来的纱幔时，脸上露出了开心的笑容。

"房间的装饰真是不错啊，床这么大，好舒服，尤其是这纱幔，我喜欢。"

山俊彦站在拱门前，向她招手，示意她过来。

素雅张开双臂，笑盈盈地冲了过来，一下子扑倒在山俊彦的怀里，两人紧紧地抱在了一起。素雅闭着眼睛，静静地感受来自山俊彦身体上的温度，轻轻在他的耳朵旁说了一声："我想你了。"

山俊彦笑道："这才两天没见啊。"

"现在每天不见到，心里都发慌呢。"话语中带着娇羞。

"那以后就天天见呗。"

山俊彦轻轻抱起怀中的素雅，走向那雕花拱形门，轻触了一下窗帘边上的电动开关，房门打开，一阵寒意就跟着过来了，仿佛一下子从春天走进了冬日一般。趴在山俊彦肩膀上的素雅转过头来，却像发现新天地一般，不禁惊呼了一下，挣脱着从山俊彦的怀抱里踩到了地上，欢快的像个孩子。

"我原以为，温泉是公共的那一种呢，原来房间里也有。"

"这里也有公共用的温泉泡池，多种温泉类型的池子，估计这时候人比较多，你若是喜欢，去看一下？"

"你和我一块去吗？"

"我没问题啊。这家杂志社的邀请名单我看过，没有太熟悉的人。"

"哼，没熟人才和我一起啊，是怕我给你丢人吗？"素雅生气地背过了身子。

"当然不是啊，我不是怕你碰到你们学校的老师或者学生，你若是不在乎，我巴不得与你一起呢。"

"我说不过你，谁知道你怎么想的。既然屋子里有这大池子，我肯定也不愿意去人多的地方。"

山俊彦看到素雅由生气变为开心，把她推到屋子里面，让她进到卧室里去换衣服。

其实，素雅是有备而来，她知道到温泉度假村一定会去泡温泉，就把泳衣也塞到了手提袋里。

她从沙发上取了衣服，来到大床旁，掀开从房顶垂下的幔子，坐到床上去换衣服。山俊彦把打包回来的酒和菜取出来，从宾馆橱柜的消毒柜里取出两个玻璃杯子，端到了外面的温泉池子边上。却听到素雅在床上惊呼了一声。

"啊呀！"

山俊彦连忙从小院里走进卧室，看到素雅赤裸着上身，双臂紧抱着衣服，从床上赤着脚走下来，一副慌张的样子。

"怎么了？"山俊彦快步走了过去，抱住素雅。

"你看看，你看看上面。"

山俊彦掀开垂下的帷幔，抬头望向顶端。只见一个圆形的蓝色玻璃镜子悬挂在床的正上方，把床上的一切照得清清楚楚，粉色的纱幔围绕一周，从上面飘落下来，像个封闭的帐篷。山俊彦忍不住笑了起来。

"我以为出什么事了呢，这不就是一面镜子吗？"

"这镜子挂在上面干什么，床上的一切看得清清楚楚。"

"就是为了看清楚，才挂的镜子。"

"那你睡吧，我才不要睡这张床上，害怕。"

素雅赤脚站在地板上，怀里抱着衣物，仍然窘在那里，一副不知所措的样子。山俊彦故意拽了拽她手里的衣物，把她拉到床跟前，把脸凑了过去，开始亲吻素雅的嘴唇，素雅开始有些紧张，但在山俊彦的攻击下便配合地把嘴巴张开，两只舌头缠绕在一起。素雅情不自禁地把手松开，去勾山俊彦的脖子，抱着的衣服就散落到了床边，两人紧紧地拥吻了一阵子，就在山俊彦准备去解衣服的时候，素雅睁开眼睛看到了顶部镜子里两人相拥的样子，还有自己赤裸的上身，连忙推开了山俊彦。

"不行，这里太吓人了，我要换衣服，去泡温泉。"

山俊彦看着素雅紧张的样子，笑着点了点头，示意她继续换衣服。

"确实挺刺激的，但是总觉得别扭。"换上了比基尼泳装，素雅喃喃地说道。

"一会儿更刺激。"

"去去去，你自己住吧。"素雅羞涩地说着，边用手拽着紧绷的泳衣，"本来外面还要套一个泳裙的，太皱了，在房间泡温泉就不用了。"

"在房间里泡，是可以什么都不穿的。"山俊彦望着白皙动人的美女，两只眼睛不肯挪开，像是第一次见到一般，忍不住用手去捏捏她，素雅见状连忙扭身从一边笑着跑了过去。

拱形门旁边的架子上放了两条叠得整齐的大浴巾，素雅拽了一条裹在身上，就冲了出去。

山俊彦并没有带泳衣过来，在屋子里的柜子里也没寻到，打电话给前台，让服务员送了一条泳裤过来，还有两顶泳帽，拿到手的时候有些后悔，在房间里干吗要穿泳衣啊，刚才还笑素雅的，于是就没有打开泳裤的包装，脱了衣服穿了一件宾馆的睡衣，披着浴巾，拿着两个泳帽，从门里走了出来。

月亮像银盘一样挂在院子的正上方，鹅卵石铺设的小道清晰可见，竹子栅栏上的积雪泛出星星点点的光亮，温泉池子冒出的蒸汽让小院里云雾缭绕，汩汩的水声，白色的倩影，与银色的月光组成了一幅淡淡的水墨画。

"水温好热，泡得很舒服，你赶紧下来吧。"素雅在泉池的一角轻声地呼唤道。

"好冷呢。"

"赶紧，别感冒了。"

水温确实热烈，刚踏到里面有些烫，但是不一会儿就适应了，山俊彦坐进池子里的石凳上，仅留一只脑袋浮在水面上，鼻子能闻到温泉水散发出一丝丝淡淡的硫黄味。

"过来吧，这边有可以躺着泡的地方。"素雅在泉池的另一边向他打着招呼。

池子一米深左右，山俊彦用手划着水，把身子埋在水中，游了过去。

素雅整个身子躺在池中，在水中并排有两个专供躺着泡澡的凳子，池子边上正是泉眼，汩汩的热水流不断冲击着身体，设计得极为巧妙。

山俊彦从头上取下两只套在一起的泳帽，把一只递给素雅。

"戴上可以御寒。"

素雅接了过来，用力将浴帽的水挤了一下，又把它箍在头上，起身用手拉着山俊彦，与自己并排躺在浴池里的凹陷处。

两只手紧紧相握，从水管不断涌出的白泡泡，追逐嬉闹着冲击着身体，水汽簇拥着露在外面的皮肤，并不觉得寒冷。

"我怎么越来越喜欢你了呢？"女人的眼睛流露出满满的爱意，在柔和的灯光下，泛着水花。

"我也是，现在一天不见你就失魂落魄的。"

"真的吗？我不信，都不给我发信息。"

"不发信息不代表不想啊。"

素雅看着对面的男人，越发地喜欢，忍不住用手去抚摸山俊彦的脸，慢慢地从脖子抚摸到胸和腹部的肌肉，手指在柔滑的肌肤上触碰，从指间传过来的是爱意柔情，带过来的是欢娱的诱惑，手指继续下滑，无意中却碰到了男人的私处，手指便僵在了那里。

"啊，你咋不穿泳裤呢？"

山俊彦并不回答，却把嘴巴凑了过去，紧压住那温润的小嘴。

"不要啦，这里让人看到咋办？"素雅腾出空隙，抽出了嘴巴，看到身边蠢蠢欲动的男人，紧张地抬起头来，四周被冷风吹动的竹叶，竹影之间仿佛看到了隔壁院落里的灯光晃动。

冬日里的月亮，挂在遥远的夜空，清亮可人，几丝浮云若隐若现地缥缈在周围，似要蒙面的纱巾，星星被寒风吹得躲进云层，在薄雾中忽明忽暗，一闪一闪地眨着眼睛，看到了地面上的一切，交头接耳、窃窃私语。

温热的泉水不断翻涌着，汩汩的雾气在灯光的柔射中制造出梦幻的情境，空气清新而又热烈，让泡在水里的人并没觉得寒冷。两只身躯早已相连在一起，远远望去像两条白蛇，在纠缠翻滚中嬉闹着，只是用手捂着彼此的嘴巴，唯恐喉咙里发出的呢喃声惊醒天上的月亮和竹篱笆那边的宾客。

夜静了下来，月亮也躲进了云层里面，但是天空并不昏暗。两人仰着脸并躺着，望着天上的浮云流动，回味着刚才的美好，幸福挂在彼此的脸上。

"我想和你在一起，一直在一起。"素雅把头枕在山俊彦的胳膊上，一阵阵暖流从头发处淌过。

"我也想。"

"其实，我和孩子的爸爸在三年前就离了婚。""哦。"这是山俊彦第一次知道，他从来没有问过素雅，她也从未主动提过，其实，山俊彦早就猜到了。

"什么原因呢？他有外遇吗？"

"不是，这个我确定，他人挺老实的，是我对不住他。"

山俊彦的心被揪了一下，他咽了咽口水，平静了一会儿。

"感情的事情没有对和不对的，只是如何选择的问题。"山俊彦轻声安慰着素雅。

"走错一步，便步步都错。"素雅叹了一口气，"也许，当初就不应该来市里。"

"不来，就不会遇到我了。"

"是呢，所以也是幸运的，遇到你，也许是命中注定的。"

"嗯。"

沉默的时候，夜晚显得格外冷清，几十秒就很漫长。

"你看这月亮，从云层里又跑了出来，在祝福我们呢，相信会有个美好的未来。"山俊彦伸出手来，指了指天上的月亮。

"真的吗？不敢确定。若隐若现的，像我们的感情。"

忘记了这是寒冷的季节，放在泉池边上的清酒早已变凉。两人从温泉池里疲倦地爬起来，山俊彦拿起一条浴巾披在素雅的身上，自己也搭了一条，端起地上的酒和杯子，两人急匆匆地钻回到屋子里面。

淋浴间，两人一起挤了进去，互相帮着冲洗身体后，吹干头发。从壁橱里取出睡衣，两人穿戴整齐后，相互依偎在沙发里。酒店的设施齐全，竟然有蜡烛熏香台，拿出来，把清酒的瓶子架在上面，就成了小火炉，看着暖暖的蜡烛把瓷瓶里的清酒烧热后，冒出的缕缕青烟，让两人兴奋了许久，很晚才睡着。

天还蒙蒙亮，灯光发出的亮色唤醒了山俊彦，他微微睁开眼睛，却发现身边素雅早已醒来。正枕着自己的一只胳膊歪着头目不转睛地望着他，脸上带着红晕。

"你醒了啊，睡得真好。"

"你早醒了？"

"嗯，灯一直没关，下半夜就醒了，就没舍得再闭上眼睛。"

"一定是我的鼾声影响你了吧？"

"不是，想起昨晚在温泉里，还有在这张床上的事情，刺激得睡不着，从没有过的感受呢。"脸上的红晕到了脖子下方。

起床的时候，太阳已经从小院里透了进来。素雅要赶回学校，山俊彦要开车把素雅送到离市区最近的地铁站。车开出度假村后，路上的车并不多，很快就下了高速，在十字路口等红灯时，山俊彦看到一辆熟悉车牌的车子从对面驶了过来，那是周惠子的汽车，山俊彦赶忙踩了一下油门，越过前面的车，躲到了前面，从后视镜里看到周惠子的刹车灯亮了几下，车子似乎慢了下来，然后又开始启动向前开了过去。也许，惠子已经看到了自己的车。

　　"谁的车啊？"坐在副驾驶座的素雅从山俊彦的表情觉察到了什么。

　　"哦，刚才过去的车，好似我助理的。"

　　"看你紧张的，那个丫头好像对你有点意思呢。"

　　"没有啊。你和一个丫头也吃醋啊。"

　　"我才不吃醋呢，只是提醒你小心一下。"素雅嘟起小嘴，不屑地瞪了他一眼。

第十五章

鉴明湖的水在寒冷的冬天也不结冰，成为白水市的特色景点，岸边的垂柳早已失去了绿色，枝丫上还残存着多日前的雪，微风吹过，干枯的枝条垂死挣扎着随风舞动，星星点点的雪片扑簌下来，落在岸边栈道上散步的游客身上。欢快了那些小孩子，故意躲到树下面，看到有人路过时，就用小脚丫去踹树干，让残雪扑簌地落下来，落到行人的头上脸上，看到大人的恼怒后，在呵斥声中吓得扭头就跑，嘴里却哈哈哈地笑着喊着。

傍晚的夕阳，倒映着水里那片干枯的荷花，夏日的景色早已不见踪影，只剩了皱卷起的黄叶子，和一截截光杆竖立在水中，或者中间折弯半截倒栽进水里，偶尔有一两个落单的莲蓬，早已变灰变黑，但依然高傲地挺立在一边，看上去与这惨淡的光景有些格格不入。

冬天是孤寂的，寒风中也带着凄凉。

上次白社长说的事情，山俊彦并没有忘记，但是一直没有给他答复。这件事情他和两个人商量过，却得到了截然不同的答案。第一个问的是素雅，她给的答案是否定的。素雅说，这样的好事为何让你去做，白社长交际广阔朋友众多，亲戚做生意的也不少，为什么这种稳赚不赔的广告生意交给你去做，她猜测业务合作中权钱交易的风险一定不小，找个老实人合伙，出事时可以轻松地甩锅。素雅认为，山俊彦作为摄影师，有吃饭的技术，为了赚点钱牵扯到一些犯法的事情中去，不值得。素雅提醒山俊彦不要为了赚钱出事。另外，素雅认为山俊彦并不是对赚钱特别感兴趣，骨子里还是很文青，摄影才是他追求的梦想。

第二个问的是周惠子，她的建议和素雅不一样，她认为是可以合作的。惠子说，合作的时候只要把规则讲清楚就好。现在的社会，风险小赚大钱的机会并不多。在合作中只要长着心眼，别被人利用，有风险的钱就不要。目前，摄影虽然能赚到一些钱，但这是个苦力活，做广告生意却是个无本生意，只做中间商也能赚到差价，而白社长的关系就是成本。更何况小白也有股份在里面，老白对干闺女是疼爱的，所以也不会坑我们。

面对这两种建议，山俊彦没做最后的决定。

在一个下着小雪的下午，山俊彦接到白社长的电话，问他那件事考虑得如何了，山俊彦在电话里支吾了好一会儿，意思是想拒绝，但是表达的是没考虑清楚。白社长不让他在电话里再说，让他晚上去四合院那边一起吃饭，并让他带上周惠子一起。

估计晚上的聚餐会喝一些酒。下班时，山俊彦与惠子俩人没有开车，一起坐地铁赶往给小白拍过照的那座四合院。

在地铁里，山俊彦收到了素雅的微信，晚上她要把前段时间给他定制的西装送到公寓里去，在家里等他回来，并嘱咐他要少喝酒。

素雅对山俊彦的关心开始变得无微不至起来，这段时间，从内衣到鞋袜，给山俊彦买了一堆，最近又在一家品牌店里定制了西装，从里到外把他打扮了一遍，还定期来山俊彦的公寓打扫卫生，已经许久不用保洁大姐上门了。山俊彦知道素雅的工资并不高，给他买衣服的钱占了一大部分，让他心里过意不去，要转钱给她，素雅非常不高兴地回复他，若是非要给钱，她就把衣服全部退了。其实，素雅的暖心体贴并没有让山俊彦感觉到别扭，而是那种久违的幸福感，他的心里被填得满满的。一个人生活久了，突然被一个女人发自真心的宠爱和关心，有点受宠若惊。素雅已然将自己当成他的妻子，给予自己如家人般温暖的关心和爱，山俊彦的内心是受用的。到办公室里的时候，周惠子用异样的眼光盯着他的衣服，他笑着解释是自己在商场里买的。但他清楚地知道自己的变化是逃不过周惠子的眼睛的，再加上去温泉路上的那次开车相遇，这丫头虽然没有追问自己，但是从冷漠的表情还有变得沉默寡言来看，聪明的她已明白个八九不离十。

周惠子记得上次拍照时的四合院地点，两人从古街的地铁站里走出来，沿着流水的小溪在青石板路上走二百米左右，看到拱形小桥向里一拐便到了四合院的门口处。

黑漆大门照常紧紧关闭，惠子轻轻摁响门铃。大门打开，来开门的不是保安，而是小白。望见山俊彦和惠子后，她眼白一翻，似笑非笑的表情跃然脸上，却也伸出右手主动给山俊彦打招呼。

"山老师，欢迎再次光临小院。"

"这小院可不是一般人随时光临的喽。"

"您若常来，就会感觉很一般了。"

走在后面的周惠子一脸不高兴的样子，她和小白也算是熟人了，从嘴里说出来的话也不客气。"干吗呢？见了面就只顾打情骂俏的，白老板目中无人啊。"

"呵呵，忘了给惠姐姐请安了。"小白连忙去挽惠子的胳膊。三人说笑着走进了院子里。

院子里的冬青依然墨绿，只是院子中间的树早已光秃，树干和枝丫上缠满了红色的小灯笼，倒是蛮和谐好看。

走在前面的小白突然意识到了什么，回过头来对山俊彦说："你俩在院子里等一会儿进屋啊。"说完一溜烟跑进了一楼的西厢房里。

"这人咋的了？还玩密室寻踪吗？"周惠子一脸疑惑。

透过窗子可以看到北面的大客厅里，有穿着服务员衣服的人在摆放酒杯碗碟，另一侧的厨房里则有几个穿着厨师白褂的人在忙活着。

"好隆重的样子，师父，估计今天是鸿门宴吧。"

"瞎说，我又不是刘邦，也不争地盘。"山俊彦冲着惠子瞪了一眼。

"哦哦，也可能人家有钱人天天这样吃饭呢。"惠子自言自语道。

西厢房的门打开，从里面走出来一穿鲜红色斗篷，白色的獭兔毛围绕着红色绣了一圈，像极了《红楼梦》里面雪天里走出来的林黛玉。

"咋样？这身衣服应景吧？"小白在红斗篷的映衬下更是楚楚动人。

"还行，就是这雪小了点，若是地上有厚厚的积雪，就更应景了。天上掉下个林妹妹，似一朵青云刚出岫。是不是啊宝哥哥？"周惠子表情怪异地冲着山俊彦说。

"你这丫头，怎么说话呢。"山俊彦回头笑着对小白说，"这是要拍照吗？"

"还用说啊，当然请你给拍照啊，遇到摄影家不拍照简直就是浪费资源。"小白笑着回答。

"说好了啊，今天可没有拍摄计划，要加费的。"旁边的惠子依然不依不饶。

"哼，请吃饭不行吗？"

周惠子刚想说，又不是你请。看到山俊彦在瞪她，就把话咽了下去。

"今天没带相机，手机的光线怕效果不好吧。"山俊彦接话道。

"你是不想给我拍吧？"

"那倒不是，现在的光线估计效果不会太清晰。"

"别麻烦我师父了，我给你拍吧。"惠子在一边掏出了手机。

"惠子，我不是不相信你的技术，是怕你对我有情绪，故意把我拍丑了。"

"我没那么小心眼，我还懒得给你拍呢。"惠子赌气地把手机向口袋里一塞，自己走到院中央的四角亭子里。

毕竟是摄影师拍照，就是用手机拍也比普通人要效果好。山俊彦掏出自己的手机，按照专业模式设定好光圈和感光度等，寻找好夕阳落下的余晖的光线，在院子里的走廊处，还有院子里的亭子边上，让小白摆好各种姿势，开始按动快门。院子里古典的建筑与穿着红色斗篷的丽人搭配，别有一番风味，虽然是用手机拍摄，效果却是好得很。连惠子都忍不住跑过来看图像，也不禁赞不绝口。小白为了缓和气氛把斗篷揭下来硬披到惠子的身上，让山俊彦也给惠子拍几张。惠子却连连摇头，并且打趣地说，不希望师父的手机里有两个年轻女人。可是小白却不依不饶，偏要拉着惠子去拍，惠子拗不过她，俩人在雪地里连着拍了好几张，互相说笑着，忘记了刚才的拌嘴。

这时，大门处传来了门铃的声响。小白嘟着嘴说了一声："估计是老头子回来了。"然后快步走向大门处。

白社长穿着青呢子大衣，头顶灰黑色的礼帽，他风尘仆仆地走了进来，在走廊里给山俊彦打招呼。"你们早来了啊，政府的一个会议刚结束。"

"社长，我们也刚到了一会儿。"

白社长对小白说："你给小杜说一声，让他开车回去吧，晚上不用接我了，我要和摄影家多喝几杯。"小杜是白社长的司机。

看到穿着红斗篷的周惠子，白社长好像很开心的样子。他关心地问了问惠子的工作情况，像个长辈关心自己家孩子一般。惠子见过白社长几次，对他并没有多少好感，尤其是上次在高速服务区那件事，后来只要提起他就有些厌烦。但是，今天见到白社长，却发现他也有些和蔼可亲，并没有印象中那么讨厌。

他们几个人在院子的走廊里踱着步子聊着天，看着院子里漫天的雪花开始飘落，屋顶和地面逐渐泛白，红墙与雪景映衬着古色古香的院子越来越有韵味，树杈上缠绕的红色小灯笼开始点亮，星星点点地点缀着逐渐暗下来的夜色。

白社长招呼大家进到一楼的客厅里。

屋子里早已准备妥当，镶嵌着灰白大理石的紫檀圆桌上摆放着精致的餐具，桌子上摆放着六个凉菜，电动转盘轻轻地旋转，却听不到丝毫声响。

白社长让山俊彦和惠子坐在他的两侧，小白坐在桌子对面，偌大的桌子只有四个人，显得彼此距离格外遥远。

白社长摆了摆手说："今天是个家宴，就没这么多的规矩了，咱们四个向中间凑一凑，挨得近一点。"然后又对小白说，"你别坐对面了，和你山老师挨着坐。"

小白站起身来，服务员赶忙过去，把椅子搬到山俊彦旁边，把餐具也挪了过来。小白笑着走了过来坐到椅子上，还故意冲着周惠子挤了挤眼睛，惠子面无表情地看着她。

山俊彦刻意站起来向白社长这边挪了挪椅子，嘴里说道："我也跟领导挨得近一点儿。"

"喝一瓶八〇年的白酒吧。"白社长举着手里的酒杯对服务员说。

服务员快步走到影壁后面的柜子处，在里面搜寻了一会儿，拿了一瓶白酒出来，山俊彦一看瓶子包装，是贵州茅台酒，标签有些陈旧。

"白酒也是要看年份的，一九八〇年的年份酒，这酒是不低于十五年的，是国酒里的尊者，喝了不上头。咱们喝一瓶啊，后面的酒就是新的了。"白社长边说边把酒瓶里的酒倒进四个分酒器里，酒的颜色已经发黄，而且有些黏稠的样子。

在白社长倒酒的时候，周惠子偷偷用手机百度查询，结果让周惠子瞪大了眼睛。一九八〇年的茅台酒属于收藏级的白酒，三万至五万元一瓶的拍卖价。

周惠子截图了屏幕上搜到的价格，用微信发给山俊彦，并瞄了他一眼，嘟着嘴努了努手机。然而，山俊彦没看到，恰巧小白抬头，正好看到周惠子在冲着山俊彦努嘴。

"山老师，有人随时随刻地撒娇啊。"

"啊？谁啊？"山俊彦有些莫名其妙。

"撒娇，是女孩子的作战武器，有些时候通过撒娇能够顺利拿下她想要的阵地。"白社长边倒酒，边接话过去。

"干爹，人家说的什么呀，你根本没听懂。再说了，人家也不是跟你撒娇的。"

"哎哟，这不是撒娇，这是干啥呢？"本来有些尴尬的周惠子，趁势把话题转移了一下。

"你们这些小丫头啊，明枪暗箭话里有话的，今天以喝酒撒娇为主，别的都不谈。哈哈。"白社长把分酒器挨个放到大家面前。

"这一壶一万啊！"周惠子把分酒器举起来，冲着灯光晃了晃。

"什么一万？"山俊彦听到了。

"这丫头还挺懂酒的，喝酒不问价，喝的是感情。"白社长看着周惠子说，然后把小杯子斟满酒，举起杯子。"来，大家倒满，今天是自家人喝酒啊，一是和大家一起聚聚，再一个也算是拜师宴，上次给山俊彦也说过了，晓彤一直想学摄影的。"

"谢谢，干爹。谢谢，山老师。"小白仰头把酒杯里的酒倒进了嘴里。

山俊彦端着杯子和白社长碰了一下，也干了。

倒是周惠子端着酒杯，不知所措了。

"我成了来陪酒的了。"

白社长把酒杯递过来，碰了一下惠子的酒杯。

"哈哈，丫头，一家人不是陪酒是干杯。"

惠子把酒倒进嘴里面，没舍得直接咽下去，53度的酒，嘴里并没有太辣的感觉，有些黏但是又有一丝的甘甜，咽下去的时候，竟然还有些燗味。

"这个丫头厉害，应该是懂酒的。"白社长看着惠子喝酒的表情，不禁大加赞赏。

"一点儿都不懂，我爷爷喜欢喝酒，小时候总拿筷子蘸了给我尝。这好酒和差酒也没喝出多大区别来啊，我感觉这酒还有股煳的味道呢。"

"哈哈，看来你有品酒基因的。这年份酒是需要醒的，或者用新酒来勾兑，这瓶是我让他们事先醒过的又放进橱子里的，若是直接喝，恐怕没法喝。"

山俊彦端起酒杯。

"白社长，用您的酒敬您一杯，谢谢您一直以来的关照。"

"小山，别客气，我一直欣赏你的正直，还有你的技术，最近发表在社里杂志上的作品我都看了，越来越成熟了。"

"谢谢社长，最近有些荒废了。"

"晓彤，还不抓紧敬老师酒啊，今天可是拜师宴啊。"白社长笑着对小白说，眼睛里充满了爱恋。

"等等，等等。"小白转身跑到影壁后面拿出一个包装精美的礼品盒，站到山俊彦身边，双手恭恭敬敬地把礼品举起来。

"请老师笑纳，这是我的拜师礼，我一定会好好学习天天向上的。"

"别客气，别客气，还这么正式呢。"山俊彦赶忙站起身子来，把礼品接了过来。

"那请老师连喝三杯吧。这是学生的敬意。"小白非常开心，把分酒器拿了起来，让山俊彦连喝了三杯。

"好好，今天算收徒了。"白社长说，"小山随后给我推荐一下相机的品牌和型号，我给闺女送一套设备，就算是祝贺她顺利拜师了。"

"好的。"

"我给师姐敬一杯酒，以后请周姐姐多关照。"看到被晾到一旁的周惠子，小白端起杯子，去给惠子敬酒。

白社长拉了拉山俊彦，示意他俩到屋外去谈事情。

外面的小雪已经停了，屋顶和地上薄薄的一层白。在走廊里，白社长点燃了一支烟。

"小山，那个事考虑了吧？"

"社长，我考虑了，但是……"

"其实，你不用太多担心，我知道你的忧虑，这个公司会合法经营的。我这个干闺女从上大学就跟着我，也不想让她太遭罪去外面的公司上班，又想给她找些事做。正好有这个机会，开个广告公司，你俩各占百分之四十股份，我再找个人占百分之二十。晓彤没多少经验，你负责经营，让她也跟着你学学。前期以咱们杂志社的广告业务为主，后期，我再介绍一些朋友给你们，公司前景肯定不错的，你就不要再犹豫了。"

"谢谢社长的信任，只是，我对经营并不太擅长。"山俊彦没法推辞，只好找些别的理由。

"相信我的眼光，你没问题的。"

白社长把烟蒂按到垃圾桶上面的烟灰缸里，把山俊彦又拉进了屋子里。这时屋里的两个美女，已经在一杯杯地对喝了。白社长连忙走过来，把俩人拉开。

"好酒喝多了也会难受的，这酒慢慢地喝才更有味道。"两个女孩子哪顾得去品味酒的味道，只顾两人去争气势了，把自己壶里的喝完后，惠子直接把山俊彦的分酒器拿了过去。

这时，山俊彦的手机亮了一下，他一看有未读信息，就把手机拿了起来打开看。惠子发过来的截屏图片他刚看到，看到价格时，也不禁惊讶了一番，酒的味道并没有特别啊。

还有三条信息是素雅发的，隔了几分钟分别发过来的。

"今天别喝多啊。"

"几点喝完？"

"你少喝点啊。"

山俊彦赶忙写了微信回过去："好的，放心吧，宝。"又加了一句："今天的酒是好酒，上万的，喝多了也不会晕。"

白社长今天也开心，坚持拉着山俊彦做猜酒令的游戏，看到俩丫头把第一瓶喝完，又让服务员去橱子里拿出来一瓶茅台，这瓶虽不是八〇年的，但也已收藏了十多年。

好酒也醉人，又喝了一瓶，小白站起来敬酒时身子也开始晃来晃去，说话的口音里带着醉意。小白提议去地下的影视厅唱歌。

第十六章

　　小院的地下影视厅，设备要比外面的 KTV 专业得多，音响效果和原版画质让喜欢唱歌的惠子唱了个尽兴，和小白俩人抱着话筒都不肯撒手。开始是两人抢着点，后来干脆合唱，白社长和山俊彦彻底成了观众。唱歌期间，又打开了两瓶红酒，连白社长这久经沙场的老将也喝得踉跄起来，在沙发里打起瞌睡。唱了接近两个小时的时间，终于在山俊彦的催促下，俩人的赛歌会才勉强结束了。乘电梯上到地面的院子里，厨师和保安早已离开，只留下两个服务生在院子里等候，山俊彦猜测这两个人应该也是白社长比较亲近的人。

　　小白坚持要搀扶着山老师把他送到大门口，事实上她走路已踉踉跄跄的，却仍然与周惠子不停地拌着嘴，两人互不服气，商定下次再喝酒时一人一瓶对着喝。出了大门，周惠子便把山俊彦的胳膊接了过去，故意当着小白的面把胳膊揽到了山俊彦的腰上，拽着他头也不回地向前走，听到小白"咣当"关门的声音，周惠子才大声地笑了起来，但是手却依然揽着山俊彦的腰。

　　"你笑什么？是不是喝多了啊？"

　　"哈哈，笑死我了，我把这丫头给灌晕了，我没事。"周惠子抬起头，两只眼睛盯着山俊彦，眼睛里还带着一些醉意。

　　"哦，装的啊，我以为你又喝多了呢。"

　　其实，山俊彦知道惠子的酒量，今天这量对她来说，应该不会醉。

　　"不过这好几万的酒，确实好喝，在肚子里的感觉都不一样。"

"我并没喝出什么差别。"

"师父，你说，这四合院，还有这茅台酒，还有这干闺女，都值多少钱啊，这钱是怎么来的啊？"

"抓紧闭嘴吧，吃了喝了人家的，还在背后说人家。"山俊彦不想猜测这些事情，现在只想尽快回去。

跨过石板桥，路上的小雪已不见踪影，雪化后的湿润像把青石板路冲洗了一遍。也许是小雪的原因，虽然时间并不太晚，但是街道上却看不到几个人。青石板路只允许行人步行，打出租车要到石板路和大路的交界处去拦截，而青石板路的尽头处，正冲的是鉴明湖的正南门。

鉴明湖的牌楼是一座民族式的五间七彩，重昂单檐式木结构牌坊，坊顶是黄色琉璃瓦，在灯光的照射下，金碧辉煌，气势宏伟。

"师父，我现在不想回家，想去湖边走走。"

"天这么冷，况且这么晚了，该回去了。"

"我想和你走一会儿，看看鉴明湖的夜色。"

山俊彦知道拗不过她，现在十点钟左右，也不算太晚，心想陪着她走几分钟，等酒精挥发一下再回去也放心，便答应了。

湖水风平浪静，沿湖走路锻炼的人三三两两，岸边上并不冷。周惠子挎着山俊彦的胳膊，把头靠在他的肩膀上，两人慢慢地向前走，湖的对岸是闪烁着霓虹的高楼，灯光倒映在水里，像镜子一般的透亮。湖心的凉亭形成剪影，镶嵌在远处的霓虹中，不知是否刻意设计，古典与现代的建筑协调又统一。

"师父，小白喜欢你，你喜欢她吗？"

"我怎么会喜欢她呢？她的情况你又不是不知道。再说了，无缘无故的她凭什么喜欢我啊。"

"若是她和她干爹没那种关系，你会喜欢她吗？"

"不可能，我干吗非要喜欢她呢？"

"那你喜欢我吗？"

山俊彦停顿了一下，这个问题，惠子曾经问过几次，他都没有正面回答，他心里知道，惠子是喜欢他的，而自己对她的感情不是男女之间的那种喜欢，更何况自己有素雅呢。但是，按照他的性格，又不能直接说出口。

"其实我心里明白的，师父即使喜欢小白，也不会喜欢我。但是，我却绕不过去，师父，你的成熟稳重，还有对人对事的态度，都使我迷恋，在我心里，你既像父亲也像男朋友，是我上学时理想中的那种类型的梦中人。"

"你这丫头，又瞎说呢，师父比你大这么多，咱俩聊天都有代沟，你没觉出来吗？"

"没有，只不过最近你好像刻意远离我，估计有别的女人了。"

山俊彦心里咯噔了一下，自己平时也不太会掩饰，心细的惠子肯定发现了一些蛛丝马迹。

"你这丫头，倒是挺能猜疑的，还是喝醉了，胡说八道的，你这样确实和我闺女一样了。"

"我才不做干闺女呢。"周惠子突然松开山俊彦的胳膊，大声喊了一声，笑着，绕着一旁的路灯转了一圈，跑到前面去了。

这时，恰巧对面有两个穿运动衣跑步的女人路过，停下脚步来，路灯倒是把面目看得清楚。山俊彦不禁愣怔了一下，低着头快步向前走去。

其中有一个女人，好似面熟的样子，山俊彦边走边仔细地在脑子里搜索，好像前两天见过，素雅的室友娜娜。这世界说大就大，说小真小，怎么在这个时间就能碰到呢，也不知娜娜是否看清了自己。

山俊彦追上周惠子，拉起她的胳膊让她加快脚步向前走。

"咋了？那俩女的好像认识你？"

"怎么会呢，不认识。"

"不认识，你咋这么紧张呢？"

"天太冷，我衣服比较单薄，抓紧走出去打车回家吧。"

手机在口袋里嗡嗡振动起来，山俊彦知道这个时间来电话的人是谁，此时周惠子在身边又不方便接听，他只好把手伸进口袋里，轻轻摁了一下边上的按钮，手机停止了振动。

穿过前面的拱形堤坝，下坡后再右拐是一出口，鉴明湖免费开放后，拆除了围墙，许多出口都能通到马路边上。此时，周惠子也没了心情，山俊彦想顺路把惠子送回家，惠子却不肯，于是两人分别叫了出租车，各自回家。

在出租车上，山俊彦给素雅回了电话，解释刚才未接电话是因为在四合院的地下室，现在正向家里赶，大概二十分钟就能到。

山俊彦打开房门，看到拖鞋已经从鞋柜里取出来放到了门口处，山俊彦把公文包放到鞋柜上，脱下皮鞋换上拖鞋。屋子里收拾得干净，自己洗完堆在沙发上的衣服，已经被折叠好整齐地摞在一旁。卫生间里正传出稀里哗啦的流水声，山俊彦蹑手蹑脚地走进去，看到素雅正站在洗手盆前用手搓着一块毛巾，旁边的台子上堆放着几块已经洗好的浴巾，那都是山俊彦在卫生间用了许久，自己懒惰未洗的。

山俊彦轻轻走了过去，从后面抱住素雅，素雅身体惊了一下，马上又柔软了下来。

"吓我一跳呢，没喝多吧？"

"喝醉了。"山俊彦故意装着喝醉的样子，轻轻晃动着身子。

"桌子上给你冲了蜂蜜水，喝完抓紧去床上休息。"素雅使劲拧了拧手里的毛巾，擦了擦湿漉漉的双手，搀扶着山俊彦回到客厅里。一手搀着山俊彦，一手端起杯子给他喂蜂蜜水，山俊彦装着醉意，用略带蒙眬的眼睛去偷瞄素雅。白皙的玉容，那双柔情似水的眼睛带着些许的不安，山俊彦有些情不自禁地把嘴巴伸了过去，脸上露出来坏笑。

"讨厌，坏蛋，知道你是装的。明明刚才打电话时，还清醒，我还纳闷回到家咋醉了呢。"

山俊彦知道露馅了，干脆自己醒了过来。

"不过今天喝的确实不少，还收了份礼物。"

"是美女送的吧？"

"白社长的干女儿学摄影，拜师礼。礼物送给你，你是师娘。"

"哈哈，这个称呼不错，不过礼物是美女送给你的，我可不要。"

山俊彦从公文包里把礼盒拿出来，解开丝带撕开包装纸，里面是一个纸盒子，打开一看是目前流行的 boss 无线挂颈音箱，连接上手机后，音质非常纯正，适合散步时候听音乐打电话。

"这女徒弟还挺会挑选礼物的。"素雅看了一眼礼物，扭身去卧室里。

山俊彦跟了进来，从后面欲行无礼，却被素雅推开了。

"你身上有女人的脂粉味道，你去洗个澡吧。"

山俊彦举起胳膊，自己嗅了嗅，自言自语道："没有啊。"

"去吧，身上也有酒味。"

"好吧，你等我啊。"山俊彦边脱衣服边说。

"嗯，洗洗回来早点休息。对了，给你说个事，我孩子和他爸爸到市里来了，我把他们安排在宾馆里了，他们在市里玩两天，周末回去。"

山俊彦边洗澡边思考，素雅的老公和孩子到市里，她并没有陪伴在身边，而是独自一人在自己的公寓里等着他喝酒后回来，把自己的屋子打扫得干干净净，还熨烫整齐了所有衣服，山俊彦心里不禁泛起一阵阵感动。明知道素雅早早等着他回来，而自己却跟着去喝酒唱歌，甚至陪着周惠子在湖边去散步，山俊彦脑海里瞬间便充满了愧疚感。

山俊彦在浴室里匆匆冲了一下身子，用浴巾擦干净后，披上睡衣从卫生间走了出来。此时，卧室里的台灯还亮着，但是素雅却已经钻进被窝里面，身子背对着门口，好似已经睡着了。

山俊彦走到床前，把睡衣脱下来，轻轻掀开被子钻了进去，当身体碰到素雅时，却发现她并不像往日一般，而是穿着睡衣睡裤，蜷缩着身子，山俊彦试着伸手去搂她，被她用手挡了回来。

"我困了，你也睡吧。"

"抱歉了，大宝，让你等了这么久，生气了吗？"

"我不是你的大宝，你有你的自由。"话语里明显带着赌气的腔调。

"今晚是白社长请客，商谈业务的事情，也是给你请过假的啊。"山俊彦想起来刚才她问脂粉味的事，赶忙又解释了一句，"今晚还有白社长的干闺女和周惠子，没有别人，吃饭后一起聊了一下开广告公司的事情，所以就晚了一些才回来。"山俊彦没敢说唱歌和湖边散步的事情。

素雅并不吱声，依然把身体背对着他。山俊彦讨了个没趣，但是身体却没舍得离开紧挨着的身体，双手不停地寻找着睡衣裤的突破口，素雅用手紧紧拽住衣服，不让他得逞。就这样坚持了五六分钟的时间，或许是山俊彦的执着，还是素雅的气逐渐消了，她的手放松下来，任凭山俊彦的双手去抚摸自己，但是身子却没有任何配合。

过了几分钟，素雅把身子转了过来，盯着山俊彦，眼睛里还带着怨气，却并不说话。

"给你道歉了，我下次不回来这么晚，知道你着急。"山俊彦连忙道歉，脸上带着讪讪的笑。

"知道着急，也不回个电话啊。我今天是可以不来你这里的，怕你担心我才过来，孩子是想让我住到宾馆里的。"

山俊彦把她拥到怀里，心里暖暖的。

"谢谢大宝。"

"明天我要陪孩子住，就不能来你这里了。"

"哦，去吧，陪着孩子玩儿几天吧。"

"嗯，不过，你不用担心，我和他爸爸已经离婚，不会发生什么事的。

孩子睡着，我就会回家住。"

山俊彦心里生了一些醋意，但是又不好发作，孩子从外地过来，当妈的不去陪伴也说不过去。

想到这些，山俊彦心里也有些郁闷。把身子立起，斜躺在靠背上，随手从床头取了一本摄影杂志，开始翻看，心里有种说不出的滋味，也并不想说任何话语。素雅索性也把身子转了过去，后背冲向他。房间里弥漫着一股尴尬的味道。

窗外夜色阑珊，立交桥上的路灯交替闪烁，马路上逐渐寂静下来，对面的居民楼，仅留下几户窗子透出光亮，夜深了。

此时，山俊彦也有了些困意，抬眼看了一下被窝中似乎已经睡着的素雅，把手里的杂志放回床头，摁灭了床头柜上的台灯，身子缩进温暖的被窝里。

今晚的夜色静得出奇，寒光从窗子里透过来，照在黄色的木地板上，呈现出明暗交替的光影，像黑白电影里的故事，不时地翻滚着胶片，浪漫、离奇甚至惊悚的故事不断地闪现在睡梦中的脑海里。

第十七章

成立广告公司的事情，白社长认准了山俊彦，还是很耐心地找他又谈了一次。山俊彦非常诚恳地给白社长说了自己的顾虑，公司成立后务必按照他的管理方式运作，白社长完全同意山俊彦的意见，股份的事情就算定了下来。白社长建议股份按照小白40%，山俊彦40%，另一个叫杜欣的占比20%进行分配，这个杜欣是小院里做饭的厨师，是白社长的表哥，很明显杜欣和小白的股份合计占比60%，可以完全控股这家公司，虽然公司由山俊彦进行管理经营，实际的控制权还是在白社长手里。山俊彦给白社长提议，自己的股份要分一半给周惠子，解释说自己不太会经营公司，可以让周惠子负责。白社长刚开始并不答应，并嘱咐他，这种好事参与的人越少越好，建议山俊彦仔细考虑一下再做决定，山俊彦给白社长说，自己是经过慎重考虑后才决定的，否则自己就不参股了，最后，白社长勉强答应了下来。

股份分配的事情，山俊彦事先并没有和周惠子说，根据他的判断，惠子会愿意去经营广告公司的，虽然她年龄比较小，但是考虑问题很细致，也擅长与人打交道，在这些方面她比自己要强。

当他把合同拿到周惠子面前的时候，还是把她吓了一跳，她表示了强烈的抗议。

"这么大的事情，不征得我同意，你就替我做主了？"

"我感觉你比较适合，才决定的。"

"这种好事，别人盼着独享还嫌股份少呢，你咋这么大方呢？"

"还没开始经营，也有风险啊。"

"你是因为风险，才想到我的吗？"

"我刚才说了，你比较适合做经营管理。"

"白社长找你合作，他认为你就是适合做经营管理的人啊。"

"你若不参股，那成立广告公司的事就算了吧，我也不参与了。"山俊彦被她问得有点烦。

"我不是说不愿意，就是想问你，为什么对我这么好？"惠子也有点急了，干脆把心里的疑问提了出来。

"你虽然年纪小，但是头脑灵活，从上次侵占版权那件事来看，你处理事情的能力也挺强的。另外人也善良。"山俊彦笑着冲她说。

"第一次听师父当面夸我呢，我有些飘飘然了，看样子不同意不行呢。"

"你当时不是支持我参与这个公司嘛，而且你说这个公司风险不大嘛。"

"你给我股份，这不是直接给我钱吗？还是那个问题，为啥对我这么好？"

"你看又来了。"

"给我股份，让我如何回报你啊？始终忠诚于你？以身相许？"

"一边去，没正经。"

两人正在争论的时候，办公室的大门被推开，"妈宝男"抱着一盆盛开的兰花走了进来。

"丫头，快点，以身相许的人来了。"山俊彦笑着对惠子说。

"妈宝男"已经对这里的环境非常熟悉，也没有了刚开始时的拘谨，但是仍然小心翼翼的，见到山俊彦有礼貌地点了一下头，把兰花放到了案几的角上。

"今天公司开表彰会，我评了个年度优秀，发了点奖金，就给你买了盆兰花。"他脸上有些羞涩，怯生生地冲着周惠子说。

"恭喜恭喜啊，年度优秀员工，你确实挺棒的。"山俊彦冲着他举了举大拇指。

"哪里棒啊？我咋没觉出来呢，你们公司评优秀是不是以谁能黏人为标准啊？"周惠子一脸的不屑。

"你还别说，这做保险的没有一点黏人的本事，还真的做不好呢。我看人家小伙子这种坚持的精神，就是个能做大事的人。"

"谢谢山老师的夸奖，我会继续努力的。""妈宝男"脸上带着被夸奖的喜悦。

"你们在楼下聊一会儿，我去上面处理一下事情。"山俊彦说完就上了楼。

对于"妈宝男"是否能够靠坚持不懈的毅力打动惠子，山俊彦也看不准，他从内心里也不认为俩人是合适的，只是觉得惠子这个年纪应该谈恋爱才对，这丫头论模样和素质，找个条件好的男孩子应该也没啥困难，只是性格有点刚而已，也不至于非要和这个有点娘的"妈宝男"在一起啊。但是，山俊彦转念又一想，这个小伙子论长相和性格也不错，只是有点娘而已，而且性格和周惠子有些互补，说不定更适合呢，日久生情，处的时间长了就有感觉了。

二楼的茶几上有几个快件信函，平日里都是周惠子处理，最近不知道这个丫头忙什么，竟然积累了这么多没打理。山俊彦坐在沙发上随手拆开几个翻看，一些是邮寄过来的摄影杂志，里面收有山俊彦发表的照片，这些会归类收存。有几个网络媒体的邀请函，邀请他投稿，这一类的信函一般情况是不用回复的。但是，有一个山茶花杂志社的快件引起了山俊彦的注意，他记得这家杂志曾邀请自己去西藏采风，好像因为天气原因还是道路情况把那次活动取消了，让他和惠子都感觉很遗憾。山俊彦把信函打开，仍然是一份邀请函，邀请山俊彦到云南的香格里拉参加拍古城活动，和上次一样，可以带一名助手为期一周时间。山俊彦把邀请函折叠起来，塞到了口袋里。他计划带着素雅一起去，但是又不确定素雅是否有时间陪同。山俊彦拿出手机，想拨电话给她，突然想起素雅正陪着孩子，只好悻悻地把手机放到茶几上。

山俊彦点了一支烟叼在嘴里，这时小白的电话打了进来。

"山老师，干爹已经给我买好了设备，咱们啥时候开课啊？"

"哦，白社长买设备时间过我，是我建议的这个型号，你先把相机的说明书仔细看一遍。"

"我自己能看懂吗？"

"现在的单反相机智能化程度很高，你仔细看一遍，把不懂的地方记下来，随后我给你一个个讲。"

"好吧，你今天没时间教我啊？"

"今天我有点事，改天吧。你先看一遍，有些基础学得快。"山俊彦听到电话那边委屈的语气，挂了电话。

楼梯处咚咚响的脚步声上来。

"师父，中午一起吃饭呗。我兄弟要请客。"

"你兄弟？"

"保险规划师啊，前几天我俩已经义结金兰了，你没看他今天送来兰花了吗？"

"梁山伯与祝英台啊？你倒是挺能演戏的啊。"山俊彦有些哭笑不得。

"走吧，他评了个优秀，奖金一万，不吃白不吃啊。"周惠子伸手把山俊彦从沙发上拽了起来，拽着下了楼。

傍晚临近下班时，周惠子打电话给山俊彦，她在工商局咨询开立广告公司的事情，手续比较复杂，预计事情办完后比较晚了，就不回单位了。山俊彦在办公室也没有什么事情可做，见天气好，天蓝云多，根据自己的经验，这样的夕阳在落山前形成的景色一定会非常美，他决定去市南山脚下那片湿地公园里，拍摄夕阳落山的景色。

开车去湿地公园的路上，山俊彦接到了素雅的电话。

"你今天下班后去哪儿啊？"接通了电话，素雅就问道，山俊彦听到了嘈杂的声音，估计是在什么地方参观。

"我能去哪儿啊？"

"今天不去指导你的女弟子们啊？"

"噢，你不提醒我倒是忘记了，一会儿就联系。"

"哼，趁我不在，你就去疯吧。不理你了。"

"那没办法，一个人孤单寂寞冷，又不像你一家三口，其乐融融的。"山俊彦语调里带着酸气。

"我和儿子在一起，你也吃醋啊，真够小气的。不过今天他可高兴了，在科技馆里玩了一整天，我都快走不动了。"电话里传过来的声音有些疲惫，山俊彦能够感受到素雅和孩子在一起的那种心情，自己不能再刺激她，怕惹恼她，人在疲倦的时候容易发脾气，但是想起她的前夫一直在身边，心里仍然有些不舒服。

"你带着孩子好好玩吧，科技馆西门出来向南走五百米，有家坏孩子机车主题的儿童餐厅，孩子应该喜欢。"

"谢谢你，大宝。"素雅轻声地说。

"嗯，我开车呢，先挂了。"

市南山脚下的大湿地公园，前身是一片洼地形成的野湖，因常年有多种鸟类栖息而受到政府的保护，尤其是冬季，成了北方鸟类迁徙过冬的地方。前些年，有开发商在周边开发了几个休闲度假村，人气开始旺盛，政府怕生态环境被破坏，刻意修建了围墙，增加了对湿地公用设施的投资，逐渐修建成一个观赏野生鸟类的公园。今天的天气确实好，蔚蓝的水面如镜子一般倒映着天上的云彩，夕阳已经改变了云朵单一的颜色，开始变得五彩斑斓起来。围绕公园一周的是沿着水面架起的一圈木栈道，气温虽然还是仅有十摄氏度左右，但是喜爱跑步的人很多却穿着短衣短裤，脸上流露出快乐的心情。

公园有几个适合摄影的地点，喜欢摄影的人都是知道的。遇到这样的好天气，那些地方都已经聚集了许多人，长枪大炮早已经架在那里。山俊彦不喜欢热闹，人多的地方大家七嘴八舌的，没法静心去拍摄作品，再加上这些所谓的好位置，拍出的片子几乎千篇一律，并不能出独特的好的作品。所以，前几次他来的时候，就围着湖搜寻别人注意不到但是又能拍出好片的位置，其中有个地方在公园东侧的一个逆太阳光的角落里，离木栈道有七八米远，不刻意去观察不会留意到。山俊彦背着相机，又来到这里，把三脚架支起来。从这个角落放眼望去，整个湿地的景色全部收进眼底里，湖水反射着夕阳，一道道波光随着微风荡漾。水面上游弋着几只野鸭子，在相互嬉闹着，穿梭在夕阳照耀下的一片金黄的芦苇荡里。相机的快门不停地按下，一幅幅美丽的景色闪烁在相机的显示屏上，山俊彦不禁为自己选中的这个地方感到欣喜。

摄影师清楚地知道美景稍纵即逝，有些景色不会重来，能抓住机会就全心投入地去做，否则会留下遗憾。半个小时后，光线就沉了下来，水面上金光闪闪的波纹很快就模糊不清。山俊彦根据以往的经验，阳光落下去后的十几分钟，还会泛起一阵余光，这个光拍出来的天空会更加绚丽，所以他站在那里继续等待这束光的出现，对这类光的把握，摄影新手是不懂的，只有老手才能掌握。把最美的景色收进镜头里后，山俊彦收起设备，沿着木栈道走回到停车场里，这时停车场里的车已经不多。他坐进驾驶室里，掏出手机，屏幕上显示有多条微信处于未读状态。

周惠子在微信里用语音给他说工商局登记的事情，手续好像比较麻烦，新注册的公司，约定的注册资金为一百万元，工商局需要他们提供银行的入账凭证才可以。

素雅发来了坏孩子机车餐厅的照片，她和她儿子在机车餐厅的模型前合照，还有素雅自己扮可爱的样子，有十多张照片。看照片，一家三口玩得很开心。

山俊彦关掉手机，发动了汽车。

回到公寓，山俊彦没有一点胃口，既不想自己做，也不想订外卖。客厅的餐桌上有一袋粗粮饼干，果盘里还有几根香蕉，这是素雅前几天带过来的，香蕉的根部有点发黑，扒开外皮后里面的果肉是乳白色的，还没有变质，山俊彦凑合着吃了两根香蕉和几块饼干。端了一杯水，钻进卧室里的床上，拿着手机浏览着信息。

翻动微信朋友圈的时候，山俊彦想起已经许久没有看到同学耿浩的动静了。于是刻意搜寻他的微信头像，点开查看他的朋友圈，发现这家伙已经两个多月没有更新内容。一个比较活跃的记者，最近的状态似乎有点不太对劲，发了个微信过去，问他在忙什么。但是好久没有得到回信，于是山俊彦拨通了耿浩的手机号码。

手机的振铃响了许久也没人接听，山俊彦猜测他一定是在一个嘈杂的餐厅里，和一群人已经开始喝酒吹牛了。当他准备挂掉的时候，却接通了电话，是个女孩的声音。

"喂喂，哪位啊？"

"嗯？我找耿浩，没打错吧。"

"没有，没有，你等等啊，他在厨房炒菜呢。"

山俊彦听到女孩拿着电话走路的声音，并听到她说了一句："老公，找你的。"

厨房里油烟机和菜在炒锅里翻动的声音传了过来。

"谁啊？"

"天哪，我不是打错了吧，以为你在外面鬼混呢。"

"哦哦，大'色'影师啊，你等一会儿我给你回过去啊，我在家炒菜呢。"只听"啪"的一声，那边电话挂掉了。

真是奇怪，这家伙不知去谁家上门做苦工呢。山俊彦苦笑着摇了摇头，心想也符合这个花心大萝卜的性格。

没过四五分钟，电话回了过来，依然是耿浩嬉皮笑脸的声音。

"你咋想起我来了，什么事？"

"我以为你在哪个酒吧里鬼混呢，原来去了人家家里做苦力去了啊。"山俊彦讥笑着说。

"别瞎说啊，我在自己家里呢。"

"把人领家里去了啊？说说，刚才接电话的小媳妇是啥时候又是从哪勾搭的？"

"上次你见过的啊，一起唱过歌的。"

山俊彦想起几个月前，在 KTV 唱歌的那个姑娘，好像是小白的同学。

"在一起住了啊，这次不错，交往的时间够久的。"

"是啊，我现在都被拴牢在家里了，每天要回家做饭伺候这个小祖宗，周末和假日也寸步不离了。"

"这可不像你啊。"

"这次是心甘情愿的，没办法，迷上了。"

"我晚上正好没事，想问问你在哪鬼混，本想去找你喝酒呢。"山俊彦确实有这个意思，便顺嘴说了出来。

"抽空来家里吧，我俩最近研究了一些菜谱，你们可以到家里来做客。"

"这是一起过日子了啊？"

"嗯嗯，过段时间，还真的计划去领证了。"

两人通完电话后，山俊彦拿着手机愣了好一会儿。简直捉摸不透这位狂野不羁的同学，不婚主义信仰就这样轻易地被改变了？而且是和夜总会的小姐结婚，是耿浩脑子进水了，还是被迷魂药灌晕了？好像做记者的耿浩智商并不低。那说明这个女人不一般，究竟是一个什么样的女子，山俊彦脑袋里充满了疑问。

山俊彦最近已经习惯了有素雅的生活，傍晚只要有空，俩人就会在一起，一起散散步，逛逛商场，或者是在公寓里做做饭，聊聊天。即使是有时候素雅回去住在与娜娜合租的宿舍里面，俩人也随时发信息，互相报告彼此的动态。而今天素雅和家人在宾馆里面休息，在发过机车餐厅照片以后，就没了动静。山俊彦几次想打电话过去，想了又想，为了避免节外生枝，还是忍住了，也没敢轻易发信息过去。但是，给耿浩打完电话后，更没有心情去整理傍晚拍摄的那些照片，只好依旧斜靠在床头上看微信里的小视频打发时间。在不知不觉中，却迷迷糊糊地睡着了。

　　素雅给家人预订的宾馆，房间里只有一张两米的大床，素雅让儿子睡在床的中间，她和前夫在两边，前夫似乎不太情愿的样子。她儿子的个子比同龄的孩子高出许多，三个人睡在一张大床显得有些拥挤。孩子可能白天跑得多，有些累，躺在床上不一会儿的工夫就睡着了，鼻子里发出了细微的鼾声，素雅伸手把房间里的灯熄灭了，仅留下洗手间的灯光从门缝里透出来。她闭上眼睛，准备睡觉，迷迷糊糊中，感觉有一个人影从床脚处爬了过来，紧紧地搂住了她。素雅用手不断地推着黑影，嘴里忍不住小声地说了一声："不要这样，别弄醒了孩子。"那黑影却并不说话，粗鲁地从床上抱起素雅，沿着卫生间透过来的光亮，把她扔到房间里的那张双人沙发上面，双手用力地去扯素雅身上的睡衣，睡衣很快便被扔到了地板上，素雅无力地挣扎着，嘴里却不敢发出声音。

　　这时，有一个声音却脱口而出，声音也挺大，把房间的灯光震亮了："不要动她！"

　　山俊彦突然在睡梦里喊了一声，自己惊醒了过来，发现房间里的灯还亮着，手机不知什么时候滑落到地板上。刚才素雅在宾馆里的那一幕，原来是一场梦。

　　捡起手机，发现手机的屏幕还很完好，只是手机壳碰到木地板后磕了一处凹陷，此时的时间已经是深夜三点钟了。山俊彦擦了一下额头渗出的汗渍，打开手机的微信，果然有素雅的未接电话和微信消息，都是半夜十一点多发来的。

11：05："孩子刚睡下，和儿子说了好多话，陪他的时间太少了。"

11：08："睡了吗？我出宾馆了。打车回家。"

11：30："怎么不接电话？你不会是出去喝酒了吧？也不回我信息。"

11：55："你不理我，我回到我家了，你看到后，给我报个平安。"

山俊彦连忙拨打素雅的电话，拨了几遍没人应答，估计她睡着了。

已经没了睡意，山俊彦干脆坐了起来，伸手从床头拿过一本书来翻看，是陈忠实的长篇小说《白鹿原》，记得半个月前看了一半，山俊彦翻到夹着书签的地方，那一段落正是描写田小娥在房间里勾引黑娃的地方，陈忠实把一个守活寡的女人对青年男子的性渴望描写得淋漓尽致，每一个动作和表情，都用文字来活灵活现地表达人身上的原始欲望。读得山俊彦的下体也开始蠢蠢欲动起来。山俊彦心里想，若是素雅在就好了。

但是，又有个念头却涌上心头，素雅的前夫也就三十多岁，正是青春年壮时，和小说里的黑娃差不多，按素雅的说法，好像前夫现在还没有别的女人。如今见到素雅，是否想那事？或者忍得住？即使素雅自己没有这个意愿，他会听从吗？会不会像刚才梦中的情景一样，强行去做呢？一系列的猜疑就冒了出来，让山俊彦开始心焦气躁，干脆摸了一支香烟叼到了嘴里，深深地吸了一口。叹了口气，又开始理性地思考。

山俊彦掐灭了烟蒂，把书本合上，蒙着被子强迫自己闭上了眼睛。

第十八章

在潍阳市广播电视台做台长的同学王东打来电话，说他的儿子和可可就读的实验中学，校长是他媳妇的大学同学，他已经约好，周末都带上家属一起聚餐，让山俊彦也带着妻子一起参加。已经临近毕业考试的冲刺阶段，孩子升学的一些事情需要早些做准备。山俊彦知道，王东是个非常懂得社会交际的人，什么时间安排什么活动都是有含义的，而自己在这方面就欠缺很多。

山俊彦周五给妻子打了电话，说了王东安排的聚餐，若是她有空就周六一起去参加聚会，妻子问他几点到火车站，破天荒地问需不需要开车去接他，山俊彦说自己打车过去就行。

山俊彦是周六上午十一点钟到达的潍阳火车站，他提了一个黑色的提包，包里带了两瓶茅台酒，还有几本自己作品出版的摄影册子。出了高铁站，在车站广场外面的马路边上，他看到了家里的那辆白色奥迪汽车，妻子穿着交通局的工作制服站在车旁边，远远望去像查车的工作人员。山俊彦心想，这周末聚会又不是上岗执勤，为什么要穿制服呢。等山俊彦来到车前，妻子把车钥匙递给他，自己坐到了副驾驶的座位上。山俊彦把手提包放到后面的座位上，坐进驾驶室，把汽车发动了。

"你今天怎么穿制服参加聚会呢？"

"我刚才去单位了。"

山俊彦一路上没有再说话，按照导航的指引开往王东发给他的地点。聚餐的地点是市级招待所，山俊彦上次回来参加《潍阳周刊》二十年庆典时来过这里一次，那次是和周惠子一起。

聚会是在一楼的 777 房间，服务员引领着山俊彦夫妇走到房间门口，推开门，王东夫妇已经在里面等候。

"现在见大摄影师一面好难呐，都大半年时间没见面了吧。"

"主要是台长不经常聚会，你看你一安排酒局，我就跑回来了嘛。"

"不会是在省会又安家了吧？"王台长挤着眼睛，打着哈哈。

"瞎说什么啊，嫂子在这里呢。"王台长的夫人用手打了一下王东的脑袋，走过去拉着山俊彦的妻子坐到她的身边。

"嫂子哪能和你一样小气啊。嫂子好，穿着制服来赴宴，够帅气的。"

"不好意思，我从单位直接过来的。"山俊彦的妻子被王东说得有些不好意思了。

"哈哈，这样挺好看的，刚才进来时，我以为解放军同志押解着山俊彦进来呢。"

"你这张嘴啊，净胡说八道。"夫人给了王东一个眼色。

山俊彦也笑着给王东夫人打了招呼。王东夫人要比王东小十多岁，是潍阳市电视台的主持人，被称为潍阳的四大名旦之一，国色天香，新闻传播专业。刚才的几句话已看出是个见过场面的人，而且能够快速和人拉近感情。早就听说王东再婚找了个大美女，今日第一次见面，果不其然。

四个人正说笑着，实验中学的侯校长带着夫人也走了进来，一番客套话后，全部落座开宴。

侯校长和王东以前并不熟悉，刚开始时还和王东比较客气，侯校长有些贪杯，但是又不胜酒力，没几杯下去就开始眉飞色舞了，尤其是谈起当年的校花同学——王东夫人更是滔滔不绝，甚至手舞足蹈，差点忘记了自己的妻子和同学的老公在身边。倒是王东显得大气又有见识，示意妻子去给他敬酒，不断引导着校长承诺一些学校能够给予的加分政策。

那侯校长不省酒力头脑却并不糊涂，关键时候仍然卖着关子，对王东的需求都一口答应，但是对能否给山俊彦家的可可相关政策，却总是支支吾吾，说的含含糊糊，因为他也知道在潍阳王东的面子还是要给的，说不定哪天就能帮到自己，对于一个长期在外地的摄影师，和自己也不会有什么交集，言语中故意说得含含糊糊。王东拉着山俊彦到侯校长面前，把自己的酒杯倒满，又把山俊彦的酒杯倒满，端起酒杯。

"侯校长，山俊彦是我的亲兄弟，是我非常尊敬的大哥，以他的人品和能力，若是从政，肯定比我的级别高很多。咱们是俗人，虽然我们从事教育、文艺类的工作，但是我们还是追求当官发财的俗事。人家山俊彦是大摄影师，追求的是艺术成就。另外，这大摄影师在省城见多识广，上次来参加《潍阳周刊》的庆典活动，和省里的很多领导都熟得很呢。所以，侯校长你即使不帮我，也要帮他，否则的话，会有更多领导来找。"侯校长听的有些云里雾里的，但是见王东如此尊敬山俊彦，也就忙着点头答应："哪里哪里，王台长和大摄影师的事我侯某人同等对待，兄弟我尽力而为，请两位放心就好。"

王东指着山俊彦继续说："另外，我们同学都佩服他，自己成了大摄影师，报纸上经常有他的专访，人家却很低调，也不吹嘘。关键是人家对嫂子好啊，这么多年来，俩人不仅不离不弃，而且还相敬如宾。上次他那个助理来参加咱们市里的活动，一看就知道喜欢他，但是咱这同学一点都不动心。你说是不是我们同学的榜样啊？来来，我干了。"说完，王东一仰头把一杯酒倒进了嘴里，山俊彦听了他说的话，不知该如何作答，有些不知所措。山俊彦妻子站了起来，一手举着饮料，另一只手轻轻拉了拉山俊彦的胳膊，眼睛里泛着些亮晶晶的东西，山俊彦也站起来把酒杯也举到嘴边咕咚咕咚喝了进去，把杯底冲下展示了一下："同学过奖了，谢谢谢谢。"

王东的夫人冲着侯校长说了一声："你还不抓紧喝了呗，向艺术家学习。"

侯校长望着依然貌美可人的校花，站起身端起桌上的酒杯也跟着一饮而尽。也许是酒量有限，或是校花的美色晃眼，这侯校长把杯中的酒倒入嘴中后，身体却站立不住，两条腿不听使唤，整个人就向地面滑了下去，嘴里却不服输地喊着："来，接着喝。"王东连忙用胳膊架住他，山俊彦一起扶着他坐在椅子上，他顺势斜靠在椅子背上睡着了。看样子侯校长是彻底喝晕了，他的妻子倒是个大度之人，也许已经见惯了丈夫的酒量，并没有埋怨，坐过来挺直身子让他倚靠着，冲着王东说："王台长，你们接着喝，我们家老侯休息一会儿就好。"王东把司机叫进房间里，大家一起把侯校长扶到了车上，并嘱咐司机车开得尽量慢一些。然后又想起山俊彦带来的两瓶茅台酒和摄影集，示意山俊彦到房间拿过来。王东把茅台酒和摄影集递给侯校长的妻子，告诉她这是山老师专门从省城给侯校长带来的礼物。

送走了侯校长，王东依然兴致不减，拉上山俊彦回房间里继续喝酒，两个女人也不阻拦他们，在一旁的沙发上聊起了家常。山俊彦的酒量不大，内心又感激王东的热心安排，只好硬着头皮陪着王东又喝了几杯，最后在包间的厕所里吐了一地，至于妻子怎么把他拉回到家里的，已经彻底断片记不清了。

醒来的时候，已经是晚上十点。还是书房的单人床，书架上的台灯调得很暗，山俊彦已经换上了睡衣。山俊彦感觉太阳穴的青筋直向外鼓着，床头上放着一个盛满水的杯子，他端起来喝了一口，是冲好的蜂蜜水，于是大口咽了几口，胃里舒服了一点。想坐起身，但是身子一动胃里便翻腾不止，总想呕吐，只好又躺了下来。微信的提示音隔一段时间"嘀"一下，山俊彦循着声音摸索到手机，举到脸前，努力眯着眼睛去看屏幕。是小白发来的微信，说自己已经把说明书看完，问他周末是否有时间教她摄影。山俊彦给她回复，自己在潍阳的家里，等下周找个时间教她。小白很快回了句"打扰了"，还发了个吐着舌头的调皮表情。山俊彦去翻看素雅是否发来微信，奇怪的是竟然一条也没有。山俊彦并没有告诉她自己回潍阳的事情，竟然一天的时间一条消息也没有。山俊彦心想，素雅和家人在一起，肯定没有时间想自己，想到这些心情暗淡了许多，别人的微信也懒得再去看。他把手机随意地丢到了床的另一侧，转身去关掉了台灯。

山俊彦尝试着不去想任何事情，只想尽快睡着，来平复脑袋两边一阵阵涌上来的疼痛。可是越想入睡，却越睡不着。

只好再次拿起了手机，随意地翻看，却看到了手机的通话记录有未接的来电提示。

两个未接来电，是素雅的。来电时间显示，是在山俊彦醉酒后已经回到家里。山俊彦心里舒服了一些，这说明她还是惦记自己的。按照素雅给他说的计划，今天应该带着孩子去了欢乐谷。山俊彦猜测，很有可能孩子在玩项目的时候，她趁机给自己打了电话，只是想问他在做什么。

继续翻看通话记录，山俊彦惊讶地发现有一个素雅打过来的电话，是晚上不到八点的时候，通讯显示电话接通了，通话时间为二十秒。山俊彦头脑里马上闪现两个问题：谁接的？说了什么？仔细一想，这个时间自己醉酒后到了家里，这个电话应该是妻子接的，她们之间说了什么？山俊彦看了一下时间，现在已经十一点，素雅是否还在宾馆，还是回到家了？带着疑惑，山俊彦久久无法入睡。

第二天早上，酒劲已经过去，嗓子里还稍微有些不舒服。山俊彦洗漱完毕，走到餐厅。餐桌上早餐已经摆好，岳母把一碗稀饭端到他的面前。

"起来了，还难受吗？"

"哦，好多了。"

"你也不是小岁数的人了，以后喝酒别这样。"

"好的，知道了。今天还去可可的学校送东西吗？"可可现在隔一周回家一次，周末一般要送一次吃的或者衣物。

"今天早上，可可她妈去局里加班了，她说中午下班后去学校一趟，给可可带一些吃的。"

"哦，我今天上午回省里去。"

吃过早餐，山俊彦回到卧室却找不到自己回来时穿的衣服，他走进客厅的阳台，发现昨天的衣物已经全部洗好，挂在阳台的晾衣架上，已经晾干。山俊彦取下衣物，回到卧室换好。然后去书房拿起昨天带回的包，准备出门。路过书房的时候，发现岳父正在书房的案板上写毛笔字。

山俊彦主动给岳父打了个招呼："爸，我一会儿坐车回白水了。"

"哦，今天不是星期天吗？怎么不下午回去啊？"岳父拿着毛笔转过身子。

"我下午还有点别的事。"山俊彦拿起了放在椅子上的黑色包。

"哦。"岳父放下手里的毛笔，用手推了推鼻梁上的眼镜，"小山，最近多回来几趟吧，可可快考试了，多关心关心她。事业虽然重要，但是家庭也重要啊。"

"好的，我尽量多回来。"山俊彦站在书房的门口点了点头。

"那个，你和可可的妈妈平时多交流交流，我这孩子一直比较内向，性格也固执。你在外面跑得多，见得多，但是两个人也要多交流才行啊。"

"好的，我知道了。"山俊彦不知道该解释什么话，老人的话应该很清楚地表达了对他的不满。

在回白水市的高铁上，山俊彦回想着岳父的一番话语。这几年，山俊彦和妻子的感情问题，住在一起的岳父岳母应该很清楚，可能碍于女婿的身份，岳父并没有直接找山俊彦谈这些问题，也许在老人的眼中，夫妻就是能一块凑合着过日子就好，感情出了问题，是缺乏沟通和交流造成的，只要多沟通就能过下去。爱情在他们的眼中，就是年轻人的一种游戏而已，过了年轻时候，爱情就没了。到了中年的时候亲情是最重要的，有孩子和家庭做纽带，为年纪大了养老做准备。年纪大了，夫妻就成了老伴，老了有个伴儿就是最好的结局了。在岳父看来，山俊彦当年若不离开潍阳的话，他们夫妻之间的感情也不会有什么问题。

而现今的社会，早已变化了许多，即使在潍阳这种小城市，也早已今非昔比。比如同学王东，已经在官场修炼得八面玲珑，在当地有头有面，妻子也是当地一枝花，是一对令人艳羡的夫妻。但是在别的同学那里，山俊彦也听到了不同的版本，王东和台里的一个年轻的主持人传出了桃色新闻，有人还看到了两人同时出入宾馆。他的妻子据说也没闲着，和市里分管宣传的一位领导走得很近。小城虽然八卦多，无风却不起浪，谁知真假？再想到昨天王东对自己的评价，也许真如他说，在别人眼中他夫妻相敬如宾，家庭美满幸福呢。有几个人能知道别人家庭的内幕呢？有时候连自己都糊涂，更何况别人。

山俊彦感觉自己这几天过得浑浑噩噩。回省会的高铁上，他用平板电脑去看前几日在湿地公园拍的照片，除了几张芦苇的逆光照还有些意境外，其他的照片都不算中意，他想即使通过后期的编辑，也不能令自己满意，那几对野鸭子游弋在柔软的夕阳下，拍摄的时候感觉会出几张好片子，现在却每一张都有毛病，气得他干脆都删除了。山俊彦原计划从里面挑出几张，发给催要照片的一家动物保护的网站，山俊彦只好发信息给周惠子，让她从原来的存储里挑选几张鸟类的照片发过去。周惠子提醒山俊彦下午去白水市艺术学院听摄影家协会组织的讲座，当地的摄影协会从中国摄协请来了一位国际级的摄影大咖，山俊彦对这位摄影师的作品印象比较深，他擅长拍人和静物的结合，山俊彦期盼这个讲座许久。从潍阳赶回来，也是为了去听这位大咖的讲座。

从白水市火车站出来后，山俊彦乘出租车直接去了白水市艺术学院，在学校门口找了一个沙县小吃店，要了一碗馄饨和一笼蒸饺，坐在一个角落里吃了起来。有两个学生模样的从外面走进店里，有一个认识山俊彦，主动冲他叫了一声老师，那个留有长发的男孩有点眼熟，山俊彦忘记他叫什么名字，好似有一次在这个学校讲课，长发的男孩问了几个问题，是关于布列松的摄影作品《买啤酒归来的孩子》的，这孩子质疑作品是摆拍，讲座结束后还找到山俊彦加了微信，这是个爱思考的孩子，山俊彦对他留下了印象。

吃完午餐，山俊彦走进学校里面，周惠子的电话也跟了进来。

"师父，到了吧？我去车站接您啊？"

"你只是耍嘴皮子逗我吧？我到了火车站，来接吧。"山俊彦知道惠子故意讲的客套话，干脆也逗她一下。

"好嘞，那你在车站北广场的柱子下面等我。"

"你也不问我几点到站啊，这时候却假惺惺地给我打电话说接我，假不假啊？"

"你又没说让我接。"惠子的口气带着撒娇。

"好吧，我到学校了，不用接了。"

"好的，我也到了。"这声音不是从手机里传出来的，好像在身后一般，山俊彦回过头来，看到周惠子在他两米近的地方咧着嘴笑。

"你这丫头，故意逗我，够坏的。"

"哈哈，你在想什么呢，我在校门口站着，你从我面前走过，这么一个大活人，看都不看一眼。"

"哦，是吗？"刚才进来时确实没看到周惠子，今天她穿了件深玫红格子的上衣，牛仔短裙子，裙边有一圈白色的绒毛，头顶咖色仿旧羊毛毛线帽，脚上一双高帮帆布靴子，与学校里的艺术生没什么两样。山俊彦上下打量了她一番，看着学生模样的周惠子"扑哧"笑了。

"我看见你，想起我们上学时，形容这个学校学生的一句顺口溜。"

"什么啊？师父，你快说说。"

“远看像收旧家电的，近看像捡破烂的，仔细一看是艺术学院的。”

“哈哈，笑死我了。”周惠子笑得前仰后合，突然又好似明白了过来，“你不会是变相地说我是捡破烂的吧。”

“你是自己承认的，我可没说。”

摄影讲座安排在电影系的教学楼，进门的地方贴了一张海报，内容是摄影师的介绍和课程的名字，《达达主义摄影》是这次讲座的题目。

第十九章

周惠子开车把山俊彦送到公寓的小区大门前，掉头离开了，她最近加入了室内攀岩俱乐部，每周日晚上都要去参加活动。

公寓里依旧冷冷清清，房间里的地面也有几日没打扫，桌子上吃剩下的水果，临走时山俊彦忘记放进冰箱里，苹果已经黑了半边，散发着一种难闻的酸味。山俊彦连果盘带苹果一起扔进了垃圾袋里，系紧口后丢到屋门外的墙根处。

烧了一壶水，冲了一杯茶，点了一支烟，山俊彦斜倚在沙发上打开电视。江苏卫视正播放的节目是《非诚勿扰》，这个相亲节目火了十几年，除了光头主持人的魅力外，吸引人的还有俊男靓女的那些奇葩个性生活。现今的都市，男女相亲却是个大问题，也成了电视节目的重头戏，好几个电视台都有些类似的节目，但是江苏卫视做得早，也做得好，《非诚勿扰》成了这个卫视最火最赚钱的节目之一。看了一会儿，把杯子里的茶喝完，山俊彦觉得头有些蒙蒙的，蜷在沙发上的身子有些酸痛。

素雅告诉过山俊彦，今天要把孩子和前夫送走，但是没有说具体时间，山俊彦想了想，还是忍不住给她发了一个微信。

"送走了吗？"

"嗯。"简单地回了一个字。

"你在哪儿？"

"你在哪儿？"

两人几乎同一时间问出同一问题，素雅一直未回复，像是在等着他先回答。

"我下午回到白水城了，现在在公寓里。"山俊彦只好回了消息。

"哦。"

"你呢？在哪儿？"

"我和娜娜在家。"

原来她把孩子和前夫送走后回了宿舍，也就是说素雅并没有想和他联系。山俊彦感觉隔了几天，两人的感情也有了些淡，素雅并不想理自己，自己也有些无精打采，后面干脆就不发消息了。

没有胃口吃晚餐，身子却开始发冷，山俊彦自己摸了摸头，有些发烫，估计是受风感冒了。他关掉电视，从抽屉里找感冒药，找到了一盒感冒灵，但是看日期已经过期半年多了。他不想再出门去买药，也许睡一觉就能好了。于是，山俊彦来到卧室里，钻进被子里，天还没暗下来，睡觉似乎又太早，他从床头拿本书翻了几页，才看了两眼，头昏昏的，干脆放下书逼着自己闭上眼睛。

迷糊了一阵子，他清楚地感觉到身上的温度升得很快，身子冷得发颤，山俊彦用力把被子裹得紧紧的，仍然觉得发冷。这时，床头柜上的手机闪烁，山俊彦还是忍不住把胳膊从被子里抽出来，把手机拖了过来。十几分钟前素雅发过来了消息，共三条。

"晚上怎么吃？"

"我想抽空把我的衣服拿回来。"

"？"

山俊彦不想再回她，这时手机振动，电话打了进来。

"你怎么不回信息？"

"嗯。"山俊彦有气无力地答了一声。

"改天我去把衣服拿回来，不再去你那里了。"

"随你。"

"你咋了？怎么有气无力的？"

"发烧了。"

"怎么弄的，吃药了吗？"

"没事，睡一觉就好了。"

"别大意，吃药才行，这一波流感病毒挺厉害的。"

"好了，我睡了，明天再说。"山俊彦眼皮打架，浑身难受不想说话，没等素雅再接话，把电话挂掉了。

滚烫的身体抖个不停，山俊彦干脆把头蒙进被子里，感觉喉咙里喘着粗气，迷迷糊糊的却睡不踏实，睡一会儿醒一会儿，似梦似醒地反复着。

梦中，自己开车去郊区，副驾驶座上坐着素雅，刚下过大雪的路两边白茫茫一片，树上晶莹剔透的树挂像是到了东北的田野里，远处的山银装素裹，分外妖娆，素雅并不说话，嘴唇紧闭着，看着外面唯美的风景，突然打开车子的天窗，站了起来，头从天窗伸到了车外面；冷风吹在脸上，她却紧闭着双眼，脸仰望蓝天，伸开双臂去迎接阳光。这时的凉风却不知趣地从天窗钻了进来，一阵凉意，让山俊彦感觉自己身上湿漉漉的，用手去拉拽素雅的衣服，却摸到了她的手。正在纳闷，她的两只手不是在天窗外面吗？

梦却醒了，山俊彦睁开眼睛，发现手里确实抓着一只纤纤细手，素雅正望着他。

"你醒了啊，头不疼吧？"

山俊彦轻轻点了点头，还在回味着梦里的雪景。

"发高烧也不说一声，若知道你得病了，我下午就过来。"

山俊彦斜看了她一眼，感觉身上汗津津的，头清爽了许多，烧已经退了下去，他想挪动一下身子。

"别动，身上还有汗，等汗下去后再动。"素雅起身把床头牛奶盒上的吸管取下来，端着水杯到山俊彦面前，把吸管轻轻塞进他嘴里。"别动，喝点温盐水吧。"发烧过后的身体，极度缺水，山俊彦温顺地用力吸了两口，温水从干涸的喉咙下去，有些咸味，但是感觉顿时舒服了许多。

过了十几分钟，素雅伸手在山俊彦的头上摸了一下，感觉身上的汗已经干了。她从床边的布袋里取出两盒药，撕开包装，看了下药物的说明书，从里面各取了几粒。

"刚才我去对面的药店买了些消炎药和退烧药，抓紧吃几片，否则一会儿还要再发烧。"

"你几点来的？"

"给你打完电话，我就打车过来了。"

"来拿衣服吗？"山俊彦故意地问。

"是啊，一会儿拿了就走。"素雅面无表情地回答。

但是依然把药递到他嘴边，一粒粒塞到里面，把水杯和吸管又拿过来，让他灌了水喝下药。

素雅放下水杯，站起身子，把两只袖子卷了卷，弯下腰来。

"我帮你把睡衣脱下来，估计都湿了。"

"没事，不用换。"山俊彦嘴里犟着，却配合着她脱去衣服。睡衣睡裤，包括内裤，都被脱了下来，身子也随之轻松了许多，素雅的手碰到了他赤裸的身体，山俊彦呵呵笑了两声，素雅的表情依然冷漠。

素雅拿着脱下来的衣服走了出去，片刻，便听到了卫生间里洗衣机的滚动声。

"晚上是不是没吃东西，饿不饿？"素雅从外面走了进来。

山俊彦摇了摇头，并不想吃什么东西。

"那少吃点水果吧，发烧消耗能量，别虚脱了。"

素雅从刚才取药的布袋子里拿出两个苹果，去厨房里洗干净，坐在床边用水果刀轻轻地削皮。

"刚才你睡着的时候，我把房间的地拖了一遍，才离开两天就这么脏。"

"我回潍阳了。"

"知道你回去了。"素雅用眼睛瞟了一眼天花板。

山俊彦想起打电话的事情，想问素雅到底和妻子说了什么，但是话到嘴边却咽了下去，还是等她主动说吧。

山俊彦看了一眼挂在墙壁上的钟表，现在是晚上八点半，自己上床时大概五点，看来迷迷糊糊地睡了三个多小时。

"张嘴！"素雅把切成小块的苹果递了过来。

山俊彦嘴里嚼着苹果，眼睛看着素雅，她今天穿了一件浅粉色套头毛衫。

"你到床上来吧。"山俊彦伸出手来，轻轻地拉了一下素雅。

素雅站起身子，离开了床边，端着盛着苹果的盘子，捏起一块放进自己嘴里，用后背对着山俊彦。

"你见了我，就只想着这事吗？有没有想过，这两天我俩的感情出了问题？"

"我怕你在床下冷，让你上来休息。"山俊彦狡辩着。

"这几天，我想了很多，关于家庭，爱情，未来。"

"哦。"

"知道你不想听，和孩子在一起的这段时间，不自然地就想起这些。毕竟是现实，不面对都不行。"

山俊彦不是不想和她探讨，但是体温似乎又开始上升，嗓子里有些火气，喘气的声音自己听得很清楚。

"我知道，有些事情要面对，有机会聊聊。"

"不想聊了，无外乎几种结果。"

"哦，你都清楚啊，咳咳。"山俊彦咳嗽了几声，嗓子里发出粗粗的呼气声。

"你是不是又开始发烧？"素雅感觉他的状态不像是故意装出来的，

"若是撑不住，咱们去医院吧。"

"不用，睡一晚上，就会好的。"山俊彦知道，自己每一次感冒都会发烧，熬过一阵子就会过去。

"那你睡吧，本来……算了，我明早回吧。"素雅叹了口气，听她的语气，似乎是打算拿着衣服就要走的。

山俊彦虽然头疼得迷迷糊糊，但是他心里很清楚素雅的想法，也知道她生气的理由。孩子和前夫从郊区到市里来，素雅陪孩子也是一个母亲应该做的事情，而且把这几天的安排都给他说清楚了，又怕他担心还不时地拍照片给他。而山俊彦这两天不理不睬，而且回老家也没和她说，她打了电话给他还是他老婆接的，作为一个女人不生气才怪。

厨房里传来淘米的声音，应该是为明天的早餐做准备。虽然嘴里面说不想搭理他，但是听到他感冒就赶了过来，买药、洗衣、做饭这些行动都表明了她心里的爱意，况且，出得厅堂，进得厨房，这句话在这个女人身上有完美体现。对待一个几近完美的女人，山俊彦觉得自己确实小气，内心涌起一阵愧疚，眼睛却睁不开。

山俊彦再次醒来，身上的汗已经退下，皮肤上尚留着汗渍刚刚退下的清亮，或许是感冒药的作用，比第一次退烧舒坦了许多，头也不太疼痛。

床头另一侧的台灯亮着，素雅正拿着一本书斜靠在床头上读，从书的封面隐约看出，是哥伦比亚作家加西亚·马尔克斯的《霍乱时期的爱情》，书很厚，足有四五百页。这本书山俊彦看了一个多月才读完，此书被评为"人类有史以来最伟大的爱情小说"，小说穷尽了爱情的所有可能性。是他推荐给素雅去读的。

素雅读得非常地投入，两只手端着书本，全神贯注地盯着书页，眉头不时皱一下，暖色的光晕散射到脸上，映出清秀的面容，长长的睫毛在逆光下透亮地闪动着。那灯光中的情影，像戴着皇冠的女王，知性而美丽。山俊彦眼睛一动不动地盯着她，足有五六分钟的时间，而感冒后虚弱的身子却情不自禁地骚动起来。他悄悄地把被子里的一条腿挪动着靠向了床的一侧，想去偷偷触碰女王的身体，然而，却被柔软的被角挡住了去路，原来今天她并没有和自己在同一条被子里面。

素雅敏感地接到了信息，把书本合起，面部冲向山俊彦。

"你醒了？烧又退了吗？"素雅把手伸过来，摁在山俊彦的额头上，"出第二遍虚汗了。"

她下床来拿毛巾在山俊彦的脸上轻轻地擦了几下，端起保温杯试了一下水温，给他喂水。

"你怎么还不睡？几点了？"山俊彦问。

"不困，看会儿书，现在两点多了。"素雅抬头看了一眼墙壁上的钟表，"感到饿吗？小米粥熬好了，喝一点暖暖胃。"

"不想吃了，明早吧，你上来睡吧。"

素雅又逼他多喝了几口水，拎着水壶把杯子倒满水，放到床头柜上，出去洗了洗手，回来上了床。

素雅穿着睡衣钻进被子里面，却立即又坐了起来。

"请把你的腿收回去。"

原来，山俊彦趁她出去洗手的时候，把两条被子的中间已经打通。

"快睡吧，把睡衣脱了。"

"你先把你的腿收回去，再折腾的话，估计体温还会上来。"

"你不把睡衣脱掉，我就不收腿。"山俊彦此时像个孩子般，赌气地说。

经过讨价还价，山俊彦最后以感冒之躯的威胁且以微弱优势赢取了胜利，但是前提条件是不能得寸进尺。

女人忘记了，男人的承诺三秒钟就会被忘记，更何况得寸进尺的招式，是男人对付女人的三板斧，尤其是在谈恋爱期间，这一招会屡试不爽。然而，今天任凭男人苦口婆心，软磨硬泡，都被严词拒绝。拒绝的理由是：身体重要，来日方长，把身体养好。

无奈之举，两只大手被两只纤弱细手紧紧地缚着，山俊彦在温柔而严肃的呵斥声中，只好拥着素雅昏昏地睡了过去。

第二天醒来，已是上午九点半。山俊彦感觉身体轻飘飘，头依旧蒙蒙的，全身无力又浑身酸痛，这是高烧后的症状。看样子，今天是无法到办公室去上班了。

去卫生间洗脸刷牙这几步的距离，身上疲倦乏力，虚汗直下，仍然没有胃口。素雅告诉他不吃东西肯定没有体力，无论如何也要喝些小米粥，她在粥里放了两只海参，用来补充体力。素雅把山俊彦扶起来让他斜靠在床头，在背后上垫了一条折叠好的棉被，从客厅把一张折叠桌子放在被子上面，从厨房里端了一小碗早已熬好的稀粥，还有一盘榨菜咸菜。看着他一口口把碗里的米粥喝完，她像完成了一项任务一般，舒了口气，收拾了碗碟，拿到厨房里面。

"你去学校吧，今天是周一，学校一定会很忙。"山俊彦知道学校管得比较严，主动对素雅说。

"我一会儿收拾好衣服就会离开，不用赶我。"

"我不是这个意思啊，是怕你耽误工作。"

"你今天这样子，我能走吗？除非你不想我在这里。"

"当然希望你在了。"

"今天没我的课，早上我给学校打了电话，请假不参加周一的工作早会了。"

"哦，真的吗，你上周不是已经请了几天假吗？"

"那几天假是陪儿子，今天的假是陪你的，看你心理不平衡，算是补偿你吧。"

"哈，谢谢了。"山俊彦听了这句胜似情话的话，心里舒坦了许多。

"把药吃上，再睡会吧。"

山俊彦听话地把药吃完，躺回到被窝里。

天气转暖，房间里的暖气早已停了，倒春寒今年倒是没有如期而至。院子里玉兰花的花骨朵已经偷偷地含苞待放，估计没几天整个院子便会芬芳弥漫。素雅在阳台的椅子上坐了下来，阳光透过窗子进来，暖融融的。《霍乱时期的爱情》她已经看了一半，故事情节似乎很揪人心，让人恨不得一口气看完。

这本书山俊彦是看过的，而且印象深刻，是马尔克斯凭借《百年孤独》获得诺贝尔文学奖后，又推出的惊世之作。山俊彦回顾着小说里传奇的爱情故事，他在想，世上不知是否有如小说的主人公佛洛伦蒂诺般的男人，第一眼看上一个女人，便可以终身不娶，像个守灵人痴痴等待着机会，即使女主角费尔米娜已经结婚，他也相信总会等到属于他的那一天。美丽而迷人的女主角费尔米娜，在外人看来是如此幸运，一直被佛洛伦蒂诺虔诚地崇拜着，被他如火一般炙热的情诗天天包围着，让她早早明白了什么是爱情，但是，很快却又碰到了小镇里最有魅力最有才华的乌尔比诺医生，魅力和实力加上父亲的压力，终于胜过了那种爱的感觉，仿佛一种无形的力量把她拉进了婚姻的殿堂。好似美丽的女人总是幸运的。

窗外的鸟叫声把山俊彦叫醒了，他感觉身子轻松了许多，自己轻轻摁着床板把上身向上挪了一下，斜靠在床头上。喉咙里还是干燥，伸手抓起杯子喝了几口水。用眼睛去寻素雅的影子，房间里看不到她，从玻璃门望过去，正好看见了在阳光下读书的她的背影。

"嘿，我醒了。"山俊彦从小有个毛病，不喜欢叫别人的乳名，即使再亲密的人，也不叫，这也成了被人数落的一种诟病。

素雅倒是不太在乎，听见他说话，拉开半掩着的玻璃门走了进来。

"醒了？感觉好些了没？"素雅来到床边坐下，用手去摸山俊彦的头。

"好多了，有精神了。"山俊彦抓住素雅的手，手是凉的。

"还是有些热，别乱动，这时候休息最重要。"她说。

"这本书快看完了吧？"山俊彦看见她手里的书，问了一句。

"还没看到一半呢。"素雅把书放在床头柜上，开始削苹果，"你说这世上有像佛洛伦蒂诺一样痴情的男人吗？"

看样子素雅还没看完，山俊彦知道后面的结局，便说："这世界上什么样的男人都有，只是你没碰上。"

"你肯定不是。"

"我对你不痴情吗？被你迷恋的神魂颠倒的。"

这时山俊彦正在充电的手机铃声却响了起来，他示意素雅帮他递过来。素雅走过去把充电器拔下来，把手机递给他，屏幕上显示的是周惠子的名字。

素雅冷笑了一声："痴情的人来了，需要我回避吗？"不知素雅说的痴情的人是指山俊彦，还是电话那边的周惠子。

山俊彦接过电话，摁下了免提。

"师父，你今天怎么没过来？"周惠子快人快语。

"哦，昨晚我发烧，今天上午就没过去。"

"没事吧？昨天还好好的啊，怎么搞的？吃药了吗？"周惠子的声音里带着焦急。

"已经好了，也吃药了。"

"我过去吧，你一个人生病了怎么照顾自己啊？"

山俊彦看到素雅的表情变得有些怪怪的，似笑非笑的，打电话的口气马上变得严肃了。

"真的不用了，我订了外卖，有什么工作上的急事吗？"

"没有，广告公司的手续需要你签字，等您过来再说吧。还有你的小白惦记着你教她摄影呢，今天打了好几个电话问你呢，她倒是蛮关心你的。"

"瞎说话，谁的小白啊，你又不是不知道。公司的事，你先做别的手续，其他的等我到办公室再说，就这样吧。"

"哎，哎，你自己在……"

没等惠子说完，山俊彦就急急地挂掉了电话。自己和她们并没有什么亲密的行为，为何在素雅面前和她们打电话，自己竟如此紧张，连山俊彦自己也想不明白。抬头看素雅，却见她脸上并没有太多表情，眼睛直盯着他，他两手一摊，一副无辜无奈的样子。

"和白社长成立广告公司那件事，这丫头总是风风火火的。"山俊彦还是赶忙地去解释，他知道解释也白搭。

"这姑娘却是和你关系不一般呢，朝夕相处难免日久生情的。"

"这怎么可能，我都是她叔叔的年纪了。"山俊彦记得和素雅争论过他和惠子的关系。

"那天你说谈业务，你俩晚上在湖边手挽手散步，你以为我不知道啊。"杏眼怒视，脸也涨得微红，很少见到素雅这么生气。

"可别冤枉我啊。那是吃完饭后回来的时候。"

"我本来觉得你俩没啥事，我一直相信你。可是，你话支支吾吾的，就让人起疑心了。"素雅说话平和了一些，但依然不依不饶。

"我俩真的没事，否则我为什么要开免提啊。"山俊彦有些后悔开着免提接听周惠子的电话。

"哼，今天咱俩都没事，就把这些事一起说说吧。"

正如昨晚素雅所说，有些事情到了该面对的时候，绕是绕不过去的。其实，山俊彦并非想绕过去，懒的主动想而已。或许这也是男人和女人的差别吧，女人想事情总是会想得长远一些，或者说，女人对于安全感的依赖更强烈。男人总觉得有些事情到了时候就会迎刃而解，对未来总是充满了有把握的掌控欲，虽然男人总是爱犯"自以为是"的毛病。女人却总能看到未来的风险，从根上来说，女人是不想把自己的命运放在别人的掌心里。

素雅从阳台上把椅子搬了进来，紧挨着山俊彦的床边坐下。

"说吧，好久没一起谈谈了。"

"有点太正式了吧，要不然你到床上来说？"山俊彦笑着对她说。

"就在这里吧，上了床就没法谈了。"

"好吧，说吧。"

素雅告诉山俊彦，这几天和儿子前夫在一起并不开心，心里总是纠结万分，眼看着儿子一天天长大，自己却不能陪在身边。自从上次儿子生病后，虽然回去的时候多了一些，但是总感觉儿子和自己的感情在慢慢地变淡，这几天在一起的时间里，为了一些小事还闹了不少别扭。素雅把这些都归于自己陪伴太少，作为一个母亲是有责任把孩子抚养大的，无论如何都不应该扔给他的父亲。

"那就把儿子接到市里来上学吧。"山俊彦记得年前时素雅曾经提起过这件事情。

"我想过，但是孩子的爸爸并不同意，儿子也不想过来。"

"但是市里的教育条件好啊，耿浩有个同学在教育局当领导，可以让他帮忙。"

"他爸比较固执。"

"那怎么办，你多回去几次，也不是很远。"

"我前几年时想过调回家那边的学校去。但是……离婚了。素雅望着山俊彦，眼睛里有些湿润，苦笑了一下，"我清楚地知道，早已经回不去了。"

素雅手遮住脸趴在被子上，山俊彦伸出胳膊轻轻地用手拍着她的后背。

显然，当初素雅离开家来到城里工作，她的丈夫也明白，让她再回去也是一种奢求。素雅说，他是个好人，做人做事都本本分分的，他也喜欢自己从事的工作，对儿子和家人也很好，并非别人想象中的那种窝囊男人，只是他完全不懂素雅，两人活在两个完全不同的世界。素雅说，当时她提出离婚，丈夫没有任何阻拦，一口就答应了。

"我们有未来吗？"素雅抬起头来问山俊彦。

山俊彦盯着她的眼睛，认真地点了点头。

"我逗你的，没有逼你答应的意思。"素雅沉默了几秒钟，把身子从床上抬了起来。脸上带着笑意，却转过身子去擦眼里的泪。

"我是喜欢你的，从心底里喜欢，所以答应你是我心里的真实想法。"

"我知道你爱我的，以后再说吧。"素雅故作潇洒地用手揉了揉自己的脸，轻声叹了一口气。

对于这个问题，早晚都会有答案的。爱情无非有两种结局，一是分手；二是婚姻。哦，也许还有第三种不分手也不结婚。几乎没有人喜欢在第三种的纠结中长久，所以，爱情的结局只有上面所说的两种。大家都在追逐爱情，没有人喜欢分手，除非爱情没了。有人说，婚姻是爱情的坟墓，但是真正的爱情在婚姻里也是浪漫的、长情的。也有人说，没有婚姻的爱情会死无葬身之地。所以，爱情的最好结局就是一起步入婚姻，这是现实。

两个人都清楚地知道彼此的内心在想什么，也知道共同的努力方向，也许相识才一年多的时间，有些事情需要时间去处理。

"不知最近怎么了，我也不喜欢我的工作呢。原来的时候我是多么钟爱教师这个职业啊。"素雅看到山俊彦在沉思，故意换了个话题。

"工作中有什么问题吗？"

"我们学校风气不好，很多学生被家长娇惯的都有个性，攀比之风盛行，老师之间也是钩心斗角的，学校也不是过去那样的一片净土了。"

"其实哪里都一样。"

"娜娜准备辞职了。"

"她去哪儿了？"

"有家互联网公司老板叫她过去管培训，给的薪水足够高，所以心动了。"

"那还是要劝她慎重一些，互联网行业里面的泡沫挺多的。"

"你不了解娜娜，她认定了的事不撞南墙不回头。你放心吧，我若辞职，肯定不是为了钱，够花就行。"

俩人聊了一阵工作和娜娜的事情，似乎忘掉了刚才谈话中的不愉快。临近中午的时候，素雅打电话给公寓外面的餐厅，订了一盆鸡汤，在厨房又炒了一个青菜。

吃过有营养的午餐后，山俊彦的气色和精神明显恢复了许多。下床来，在房间里来回地走动着，恢复着元气。走出卧室进到阳台那边，素雅还在椅子上静静地读小说，面前圆形的小桌上放着茶杯。中午的阳光正好，暖暖的阳台充满着清新的味道。山俊彦忍不住用手去抚摸她的头发，柔软的发质从指尖传过来是丝滑的感觉，山俊彦低下头去闻着发香，他想不起是哪一个品牌的洗发水，记得这里的卫生间里也有一大瓶未拆包装的，那是素雅带来的。

"我想到别的城市去住几天，在这个城市总感觉有些压抑。"素雅合上书本，脸冲着窗外。

"哦，你想去哪儿？我陪你去。"

"离开这个城市就行。"素雅想了一下，又说，"过一段时间吧，五一放假也行。"

山俊彦感觉素雅的心情仍然不平静，女人有心事总是会表现在语言上或者行动上，不表达出来就会一直挂在眉间。他记起山茶花杂志社那个去香格里拉摄影的邀请，这种活动是杂志社为了笼络专职摄影师而开展的，是一种公务也是一种福利，组织方会给摄影师报销机票和住宿的费用，时间由摄影师自己定，活动结束后，要求有些定向的摄影作品和稿件要刊登在杂志上面。山俊彦心想，这次活动若是和素雅一起去，具体的时间和行程可以根据素雅的想法去安排。

"有家杂志社正好邀请我去趟香格里拉拍照，你请个假，和我一起去吧。最少需要四五天时间，不知你们学校是否允许请这么长时间假？"

"这么远啊，不过，香格里拉确实是个令人向往的地方。学校那边，即使不同意，我也要请假。"

"具体时间和行程，根据你的情况来定。去香格里拉最好的季节是五六月份。"

"那太好啦。"

素雅脸上绽放出的笑容表明她可以把心底的愁云暂时抛开了，她低下头接着看那本书。山俊彦望着她匀称的身影，忍不住用手把她从椅子上拽了起来，把她拥入怀里。素雅虽然不是很情愿，但是还是配合地把手从后面环住山俊彦的腰，他能明显感觉到书本的硬壳抵在腰上。

阳台推拉玻璃门的滑轨很流畅，用脚一碰便开了，在不知不觉中两人已经进到卧室里，轻轻地一倒两人便匍匐进温暖的被子上面，床板上的软垫子轻轻地颤动了几下。素雅双臂张开平躺在床上，一只手里仍然抓着《霍乱时期的爱情》，闭着眼睛，任凭山俊彦的嘴唇在脸上四处游走，当唇碰到唇的时候，她松开了手里的书，把胳膊环绕在山俊彦的脖子上面，主动回应起他的热情，十多分钟的热吻填充了彼此的思念和焦灼不安的内心。

松软的睡衣不用努力去解，便能形成自由落体，轻轻一触就全部褪去。肌肤之间已经非常的熟悉，但是每次的相逢永远都是羞怯的，若即若离的推托更能激起交融的欲望。

"你这刚刚感冒好转，就这样，好吗？"女人呢喃中，用书不断敲打着他的背部。

"刚才怎么不提醒？"

"忘了。"她把被子蒙在了脸上。

山俊彦浑身已经没有力气，累趴在床上。素雅却拿起那本书继续读。

"为什么小说里费尔米娜突然不喜欢对她痴情的佛洛伦蒂诺了呢？"素雅问了一句小说里的情节。

"光有浪漫，没有进一步的行动，你也会不耐烦的。你想想刚才咱俩在床上，也一个道理。"

"别瞎说，我在和你探讨书里面的情节。"素雅用书敲了下他的头。

"道理是一样的。"

"为何才认识乌尔比诺医生没几天，她就嫁给他了？"

"这就是现实，若是你遇到有钱有型的男人，你也会毫不犹豫地选择。"

"我才不会呢。"

素雅不再搭理山俊彦，转过身子继续捧着书本去读。

"铃铃铃"有声音从客厅那边传了过来。素雅转过身子，发现山俊彦趴着没有动，碰了碰他："什么声音？你的手机吗？"

"不是，应该是门铃声音。"山俊彦抬起身子仔细听了一下，"应该是楼下的人按的门铃。"

"谁来找你？"

"估计是邻居忘带钥匙吧。不用管，我这里没有朋友来过。"山俊彦又趴在了床上。

"铃铃铃"声音中断了一会儿又响了起来。

山俊彦只好起身下床，找到拖鞋，走进客厅。可视门铃依然不知疲倦地响着，他突然却想起，素雅在家，若是熟人上门怎么办。

他轻轻摁了一下可视门铃的屏幕按钮，屏幕亮起，有个长发年轻女人的头像显示在屏幕上。是周惠子。

山俊彦庆幸自己没有接听话筒，任凭铃声一直响着。他记起惠子早上打电话时说过，她要上门来送药的。

"谁啊？你手机响了。"素雅在卧室里问道。

山俊彦知道一定是惠子打的电话，赶忙回到卧室里，拿过电话，并没有着急接通。

"是周惠子，她在楼下，来给我送药。"

"哦，不是没人知道你住这里吗？"女人犀利的问话，直接噎了一下男人。

手机铃声和可视门铃都在响着。若是不接电话，周惠子一定会认为自己感冒严重，按她的性格破门而入也是有可能的。

山俊彦把手放在嘴上，让素雅别出声，他接通了惠子的电话。

"师父，你没事吧？我在你家楼下，给你买了药过来。"

"哦哦，惠子啊，我、我现在没在家里。"山俊彦故意竖直了身子说话。

"你不是发烧吗？"

"好多了，我在外面有事，中午就出来了。"

"你几时回来，我等你一会儿，你感冒了还往外跑。"

"我刚出来不久，一时半会儿回不去。"

"好吧好吧，怪我自作多情跑了过来，我把药放到你门口的储物箱里了，你回来时记得拿走。"

"好的，谢谢你，惠子。"

"你是不是就在家里啊，听着声音怪怪的？"

"没有没有，在外边呢，挂了吧。"

山俊彦说完就挂了电话，从可视电话的屏幕上，看着她转身离开了。

此时，素雅依旧背着身子继续读着她的小说。

第二十章

　　广告公司注册的手续很快就批了下来，原计划按照资金一百万元注册，后来实际登记的时候调整到了五百万元，白社长希望公司对外展示的实力表面上要雄厚，对承接大点的项目有利。其实，注册资金并不需要真金白银的投入，但是报给审批机关的材料必须满足要求，除了把一些固定资产和虚拟资产做个估值抵扣外，剩下的差额部分，白社长找了一个银行行长帮着弄的流水进账单。公司的起步阶段仍然需要一些经营资金，经过商议按股份比例实缴一百万元，小白和杜欣当天就把六十万元打进了银行账户里。按章程的股份比例，山俊彦和惠子需要认缴百分之四十，山俊彦从摄影工作室的账户上取了四十万元转账到广告公司银行账户。广告公司的法人代表是山俊彦，注册的公司地址暂时是他们的摄影工作室，周惠子在登记经营范围的时候，把摄影广告的内容也包含进去，也是为了扩大摄影工作室的业务范围。

　　广告公司注册完后，很快就拿到了营业执照，白社长希望低调做事，对外并没有举办开业仪式，选了个比较吉利的日子，在摄影工作室的旁边又增加了一个广告公司的铜牌子，就算是正式对外营业了。

　　小白作为股东正式到广告公司上班，开业第一天，穿了一身新买的浅色职业装，因为是第一次正式工作，在公司里见到山俊彦和周惠子还有些拘谨，完全没有在小院里拍照时的随意，但良好的外形，珠光宝气的配饰依然光彩照人，周惠子见到她后"啧啧"的上下打量着，不时地开着她的玩笑。山俊彦作为法人代表专门开了个会议，对她俩的工作明确了分工，周惠子负责广告公司的业务经营，小白负责内务和财务的工作，并且从人才市场招聘了两名年轻员工，公司很快运营起来。

正如周惠子预料的，公司业务起步很顺利，开业不久就拿到了杂志社的广告代理权，和杂志社关联的一些单位的业务也源源不断地进来，两个月公司就实现盈利。山俊彦没有看错人，惠子确实是做经营管理的好材料，虽然广告的业务做的多是中间商的方式，但是头绪较多，事务繁杂，周惠子却能够把公司梳理得井井有条。倒是苦了小白，对财务工作完全不懂，还经常记错账目，后来公司干脆又聘了个兼职的财务。

广告公司的业务虽然繁忙，小白却没有耽搁学习摄影，山俊彦给她制订了三个月的学习计划，每周二和周四下午各一次，一次室内理论学习，一次外拍实践。

天气越来越热，下雨天也逐渐多了。白水城不像其他的北方城市，雨水多了就会有排泄的困难，临近夏日时分，便会将整个城市恨不得挖开重修一遍，容易造成交通阻塞和地面脏乱。而白水城依山而建，南高北洼的地势，为排水治理提供了方便，只要把城北的下水通道畅通后就能保证不会拥堵，前两年市政府把城北的排污沟大规模治理得非常有效，加上城北的鉴明湖巨大的蓄水能力，下雨的季节反而与白水城的气质相得益彰，近两年来被外地游客称为"华北的小江南"，因此水给这座城市也带来了财运。

广告公司把摄影工作室旁边二楼一套闲置的房子租了下来，略加装修后，当作办公室。

山俊彦让周惠子也搬进新租的办公室里，摄影室的助理工作，让刚刚招聘进来的女孩兼职着，周惠子把一部分杂事交接给她，但是上午的时间她仍然会先到摄影室安排工作，处理完这边的事情后再去隔壁广告公司的办公室。

素雅这两天一直在合租房照顾闺密娜娜，娜娜陪客户喝酒摔了一跤，脸磕破脚扭伤在宿舍休养。昨晚临睡前，山俊彦与素雅打了半个小时的电话，催促她尽快定下去云南的时间。下个月月初是素雅的生日，山俊彦在电脑上的网店里搜索合适的礼物，素雅是个讲究仪式感的女人，山俊彦觉得挑选的礼物要有特别还要有纪念意义，但是网店里的一些礼品太俗气，找了大半夜，也没有发现一件心仪的礼物。

清晨，在外面的小吃店吃完早餐，山俊彦开车来到工作室的楼下。"妈宝男"正坐在一楼的展览室里和惠子聊天，因为来的次数多了，他已经不再像以前一样腼腆，但是说话的声音依然细声细气的，还不时用手拂一下并不长的发梢，他看见山俊彦走了进来，非常有礼貌地站起身子。

"山师父，早上好。""妈宝男"对山俊彦的称呼是跟着周惠子学的。

"哦，小张，今天咋过来了？"

"惠子打电话让我过来，帮她开车去送个东西。"

"辛苦你了。"山俊彦笑着说，然后扭头冲着坐在边上看电脑的周惠子说，"你给人家小张劳务费吗？"

"谁让他早上给我打电话呢，正好印刷好的广告页需要送去给客户，也算是给他介绍个保险客户。"周惠子头也没抬。

这时，一个小伙子从外面走了进来，是广告公司招聘进来的业务员，小伙子身高足有一米九的样子，白白净净的。进门后冲着山俊彦点点头，用手在头上做了个敬礼的动作。

"老板好！"然后又转过身子冲着惠子说，"周经理好！"

周惠子对他说："小严，你和他把那几箱子广告页给客户送过去。"

她从口袋里掏出车钥匙扔给"妈宝男"："车在地下车库，你把车开上来。"两个人把纸箱子抬了出去，山俊彦笑着对周惠子说："你倒是越来越像个做老板的样子了。"

"我不想做老板，倒是想做个老板娘，可惜的是，找不到当老板的男朋友啊。"周惠子眼睛都没眨，依然看着电脑里的黑白人像，那是一张已经刊登在模特杂志封面的照片，山俊彦记得那是在一次丝路模特大赛上拍摄的。

"妈宝男"和小严回来的时候，已到午餐的时间，周惠子请他俩吃饭，想拉上山俊彦一起去。由于昨晚睡得晚，山俊彦中午想简单吃点就补觉，拒绝了周惠子的邀请。于是周惠子驾车拉着两个小伙子去了鉴明湖边上一个叫金孔雀的云南馆子。

山俊彦发短信问素雅中午饭吃什么，她回信息说，此时正在宿舍里给娜娜做午餐，还说，上午在一家运动服装店看到一双好看的跑步鞋，给山俊彦也买了一双，情侣款的，两个人周末的时候可以一起去跑步。

山俊彦望了望自己身上穿的，从里到外的衣服全都是素雅挑选的。素雅的眼光很好，颜色搭配和款式都适合，连山俊彦自己都感觉年轻了好几岁。山俊彦故意逗素雅说，你把我打扮得这么年轻，不怕被小姑娘勾引走啊？素雅倒是很大方地回应，形象能勾引小姑娘，说明自己看人有眼光，要比邋里邋遢的没人看好得多。

下午是小白学摄影的时间，她从广告公司来到摄影工作室，推门进到二楼办公室的时候，山俊彦还窝在沙发上睡得香。小白并没有叫醒他，在旁边沙发上坐了下来，翻看着 iPad 上关于摄影的一些培训教材。山俊彦在四合院见小白的那几次，给他留下的印象一般，除了外在形象比较好以外，觉得她是个被宠坏的娇气姑娘。当时，白社长要小白来广告公司工作，山俊彦还非常担心，把小白当个花瓶一样搁在那里，不指望她能干多少活。但是，经过两三个月时间的相处，发现这丫头有些令人刮目相看，小白虽然对财务等专业知识不太懂，但是她非常善于学习，并且能尽心尽力地去配合周惠子，进步很快。当然，也有一些让惠子看不习惯的地方，比如，她穿的衣服全是奢侈品牌，拎的手包也是国际一线品牌的新品。山俊彦经常提醒周惠子，人都有各自的爱好，更何况小白是公司的大股东，不缺钱。

这时电话铃响了，山俊彦惊醒坐了起来，一只手打着电话，一只手提着毯子，穿上皮鞋站了起来。

"今天睡得有些沉，你进来我没醒。"

"没事，我看你睡得香，怕打扰你的美梦，就自己看课件了。"小白笑的时候，两边的小酒窝十分迷人。

"你把上周在外面拍的片子打开，我洗一把脸就开始。"山俊彦说完，拿着毯子走进了里屋去洗漱。

小白虽然是艺术学校毕业，舞蹈和唱歌还不错，但是在摄影方面的天赋似乎并不高，基本的构图和用光，说了几次却还是记不住，实践拍的照片也没几张合格的。每次教她的时候，山俊彦总是需要手把手地演示好几遍，有几次想劝她放弃，但是看着她格外执着的样子，山俊彦也只好耐心一遍一遍地教。

下午的学习临近结束的时候，小白主动谈起了周惠子。

"山老师，你说惠子和那个卖保险的小哥哥能成吗？我咋觉得这么不般配呢。"

"这可不一定，什么叫般配，两人看对眼就行。"

"惠子根本看不上他呢，俩人性格也差距挺大的，那哥们娘的让人岔气。"

"感情的事难说，在一起时间长了两人就有感情了。最稳定的感情是互补型的。"

"惠子给我说过，她喜欢年龄大的。"

"年龄相近才能有共同的爱好，也不会有代沟啊。你们这些小家伙的爱好有些另类呢。"

说了个"你们"，山俊彦意识到有些大意，抬起头来看着小白，心里想起了她和老白的关系。小白与他对视了一下，低下了头。

"山老师，你是不是看不起我？"

"怎么这么说呢？没有啊。"山俊彦心里一惊，但是也无法解释。

"唉，我心里很明白的。我不否认，我是为了钱，不过干爹对我挺好的。"

"是，开这家公司，可以看出来。"

小白能主动给山俊彦说自己的事情，山俊彦也不知道为什么能让她如此信任。

天阴沉沉的，持续了一整天，到了傍晚的时候才滴滴答答地下起了雨点，汽车驶过，路面上泛起一阵阵白色的潮气。临下班时，山俊彦在办公室给素雅打电话，想约她一起去吃饭，素雅说需要给娜娜做好饭才行，让他开车到宿舍这边来。

每到下雨的日子，总是会堵车，尤其是下班时间，堵得更加厉害，一个十字路口要等两三个红绿灯才能通过。山俊彦发了微信给素雅，怕她等得着急，估计开到她那里至少需要四十分钟。打过电话后，山俊彦也把心态放平和，耐心地跟着车流向前移动着，不时还有人加塞儿进来强行占道。汽车里的收音机最近多了一个频道，专门播放八九十年代的怀旧歌曲，一首首的循环播放，中间还不插播广告。正在播放的是童安格的《明天你是否依然爱我》，童安格的声音现在听起来依然带着磁性，歌曲优美动听，那些熟悉的曲调和歌词山俊彦这个年龄的人张口就能唱出来。但是山俊彦总感觉这汽车音响播放的声音，总不如上学时录音机里磁带发出的味道纯正。

山俊彦的中学时代是在二十世纪八十年代末期，那是个青春燃烧的时代，喇叭裤、迪斯科、烫头发无论是大城市还是小乡镇好似全国都在流行，满大街都是港台流行歌曲。家里有个能放磁带的录音机，简直就是富豪家庭的标志，一盘童安格的磁带一晚上可以倒过来顺过去地听上几十遍，第二天早上就能唱着回到教室里。如今数码早已替代了光盘，而磁带已变成抽屉里的古董，想想那时候的生活，至今依然令人怀念。

老歌一首接着一首播放，缩短了路上等待的路程。到了素雅租住的小区时，路上竟用了一个小时的时间，把车停在楼前的空车位上，山俊彦拨通了素雅的电话，素雅告诉他，饭已经做好了，娜娜邀请他上楼来一起吃饭。

山俊彦在小区里的售货亭处买了一些香蕉和橘子，提着上了楼梯。摁下门铃，隔着防盗门，听到客厅里有人喊了一声："稍等啊，素雅，快点去开门，你的摄影师来啦！"

等了一会儿，房门打开，素雅围着围裙笑嘻嘻地看着他，伸手把水果接了过去，拉他进门，从鞋柜里拿出一次性拖鞋递给他。

素雅提着水果走进客厅，对躺在沙发上盖着被子看电视的娜娜说："这是给你买的，他是上来看病号的。"

"哎哟，这么体贴人呢，谢谢摄影师了。"娜娜起身坐了起来。

"坏了，锅里的稀饭都沸出来了。"素雅小步跑着进了厨房里。

山俊彦换好拖鞋走了进来，冲着娜娜笑笑。

"你好些了吧？"

"你看脸都毁容了，脚也肿了，这两天也不能出门。"娜娜一副愁眉苦脸的表情，用手捂着脸上的划痕，另一只手把小腿从被子里拎出来，脚脖子肿肿的，上面涂了一层黄色的碘酒。

"歇几天就会好的，这期间要注意休息。"山俊彦安慰着她。

"但愿如此吧，快憋死我了。"

娜娜是蒙古族，名字叫包塔娜，塔娜在蒙古语中是明珠，从古铜色的皮肤，还有乌黑的眼珠，尚能看出成吉思汗的血统。

"新换的工作还适应吧，素雅给我说你换了工作后挺忙的。"

"这就是新工作给发的奖金，才一两个月就挂彩了。"

两人并不是太熟悉，寒暄问候了几句，就开始沉默了。山俊彦起身到厨房里面，桌子上放着已经做好了的两个菜，阳台上的抽油烟机在转着，素雅正在做竹笋炒肉片，看到他进来，让他回客厅去和娜娜聊天。

山俊彦从厨房出来，给娜娜的水杯里添满了水，坐下看电视里的节目。

"摄影师，你俩是不是有结婚计划啊？"娜娜突然就冒出来一句。

"都在努力呢。"山俊彦笑着回答。

"不要这种托词，这种事最好都干脆点，最起码先把家里的事先弄利索。"

"嗯。"

"这年头，像素雅这么好的女人，不多见的。"

"我知道的。"

"给你说啊，你不抓紧的话，说不定哪天就被别人抢走了，你哭都来不及。"娜娜翻着眼皮，望着天花板，山俊彦看不到她的表情。

"哦，看来追的人不少。"

"另外啊，你也要对素雅好一点，别花心，否则我也会不饶你的。"娜娜瞪了山俊彦一眼。山俊彦知道娜娜指的是在鉴明湖边上和惠子一起散步的那件事，一时也无法解释，只好苦笑了一下。

"我怎么感觉今天是鸿门宴呢。"

"知道就好，反正你对我们素雅要好一些才行。"

这时，素雅端着盘子从厨房走了出来。

"今天不在餐桌上吃了，你把茶几帮着收拾一下。"素雅对着山俊彦说。

山俊彦站起身子，把茶几上的果盘还有装零食的盒子端起来，放到一边的窗台上。娜娜也歪着身子帮着用抹布去擦台面，被素雅夺了过去。

"你老老实实地躺着吧，早下地几天，也还我自由。"

"你这女人，才伺候我这几天就烦了啊。"

"早烦了，不是怕饿死你，我早跑了。"素雅笑着用手捏了娜娜的胳膊一下。

"你欺负我走不动吧，等我好了加倍还回来。"

看着两个女人嬉闹，山俊彦到厨房里，把做好的饭菜端了过来。

三个人边吃边聊，娜娜诉说着工作上的事情，从学校辞职后走进商界后，简直把奇闻逸事都碰上了。她转行去了互联网行业，在公司做培训主管，这个行业近两年发展迅猛，是个坐在风口上猪也能飞起来的势头；公司业务发展得顺风顺水，而且不断地开疆拓土。公司老板发现娜娜不但能讲课培训，作风也泼辣，认定其一定是个做业务的好苗子，便劝说娜娜转到业务部门去谈项目，并答应她，做好了年底升职。转到业务部门后，娜娜便天天混迹于酒场歌厅，每日都醉醺醺地回到宿舍里。前几天，喝醉了，从台阶上跌了下来，弄成现在的样子。但是，娜娜好像并不后悔自己的选择，她说现在工作虽有压力，个人却很喜欢。她认为在学校里的工作对她的人生是一种束缚，离开学校以后就像是从鸟笼子里跳出来一般的自由。

素雅不断给娜娜碗里夹着菜，非常认真地听她眉飞色舞地说，并不时地提问着自己的疑惑。

娜娜指着她对山俊彦说："你们素雅同志也想从学校出来呢，我感觉她不行。"

"我怎么不行了？"素雅不情愿地反驳着。

"你能忍受客人的骚扰吗？就这一条你就干不了。"

"只要客人长得不像你们秃头老板那样就行。"素雅捂着嘴笑得前仰后合，"前两天娜娜的老板专门来家里探望过她，我看那个人的眼神就很色。"

"看习惯了，就看不出丑了。"娜娜眼里流露出不屑的表情。

山俊彦望着素雅，眼睛一沉："你也想去做业务？"

"逗你的，她那天给我说，打死也坚决不干这个活。"娜娜替她解释了一句，然后又喃喃地说，"其实哪个女人愿意这样辛苦，若是家里有个

211

赚钱的男人，我也愿意在家种种花，看看书的。"

素雅抬起头望了山俊彦一眼，并不说话，向他碗里夹了一些竹笋和肉片。

吃完饭收拾了碗筷，三个人又聊了会儿，娜娜非常知趣地说自己有点累了，想早点睡觉，让素雅扶着进到卧室里。

素雅把娜娜的卧室门关上，给山俊彦倒了一杯水，放在他的面前。

素雅和娜娜租住的房子有七十几平方米，两个女人住正好，一人一个卧室，房间里打扫得干干净净，连墙角处都一尘不染，整个屋子里弥漫着女人特有的脂粉香气，仔细一闻还有鲜花的味道。山俊彦四处打量着客厅，看见在电视机的柜子上面，有一敞口的玻璃瓶，瓶里有一束三色的香槟玫瑰，足有三四十枝，电视墙的一个射灯恰好照在上面，花蕾个个饱满鲜亮，刚喷了水的缘故，水珠泛着晶莹剔透的光芒，花中的配草是越南的相思梅，整束花的包装纸并未拆开，如此鲜艳的样子像是刚刚送来的。

"探望病人还送玫瑰啊，娜娜老板送的吗？"

"应该不是，那天老板来的时候我在家，他拿的是水果。"

"估计是她男朋友吧。"山俊彦听素雅说过娜娜在白水市有个男朋友的。

"她也纳闷呢，快递送到家里的，把她感动了一番，她打电话问过，好像也不是，现在还没猜出是谁送的呢。"

"哈哈，这事还挨个打电话问啊，若是有几个说自己送的，岂不更麻烦。"山俊彦忍不住笑出声来。

"你以为别的男人都和你一样花心啊。"

"我目前只对你一个人花心。对了，这花也可能是有人送给你的吧？"

"那怎么可能，现在除了你送，也没别人送我花了。"素雅非常坚定地说。

山俊彦看了一下手表，对素雅小声说："走吧。"

"她怎么办？晚上去洗手间，早上吃饭自己都不能自理啊。"

"那我怎么办啊？"

"你先坚持一下，自力更生几天，估计两三天她就能自己照顾自己了。"

望见山俊彦脸上不高兴的表情，素雅用力把他从沙发上拽起来。

"试试给你买的跑步鞋，看看合不合脚。"

山俊彦被素雅牵着手，走进了她的房间里面。刚买的鞋子在床边的小柜子里，素雅弯下腰去拿鞋盒，却被山俊彦从后面抱住，她嘴里轻声喊了一声别闹，但却没有挣扎。素雅配合地转过了身子，正面交给了他，然后把胳膊搭在山俊彦的腰上，两只嘴唇就黏在了一起。

两人回到客厅里，素雅切了一盘水果，两人依偎在沙发上一起看电影频道里播放的电影。素雅告诉他，由于娜娜上下床不方便，这几天都是陪着她住在一个房间里，素雅让山俊彦住在自己的房间内，第二天早上再走。山俊彦考虑住在女生宿舍内是否合适，又想起娜娜在吃饭前的审问，在心理上感觉有些尴尬。

播放完电影，山俊彦征得素雅同意后，还是一个人开车回了自己的公寓。

在公寓里洗漱完毕，山俊彦正打算上床睡觉，这时手机的铃声响了，这么晚的时间，平日里都是素雅的电话，但是他拿过手机来一看，却是女儿可可打来的。

山俊彦赶忙摁下电话的接听键，可可带着哭腔的声音就传了过来。

"爸……"随后是呜咽的声音。

"可可，怎么了？发生什么事了吗？"山俊彦有些着急地问道。

"爸，我不想上学了。"

"你在学校吗？发生了什么事？"今天不是周末，按说可可应该在学校里面寄宿。

"嗯，我在学校院子里打电话，心情烦躁，不想上学了。"说完那边的哭声更大了。

听到可可仍然在学校里面，山俊彦悬着的心就落下了一半。可可的学校是寄宿制，平日里是军事化管理，除了每两周的周末允许学生外出，其他时间门卫管得很紧，所以在学校里是安全的。

"你为什么这样烦躁，给爸爸说说吧。"

"不想给你说，你也不关心我。"

"没有啊，爸爸一直心里想着你呢。说说吧，看看爸爸能否帮到你。"

"快半学期了，状态根本无法集中到学习上面，这几次模拟考试成绩总是在下降，马上就中考了，我觉得彻底没戏了。"

"是不是思想压力太大了，那你请假回家待几天，休整一下。"

"我才不回去呢，姥姥和妈妈整天叨叨着让我学习，在家里更烦。你们就知道考考考，别的能做什么。"

"咱们考什么样都行，别给自己压力这么大，还有几个月，尽自己努力就行了，考不上重点，就来白水城读私立的高中。"

"我才不去呢，那还不够丢人的呢，我和一个人约好了一起考本校的高中的，我们学校是市重点，我感觉我考不上呢。"

"哦，只要努力就有希望，还有时间。对了，是男同学吗？"

"嗯，不……不是，好了不和你说了，反正我心情不好，想起你们就特别烦。我挂了啊。"

"可可，静下心来，别想那么多，无论怎么样爸爸都会支持你的。"

"我挂了啊，一会儿老师来检查宿舍。"那边的电话直接就挂断了。

山俊彦从电话里听出来可可的情绪缓和了许多。可可正是青春期，加上学习压力大，没有排解的渠道，情绪容易出现波动。这段时期，自己应该主动给孩子去沟通才对，山俊彦拿起手机在备忘录里记下，争取每周都和可可发些信息或者打电话沟通，和她一起度过青春期。

和可可通完电话，山俊彦躺在床上翻来覆去睡不着。

对孩子的关爱缺失，家庭的貌合神离，爱情的不知所终。四十几岁的男人，拎不清自己的内心诉求，却整天忙忙碌碌的像个游荡的鬼魂，不对，应该是没有灵魂的尸体才确切，他想起了一个词语叫作行尸走肉。

山俊彦从床上爬起来，点燃了一支烟，猛吸了一口，看着烟火在黑夜里一明一暗地燃着。

第二十一章

《光影客》杂志的广告部领导做了调整，新上任的部长姓苗，山俊彦与他约的时间是下午两点，见面地点在杂志社的办公室。

午饭后，周惠子驾驶着自己的车，山俊彦坐在副驾驶的位置，两人一同前去杂志社。汽车到大院门口时，站岗的执勤人员并没阻拦，快速抬杆放行，还冲着汽车敬了礼。开进大门后，周惠子指了指车玻璃下方的通行证，对正在迷惑的山俊彦说，是小白要到的车证。

把车停到院子里的停车场，离约定时间还有二十多分钟，现在去部长办公室有些早，周惠子提议沿着院里的一湾清水的岸边走一走，等时间差不多时再过去。

此时的院子到处是花红柳绿，加上错落有致的亭阁楼台和潺潺流淌的泉水，湖波荡漾，令人心旷神怡。

院子很大，两人沿着岸边的小路慢慢向前，水里各色的锦鲤并不怕人，不时跃出水面，相互追逐嬉戏着。路边的迎春花已过花期，落了一地金黄。

周惠子背着手，不禁有些感慨。

"这里曾经是谁家的院子，这么豪气。"

"历史上记载这是明清时期知府的宅邸，普通百姓哪有这么大的院子。"

"知府是什么级别的官员？"

"和现在的市长差不多吧。"

"哦，当官的真会享福，弄得和皇家园林似的。等咱们公司业务做大

216

了，咱也搬到这里面办公咋样。"

"这里历代都是政府的办公场所，一般的单位无论你多有钱，哪能随便搬进来。你没看见门口站岗的，那可不是保安啊。"

周惠子回头看向门口处，发现站岗的人都站得笔直，且都是年轻小伙子，不像自家小区里的保安，都是些退休的大爷。

"看着像是兵哥哥。"

"是的，所以能拿到出入证，这小白也够能的。"

"哦，明白了，这世上好多事并非你努力就能做得到的。"周惠子像是悟到了什么一样，若有所思地点了点头。

"呵呵，悟性真高。"

这时，一艘小船从不远处的桥洞里钻了出来，一位头戴斗笠老者，手里拿了个竹竿，竿子的顶部按装了一绿色的网兜，用竹竿撑船向前，小船里盛满了从水里捞起的绿藻和落叶。

临近预约的时间，山俊彦和周惠子两人从大院走进了杂志社的小院里，他们对杂志社的二层古建小楼早已熟悉，楼上是杂志社领导的办公室，还有会议室，楼下是编辑部等部门的办公室。而广告部部长的办公室在一楼最南边的房间。周惠子问山俊彦谈完后是否还去白社长那边，山俊彦摆了摆手表示不可，广告公司虽然是白社长扶持成立，外面的人并不知道广告公司和杂志社的关系，因此山俊彦谈业务时尽量避免在杂志社见白社长。

新上任的苗部长曾做过白社长的秘书，上个月刚从办公室副主任的位置上提拔到广告部主持工作。前些年，山俊彦为了摄影工作室的事情曾经找过他，后来没有打过交道。此次见到山俊彦和周惠子却非常地客气，并表示白社长也给他打了招呼，在以后的合作中一定给予支持，并提示他们下个月有个业务招标工作。

从杂志社里出来，周惠子很高兴，边开车边给山俊彦滔滔不绝地讲了许多关于广告公司的发展计划，并表示未来发展肯定不能只依靠光影客杂志社的业务，目前靠白社长的关系可以先把公司做起来，未来还是应该以市场业务为主，这样才能保证公司健康地成长。山俊彦对惠子长远发展的眼光从内心里还是比较肯定，她年纪轻轻，对公司经营管理的事情简直是无师自通，天生就具有的特长。

路上山俊彦接到了耿浩打来的电话，问他下午是否有时间，从网上看到了山俊彦在《大摄影师》的访谈节目，想和他当面谈谈关于《山茶花》杂志的事情。山俊彦已经好久没见到他，回公司的路上恰好经过耿浩所在的报社，便告诉他一会儿到他那里。周惠子因为下午还要去见一家设计公司的负责人，她把山俊彦放在耿浩的单位门前，自己开车走了。

报社的一楼是一家星巴克，两人找了一个角落里，各点了一杯拿铁。多日不见，耿浩比原来似乎胖了一圈，穿衣服也比以前讲究了许多，看衬衣的袖口标识是私人定做的品牌。

"你最近怎么胖了，升职了？"

"心宽才能体胖，你想胖也胖不了。"耿浩的嘴却依然刻薄。

"你和那个大学生咋样了？"山俊彦记得上次见他时，他和小白的同学在一起。

"你没看见吗？被她给喂的这半年不到的时间就涨了足足八斤，原来的衣服现在都穿不上了。"

"怎么？都住在一起过日子了，怪不得那天给你打电话，你在做饭，是不是给这一位做的啊？"

耿浩笑着点了点头。

"山俊彦，你说怪不怪，我竟然遇到了爱情。"

山俊彦不禁诧异地抬起头来，若是这句话从别人嘴里说出来，他还相信，但是这句话是从对面坐着的同学耿浩嘴里冒出来的，山俊彦怀疑自己听错了。

"你再说一遍。"

"真的，连我自己都不相信，这次真的是遇到了爱情。"

"我以为我听错了呢，这可不像你，你不是看透了天下的女人吗？"山俊彦记得耿浩曾经说过，他看透了男女之间的本质，他说绝不会对女人动真情。不过经常变说法也是他耿浩，同学们公认的是，在与女人的交往方面没几个超越他。

"我后来总结到，你所有过往的积累不过是为了等一个女人的出现，她出现的时候，你就乖乖束手就擒，举手缴械了。"

"你今天没发烧吧？"山俊彦觉得耿浩完全颠覆了过去的形象。

"我是发烧了，持续烧了快半年了，估计还会烧下去，直到烧死为止。给你说吧，我本来以玩玩的心态和她交往的。没想到的是，她的性格和举止，捕获了我的心。似乎她就是上天送来的礼物一般，像失而复得一样，你知道有个词语叫作遇见了'百分之百的她'吗？"

山俊彦摇了摇头，确实是没听说过这个词。

"怎么说呢，就是你想要的女人。简单的解释就是：知你知我，真知。"

这些话把山俊彦绕得迷迷糊糊，心中还是充满疑问。

"她不是那个……"

"是的，她在夜总会里做过。没关系啊，她的经历反而让她成熟，见到了各色的人，让她认清她想要的。我也是一样的，山俊彦你应该知道我的过去，其实后来我才明白了一个道理。我们在这个茫茫世界里都在寻找那个彼此而已，有的人一直在路上，有的人则幸运地遇到了，我就是那些幸运人之一。"当一个记者动情的时候，连他的语言都开始有诗情画意了。

山俊彦不了解那个女人究竟是哪里把耿浩迷住了，但是他了解耿浩，虽然表面很花心，但是他脑子很清晰，逻辑思维也很强，从他在报纸专栏上的时事评论就可以看出。过去是见一个喜欢一个，逢场作戏的多，动情的时候少，大家都认为他要求的条件高。现在看来，正如他所说，而是一直在寻找一个符合内心标准的人。

爱情的魔力会让年轻人晕头转向可以理解，但让一个四十多岁的中年男人可以忘乎所以，不顾一切，甚至改变观念，就有点不可思议了。关于爱情的话题两个人竟然谈了接近一个半小时，多数是耿浩在说，山俊彦在听。似乎耿浩忘记了叫山俊彦过来是为了杂志的事情，还是山俊彦提醒他。

"你叫我过来，不是仅仅向我炫耀爱情吧？"

"这需要炫耀吗？这是把美好向你分享好不好？对了，你和那位女老师咋样了？"

"你不是当初劝过我，别犯傻莫入情嘛，我听了你的话，目前还是那样。"

"别的话你怎么不听，偏偏捡了这句话记得，遇到缘分不容易，珍惜吧，哥儿们。"

"你这大记者三百六十度大转弯，弄得我猝不及防啊。不过，我认为你现在是对的。"山俊彦冲他认真地点了点头。

"好吧，谈谈《山茶花》的事吧。"耿浩这时才想起叫山俊彦过来的目的。

原来，耿浩接到了山茶花杂志社社长邀请，要聘任他到杂志社做副总编，负责整个网站的运营，并许诺了较高的薪酬。耿浩觉得是个转型的好机会，目前尚未办理调动手续。他在浏览杂志社网站内容时，看到了《大摄影师》的纪录片，发现第一期是对山俊彦的采访，所以立即找他进一步了解该杂志的相关情况，想听听他的意见。山俊彦对《山茶花》杂志印象还是很好的，《大摄影师》系列做得比较用心，社会反响也不错。在几次交往中，除了那个叫高明的副总编比较好色外，感觉杂志社的整个运营管理和制作还是具备相当的专业水准，在行业内算是口碑较好的。

纸媒逐渐网络化的趋势非常明显，转型做网络传媒的机会也非常难得，山俊彦支持耿浩去新平台发展，并开玩笑地说，当了副总编后，网上杂志的广告业务还有摄影图片，要首选他呀。二人分别的时候，山俊彦恭喜耿浩事业与爱情双丰收，耿浩咧着嘴笑了，笑中还带着羞涩。"春风得意马蹄疾，一日看尽长安花"这句诗词若是形容现在的耿浩倒是蛮符合的。诗的前两句是"昔日龌龊不足夸，今朝放荡思无涯"感觉放在他的身上也没错，一千多年前的唐朝诗人孟郊似乎穿越到现代变成了此时的耿浩。

傍晚的时候，山俊彦正坐在公寓里的沙发上看杂志，很意外地收到了妻子打来的电话。

"你这周五下午回来一趟，参加可可的家长会。"开门见山，声音冷若冰霜，山俊彦透过电话声都能猜到她的表情。

"周五我有事，估计回不去。"周五是素雅的生日，这一天山俊彦记得很清楚。

"你自己女儿的事重要，还是别的事重要啊，你自己掂量吧。"

"你参加一下不行吗？家长会去一个人也行。"

"我去能代表你吗？你对女儿付出过多少？能不能尽点责任？"连续三个追问，女人的声音开始变得很激动。

"我周五确实有重要的……"山俊彦的话还没说完，那边就把电话挂掉了。

山俊彦掏出香烟，点了一支。

手机振动了一下，是妻子发过来的短信，她把学校家长会的通知转发给了山俊彦。家长会是在周五下午两点半到四点半，山俊彦翻看着火车票信息，盘算着两个城市往来的最快时间。可可上学的学校距离火车站不远，若是开完家长会再返回白水市，时间也不算太晚。山俊彦心里想，晚一点赶回来，素雅应该会理解的。

想起妻子打电话的样子，山俊彦心里有些烦躁，抽了几口烟，让心情平复了一下。其实，她的质问也不无道理，可可正临近中考的重要时候。前几日哭着打电话过来，说明她现在压力确实大，这时也应该去参加家长会，并了解一下可可在学校的状况。另外，这时候可可见到爸爸回来参加家长会，心情也许会得到疏解。

　　但是，刚才妻子打电话的口气，还有冷漠的态度让山俊彦觉得非常不舒服。想到下午时，耿浩在爱情里享受幸福的样子，还有身边美好的素雅，山俊彦有些黯然神伤。他觉得，是时候再和妻子谈谈离婚的事情了，只是可可正面临中考，不能分心，再等几个月考完吧。

　　关于离婚，山俊彦是仔细考虑过的，也在网上下载了相关的法律文书。其实手续并不复杂，只要没有什么财产的纠纷，起草一份协议双方签字即可，若是一方不同意，可以走诉讼程序，网上说，第一次起诉法院会调解，过半年左右再次起诉，只要没有特殊情况，法院就会判决离婚。

　　山俊彦并不在意财产的分割，甚至考虑过什么都可以不要。和妻子结婚近二十年的时间，前些年的感情还是挺好的，只是后来聚少离多，加上两人之间思想观念上的差异越来越大，感情上已经产生了无法弥补的裂痕。一日夫妻百日恩，即使没有了爱情也还有亲情在，更何况还有女儿，这么多年来，妻子并没有做过对不起自己的事情，有错的一直是自己这一方。

　　从法律程序上来看，离婚并不是一件多么麻烦的事情。但在山俊彦的心里总是有些纠结的，这里面掺杂了太多的情感，对女儿的伤害，老人的寒心，妻子的不理解，当然还有外人的眼光。即使是一个表面温馨幸福的家庭，但是平静一旦被打破，对家里所有人都是一种伤害，受益的只有山俊彦一个人。若是继续这样维持下去，家里人已经成为习惯，或许都希望如此，受伤害的仅有他自己。山俊彦心里也明白，这其实是一种为难的选择。

山俊彦把烟蒂摁灭在烟灰缸里，望着桌子上的日历，怅然若失。日历的下面写着两句话：若是你不想做成一件事情，你会找出一千种不做的理由。若是你想做成一件事情，闭着眼睛去干就行！

山俊彦把耿浩的爱情故事给周惠子描述了一遍，惊得她张大了嘴巴，随后她总结了一句话，男人年纪越大对待感情就会越靠谱，并且郑重地告诉山俊彦，她和"妈宝男"的关系已经正式明确为哥儿们关系，并奉劝山俊彦以后不要再做拉郎配的事情。周惠子决定，从现在开始按照自己的标准去寻找心仪的男朋友。山俊彦问她，给"妈宝男"摊牌后是不是伤到了他。惠子倒是很痛快，她觉得对他坦白才是对他好，不要让他始终活在自以为的希望里，还说，一剑封喉才是最小的伤害。山俊彦问她心目中理想的男朋友是什么样子，惠子指了指他说，按照山老师的条件去找。气得山俊彦不再理她。

下午，山俊彦在白水大学有一个半小时的摄影讲座，这是本学期最后一次在大学的讲座。山俊彦让惠子今年不再和大学签约讲座，一是因为广告公司的业务比较忙，再一个是他想今年年底前专心做一个人文序列的影集。在大学讲座虽然能提高声誉，赚取稳定的收入，但是备课、讲课还有带学生实习，实在是太占用时间。另外，山俊彦觉得，这两年再不集中精力做摄影，自己的专业就要荒废了。

今天下午，也是小白的学摄影时间，在白水大学上课时，山俊彦把小白也带过来一起，也算一次实践课。学生对摄影课还是蛮感兴趣的，许多学生还专门买了专业的单反相机，现在学生的消费堪比成年人，山俊彦见到他们的设备，也很是吃惊，许多学生用的相机镜头不是金圈（尼康）就是红圈（佳能），一两万元的专业级设备随处可见。这是本学期的最后一堂课，整个教室里坐得满满当当的。山俊彦对这次讲座也做了精心准备，他的课程内容是新锐人像摄影，投影片里选取了许多新锐摄影图片，重点讲解了人像拍摄的角度和用光的原则。并且让小白到讲台上做摄影模特，现场演练教学，并把现场拍摄的照片直接投放到屏幕上，精彩的授课赢得了学生阵阵的掌声，有的学生则把拍摄小白的照片直接发到了朋友圈里，小白事后讲，有种当明星的感觉。

下课后，山俊彦开车送小白回家，小白十分开心，希望山俊彦以后上课带她出来。山俊彦看着小白青春的样子，却突然想起了素雅生日的事情，虽然他预订了鲜花和礼物，但是不知怎样过才比较有意义，想问问她们年轻人如何过这种纪念日，却不知如何开口，想了想还是故意绕个弯子问她。

"小白，若是有客户过生日，你建议送什么生日礼物？"

"哦，那就看客户的喜好了，还有年龄啊，性别啊，关系的紧密程度都要了解。"

"你们年轻人过生日怎么过？"

"若是朋友的话，买个蛋糕，一起吃顿饭，然后去 K 歌，疯狂到大半夜回家。若是恋人的话，就千奇百怪，各显神通了。"

"怎么千奇百怪法？"

"给您举个例子。我们上学时，宿舍里有个长得好看的女生过生日，好几个男同学都来送玫瑰花，她每人回赠了一盒安全套，很快整个学校都记住了她的生日。哈哈。"

"这是胡搞啊，名声也臭了。"

"现在的学生，哪像你们那个年代的人这么传统啊，现在讲究个性化。"

"好吧，还有吗？"

"其实，很多女人都喜欢浪漫，比如去好一点的酒店就餐后，开个房。把房间事先布置得浪漫一些，给个惊喜。礼物嘛，只要用心就行，有些人在乎是否贵重，但是多数人确实不在乎。"

"哦，有道理。"

"山老师，你是不是想给女朋友过生日啊？"

"不是啊，本来是听听给客户过生日的建议，你怎么说着说着就到男女朋友上面去了？"山俊彦抓紧倒打一耙，转移了话题。

"我怎么感觉，你是在问我给女人送礼物的事呢。对了，难道你是在给我准备礼物吗？哈哈。"

"你是哪天生日？"

"我下个月一号，若是山老师给我过生日，我就太开心了。"

"到时候公司的人一起吃顿饭吧。"

"哦，这样啊。虽然有点遗憾，不过我也挺开心的。"

把小白送到四合院，山俊彦开车路过鉴明湖的大门口，见天色尚早，而且天朗气清，决定停下车一个人绕着湖边散散步。

夕阳尚未落下去，岸边的垂柳和婆娑的倒影，像拂尘一般映照在碧波荡漾的湖水里，岸边坐了一排垂钓的老人，排兵布阵般整齐的钓鱼竿，坐等着红白相间的鱼漂沉下去，再浮上来。

山俊彦沿着水边慢慢地向前散着步，他看了看手表，这时素雅应该下课了，于是拨通了她的电话。

铃声响了一会儿，才听到了素雅的声音。

"我刚才在电梯里，不方便接电话，现在刚出来，你在哪儿？"

"我今天下午有个讲座，讲完后我在鉴明湖这里散步呢。你过来吗？晚上一起吃饭后再回家。"山俊彦知道娜娜的腿已经康复了，不再需要素雅的照顾。

"我今天有点不舒服，想回宿舍去，娜娜刚才打电话说她做好了晚饭。今天我不过去了。"素雅的声音有些疲惫，情绪也不是很高。

"你没事吧？听着有些疲惫。"

"没什么事，就是上课有点累。"

"周五晚上你想吃什么？西餐可以吗？"

"简单一些就行，别太麻烦。"

"那听我安排吧。不过，我周五下午先回趟潍阳参加可可的家长会，回来估计要七点左右了，你不生气吧？"

"嗯，不会的，你周六回来也行，别太着急，我又不是孩子了，生日不过也行。"

"那不行，还是听我的吧。"

"嗯。"

挂掉素雅的电话，山俊彦在手机里搜寻带有西餐厅的星级酒店，最后选了在市南的山脚下，一家带有旋转餐厅叫作怡和维景的星级酒店，并且预订了房间。

第二十二章

周四晚上，山俊彦和周惠子、小白还有新招来的两个小伙子一起加班。围绕即将召开的全省文化交流展览会研讨招标方案，由市文化交流协会主办，白社长在投资公司任职时与该协会的主席交情深厚，此次广告招商工作便交由光影客杂志社的广告部负责承办。由于项目资金预算较大，杂志社准备招标三到四个广告公司负责运营。周惠子测算过，若是中了标，这一单就会把一年的利润计划达成，所以无论如何也要拿下来。公司目前没有专业人才，也没有大型项目操作经验，惠子建议，不惜多花些成本委托市内最好的两家专业公司设计方案。周惠子说这种大型的项目，不能仅仅依靠关系，要在流程方面做到合规又合理。大家一致赞同周惠子的意见，按照她的意见做好分工，近段时间需要加班加点地做好各项工作。

山俊彦回到公寓的时候，已经接近晚上十一点钟。洗漱后给素雅发了个信息，问她在做什么，她回微信说，还在读《霍乱时期的爱情》，目前只剩了四五十页，并说争取尽快读完。

"你这几天只看书想我没有？"山俊彦问她。

"想了。"

"为什么这两天和我联系少了？好像在故意躲我。"

"没有啊，明天不是就见到了吗？"素雅的回答有些心虚，声音也不大。

"你是故意的吧。"山俊彦估计素雅是在塑造小别胜新婚的感觉，不禁心里窃喜。

"嗯。"

也许是因为素雅提到《霍乱时期的爱情》这本书的缘故，临睡前山俊彦一直在想书里面的情节。山俊彦做了个梦，梦见自己一会儿是佛洛伦蒂诺·阿里萨；一会又变成乌尔比诺医生，在梦里不断变换着身份交替出现在费尔米娜面前。

可能是做梦的原因，山俊彦第二天醒来已是接近九点钟，头昏沉沉的，洗了一把脸，便驱车赶往工作室。过了上班的拥堵时段，一路上倒是通畅，半个小时就到了。进门时正好碰到周惠子，惠子看他一副无精打采的样子，问他是不是没吃早餐也没睡好，山俊彦点了点头就上了楼。周惠子提着一袋麦当劳的早餐到了楼上，手里还握着一杯热咖啡，嘱咐他尽快喝了就精神了。

吃过周惠子买的早餐，山俊彦感觉头疼确实舒缓了许多。今天需要安排的事比较多，但是山俊彦知道最重要的事都比不上准备好晚上的安排重要。

山俊彦首先给维景酒店的前台打电话，把房间的费用转账预付好，并嘱咐前台把房卡开好，下午有人会把一些东西送到房间，随后让前台把电话转到酒店的西餐厅确定好晚上的餐位，预订了一个六寸的芝士蛋糕，并嘱咐服务员晚上六点前把蛋糕提前取出。挂掉酒店的电话，他又从手机里调出一家花店的电话打了过去，让花店把前几天预订的玫瑰花送到维景酒店的房间内。安排好这些后，山俊彦舒了口气。站起身子，走进里屋内，从存储柜里取出了两个带包装的盒子，放到手提包里。这两个礼物是受到小白的启发后，他在网上查找，又到市中心的商场里精心选取的，一件是施华洛世奇的定制水晶杯，杯柄处磨砂刻有素雅的名字，送杯子的寓意为送"一辈子"；另一件是一个星空八音盒的投影灯；这个小东西在房间里打开后瞬间就会把屋顶布置成一个星空的背景，是准备放进房间里的惊喜。每件礼物虽然不昂贵，但都是山俊彦动了一番脑筋后精心挑选的。

山俊彦在办公室处理了几件和摄影相关的工作后，给周惠子打了声招呼，急匆匆开车奔向了车站。按照他的时间安排，他开车到车站，把车寄存在车站的停车场，再坐上中午十二点的火车，去潍阳参加家长会，傍晚回来后，开着车直接去山脚下的酒店。

在火车上，山俊彦把酒店的地址和西餐厅的餐位发给了素雅，并且嘱咐她说，傍晚八点前他就能赶到餐厅，让她提前打车到餐厅等他。素雅很快回了微信："好的，等你。"后面还带了个笑脸表情。

山俊彦按时赶到学校里，可可看到爸爸后十分开心，搂着山俊彦的脖子不撒手。家长会开得很顺利，班主任强调了冲刺阶段的学习安排，并叮嘱家长们近期孩子压力大，一定要加强和孩子的沟通，学校和家长联合起来，才能保证孩子在考试前有个好的状态。家长会后，山俊彦本想向班主任问问可可的学习状况，但是看到许多家长围着班主任问问题，一时无法挤到前面，只好拉着可可走出教室，在校园的一个角落里，他问了问可可的情况，可可告诉他，现在心情好多了，也在努力准备冲刺考试。山俊彦离开校园时，可可主动抱了抱他，感动得山俊彦差点掉泪，这是十多年以来，女儿第一次主动抱他。

从学校打出租车到车站用了二十几分钟，在车站上二楼的送站台中途却堵在了桥上，山俊彦赶忙给出租车结了账，下车顺着车流一路小跑才到了进站口，当他检票上车，不到一分钟时间，车就开动了，惊得他出了一身冷汗。

等心神气定后，山俊彦拿出手机给素雅发信息过去。

"我刚刚上了火车，差点儿没追上。"

山俊彦看了看手表，已经下午六点十分，这个时间素雅应该下班了，但是没有收到她回复。

隔了两分钟，山俊彦又发了一条信息过去，问她是否出门去酒店了，却几分钟后没有回信。山俊彦干脆把电话打了过去，铃声响了一段时间后，传来了素雅的接听声。

山俊彦舒了一口气："你怎么不回信息啊？你出门了吗？"

"哦，我这边有点事，一会儿走。"素雅小声说。

"我已经在火车上了。"

山俊彦坐在座位上，无聊地刷着手机里的小视频，他四周看了一下，发现大家几乎都是同一个姿势，都在认真地看着手机。

时间过了半个小时，山俊彦感觉素雅应该打车上路，他发了个信息给她。

"走到哪里了？堵车吗？"

过了两分钟，收到了素雅的回信。

"嗯，事还没谈完，等一会儿。"

"谈什么事？和谁啊？"山俊彦有些不耐烦。

可是等了好一会儿，却等不到素雅的回信。山俊彦感觉素雅不是在学校里开会，又把电话拨了过去，铃声又响了一会儿，却被挂掉了。

山俊彦感觉有些蹊跷，不禁担心起来，再一次拨了过去，振铃响了好久，终于接通了。

"你，你等一会儿，我这有点事。"

"你在哪儿？和谁谈事啊？"

"嗯，嗯，你等一会儿吧，见面给你说。"

山俊彦刚想说什么，却隐约听见了一个男人的声音，那边把手机直接挂掉了。

山俊彦感觉到素雅的声音和情绪与往日有些不同，今天这个时间她究竟和谁在一起？他再次把电话拨了出去，却传出了手机已关机的提示声音。

山俊彦在火车上陷入了沉思，显然，素雅不想让他知道自己和谁在一起，从刚才的电话能感觉出来。关机是主动还是被迫？她会不会遇到危险？山俊彦脑子里显现出她可能正在交谈的人，前夫、同事、前男友，还是陌生人？在和素雅的交往中，山俊彦感觉她的交际圈并不乱，没有几个和她走得比较近的男人。

　　或许是手机恰好没有电了吧？山俊彦努力地安慰着自己，从包里拿出耳机戴上，随机播放一段音乐，想平复一下跌宕起伏的心情。他不断地查看微信，但是直到火车到站，也没接到素雅的信息。

　　从车站停车场把汽车开出来，山俊彦迟疑自己究竟去酒店还是去素雅的学校找她，他手机里没有存素雅室友娜娜的电话，他记得第一次去她们的宿舍，娜娜想加他微信，却被素雅给拦住了，也无法知晓素雅是否回过家。最后，山俊彦决定还是开车先赶往预订的酒店，说不准素雅已经到了西餐厅等他呢，山俊彦心里如此琢磨着，脚下不禁踩了几下油门。

　　沿着外环的绕城高架路南行，离开市中心后高架桥上的车辆仍然不少，虽然开不快但是并不拥堵。向远处望去，高架路两旁暖色的路灯画出了一道优美的 S 形曲线，车流的灯光穿梭在其中。若是此时站在过街天桥上面，架起三脚架，用相机的慢门拍摄，一定会拍出一幅流水般丝滑的车灯轨迹。但是，今天的摄影师无心去构图看美景，只是着急地向前行驶。过了立交桥，再向前继续开几分钟，黑黢黢的山影越来越清晰，不远处那一片灯火通明的地方就是怡和维景大酒店，下了高架桥穿过桥洞，向里一拐便是闪着霓虹的酒店牌坊。

　　山俊彦没有去酒店大堂取房卡，而是直接坐上电梯到了 29 楼的旋转餐厅。西餐厅里坐满了人，但是静悄悄的，听不到大声说话的声音，只有音响里缓缓流淌出的钢琴曲声，弥漫着午夜浪漫的味道。山俊彦跟在服务员的后面，来到他事先预订的餐桌前，沙发座位上，空空如也，没有素雅的影子。山俊彦仍然不放弃地询问服务员，是否有人曾经到过这里，美丽的服务员轻轻地摇头，令山俊彦站在那里不知所措。

"先生，先坐一会儿吧，您的客人估计在路上呢。"服务员很有经验地从山俊彦的脸上看出了失望，微笑着安慰着他。

"谢谢。"山俊彦觉得自己有些失态，苦笑着向她点了下头。

"您先喝杯水，点餐时再喊我。"服务员把一杯白水推到他面前，非常知趣地退到了一边。

素雅的手机仍然处于关机状态，此时已距离上次打通电话相隔了一个半小时，这么久的时间已经证明手机不是没电，而是主动关掉的。

这时，手机的振动声传了过来，山俊彦不禁大喜，心想素雅终于来电话了。他赶忙拿起手机一看来电显示，却是女儿可可的号码。

"爸爸，你到家了吗？"

"哦，我刚到一会儿。"山俊彦从沙发上站起，快步来到餐厅的一个角落里，用手捂着话筒轻声地说。

"你今天来学校，能见到你我可开心了。你走后老师找我谈话了，他觉得我还是有潜力的，现在我要紧张起来认真复习了。"

"那太好了，你没问题的，现在什么也别想，努力就好。"

"好的，爸爸。今天傍晚妈妈把我接回家里了，你咋周末不在家待一天呢，我可想你了。"

"可可，爸爸这周末有事，等你下次周末回家，爸爸再回去陪你。你在家里吃点好吃的，现在要保持个好的身体才行。"

山俊彦怕打电话的时间太长，中间素雅的电话打不进来一定会着急，给可可说自己正有事，便匆匆地挂掉了女儿的电话。

回到餐位坐下，山俊彦的心里稍微平静了一点。他端起水杯慢慢地喝了几口，心里想着素雅这两天的状态，不冷不热的，感觉她好像有事瞒着自己。或许今天是素雅给他开的玩笑，故意让他冷静冷静，晚一会儿再出现，给他一个大大的惊喜。可是按山俊彦对素雅的了解，她不会这样做的。但是山俊彦又转念一想，这两天不是一直借故不见面，难道是厌倦了这段感情？借着生日，让他失望和恼怒，借机告诉他，从此不再联系。这倒是个不错的借口。但是她下午时还亲口对他说要一起过生日的，真是让山俊彦百思不得其解。

窗外路灯闪烁，远处市中心的电视塔霓虹灯不断变换着色彩，高架路上的车辆开始变得稀疏，山俊彦这才发现旋转餐厅早已不再旋转，或许是轴承坏了，也或许是累了吧。

"先生，点餐吗？"

"哦，再等一等吧。"

"芝士蛋糕已经融化的差不多，需要再放进冷藏室里吗？"

山俊彦这才想起，上午给餐厅打过电话，让服务员七点半从冰箱里取出蛋糕，融冰半小时后正好入口。看了下时间，已经接近九点钟，估计素雅不会来了，即使现在她到了，也不会有心情去吃这生日蛋糕的。

"算了，我不要了，你把蛋糕钱从房卡里扣掉吧，这个餐位今晚也给你们浪费掉了，实在抱歉。"山俊彦站起身来，冲服务员点了点头表示歉意。

"没关系的，也谢谢您。"

山俊彦去口袋里找房间的卡片，这才发现刚才并没有把房卡带上来，他只好从钱包里取出银行信用卡递给了服务员。

从西餐厅出来，直接坐电梯回到一楼的酒店大堂，山俊彦告诉前台，房间退掉，房费从信用卡扣除即可。

临出门时，一个穿着深制服的服务生又追了过来。

"先生，房间里还有您的东西。"服务生把房卡递给了他。

山俊彦本不想再到房间，看到服务生恭敬地站在那里，只好转回身来，坐电梯到了18楼，打开了预订的那个房间，屋子很大，接近五十平方米，欧式的双人大床上铺着洁白的床罩，床上撒了几片红色的花瓣。

落地窗前是两把咖啡椅，中间的圆形的茶几上放着一大束带着包装纸的三色玫瑰花，那是下午花店的人送来的，酒店服务员很用心，把玫瑰花放在了一个专门放鲜花的篮子里，花瓣上还有鲜亮的水珠，像是刚喷洒过一般。

山俊彦看着落地窗外面美丽的夜景，苦笑了一下。把玫瑰花从花篮里拿起，想扔进垃圾桶里，他迟疑了一下，心里想，还是带走吧。

走出酒店的大堂，来到停车场里，山俊彦打开后排的车门，把玫瑰花扔到后座上，开车驶出了酒店的大门牌楼。

夜晚的凉风阵阵，透过摇下的玻璃窗直吹到脸上，凉意又下沉到心里面。山俊彦的身体里涌出了一阵阵的不安，拨打的手机依然没有开机，她不会遇到什么危险吧。

山俊彦在十字路口处，调转了车头，开向了素雅租住的小区。二十几分钟后，山俊彦摁响了防盗门上的门铃。

开门的是娜娜，看见山俊彦，她脸上带着诧异。

"你怎么来了，素雅不是今天过生日吗？"

"她没回来？手机一直关机呢。"山俊彦急急地说。

娜娜让山俊彦进到屋里来。

"她中午给我说，晚上和你去过生日的。"

"下午还和她联系了，傍晚她说和人谈事，后来就关机了。"

山俊彦把路上和素雅打电话发信息的内容也告诉了娜娜。

"哦，你别急，她应该没事的。"娜娜好像明白了什么事，她安慰着山俊彦。

"你知道她在哪儿？"山俊彦着急地望着娜娜。

"看来素雅不想给你说的。"娜娜指了指电视柜上的那束玫瑰花，接着说，"那个人回来了，那束花就是他送到家里来的，当时我以为是送给我的呢。后来才知道那是给素雅的，不过，素雅当时也不知道的，她也

234

是后来才知道的。"

山俊彦心里明白是谁回来了，听着娜娜继续说。

"这两天他给素雅打了许多个电话，要见她。素雅并不想见他，她怕你担心。但是，今天中午，素雅给我打电话说，今天下午她答应了那个人见面谈一谈。"

山俊彦坐在沙发上，沉默不语。

"我劝她不要见面了。但是，素雅说见面摊开了说更好，否则后面也是问题。她给我说，下午谈完，晚上去和你一起过生日。"

"可是她没去找我，手机也关机了。"山俊彦皱紧了眉头。

"哦，这不应该的。"娜娜也皱了皱眉头，继续说，"这两天她心情不太好，话并不多。不过你也放心，她是真心对你的，这几天晚上都按时回来，她一直都在提起你。"

山俊彦的脑子里很乱，已分辨不出娜娜的哪些话是实情，哪些是在安慰自己，也不了解素雅这两天究竟发生了什么。但是，可以确定的是今天下午到现在，素雅和前男友一直在一起。目前山俊彦最着急的是素雅会不会有危险？至于他们聊什么，什么结果，为什么关机等困惑，此时他并不刻意去想。

娜娜劝他回去等，有消息后会及时通知他，并一再强调，素雅不会有事的。

回去的路上，山俊彦又给素雅拨了几次电话，依然关机状态，此时他的心口里仿佛有块巨大的石头压在上面，令他喘不上气。开到半路上，山俊彦把车停到路边，把车窗摇下，让风吹进来，但是胸口仍然觉得不舒服，后来干脆下车，点了一支烟叼在嘴上，蹲在路边，用力吸了一口，咽下去，让烟的辛辣去抚平心里的隐隐作痛。此时，他的脑子里一片空白，不去想任何事情。

路边有车辆驶过后带来一阵阵尘烟，抬头望天，月亮在灰蒙蒙的淡云中穿行，今晚的夜色并不美。山俊彦把最后一支烟的烟蒂使劲摁在马路边的围栏上让它熄灭，又丢到地上狠狠地踩了一脚，拉开车门，上了车。

拧动钥匙重新启动了汽车，山俊彦看了看放在储物盒里的手机，还是拿起来，打开屏幕。

有一个未接电话映入眼帘，山俊彦看了看，是个陌生的手机号，十分钟前打过来的。山俊彦赶忙拨了回去，声音在那边嘟嘟了好几声，声筒里传过来一个男人的声音。

"你好，哪位？"

听到是男人的声音，山俊彦还是有些失望，以为是有人打错了电话，又不死心地问了一句。

"刚才你给我打电话了吗？"

"没有啊，你哪位？"

"那我手机上怎么有这个号码的未接电话？"

"哦哦，是刚才吧。有个女的说手机没电了，借我手机给你打的，没打通，就走了。"

"哦，是吗？不好意思，您在哪儿啊？"山俊彦连忙给对方道歉。

"我刚才在鉴明湖边上散步，现在回家了。"

"哦，谢谢您了。"

"不客气，再见。"

山俊彦刚要挂掉电话，听见那人又说了一句："哦，对了，那女的说，你要是回了电话，让告诉你，她一会儿就到家。"

山俊彦连说了几声谢谢，挂掉电话，心里的石头总算落了地。他重新把车开到路上，向着公寓的方向行驶，他想起娜娜还在等着消息，给她拨通了电话，让她也放心。娜娜说，她就知道素雅不会有事，她不是那样的人，并且让山俊彦要宽容，不要吵架，要记得今天是素雅的生日。

已经是夜里十点多，路上车辆稀少，一会儿就到了山俊彦住的小区里面。山俊彦把车停好，坐电梯上楼，敲了几下房门，屋里并没有动静，只好拿出钥匙打开了防盗门。屋子里没开灯，素雅并没到家，山俊彦的心不禁又悬了起来。

　　坐在客厅的沙发上，山俊彦不断拨弄着手机，翻看着素雅的朋友圈，这几天她并没发什么内容，只是周四的时候转发了一篇文章，文章的名字是《生命，是一树花开》。

　　"在这喧闹的凡尘，我们都需要一个安放灵魂的地方。也许是一个寂静的院落，也许是一本梵语的佛经，也许是一片静谧的森林，只要是自己的心向往的地方，都是驿站。"

　　文章里有一图片，倒流香倾注而下，念佛的小和尚双手合十，盘坐在一段朽木上，口里念念有词，香烟袅袅地环绕着。

　　这时，山俊彦听到房门的锁孔在转动，门随即被推开，一个熟悉的身影进入房间，把房门掩上，她却倚在房门上，低着头，沉默地立在那里。

　　房间里的空气凝滞了几分钟，只能听到墙壁上钟表的秒针嘀嘀嗒嗒的敲击声。

　　山俊彦从沙发上站起来，走到房门口，把拖鞋从鞋柜里取出来，放到她的面前。

　　"换上鞋吧。"

　　"对不起，让你担心了，我也不想这样。"她小声说。

　　"没事，回来就好。"

　　素雅双手捂着脸，靠着门框，蹲下身子。山俊彦只好也弯下腰，用手拍了拍她的背，素雅把身子倾过来投进他的怀抱，头靠在他的肩膀上，双手紧紧地抓住他的胳膊，山俊彦从她冰冷的身体感受到她一阵阵的抽搐。

等素雅的心平静下来，山俊彦把她扶到客厅的沙发上，倒了一杯热水送到她的手里。

"听我给你解释好吗？"

"没事，人回来就好，你想说就说，不想说改天说也行。"

"他前几天从外地回来了，离了婚，辞了职，来找我复合。"

"哦。"

"刚回来时，买了束花送到宿舍里。他后来给我打电话，我才知道是他送的，但我一直没见他。"

"嗯。"

"我没告诉你，是怕你担心，我觉得我能处理好。"

"……"山俊彦倚在阳台边上，继续抽着烟，脸上没有表情。

"他前天找到学校里去了，让我和他谈谈，我一直拒绝见他，不想和他再谈。今天，他知道是我生日，买了礼物让人送过来，并且约我下午见面，说谈半小时，说清就离开，我觉得有些事当面说清楚更好，否则会继续纠缠不清，就答应了。"

"嗯。"

"俊彦，我计划是下午和他说明白，下班后就去找你过生日的。"

"哦。"

"山俊彦，你这么冷漠，是不是不相信我说的？"素雅望着山俊彦毫无表情的脸。

"你难道让我夸你做得很好吗？让我脸上笑着，呈现一副完全不在乎的样子吗？"山俊彦忍不住反问道。

"我没有，只是看你凶巴巴的样子，挺害怕的。"素雅说着又落下泪来。

山俊彦吸了口烟，叹了口气："你继续说吧。"

"我下午没课，就和他约在鉴明湖的南门见面。他告诉我，这两年多，他想明白了，不应该把我丢在这个城市，让我原谅他。他带了个礼物给我，并且拿出离婚证给我看，说这次回来就是为了找我。"

"挺感动的，你答应了吧？"

"你觉得呢？"

"我怎么知道，你手机怎么关机了？"山俊彦心里泛起一阵阵的不舒服。

"他知道你的存在，让我打电话给你，他要和你通话。我不想让你参与其中，不给他，他过来争抢，我恼了就把手机扔进了湖里。"

"他有什么权利看你的手机？"山俊彦气恼地把烟蒂丢到地面。

"男人都是这样自以为是。"

"你别把我和他相提并论！说明你们就没断过。"山俊彦也不怕再次刺伤素雅，直接把心里的疑问说了出来。

"你知道的，我很早就把电话号码都更换过了。"

房间一时又沉默起来，足足有十多分钟。

素雅站起身子，走进洗手间，出来时，脸上的泪痕已经用水洗干净，又回到沙发上重新坐下，从茶几上把烟拿起，从里面也抽出一支，却找不到打火机，只好拿在手里。

"我最后和他说清楚了，过去的事情已经过去，没必要再纠缠。并且明确告诉他，我和你感情很好，你才是我想找的人。"素雅的脸上表现得很沉静。

"那为什么要哭呢？"

"毕竟在一起多年，人都是有感情的，我不想被别人伤害，更不想去伤害别人。我哭是因为别的原因。"

"什么？"

"这么多年，竟然不了解我，男人拿着张离婚证就以为能换回我的感情，以为给我婚姻就给了我一切。难道这是我想要的吗？"

山俊彦感觉这句话是说给那个男人的，也是说给自己的。我懂她吗？山俊彦悄悄地问自己。

山俊彦从阳台走过来，拖了一把椅子放到茶几边上，与素雅面对面坐下。素雅的脸色依然苍白，嘴唇紧咬着，抬起头来，一双红肿的眼睛无神地望着他，一会儿工夫，却又慢慢地渗出了泪花。

"今天我很着急，非常担心你。"山俊彦声音里带着生气的味道，但是声调已经变得柔和了许多。

"我知道的，几次想给你打电话，可是又找不到电话。"

"最后谈妥了吗？"山俊彦觉得这个问题才是最重要的。

"我不知道，但是我的态度很坚决，他应该很清楚了。他是个脾气暴躁的人，但是很明事理的。他以为离了婚，辞了职过来，就是给我的最好礼物。"

"是因为我的原因吗？"

"肯定有你的原因。他知道有你的存在，但是他不相信我会爱上你，尤其是不到两年的时间。但是我也想过，我和他的感情是有问题的，否则，也不会有你的出现。"

"是吗？"

"是的，我不会同时和两个人交往的。他是讲哲学的教授，上课时才华横溢，满腹经纶，傲视一切，学校里的其他教授也很敬重他。当时确实有很多学生迷恋他的才华。另外，他在我遇到危险的时候救过我，后来帮我调动了工作到市里，对我确实也很好，给了我许多的关爱。你知道很多女人都是有英雄情结的，当时我是被他打动了。"

山俊彦把身子向后靠在椅背上，尽量做出一副无所谓的样子。当一个女人在一个男人面前夸赞另外一个男人的时候，总会让这个男人心里不舒服。

"我知道你可能会不高兴，但是当时确实是这样，我也不想隐瞒你。"

素雅看出了他的心思。

"没事，都是过去的事了。"

"他是个对事业很投入的人，很多时候在遇到工作不顺心时就会向我倾诉，在一起也很少谈论工作以外的事情，似乎在他的世界里事业比其他任何方面都重要。他的家庭观念也很强，有时候会说一些夫妻关系不和的事情给我，但是……"素雅停顿了一下，接着又说，"当时，这也是我第一次面对感情的问题，也许我自己对感情的问题真的不懂，分不清自己究竟要什么。后来，他说除了婚姻我都可以给你，他确实也做得很好，让我一直感动着。他后来升了职，去了另一个城市，我才有时间去思考，终于有一天就明白了，他给我的不是我要的，如果一个人爱你，就不会让你委屈，让你一个人面对焦虑。其实，在我眼里，婚姻不是最重要的，爱才是，婚姻里若没有爱情，它就是个空罩子。"

山俊彦拿起水壶给她添了些水。

"不以结婚为目的的恋爱都是耍流氓。"他笑了笑说。

"我还看到过更深刻的句子呢，婚姻是爱情的坟墓，但是没有婚姻的爱情会死无葬身之地。"

"哦，你都明白啊。不过这些都是片面的理解，婚姻的问题冷暖自知。"

"你也别沾沾自喜，我只是不想强求别人，感情的事情，强求来的也没意思。包括我们，未来在哪里，我也不知道，但是我知道和你在一起是对的。"

"我明白。不过，你们前段时间是不是一直保持着联系？"山俊彦还是想继续刨根问底。

"山俊彦，你这句话有点伤人，我以为你是懂我的。"

"不是，我是说这几天。"山俊彦狡辩了一句。

"咱俩刚认识时，我和他就已经分手一段时间了，但有打电话联系。

后来那次醉酒后，就再也没联系过，我把手机号码也换掉了。那段时间，他给学校办公室要过我的新号码，打过几次，我只要看到他的号码就挂掉。从来没想接过，更没想过见面。后来，他来过学校找我，我不见他，所以早就断了联系。俊彦，相信我，我是有原则的。今天，我觉得不能让他继续纠缠，要让他断了念想，应该说清楚，我才同意见面的。"

"好吧，听明白了。"

"前几次说给你听，你的大男子主义拒绝了我，这不能怪我。"

"嗯，我也不想受伤。"

"自私的男人们。"

"以后不要加'们'，有比较就会有伤害。生日怎么过？"

"对不起了，知道你订了酒店，花费了不少心思，让我破坏掉了。"

"知道就好；花还在车里呢，当时差点丢进垃圾桶的。"

"其实，生日可以再过，把我和他的事情处理好了，也是一个值得纪念的日子，但愿这个世上没有伤害吧。"

"好了，不早了，洗洗睡吧。"山俊彦抬头看到墙上的时钟已经指向了凌晨两点半。

"嗯。"素雅站起来，绕过茶几，张开双臂，紧紧地抱住了山俊彦，并且非常主动地去亲吻他的双唇。

十几分钟后，两人相拥着一起躺到了床上。

山俊彦把台灯调暗，回过头来，望见黑暗处亮晶晶的双眸。

第二十三章

事情并没有想象的那么复杂，那天过后一切又回归了平静。正如歌词所说，天晴之后，彩虹更加绚丽。

山俊彦预感那个男人会约自己见面谈谈，他甚至把见面后，那个人想问的问题都设想好了如何回答，连动手打一架的可能也做了准备。令他遗憾的是，并没有等到那个人的电话。但是，他又感觉和那个人近距离地见了一次面，虽然不能确定，但是他感觉就是。

一天下午，他在办公室的楼上睡完午觉，从楼上下来，透过玻璃看到外面一个穿西装的男人从一辆黑色的轿车里钻出来，车就停在了人行道上，男人径直走进了一楼的展厅里。这个男人有一米八多的身高，深色西装，白衬衣熨烫得很整齐，中分的发型下一张比较周正的脸，远看像个有钱的商人。山俊彦以为是位来买作品的客人，因为在他的印象中，素雅的那个男人是个哲学教授，应该是斯文睿智的模样，但是眼前这位却是完全不同的风格。他在一楼的展厅里浏览着墙上挂着的照片，不时地打量着屋子里的设施，一副心不在焉的样子。山俊彦从楼上走下来，那人听见脚步声望见山俊彦，便把他上下打量了一番。

"你是摄影师？"

"请问有什么事吗？"山俊彦盯着他，那人的眼睛并不大，却很明亮。

"没什么事，路过，随便看一看。"声音里略听出是西北的口音。

"哦，您随意看看，那边是画册。"山俊彦指了指中间的书台。

"你是山俊彦吧，朋友说你还挺有点名气的。"那人看着墙上的一幅老人背柴的照片，并没有回头。

"谢谢夸奖。"山俊彦感觉这人似乎知道自己的底细一样，但是心里泛起的感觉是并不想和这个人做进一步交流。

那人正想继续说什么，这时他手里的手机铃声响了，那人接起电话，听了一会儿，好像是有事找他，那人冲着山俊彦摆了摆手走出了门外。

山俊彦看着那人坐进车里，车缓缓地开走，他突然意识到，这个人可能是素雅的前男友，虽然没聊什么，但是他的第六感告诉他，这个人就是，后来再也没有见过此人。有一次，山俊彦装作随意地问素雅，她前男友是哪里人，她说是甘肃天水人，祖籍是山东烟台的。

山俊彦最近想得比较多，不是关于摄影的，也不是广告公司的事情，而是关于婚姻和爱情方面，他觉得工作事业的事情要比感情方面的简单得多，工作事业方面都有明确的答案，可以用是与否来回答，而感情的问题则掺杂了太多的因素，他原以为也可以用是与否来回答，但是细想后，觉得没那么简单。

周围的人，近处的如白社长、耿浩、小白、周惠子，远处的如同学王东，甚至包括他自己，每个人对待感情的态度和动机大相径庭，追求的结果也是千人千面，令人费解。就老白和小白来说，包养协议是用金钱换青春的交易，白纸黑字，按约执行便可，可是老白又为小白投资广告公司，里面是不是也包含了爱情？再比如王东和主持人妻子的感情早已貌合神离，别人心知肚明，他俩却能成双入对，演绎着恩爱夫妻的角色，里面是否有难言的苦衷？

还是周惠子总结得好。在一次闲谈时，她说，男女之间交往会因人而异，物质、外表、感情是最能打动人心的三件法宝，交往的目的是占有，也会因人而异，但是追求的结果不外乎是对方的身子、真心还有灵魂。山俊彦觉得惠子总结得很到位，虽然逻辑上不够严谨，但是道理上都能讲得通。小姑娘年龄不大，对感情分析得却深入骨髓。

素雅的朋友圈里发了一张水杯泡茶的照片，背景是办公桌上的电脑屏幕，屏保是一段英文句子："Love is a very strange thing, You can't get rid of it.If you try to give it out, you get more back. If you try to hang onto it, you lose it." 山俊彦用微信里的翻译工具翻成了汉语，意思是："爱情是个很奇怪的东西，你无法摆脱它。如果你想把它送出去，你会得到更多的回报。如果你试图抓住它，你就会失去它。"

山俊彦复制上这个翻译给素雅发了条微信，问她为何有这样的感慨。素雅回信息说，这是电影《成为沃伦·巴菲特》里的句子，觉得很有道理却不能明白它的意思，就放到了屏保上，照片发出后，有许多人回复，但是每个人有自己的理解。素雅问他如何理解的。

山俊彦此时正在和广告公司的同事开会，只回了她一个词："不明觉厉。"便没了下文。

文化交流展览会广告项目招标的工作终于尘埃落定了，省内三家大型的广告公司和山俊彦小型广告公司被纳入了中标企业名单。这段时间周惠子和公司其他几个人日夜加班，并且马不停蹄地和相关单位层层公关谈判，最后他们的广告公司共承接了接近六百万标的项目。这是广告公司成立以来最大的单子，去除所有成本，净利润竟然达二百万元左右。

鉴于公司第一次中标大业务，大家都觉得应该庆祝一番。为此山俊彦和周惠子、小白开了个会，山俊彦提议叫上白社长一起庆祝，大家都明白，没有白社长背后的支撑，像他们这个小公司根本没机会入围这种项目。小白却表示反对，说白社长曾经说过，他参加的私人活动只限于在四合院内，而那里，刚来的两个年轻人是不允许去的。山俊彦认为她说的有道理，周惠子提议公司全体人员先在外面好好庆祝一下，等周末时再安排去四合院邀请白社长小聚。

择日不如撞日，就定在当天晚上去庆祝。山俊彦本来是和素雅约了一起去湖边散步的，他给周惠子和小白说自己今天有事，想改天再庆祝，却被两人追问有什么重要事情，山俊彦不好解释，最后被她俩联合起来，二比一强行通过了当晚聚会的决议。山俊彦只好给素雅请假说，公司临时有活动，要晚一点才能出去。

周惠子说，公司要建立集体荣誉感，所以签了大单时就要庆祝得有意义一些。她问小白有什么好的地方可去，小白建议吃法国大餐或者日式料理，周惠子觉得这没什么特色。小白又想了想，她听同学说白水城最近开了一家很有特色的餐厅，但是比较贵，人均消费三百多元。周惠子让她说说，有什么特色，小白说她也没去过，听说叫黑暗餐厅，就像在黑夜里吃饭一样。周惠子马上在百度上进行了搜索，一搜就搜到了一家叫"黝墨"的黑暗餐厅，她感觉这样的地方刺激而有活力，非常干脆地打电话预订了餐位。

小白通知了刚加入公司的两个年轻人，下班后一起打车去餐厅。临近下班的时间，"妈宝男"却来到了公司，这次不是来找周惠子，而是找小白。原来，小白通过"妈宝男"给自己买了一份大病保险，今天他是专门过来给小白送保单的。

山俊彦已有一段时间没有见到他，关心地问起他的工作情况。

"小张，好久没来这里了吧？"

"山师父，我最近去北京培训了半个月，刚回来。"

"哦，是吗？去首都培训是不是又升职了啊？"

"嘿嘿，确实是又升了一级，这次就是参加总公司的晋级培训的。""妈宝男"说着从口袋里掏出了一张新名片，双手递给山俊彦，脸上却流露出羞涩，像个姑娘一般。

"那是要恭喜恭喜了，张经理。"山俊彦接过名片看了一遍，用手在"妈宝男"的肩膀上拍了几下。回头冲着周惠子说："惠子，这小张了不得啊，年纪轻轻都当区域经理了啊。"

周惠子把手一伸，冲着"妈宝男"说："这事我怎么不知道，你还把

246

我当不当哥儿们啊？"

"妈宝男"脸更红了，抽出一张名片递给惠子。"这、这、这都是小事，我怕你笑话。"

"今天和我们一起去庆祝庆祝吧，周经理请客。"山俊彦故意冲惠子说。

"好吧，一起去吧，张元元经理负责开车。"周惠子把车钥匙拿出来，丢给了"妈宝男"。

"黝墨"黑暗餐厅在市南外环，距离上次给素雅过生日预订的酒店不远，两家隔桥相望。

这家黑暗餐厅确实有特色，进入餐厅需要报预约号，否则不允许进入。进入前被带到一个单独的小屋里听讲解员说明规则，这时大家才明白，即将进入的这家餐厅是完全黑暗的，首先不允许带手机、火机、夜光功能的手表等能发光的物品进入，服务员都是带着夜视镜的，他们能看到顾客的一举一动，顾客却看不到他们。当讲解员讲完一系列规则后，除了山俊彦外，其他人都欢呼了起来，毕竟都是年轻人，这些奇特的要求反而让大家感到刺激和好玩，都迫不及待地进入餐厅。

每人的手机等发光物品被收进单独一个储物柜里后，被一个带着夜视镜的服务员引领着，走到一个厚厚的布帘前，要求大家手拉着手跟着她进去，这时周惠子和小白同时把手伸给了山俊彦，他尴尬了几秒钟，果断地把两只手伸了过去，被两人拉进了布帘子里面。

布帘子里面简直就是另一个世界，一点光亮都没有，仿佛进入了一个黑暗的山洞里，即使把眼睛睁得再大也看不到任何东西，只听到在一个空旷的大厅里不时传过来"哗啦哗啦"的铃铛声，他们猜测这应该是每个服务人员脚上都绑了一串铃铛，在相互提醒着彼此的距离。刚进来时大家比较慌张，山俊彦被紧攥着的两只手一时分辨不出分别是谁的，前面一只手是温热的，后面的那一只手是冰凉的，他猜测前面应该是惠子的，后面是小白的。向前走了大概十几米，服务员提醒拐弯，走了三五米后又拐了一个弯，山俊彦感觉好似到了一个独立的包间内。

听见服务员轻声说："到了，大家可以松开手了。"

松开手后，山俊彦觉得手心都是汗，抬起手来正准备推推眼镜，却把手碰到了一个人的身上，那人"哎呀"了一声，是小白的声音。

"请大家不要乱动，避免碰到他人，也避免碰到物体啊。"是服务员的提醒声。

这句话好似提醒了大家，紧接着："啊，谁啊。""别乱动啊，有人碰我。""哈哈哈哈"大家乱成了一团。

然后，服务员把每个人都推到了一把椅子上坐下，并叮嘱道："虽然你们是独立的包间，但是大厅里人很多的，还是请各位贵宾不要大声说话，我就在你们身边，有事找我请举手示意。"

"我举手你能看到吗？"小白把手举了起来。

"我们能看到，但是您就餐时，就当作我们不在身边就行，我不会随意打扰大家的。"

"哇塞，太刺激了。"这是"妈宝男"的声音。

"你可别有什么小动作，别人看得清清楚楚。"周惠子在一边提醒道，山俊彦感觉她离自己坐的位置比较远。

"哈哈，你看不到就行。"

"会不会吃到鼻子里去。"这是那个身高一米九的小严的声音。

"不会的，放心吧，我一会儿喂给你吃。"坐在他边上的小周姑娘答道。

"你这是要谋害我。"小严立即反驳了一句。

餐食端到桌子上，每人一份，而且每上一道菜品，服务员都会讲解菜的名字还有搭配，估计怕黑暗里出现安全的问题，牛排都是烤好切好后端上来的，刀叉都是塑料制品，菜品的口感并没有什么特别之处，反而不如平日里西餐店的味道好。但是在黑暗处吃到嘴里的感觉也与平日里完全不同了。

山俊彦做了个开场白，把大家都表扬了一遍，并且让服务员打开自己带来的两瓶红酒，让大家今晚要放开了，畅谈畅饮。在看不到彼此的环境里人的恐惧感反而没了，几杯酒下肚大家把仅有的顾忌也放下了，尤其是见人腼腆的"妈宝男"，完全像换了一个人一样，给大家讲起如何做销售的事情，把他做保险的故事讲给大家听，条理清楚，口才也很好，山俊彦这时才发现，"妈宝男"是个有才的青年，只是平日里不表现。周惠子的话虽不多，但不时穿插一句调侃"妈宝男"的话语，引得大家笑声一阵一阵的。服务员推荐了一个黑暗餐厅独有的猜酒游戏，而酒精也能调动氛围，年轻人的话题多，本身玩的项目也多，黑暗的包间里成了一片欢快的海洋。

山俊彦在黑暗里默默地吃了几块牛排，并不太插话到他们的热闹中去，心里琢磨着如何尽快离开。轮到他猜输了一杯酒后，他举手示意，要去上厕所，跟着服务员走出了房间。然后，他偷偷和服务员说，让她带着自己离开黑暗处，带着他从布帘子里面走出来。

刚掀开布帘子出来时，山俊彦被灯光晃了一下眼，站在那里闭着眼睛停顿足足有两三分钟后才缓过劲。他从存储柜里取出手机，看到手机上有素雅的未接电话提示，赶忙给她拨了回去。原来素雅在宿舍里已经等得不耐烦，此时已在明柳曲水街上闲逛，通知山俊彦抓紧过去。

在餐厅门口恰好有一辆闪着空车的出租车，山俊彦钻进车内告诉司机开往明柳曲水街。二十分钟后，就到了明柳曲水街。夜晚的步行街，灯光闪烁，人头攒动，熙熙攘攘如同集市一般，闲逛的多是二十几岁的男男女女，成双成对，或者三五成群，散发着青春的活力。街道两边琳琅满目的各种小吃弥漫着诱人香味，山楂草莓在翻滚的焦糖里被拉成晶莹剔透的冰糖葫芦，在铁板上滋滋溅着油花冒着青烟的大鱿鱼，橱窗门口站着歇斯底里大声叫卖的摊贩们，整个街道是沸腾的。臭豆腐的味道令山俊彦直捂鼻子，穿行在拥挤的前行的队伍里，走了六七分钟后终于来到了素雅指定的见面地点，巷子里的第一个邮筒，红红的矗立在道路的中间，像个交警指挥灯，邮筒的边上站着几个吃肉串的男女，却没看到素雅的身影。

山俊彦到了邮筒边上四处张望，人多眼花，却根本分不清嘈杂中每个人的模样。他从口袋里摸出手机，拨通了素雅的电话，铃声响了一阵子并没有人接听。

"别打了。"山俊彦的眼前出现了一个热腾腾的纸袋，素雅笑嘻嘻地递给他。

"什么？"

"估计你没吃饱，公安锅盔，梅干菜的，特别好吃。"

素雅今天穿了一件皮釉制亮黄色连衣裙，山俊彦用手一摸丝滑冰爽的感觉，鲜亮的衣服把肤色衬得清秀，山俊彦发现今天素雅画了比往日略浓一些的妆，嘴唇上的口红格外显眼。

"你今天咋穿的这么靓丽？为了吸引谁啊？"

"好看吗？"素雅故意把修长的身子转了一圈，手里的锅盔差点从纸袋里掉下来。

"好看，衣服颜色特别配你白皙的肤色。"

"开心，谢谢夸我。抓紧吃吧，这家锅盔特别有名，刚出炉，趁热吃。"

顺着人流向前走着，俩人不时把手里的锅盔塞进嘴里。这湖北公安县的特产果然名不虚传，外焦里嫩，酥软可口。

穿过小吃巷子，再往前走就清净了许多，路两边挂着一排红色的灯笼，路边店里的物品也由小吃为主替换为工艺品。再走几步，是个拱形小桥，潺潺小溪水就冒了出来，哗哗的流水声指引着路的蜿蜒方向，这条路两人已经来回走了多次，沿着小溪就能到鉴明湖的南大门。小溪转弯后拐进了青砖盖成的门楼里不见了，进到里面是条狭窄的胡同，灯光也不明亮，素雅紧紧拉着山俊彦的胳膊，他们知道再走几步就是一个别有洞天的天井，便是有光亮的地方。此时的天井里人头攒动，头顶上星光点点，明月如钩。小溪又从地洞里钻了出来，穿过一个坐满人的凉亭，汇聚成一汪清水，月亮投进里面，波光粼粼得十分好看。

"老公，你拽着我，我去试试水凉不凉。"一个身穿枣红色裙子的女人娇滴滴的声音传过来。

山俊彦和素雅驻足在那里，看那男人抓着女人的手，让她把身子探了下去，去用手划小溪的水。月影荡漾，随着划动的小手，波层晃动，化成金圈圈四处扩散。那女人却突然把水撩了起来，水滴洒向拉着自己的男人，那人连忙躲闪，却不撒手，没承想那撩起的一片水花直接飞到了驻足观看的素雅头上。

"啊"的一声，素雅把头埋进了山俊彦的臂弯里。水带着夜晚的凉意，直溅到皮肤上，却凉到骨头里。

"抱歉，抱歉啊。"那男人连忙拉起枣红色裙子女人，站起身子道歉。

这声音听上去却十分熟悉。

"只一句抱歉哪行啊？赔钱。"温文尔雅的山俊彦，突然就故作严肃了。

"是你啊。"那人把拳头直接捶在了山俊彦的肩膀上。

素雅赶忙从山俊彦的身上脱开，惊奇地望着对面的人。

"听声音就知道是你这家伙。"其实刚才山俊彦就看到了耿浩，故意用那种口气说话。

"嫂子吧，初次见面。"耿浩冲着山俊彦挤了挤眼睛，笑着向素雅伸出了手。

素雅有点不知所措地看着山俊彦。

"这是我经常给你说的报社大记者，我的同学耿浩。"

"哦哦，你好。"素雅伸出手轻轻握了一下。

"来来，媳妇儿，快见过嫂子。"耿浩回头喊那个一脸茫然站在身后，穿着白裙子的女人过来。

"大哥好，嫂、嫂子好，刚才不好意思了。"

山俊彦认识她，上次在 KTV 里面和耿浩一起唱歌的那个女孩子，一时忘记了叫什么名字。

"你俩刚才是不是故意的啊？早看到我俩了，故意撩水。"山俊彦故意问那女孩。

"真的不是啊，不过真巧呢。"那女孩连忙摇着头说。

"啧啧，嫂子身材真好呢，当老师的气质就是不一样。"耿浩故意给素雅套着近乎，腰却被那女孩狠狠地拧了一把。把山俊彦笑得弯下了腰，他悄悄贴到素雅耳朵上说："他爱闹，也爱瞎说八道。"

素雅脸微微发热，这是她第一次和山俊彦在街上碰到熟人，而且被亲切地称呼为嫂子，她真的以为耿浩把她当成了山俊彦的妻子，而且欣然地接受了。其实，耿浩脑子非常灵活，看到素雅的第一眼就知道她就是山俊彦曾经说过的女老师。

"我俩准备去鉴明湖转转呢，你俩去哪儿？"山俊彦说。

"这么晚了，还转什么？我俩请你和嫂子喝杯酒吧，表示一下歉意。"耿浩说。

山俊彦回头看着素雅，征求她的意见，以为素雅会拒绝，没想到她竟然点了点头同意了。

山俊彦和耿浩在前面走，素雅和女孩跟在他们后面。

"你艳福不浅啊，这小嫂子感觉不错呢。"耿浩嬉皮笑脸地说。

"你这家伙，还说我呢，你的这个小朋友叫啥来，我忘了。"

"宋小琼，和你那个妹妹小白是同学。"

胡同口就有个亮着灯的酒吧，从沿大街的木格窗子望向里面，酒吧里人并不多，一个弹吉他的男人正坐在台上的凳子上唱着歌。

四个人进到酒吧，里面面积不大，吧台后面是一排五颜六色的酒瓶子排成的墙面，三五桌的客人，服务生指引着他们坐到一个离舞台最远的角落里。舞台上的男歌手用沙哑的低音唱着西游记里的《女儿情》，男生唱这首歌，听上去别有一番风味。

服务员把一个点燃的蜡烛放到桌子上面，山俊彦用手去摸，却发现它是塑料制品，亮光是电子的，连火焰都做得惟妙惟肖，他把蜡烛递到素雅手里，素雅拿起来端详了片刻，重新放在桌上面，冲着他会心地笑了笑。

四个人各自点了一杯自己喜欢的一杯鸡尾酒。舞台上的歌手已经唱完了曲目，酒吧里只流淌着舒缓的音乐声，适合聊天。

女人之间似乎不用熟悉就有很多的话题。

"姐姐的衣服真好看，特别适合你的气质。"是宋小琼甜甜的声音。

"是吗？可惜年纪大了，不像你这个年纪，随便穿什么都好看。"

"你可别说你年纪大，咱俩一起走在大街上，都猜不出谁大呢。我们家浩子，总是让我穿深色系的衣服，说为了和他般配。"

"你长得白皙，身材又好，穿深色的更好看，比如你现在穿的枣红色，显得时尚大方，大记者是知识分子，喜欢知性美女。"素雅在夸赞人方面简直不露痕迹。

"大记者现在变成了大主编，耿总可是山茶花杂志社的领导了啊。恭喜恭喜。"山俊彦举起酒杯说。

"你才是大猪鞭呢，你这是含沙射影地骂我呢。"

"哈哈，口误口误，不是猪鞭是总主编，希望耿主编多关照。"

"别扭死了，这还是变着法地骂我。"

四个人笑成了一团，另外三人纷纷给耿浩捧杯祝贺。耿浩谈起到山茶花杂志社任副总编后，把他负责的网上平台改为"茶话儿网"，页面装扮增添时尚元素，点击量直线上升，一个月时间点击量超过了近一两年的点击量总数，可以说是耿浩跳槽后实现了开门红。他说，很多点子和建议来自女友宋小琼。

"你知道吗？是她激发了我的活力，她的思维方式给了我许多的启发。"耿浩把手揽到宋小琼的腰上。

"谢谢老公，你带给我的是满满的崇拜。"女人顺势靠在男人的怀里。

"她一直在体验各种生活，其实是在体验不同的人生。我们是在夜总会认识的。是不是山俊彦？"耿浩冲着山俊彦举了举杯。"竟然有这种人，为了体验生活去夜总会做小姐，你敢相信吗？我们家这位就是这号人物。当时我以为是蒙我的，后来被她给彻底整晕了，你猜她是干啥工作的，原来是个作家。"

山俊彦这时才知道，上次在报社和耿浩见面，他只顾谈感受，这么重要的信息竟然没告诉他。后来，山俊彦问耿浩，若是宋小琼真是夜总会小姐，他也会娶吗？耿浩很坚定地说，会。

俩人互相打闹的样子很是温馨，素雅和山俊彦为两个人的幸福样子所打动了，桌子下面两只手也牢牢地攥在了一起。

"嫂子，看你和山大哥也这么恩爱，你肯定对婚姻有很深的认识吧，你们如何给爱情保鲜的呢？"宋小琼双手托着腮，非常认真地问道。

耿浩赶忙打圆场，因为他知道山俊彦和素雅的关系，怕素雅感到尴尬。"你又犯作家的职业病，刨根问底，这个话题这么大，估计今晚上是谈不完的，改天咱们在家准备个家宴，把嫂子请到家里来谈谈。"

而素雅却表现得很大方，从容地回答："没关系的，经历过就会有经验和教训。我认为，恩爱的标准每个人都是不一样的，幸福和不幸福也是因人而异的。其实，认真去爱就好了，一定要跟着自己的内心去走。"

宋小琼若有所思地点了点头，又好像不明白其中的意思。

俩女人谈起感情的话题滔滔不绝。耿浩和山俊彦一起去洗手间，路上耿浩用手拍了拍山俊彦的肩膀。

"这个老师可不简单呢，各方面好像都适合你，但是我觉得她会把你拴得死死的。"

"我又不像你，到处拈花惹草。"

"你啊，还不如我呢。听我的，把她娶回家吧。"

四个人一直待到酒吧临近打烊，才分别打车回去。

第二十四章

　　街道的十字路口处，不知什么时候弄了一组艺术雕像，应该就是这一两天的事，街道办为把整个古街区打造得更有特色，不断地添加一些装饰。可是在摄影师山俊彦看来，有些雕像简直就是画蛇添足，狗尾续貂，纯粹地炒作概念，只是把这个地段的房租推动着涨了一波又一波。山俊彦用来办公的门面房在这条街上的地理位置不错，虽然大部分办公场地是报社的，省了不少成本，山俊彦知道目前仅靠摄影工作室的收入是撑不住的，幸亏广告公司最近的业务不错，否则，早搬家离开这繁华的商业区了。

　　今天山俊彦先去的广告公司的办公室，小严和小周正在高兴地谈论着什么，见山俊彦进来，连忙站起身子来和他打招呼。

　　山俊彦看了一眼房间里两个独立的办公室，灯是暗着的。

　　"周经理和白经理今天没过来？"

　　"老板，白经理来了，在摄影室那边，周经理好像昨天喝多了，今天还没过来。"高个子小伙子小严说。

　　"昨天你们喝了多少啊？"山俊彦十分好奇地问。

　　"哈哈，您走了后，大家玩嗨啦，又要了三瓶酒，好像都喝完了。"叫小周的丫头倒是实在，快人快语。

　　"怎么说话呢。老板在，我们也照样嗨，咱们老板这么平易近人。"会说话的小严赶忙帮着圆场。

　　小周悄悄地伸了伸舌头。

"你们怎么嗨的啊？"

"我们玩真心话大冒险的游戏，在黑暗里玩更刺激，大家把平日里不敢说的话都说了出来。尤其是那个保险公司的张元元简直笑死我们啦，竟然当众给周经理表白了。"

"周经理不让说的啊。"小周在一边提醒小严。

"我忍不住啊，那哥儿们可能是故意的吧，酒壮英雄胆。攥着周经理的手，说了很多情话，那可是情真意切的情话，把我们都感动坏了呢。"

"但是我送周经理回家的时候，她说张元元根本没攥着她的手。"小周一本正经的冲小严说。

"那就怪了，张元元可是亲口给我说的，他激动坏了，黑夜里攥着她的手有一二十分钟呢，她一点儿也没拒绝。"

"不可能，周经理可是在真心话的环节明确说了，自己不喜欢张元元那种类型，她喜欢那个那个……"小周看了一眼山俊彦，没敢把话说完。

"看来你们确实够嗨的，以后签了大单咱们就庆祝，你俩要努力。"山俊彦边说着边走了出来。

看来昨晚自己提早离开后，确实发生了不少故事。毕竟和他们是两个时代的人，年轻人在一起话题比较多，也放得开，若是自己在那里，估计大家不会很放松，自己的离开是对的。

小白坐在摄影工作室一楼展厅里的电脑前聚精会神地看东西，山俊彦进门时她都没有发觉。

"你在看什么？"

"哦哦，在看周惠子拍的照片，这家伙悟性比我高多了，拍得真好。"小白头都没抬。

"你咋看到的？"

"别误会啊，这是公共文件夹，可不是她私人的，照片上注明了是她拍的。"小白站起身子来，嘟着嘴，一副不高兴的样子，"山老师，你咋这么偏心呢，教她那么多，还偏袒她。"

"有吗？别冤枉我。"山俊彦把脸一耷拉，装作生气的样子。

"昨晚喝酒，她说喜欢的人就是你这个类型的。害的人家张元元一片真情付诸东流了。"

"好像你们都挺同情这男孩的啊，除了惠子外。"

"你不知道啊，昨晚那场面把我们都感动坏了，别看张元元娘了吧唧女里女气的，其实挺有才的，说的那话可走心了。把我和小周感动得稀里哗啦的。"

"听说'妈宝男'攥着她的手说的。"

"哦哦，好像是吧。"小白迟疑地停顿了一会儿，又说，"反正当时都喝多了，最后张元元以为打动惠子了呢。但是我们都听清楚了，好像有人却无动于衷。"

"好吧，以后还是少喝酒，醉话都不算数。"山俊彦笑着走上楼梯，突然又想起一件事，"小白，上午山茶花杂志社要派人过来和我谈件事，谈完后你们过来一下，和他们了解一下杂志社的广告情况，这个单位的领导跟我熟悉。"

"好的。对了，山老师，"小白像是想起一件事情，脸上带着严肃的表情，"以后在公司能否不叫我小白，我不姓白，我叫丁晓彤。"

"好吧。"山俊彦奇怪地看了她一眼，转身上了二楼，心里想，她是不是和白社长闹别扭了。

山茶花杂志社派来给山俊彦送协议的是他曾经见过面的女编辑，杂志社做了重新分工，高明副总编负责原来的纸媒业务，耿浩分管"茶话儿网"网上业务，女编辑说因为他们前期做的《大摄影师》系列视频比较成功，她这次也被调整到了网络媒体，负责网站的图片和视频，以后还会与山俊彦的工作室继续合作。女编辑没有提耿浩的事情，山俊彦估计她还不知道他和耿浩是同学关系，不知道也好，有时隐藏这种关系更有助于业务合作。此次送来的是关于很久前定下来的去云南采风摄影的协议，前几天山俊彦和素雅确定了时间，计划在下个月的中下旬去香格里拉。协议里规定了去的人数，入住的天数，以及回来后所需要交的图片形式。签完协议后，山俊彦打电话问广告公司的小严，得知周惠子还没来上班，让他和小白与女编辑一起了解了解杂志社的广告业务。

中午时间，山俊彦给素雅打电话，告诉她协议已经签署好，素雅听后很开心，她说要提早在网上看看去那里游玩的攻略，把好吃好玩的地方都在去之前事先规划好。

可可中考结束的那一天，下起了大雨，学校门口的道路两旁停满了接孩子的汽车，中间的过道被挤占得只能允许一辆汽车通行，交警也理解家长的心情，并没有给违规停放的车辆贴罚单，一只手打着伞一只手耐心地指挥着车辆挪动。学校门口被五颜六色的雨伞交织成一道亮丽的风景线。许多家长的手里还捧着鲜花，像迎接作战归来的英雄一般。学校电动大门紧闭着，里外各站了几个穿着雨衣的大个子保安，大檐帽的黑盖子被雨水打湿，雨水滴下来成了雨帘，看不清他们的表情。

山俊彦是上午回到潍阳家里的，下午按照可可考试结束的时间开车过来，到学校附近的时候，却发现已经没有停车的位置。车里前排坐着他的妻子，后排座上是岳父岳母。老人这次非要跟着一起过来，还说孩子考完试，全家去接显得隆重。在距离校门口一百米外，好不容易找到一个空位，山俊彦把车停了进去。路边打着伞的人来来往往地穿行，当看到别人的家长拿着鲜花迎接的时候，在后排座上的岳母冲着岳父直埋怨，说老头也不多想想这些事情。

妻子在一旁说，没必要买什么鲜花，没几天就蔫了，纯粹浪费钱，可可喜欢美食，晚上带她吃顿好吃的就行了。

山俊彦对他们说，自己从白水带回了个米奇的大玩偶给她，这要比鲜花更有意义。山俊彦回潍阳前，素雅从网上买的邮寄给他，让山俊彦作为去学校接可可时的礼物，当时山俊彦觉得没有必要，现在看来，素雅的安排是对的，否则，可可看到别人手里有鲜花，情绪会失落。距离最后一门考试结束还有十几分钟，山俊彦让岳父母在车里等候，他和妻子各打一把雨伞去校门口接可可，山俊彦没忘记从后备厢里把那只米奇拿出来，抱在怀里。玩偶红蓝相间，色彩鲜艳，套在透明塑料袋子里面，引得周围的人啧啧的羡慕声，有人小声说，不应该给孩子买鲜花，买个这样的玩偶会更好。

考试结束的铃声从校园里传了出来，聚集在门口的家长立马跟着铃音就沸腾了，纷纷踮着脚尖翘首以盼，望着从教室里像放鸭子一般涌出来的学生们。

家长们盯着每一个出来的孩子，仔细搜寻着自家的那个，喊着名字冲了过去，塞鲜花的，塞吃的，合影，像久别重逢一般。

二十多分钟已经过去，雨似乎小了许多，变成了毛毛细雨淋漓着。

校园里的学生已经不多，可是仍然见不到可可的身影。

"这孩子总是磨磨蹭蹭的到最后。"妻子在一边唠叨着。

米奇外面的塑料罩已经被打湿，山俊彦在自己的外套上蹭了几下向怀里抱了抱。

"那个是不是可可？"

山俊彦抬头从铁栅栏的围墙望过去，只见可可打着雨伞推着一个大的旅行箱，从校园里的小路正缓缓地走过来。

"可可，妈在这儿。"

山俊彦也把手里的米奇举了举，可可不知是看到了他们还是看到了玩偶，咧着嘴笑了，也加快了步伐。

走出校门，山俊彦迎了上去，把旅行箱接了过来，把米奇递到可可的怀里，她接过去亲了好几下。

"哈哈，太开心了，我以为你们也买俗气的花呢，这个好，谁出的主意啊？"

"你怎么拉着箱子出来呢，别人怎么没有？"妈妈质问她。

"学校让后天来学校拉行李，我不想再回来了。"

"来来闺女，咱们也在校门口合个影，留个纪念。"山俊彦招呼着女儿，叫住一个保安帮着给他们合个影，可可在中间抱着米奇，山俊彦和妻子站在她的两边，可可开心地把另一只手伸出来比了个 V 的姿势，这是她小时候每次照相都必摆的姿势，多少年都不变。

坐进汽车里，姥爷姥姥早已等得不耐烦，看到外孙女坐进来，宝贝长宝贝短，扒橘子递香蕉，忙个不停，可可倒是享受这其乐融融的家庭氛围，主动给山俊彦讲起了这次考试，她认为自己发挥得比历次模考都要好。姥爷姥姥高兴地说，可可肯定能考上重点。

可可说，还发生了一件好玩的事情，考数学的时候，坐在她边上的同学总是用眼睛瞄她的试卷，可可说看他可怜的样子，就悄悄把最后几道题答案塞给他了。

"你傻呀，不知道你们是竞争关系吗？被抓到，你不全完了吗？"可可的妈妈回过头去骂道。

"没被抓到啊，再说了，这么多人参加考试，凭啥我俩会竞争啊。"可可不服气地说。

"真是够傻的。"

"哦，是不是你说的那个同学啊。"山俊彦笑着从后视镜里看可可。

"嗯，哦，不是。"可可点了点头，又连忙摇了摇头，一丝红晕飘到了脸上。

可可嚷着许久没吃鱼了，她在手机里选了一家在鸢飞广场旁边的鱼锅店，石斑鱼是店里的特色。潍阳有一个县是临海的，所以潍阳也算是个海滨城市，鱼虾等海鲜都是比较新鲜的，而且当地人也愿意吃海鲜产品，饭店里的厨师做海鲜的水平也比较好。不像省会白水城这样的内陆城市，以肉食为主，平日里并不太吃海产品，近几年才开始流行的，也多是海边的人去开的，味道总不如海滨城市好。

可可一路上叽叽喳喳说个不停，恨不得把这几年的话都说完。中考后有两个多月的假期，她自己做了个规划，要和同学一起参加一个美国的夏令营，还想去白水陪爸爸住几天，说要尽尽做女儿的孝心，令山俊彦鼻子一酸。

吃过晚饭，可可又嚷着去白水广场游玩。全家人沿护城河坐游船转了一大圈才回到家，到家时，已经晚上十点多。可可开心地说，这是她最高兴的一天。

洗漱完毕，在客厅看了一会儿电视，山俊彦想去书房里的小床上准备休息。可是进到书房里，却看到岳父在小床上已经睡了。他不好意思叫醒，只好来到他和妻子俩人的卧室里，这个房间已经许久没来过的，显得有些陌生。妻子此时正在听收音机里的节目，依然是几年前不变声调的男主持人，还是那些陈词滥调的情感节目。主持人在接听众的电话，为一群痴男怨女解答着幼稚可笑的问题，山俊彦不理解这节目如何持续这么多年，妻子为何又总喜欢听这类节目。

"可可的姥爷怎么去书房的床上睡了？"山俊彦说。

"这段时间爸都在那里看书，看累了就在那里睡。"妻子没有抬头，依然看着手里的手机。

"哦，我明天早上回白水。"

"嗯。"

"可可应该考得不错，暑假就别太逼她学习了，让她好好玩玩吧。"山俊彦主动说起了女儿。

"你倒是很会做好人，不管不顾的，不逼她考不上好大学咋办啊？让她也去照相吗？"

山俊彦感觉这话有些刺耳，照相依然在她的眼中好似低人一等的样子，也不想给她再争论什么。山俊彦拿着被褥和枕头来到客厅，把被子铺到沙发上，和衣躺下手里继续摆弄着手机。

此时夜色已静，月光从宽大的落地窗明亮的玻璃里透过来，巧妙地避开了那层薄薄的窗纱。算一算时间，这个房子已经买了六七年了，当时买的时候这里是潍阳市最贵的小区，三面环山，且背山面水，小区里的房子，面积最小的也有一百八十多平方米，居民多是潍阳市的政府官员和企事业单位的高管，属于当地的富人小区。住在这里的人都有些许的自豪感，当年，山俊彦在外赚的钱都交给了家里，买这套房子时并没有贷款。

"你起来，这算什么日子？"妻子这时从房间里走到客厅里，怒气冲冲，冲他嚷了一声。

山俊彦听到妻子的声音，也坐了起来。

"山俊彦，你自己说说，这些年你对可可付出多少？对这个家付出多少？"

"需要我付出什么？应该怎么付出？"山俊彦反问道。

"你自己不知道该怎么做吗？一共一个多小时的火车，你一年回来不超过十次，每次回来还愁眉苦脸的，像大家欠你似的。"

"我不想和你吵，别影响老人和孩子休息。"

"你也知道影响他们啊，他们都清楚你是什么情况，良心都喂狗了。"

"我不想和你吵，一直希望和你坐下来心平气和地谈谈。"

"谈什么？谈你在外面的女人吗？你以为我不知道吗？"妻子的脸扭曲得比往日更加难看。

山俊彦尽量压住自己的火，任凭她数落，心情也一阵烦躁，干脆把心里的话借机说了出来："我只想谈谈咱们的事情，我们离婚吧。"

"哼，早就知道你的想法。为了外面的女人吗？"妻子愤愤地说。

"你觉得呢？"山俊彦没有否认她的问题，也没有认同她，反问了一句。

"你想得太简单了吧，别以为在省城混了几年，就觉得自己高高在上了。"

"我知道这些年你对孩子和家付出了很多，我心里很清楚。你没有错，都是我的错。感情这种东西是无法凑合的，这几年你也清楚，我们已经没法沟通了，也不可能再回到过去。所以分开对彼此都好，可可也已经初中毕业，相信她会理解的。家里的财产都给你，我在白水的公司资产也给你一半。这些钱够你养老的，不会让你吃亏的。"

"哼，看来你做好了所有的准备工作，但是你就没想过我会一直不同意吗？"妻子冷笑着，眼泪却流了出来，突然把手里拿着的书丢到山俊彦的头上，"你忘记了当年你一个农村出身的人是怎么走到今天的吗？刚结婚时你有什么？还不是我们家帮你在单位里一步步向前走的吗？你辞职去省城，这个家不都是我父母帮着你料理，帮你把孩子养大的吗？我年轻的时候，论家境论相貌，哪一点不比你强啊？如今我人老珠黄，你稍微有点小钱的，就想当陈世美了。你想得倒是美啊！"

"你说得都对，我是陈世美。但是这样过下去，你觉得有意思吗？"

"你当陈世美，可以。但是我不会和你离婚的，除非我死了！"

"你能不能讲讲理？"

"让我讲讲理，先问问你的良心吧。"

妻子说完，捂着脸就跑进了卧室里。山俊彦在暗夜里一直坐了许久，脑子里一片空白，随后他在茶几上摸到了一支烟点燃，又把电视机的遥控器摁开。

电视的光亮把墙上的钟表照得清楚，指针已经显示到了十二点，电视里播放的电视剧都是反复放了多遍的剧情，综艺节目看上去种类繁多五彩缤纷，其实内容都是千篇一律，无外乎是换了不同的舞台和主持人而已。

关上电视，山俊彦躺在沙发上，这时他突然发现，女儿可可房间的门缝里传出来一束光线，原来可可一直醒着的，她一定听到了父母的吵闹声，而这一次，她并没有推门走出来。

山俊彦的眼睛望着窗外。此时月亮已经躲到了山的后面，天上的星星却闪烁着很多，这种看到星星的天气在地级市也极为少见。山俊彦重新穿上拖鞋，走到窗子前面，把一扇窗子打开，把纱窗也推了上去，把头探出去，抬头去看那璀璨的星空，他再次看到了银河，找到了七星组成的勺子星座，望见了那颗最亮的北极星。许久没有看到这样的夜色了。

山俊彦不禁想起儿时在农村的景象。

秋月如钩，挂在安静夜空，陪衬的是满天繁星。空旷的田野，月光抛洒的银辉，清楚地看到地上晾晒的农作物，黄澄澄的是玉米棒子，火红的是大高粱，如珍珠般连在秧苗上、像士兵列队一般一排排平躺着的，是刚刚从地里刨出来的花生果，只是那遍地繁花一片片如银锭般铺散在空地上，大眼睛一样仰望星空的东西，却一时猜不出是什么。有过农村经历的人一看便知，那是刚刚切好未晾晒好的地瓜干，待几日晒干后装袋，为牲口储备一冬的食物。躺在玉米秆搭成的窝棚边上，有一十几岁的少年，躺在松软的泥土地上，枕着双手，一条腿搭在另一条上面，数着那些眨着眼睛的亮星星，见到一颗流星飞过，赶忙闭上了双眼，奶奶说，看见一颗流星就能实现一个愿望。

山俊彦不禁苦笑了一下，把脑袋从窗子外面拉了回来，心想，再也回不到那无忧无虑的少年时光了，他脑子里突然冒出来书上经常说的一句话："小时候真傻，竟然盼着长大。"山俊彦问自己，假若能回到过去，自己还愿意回去吗？望着这座房子，还有目前的一切，他不知道如何回答。

在第一次向妻子提出离婚的那一刻，山俊彦早已经预测到了妻子的态度和结果。其实他很了解她的个性，在她的观念里，离婚代表着人生的失败，这么多年共同生活，在妻子看来，似乎没有任何理由可以作为离婚的借口，她早已经习惯了这样的生活。

临近黎明的时候，山俊彦才昏昏沉沉地睡过去。

第二天早上睁开眼，山俊彦闻到了一股油条的味道，他起身来到餐厅里，桌子上摆着油条和豆浆，岳母正从厨房里端出一盘自己腌制的黄瓜咸菜。

"去洗洗脸吃早饭吧。"

山俊彦答应着，去卫生间洗漱完坐在餐桌前。

"她娘俩习惯周末睡懒觉，早餐是不吃的。"

"哦，我知道。"

"你在白水可要按时吃早餐，对身体好。"岳母叮嘱说。

"嗯，每天都吃的。"

岳父从外面推门进来，手里提了个塑料袋，里面装着五个烧饼："排队的人很多。"

"让你早去，你可磨蹭着呢。"岳母埋怨着，把烧饼接了过来，放在山俊彦面前，"趁热吃。"

岳父换了拖鞋，去洗了手过来坐到他的对面。

"今天上午还回去吗？票买了吗？"

"我在白水有些事情需要处理，周末的票到站上买就行。"

"跑了这么多年，也够辛苦的。"

"都习惯了，交通也方便。"

"俊彦，上个月，郊区老家的院子拆迁了，政府给补了八十多万。我和你妈商量着，这钱给你们，你们凑凑钱在白水也买套房子吧，总租房也不是事。可可也大了，去省城读书也行，到时候你们三口也聚在一起生活吧，总分着也不是个事。"岳父说着，从怀里掏出来一个存折，递到山俊彦面前，又补充了一句说，"前几年，我们不该阻拦你在白水买房子

266

的，那时候还便宜。唉！"

"不用，不用，你们把这个钱存起来养老吧，若是买房的话，早买了。我有钱。"山俊彦连忙把存折给岳父推了过去。

岳父母又说了许久，山俊彦坚决不收。

吃过早餐，山俊彦没等可可醒来，就逃一般赶去了车站。

第二十五章

素雅打电话过来的时候，山俊彦正在高铁上补觉。

"给你发了微信，怎么不回我？"

"睡觉呢。"

"咋了？回去怎么不好好睡觉，是不是卿卿我我、乐不思蜀了？"

"……"山俊彦不想说话。

"哦，可可考得怎么样？"素雅能察觉山俊彦的情绪不高，连忙换了个话题。

"她自己说发挥得挺好的。"

"那就好，孩子也可以放松一下了，让她来白水住几天吧，带她转转。"

"她说要过来的，你带她转转吧。"

"没问题！我带她，没问题吧？"

"没问题。"山俊彦说着"没问题"，帮着她坚定了一下口气，但是心里琢磨，假若可可来了，让素雅带她出去，该如何介绍呢？可可这个年纪是很敏感的，一定能看出两人的关系的。山俊彦心想，不过这样也好，有些事情也无须隐瞒。

"我把去云南的计划做出来了，发给你抽空看看。连周末，共六天时间。"

"嗯，拍摄时间，安排一天到两天就行。"

"是这样安排的，你要保证把人家的工作完成，然后再考虑玩。我身份证到期了，这两天回去一趟，换一下证件。"

"行，看看那边的天气，你准备好衣物。"

山俊彦到车站后，直接打车回了办公室。

一楼展厅的卷帘门半拉下来，从外面看上去像是歇业的状态。山俊彦纳闷公司出了什么事情，这时候还未开门，到门口处直接把卷帘门推了上去，却发现公司里的人都在一楼的办公室里，坐在展厅的中央，围成一圈，周惠子站在中间，旁边有个带架子的白板，她手里拿着一只水彩笔，边说边在白板上画着。望见山俊彦从外面走进来，她停下来。

"师父，您回来了，我们正在开会呢。"

"怎么把门关了，准备停业吗？"

"没有啊，一楼的空间大，我们研讨方案需要思路开阔。"周惠子辩解着。

"对面的广场更开阔，你们怎么不去那里研讨？"山俊彦把手提包重重地放到案几上。

"山老师，给您汇报一个好消息，咱们项目连续竞标成功，现在广告业务快忙不过来了，我们要扩大规模。"小白在一边帮着说话。

"业务好就了不起吗？也不能把摄影工作室的门关了。"山俊彦心中一股莫名火腾空而起，说话的声音很大，整个展厅都发颤，吼声把大家震住了，一时都愣在了那里。

山俊彦拿起自己的手提包，气鼓鼓地向楼上走去。

楼下的人面面相觑，不知道他为何发这么大的脾气，周惠子把手一挥，说了一声："散会。"

她把笔记本一合，抱在怀里，跟着山俊彦的脚步也上了楼。

小白看了她一眼，冲着小严和小周两手一摊，耸了耸肩，三个人起身去了旁边的广告公司。

山俊彦坐到沙发上，点着了一支烟，从茶几上一沓堆积的未拆的信封下面把烟灰缸扒拉了出来。这时，周惠子走了进来，蹑手蹑脚的，像个做错事的学生一样。她走到阳台上的咖啡机前，打开开关磨制了一杯咖啡，端到山俊彦的面前，又连忙帮着整理茶几上的那些信笺和杂志。

"都怪我，最近只忙广告的事情了，这边没顾得上收拾。"

山俊彦吸着烟，铁青着脸不说话。由于昨晚没休息好，脸色略显苍白，眼睛里布满了血丝。

"您今天发这么大的火，挺吓人的。师父若是对我有意见，直接告诉我就行，发脾气对您身体也不好。"

这时，山俊彦觉得自己刚才确实有些过分，端起咖啡轻轻抿了一口。

"我是看到你们把摄影工作室关了门，才生气的。摄影是我的主业，不能因为广告公司赚点钱，就把主业给丢了，再说了，我不喜欢广告业务。"

"好的，我知道错了，给您道个歉，别再生气了。"

"嗯。广告公司的事情，你们几个也挺累的，我也不应该这么冲动。"

"您今天看上去挺疲惫的，家里有事吗？哦，可可考得咋样？"

"她考得还不错。"

"那太好了，我还给她买了个礼物呢，你下次回家的时候带给她。"周惠子说完，跑到楼下，一会儿又蹬蹬地跑了上来，提了个纸袋子，她从里面拿出一个带有包装纸的盒子，递给山俊彦，是个 BOSE 的蓝牙耳机。

"小孩子不用这么好的耳机。"山俊彦推托道。

"你才不懂呢，现在的孩子都喜欢这种音质好的东西，这是姐姐给的礼品，她会喜欢的。"

山俊彦只好收下了惠子的礼物。

等到山俊彦情绪平静后，惠子还是把他们商量的广告公司的发展计划给山俊彦说了，自从上次大业务投标成功后，广告公司的名气也大了不少，业务量不断增加。目前广告的策划还有设计都是外包给其他公司的，利润就转送出去不少，而且这部分是广告公司的核心，长久打算的话，这几项业务不能依靠别人，必须自己做才行。所以惠子想挖几个人过来，做成真正的广告公司。另外，随着业务的增多，计划给公司买一辆商务用车，这既是业务需要，也是公司的形象需要。惠子问山俊彦这样是否可行，请他做决定。山俊彦认为这些计划是可行的，表示完全同意周惠子的提议。他建议招人时，招个处理摄影室业务的人员，现在广告公司的事情占用惠子的时间精力太多，惠子一人有些忙不过来。周惠子有些不高兴，说他是要把自己从摄影工作室赶走的意思，即使安排了人过来，她周惠子也是摄影室的"大内主管"才行。山俊彦笑着同意了。

周惠子还说，最近光影客杂志社广告部的苗部长帮了他们很多忙，不但上次的招标工作私下里给了很多有用信息，还把外面的业务也不断地介绍给她，她心里很是感激。山俊彦心想，这苗部长看来和白社长的关系确实不一般。

"你抽空约一下苗部长一起吃个饭吧，或者给人家准备点礼物。"周惠子说。

"可以，我改天约他一下。这人还挺义气的。"

"是呢，师父，我觉得他人挺好的，最近总是给我嘘寒问暖地发微信。有一次我在微信圈里说，来例假肚子疼，他竟然还发给我一些小偏方，挺逗的。"周惠子笑着说。

"估计是有别的想法吧？你可要注意点。"

"我有啥要注意的，我单身。再说了，男人的那点小心思我是能看出来的，师父，你不知道美女经验多吗？打小就有防狼意识，免疫力强。"

"那家伙有没有家室？品行如何？这些你要先了解清楚。"

"现在就是个业务关系，了解人家的隐私干吗？"

"就是提醒你一下，别吃亏。不过，我还是觉得干保险的那个张元元挺好的，上次吃饭听说给你表白了。"

"别提了，这哥儿们那晚上一把鼻涕一把泪的，说的挺动听的，把我也弄醉了。只是这感动和感情是两码事。这段故事本来就没开始，如今早结束了，师父您就别操心了。"周惠子摇着头说着，拿起笔记本，径直走出了门口。

去云南外出拍摄的消息，山俊彦是临行前一星期给周惠子说的，她有些不高兴，说山俊彦这次参加外拍活动有些鬼鬼祟祟的，像是怕她跟着去，所以定好了以后才告诉她。山俊彦笑着说，目前他们经营着两个公司，事情多，需要惠子主持工作，公司一刻也离不开她，而自己却是可有可无的人，所以才决定自己去的。周惠子听了倒是开心，但还是有些将信将疑。

去香格里拉的飞机，预订的是下午两点半的航班。前一天，周惠子说要开车送山俊彦到机场，山俊彦说自己打车去，惠子坚持要送并说路上汇报些工作，山俊彦看推托不了，只好答应了。随后，他告诉素雅让她第二天自己打车去机场，在安检过后再和她会合。

第二天中午，周惠子开车到山俊彦居住的小区门口接上他，路上说了广告公司以及摄影工作室的一些业务情况，山俊彦让她做主安排就好。到了机场，他让周惠子把车直接开上二楼的候机厅，可她偏不听，非要把车停在停车楼的车位上，帮他拖着行李箱，亲自送他到安检处。因为有拍摄任务，山俊彦需要带的照相器材较多，临行前他与杂志社商议本次拍摄以街拍化的人文摄影为主，风景为辅，这样就可以不带一些长焦和广角的镜头了，但是三脚架和反光板等配件仍然装满了一个旅行箱，双肩背的摄影包里也塞得满满的。

"你应该带个助理的，我记得杂志社是可以报销两个人费用的。"周惠子拉着旅行箱说。

"我今年的主题以街拍为主，挂一两个镜头就行。"

"我有种感觉，你可能是带别人去那里。"周惠子仍然不甘心地问了一句。

"哦，我也希望呢，但愿在那边能碰到一个呢。"山俊彦故意逗了她一句。

"听说那边艳遇多，尤其是你这种类型的大叔，机会一大把，回来时，争取带回一个。"

"好，遇到好的也给你带回一个。"

"你口味够重的，还艳遇小伙子呢。"

两人说笑着来到了候机厅，因为杂志社给山俊彦预订的机票是头等舱，托运行李和更换登机牌可以在贵宾厅办理。山俊彦怕遇到素雅，就让周惠子送到贵宾厅的门口处，劝她早回去，惠子只好把旅行箱递给他，冲他摆了摆手，示意他先进去自己再走。

"师父，旅途快乐，祝你艳遇幸福。"

"你这丫头，又闹了。我回来给你们带纪念品。"

"给大家都带的话，我就不要了。"惠子故意不高兴地说。

"到时候给你带个大的。走啦。"山俊彦说完，拉着行李箱走进了贵宾厅里。在前台处服务员审验信息时，他回过头来，望见周惠子已经转身向回走去，他这才舒了一口气。

贵宾厅里人并不多，只是在休息区坐了几个穿着西装的男人。山俊彦在大厅里扫了一眼，并没看到素雅，于是他来到托运处把旅行箱办理了托运，打印了登机牌后，他拨通了素雅的电话。

"你在哪儿呢？"

"我啊，临时有事不去了。"电话里的素雅冷冷地回答。

"啊，为什么？"山俊彦急忙问道。

"不为什么，就是不想去了。"

"你……"山俊彦刚要生气，一只胳膊却搭在了他的肩膀上。

山俊彦回头一看，一个戴着墨镜，披散着一头金亮的秀发，身材高挑的女子拿着手机正笑盈盈地站在他身后，不仔细看，根本看不出是素雅。

她今天穿了一件暗青色短袖 T 恤，下身是短短的牛仔裙，修长的大长腿下脚蹬了一双白色的旅游鞋。这身打扮让她本来就年轻的模样，更加青春靓丽。

"刚才在门口你和那女孩卿卿我我、难舍难分的样子，我真想扭头就走呢。"

"你啊，原来是在偷偷跟踪我。"

"快说，那女的是谁，否则我就不跟你去了。"素雅把嘴一嘟，摆出一副生气的样子。

"那是惠子啊，我助理啊。"

"你看看，叫的还这么亲密，不去了。"

"好了好了，你更好看，一点都不输给她们。"山俊彦在素雅耳朵旁轻轻地夸奖了她一句，看到一群人推着行李进了贵宾厅，"阿宝，咱们进去吧。"

素雅开心地笑了，挎着山俊彦的胳膊，俩人过去安检。

由于相机和电池等设备不能托运，山俊彦的双肩背包还是鼓鼓的，里面放了两个相机，还有随机的镜头。两人在去往乘机口的路上，像一对外出旅行的小夫妻一般。

飞机准时起飞，爬升到万米高空，窗子外面的云和蓝天呼应，非常美丽。

"和你一起出门，我真的好开心。"素雅把头靠到了山俊彦的肩膀上。

"可以放松地在一起待上几天了。"

"你看窗外洁净的蓝天，还有无忧无虑的白云，我俩若是能变成一对小燕子，在外面自由地飞，该多好。"素雅忘情地望着窗外，说话的声音也软绵绵的。

空姐把头等舱和经济舱之间的布帘拉好，开始挨个询问旅客对餐食和饮料的要求。没过多久，就把食品送了过来，给头等舱供应的餐食要比经济舱品质好得多，另外，比经济舱多了餐前的甜品及水果，饮料可选的种类也多，不但有散装也有多种罐装的饮品，酒水也包含在里面。山俊彦点了一份牛排套餐，素雅要的是三文鱼和蔬菜沙拉；山俊彦专门要了两罐啤酒，他把其中一罐递给了素雅，素雅奇怪地望着他，小声问道："你让我喝酒，有什么意图吗？"

"我让你好好睡一会儿。"山俊彦跟她碰了一下杯。

"看来嫌我话多呗。"

"不是，我喜欢你喝点酒后的样子。"

"哼，当时就是被你酒后骗到手的，给我说，你骗了多少女孩子？"

山俊彦把手放在嘴边上"嘘"了一声，用手指了指前面，虽然他们旁边的位子都空着，但是俩人的窃窃私语，还是让前两排的一个秃头男人回过头来看了两眼。

素雅吐了吐舌头，不再说话，用塑料叉子叉起一块三文鱼塞进了山俊彦的嘴里。

飞机飞行两个多小时，便安全降落到一个三面环山，翠绿簇拥的机场里。

取了行李出来，阳光格外刺眼，明显感觉到这个地方要离太阳近了许多。山俊彦有些头晕目眩，原以为是阳光太亮的缘故，仔细一琢磨这应该是高原反应。在飞机降落前，素雅让他吃红景天的含片，山俊彦还信誓旦旦说海拔三千多米，自己是没反应。还是被素雅逼着吃了两片药，可能药物还没起效用，下飞机后只走了这几步就有了不适反应。

在接机口举着写有山俊彦名字的牌子的是酒店派来的接机司机，山俊彦冲他打了个招呼，司机黝黑的脸上露出来灿烂的笑容，他开口说的普通话带着浓重的藏族口音，听起来有些吃力，但基本还能交流。来接他们的车是一辆黑色的帕萨特，把行李放好后，俩人坐到了后排座位上，素雅紧紧攥着山俊彦的手，不时关心地问他，身体是否不舒服。刚才拖着行李走路时，山俊彦觉得喘气还有些困难，到了车上明显好了许多。

"师傅，哪里有卖氧气的，能否找个地方买一点？"素雅问司机。

"氧气嘛，这里到处都有卖，我劝你们，坚持一两天就好了，若是吸了就会有依赖的，相信我，我不骗你们。"黑脸的司机一个字一个字地向外吐，是怕他俩听不明白。

"好的，我们坚持坚持，谢谢啦。"山俊彦小声答道，胸口还是有些不舒服。

"能行吗？不然咱们买两瓶氧气备着吧。"素雅说。

"你们住的酒店里有卖的，也不贵，和大街上药店卖的价格差不多。"司机说。

"好的，到酒店再说吧。"

第二十六章

这里的香格里拉大酒店比大城市的还要豪华气派，预订的房间在酒店 16 层，面积有近五十平方米，比一般酒店的房间要大一些，宽大的双人大床放在屋子的中间，咖色的壁纸和家具、地板的颜色相称，房间里的灯光柔和并不耀眼，大品牌的星级酒店的设计总是给人舒适的感觉。服务员帮两人的行李箱送到房间后，礼貌地关上房门退了出去。素雅走到窗子前，把电动窗帘的按钮打开，咖啡色窗帘连同白色的窗纱徐徐拉开，窗外的景色给了她一个大大的惊喜，整个独克宗古城的全貌尽收眼底，远处那个硕大的金黄色转经筒在夕阳下熠熠生辉。古城的景色，从高楼俯视更是迷人，碧蓝的天空下，青砖灰瓦的古建筑，红白相间的藏式民居，形成了古色古香赫赫有名的月光城，无疑这是一座建在石头上的迷人的世外城堡。

山俊彦轻轻走过来，从后面抱住了素雅，把脸依偎在素雅的脸上，一起望着窗外的风景。

"来到这世外桃源，我怎么有种穿越的感觉呢。"素雅说。

"请问姑娘来自何方？"山俊彦附和着她。

"民女自东土大唐而来。"

"女施主来此地，难道是为取经而来？"

素雅刚要回答，突然意识到山俊彦的话里有话。

"流氓。不对，我应该是来自宋朝，因为我喜欢宋朝的词。"

"穿越过来，做什么？"

"天接云涛连晓雾，星河欲转千帆舞。仿佛梦魂归帝所，闻天语，殷勤问我归何处。"素雅随口背诵了李清照的一首词。

"你是织女下凡尘吗？"

"我来这里会牛郎，见完了我要回天庭了。"

素雅像是自言自语，闭着眼睛，晃动着身子，似乎是在飞来飞去一般，站在身后的山俊彦随着她的摆动，晃动着身体，头却依然晕着。

素雅还是感觉到了他的不舒服，停止摆动回过身来，扶着山俊彦到床上躺下。

"牛郎先生被我晃晕了吧，你最好睡一会儿。"素雅边说着边用双手去按摩他的太阳穴。

"我这一会儿咋就变成牛郎了呢，本人卖艺不卖身。"山俊彦闭着眼睛享受着按摩，嘴里却抵抗着。

"没正经，你现在是一只陆地上的旱水牛，不是高原藏牦牛。你先眯一会儿，带你出去吃点东西，今天先适应适应当地气候，就别跑远路了。"

两人就这样答非所问地对着话，山俊彦在素雅轻柔的抚摸下，昏昏地睡了一会儿。睁开眼睛时，房间里的灯已经亮了，窗帘依然打开着，窗外的古城已经变得霓虹闪烁，五彩缤纷。

素雅在房间里的写字台前，全神贯注地在本子上记录着什么。山俊彦轻轻坐了起来，发现头已经没刚才痛了，似乎高反的感觉消失了，他悄悄下了床，赤着脚轻轻走到素雅的身后，望着本子上一行行清秀的字体。

"在《霍乱时期的爱情》里，小说里的人物似乎都有了完美的爱情结局。假若阿里萨与费尔米娜在年轻时就能够顺利地走在一起，阿里萨没有用半个世纪去追求费尔米娜，费尔米娜没有遇到乌尔比诺医生的话，他们的一生该有多么的平凡……"

素雅听到了山俊彦的喘息声，回过头来望着他，赶忙把笔记本合上了。

"写什么呢？还不让我看，少女日记吗？"山俊彦说着把笔记本拿了过来。

"写一些读后感，还有平时的一些感受。"

"出来玩，还不忘本职工作呢，关老师。"对素雅的姓，山俊彦很少称呼，今天开口就叫出来，听上去显得有些奇特。

已经写满了厚厚的整本。山俊彦翻看着那些隽秀的文字，字里行间记录了她对生活、情感、人物的理解，还有读书的感受，犹如素雅的人一样简单清净。

"别看了，等有时间让你看个够。你还不舒服吗？我饿了，咱们去吃点东西吧。"

"好吧，我满血复活了。走，出去吃饭，我的最才的女。"山俊彦用了钱锺书形容杨绛的词语。

"嘴真甜，奖励你去吃个好吃的火锅，离这里不远。"

素雅所说的火锅店是根据大众点评筛选推荐的，在离酒店仅仅两百米远的地方，名字叫"牦牛家火锅"，人气评价都很旺。高原的夜晚与白天温差较大，虽已是夏日，晚间却凉风习习，需要穿着春秋的衣服才能避寒。大街上已灯火通明，能听到几百米外古城里面熙攘的声音。两人牵着手从酒店走出，沿着手机导航的指引方向前行，出酒店的大门后右拐，不远处就看到了那家挂满红灯笼的火锅店，门口的墙上镶嵌了一只铜制的大火锅标志，汉藏双文语写着"牦牛家"的招牌。

从大门里进来，是一个露天的院子，山俊彦和素雅俩人被院子里沸腾的场面所震惊，不单是人声鼎沸，特别的是院子里仅有三张大桌子，每张桌上一二十个人围成一圈坐在那里，每个人面前都有一个铜制的木炭火锅，热烈的气氛弥漫着整个院子，好不热闹。

"这种吃法，简直太气派了。"素雅情不自禁地喊了一句。

山俊彦拉住一个送菜的服务生，问他："有没有两个人的位子？"

那服务生喊了一声："牦牛卓玛，来客人啦！"

一个穿着红白相间藏民族服装的胖女孩风一般跑到他俩的面前，高原红的脸庞像个熟透了的大苹果："扎西德勒，欢迎欢迎，哥哥姐姐跟我来。"

牦牛卓玛把两人带到最里面那个大桌前，恰好有两个空位置的地方，桌子上的残羹剩菜还没收拾走，牦牛卓玛说："你们好幸运，恰好有两人刚走掉，不用等位，等一会儿收拾完你们就可以坐在这里吃了。"她说完就跑开了，又去迎接别的客人。

两人点了店里最有特色的牦牛火锅，一盘叫作水性杨花的青菜，还有四瓶风花雪月啤酒。素雅在做攻略时从网上看到水性杨花这个菜名时就非常诧异，决心到了店里一定要尝一尝它的味道。当这道菜端上来的时候，山俊彦说，女人吃了它一定会变得水性杨花。素雅差点笑岔了气，说，若真如此，她就要再点一盘吃个痛快。

俩人开着玩笑，吃着美食喝着风花雪月的啤酒，说着风花雪月的故事甚是开心。山俊彦注意到坐在他旁边的一对小情侣，二十几岁的样子，那男孩的身上挎了一台徕卡相机，从外包装看像是 M 系列的最新款式，山俊彦冲素雅说："这个兄弟的小相机比我那个大单反的套机都要贵的。"

山俊彦的话被正在吃火锅的小伙子听到，转过头来上下打量了一下山俊彦："大哥很识货啊，这是刚从德国带回来的相机，我还不会用呢。"

山俊彦把手伸了过来说："来，兄弟，摘下来我看看。"

"你会吗？这相机挺贵的。"男孩疑惑地问。

"他可是专职的摄影师呢，可以教教你。"素雅在一边说。

那小伙子把手中的筷子放下，把相机的背带从脖子里摘了下来，递给山俊彦。

山俊彦把相机拿到手里，仔细掂量了一下，是徕卡最新上市的M10-P系列，国内价格有六万多块，虽然对于专业摄影师来说，不是多么奢侈的机器，但是在这两个小孩手里当傻瓜机来用，简直是浪费器材。

"你喜欢拍什么？"山俊彦手里看着相机，问那男孩。

"拍风景，还有我媳妇。看到别人拍的照片很美，我咋就拍不出来那种效果呢。"

"你买的？"

"不是，有人送我岳父的，这次出来玩，我媳妇偷着带出来的。"

"这相机挺贵的，国内卖到六七万呢，你可要保护好了。"

"哦，这么贵啊。"小伙子吐了吐舌头，又说，"大哥，你帮我看看，我拍的这些照片。"小伙子把相机的回看打开，把自己拍的照片一张张给山俊彦看，相机的成像质量确实好，色彩艳丽，只是小伙子不会使用功能，照片在摄影师的眼里根本无法直视。山俊彦拿着相机给小伙子指点着拍风景拍人物时的基本要点，又教给他怎么使用徕卡相机的几个日常模式。两个年轻人非常认真地学着，那女孩还把一些重点记在了手机里。

对于新手来说，说多了也记不住。山俊彦只把一些简单的技巧给他们说了说，然后鼓励了小伙子。

"摄影挺好玩的，你看，这么好的景色，这么漂亮的媳妇，拍不好多遗憾呢，多拍多练就会了。"

"大哥，嫂子，我俩敬你们一杯，遇到你们就是缘分。"小情侣端起酒杯，向他俩敬酒。

山俊彦和素雅高兴地和他们聊起了天，这对小青年来自陕西西安，男孩在医院工作，女孩在银行工作，俩人结婚刚刚一年多，这是一起休年假出来玩。

牦牛肉确实好吃，素雅又要了一盘，只是那水性杨花的青菜没有想象的那么好吃，只吃了一半，在高原上也不宜喝太多酒，四个人边谈边吃，没多久便吃饱了。

从火锅店出来，外面已经一片寂静，高原上的夜晚虽然没有月亮，却依然能看到天上不时飘过白云，虽不如白日里那般看得透彻，却依然清晰可见，远处的天空像是镶了一道道银边，开始以为是白云堆积，仔细一看才知道是连绵雪山的山顶。

小夫妇去了古城的客栈住宿。山俊彦和素雅不舍得浪费这美好的夜色，两人在山间小路上继续散步。

走了二三百米后遇到一个丁字路口，向右拐后，却没有了树的遮挡，小路也变得清晰可见，三三两两的行人来回走过，前面不远处是一个小山包，小路变成了攀爬的木栈道，隔不远就是一个太阳能的路灯，素雅在前面带路拉着山俊彦，爬到了山包的顶处，两人抬头的一刹那，不禁欢呼了一声，原来这里是个观景台，可以远望白雪皑皑的山顶，也可俯视灯火通明的古城。在铁栏杆围成的平台边上，是几把木制的长椅，有一对小情侣依偎在一起。他们两人在平台的另一侧坐了下来。

"好美啊，简直是人间仙境。"

"我先用手机拍几张夜景图，等后面有时间再过来拍摄星轨。"山俊彦站起来，走到栏杆边上，用手机拍了几张全景的古城夜色。

"高反好些了吧？"

"好多了，可能刚下飞机不适应吧。后面会越来越适应的。"

"那太好了，我还担心影响你的摄影计划呢。"

"看到美景美女，就化解了高反。"

"明天给你租一个美女吧。"素雅记得他说过，拍摄是可以租模特的。

"不用租，你来做模特就好，明天可以买几身民族服装。"山俊彦说。

"我可不当免费的模特，也不想把自己弄到杂志上去。"

"给钱，按天给租金，按模特小姐的价格给。"

"哼！你才是小姐呢。"素雅用手捏了山俊彦的胳膊一下，突然喊了一声，"你快看，月亮，月亮升起来了。"

山俊彦抬头顺着素雅手指的方向望去，确实有个红色的月亮从古城的方向正在快速地升起。山俊彦仔细一看，不禁笑了，是一只许愿灯。

"你等等，一会儿要升起不少的'月亮'呢。"山俊彦的话音未落，又有两只'月亮'起飞飘向了空中。

"难怪，我还纳闷呢。这'月亮'升得也太快了吧。"素雅望着远方的许愿灯，喃喃地自语。

"一个许愿灯，你可以许个心愿。"

素雅听话地把眼睛闭上，双手攥成拳，抵在下巴上，许久才睁开眼睛。

"问你个问题呗。"素雅故意把两只牵在一起的手晃得很高。

"什么问题？"

"比如今晚你找不到我了，你会怎么办？我的意思是，永远地找不到了。"

"你怎么会有这种想法？"

"我是说假如啊，回答我。"

"哦，我拍完照片，回白水城，等你的电话啊。"

"你真这样呀。"素雅望着山俊彦，昏暗的月光下，眼睛带着剔透的光芒。

"你不会走丢的，即使迷路，也会打电话给我的。"

素雅不再说话，望着远方天空中逐渐消失的许愿灯。

"你当真了啊？你不是说假如吗？"

"……"

"逗你的啊，我肯定找你啊。"

"……"

"好吧，我不该逗你的，给你道歉了。"

"……"

山俊彦伸出胳膊把她揽向自己，素雅不情愿地扭动着身子，脸颊碰到一起的时候，山俊彦才发现她已泪流满面。

山俊彦并不清楚素雅究竟想起了什么，让她如此悲伤，肯定不是这一句玩笑，女人的情绪还是如此的敏感。寂静的夜晚，美丽的夜色离开喧嚣，反而容易引起忧伤。

回到酒店的房间里，素雅似乎早已忘记了刚才的忧伤，把事先做好的这几天的规划拿给山俊彦看。他们计划前两天是山俊彦的拍片时间，后两天的行程和前两天的安排做了较好的衔接。应该说素雅是个不错的助理，安排的内容既细致又周到，山俊彦夸奖她是个难得的好旅伴，素雅纠正他的用词说，不是好旅伴，应该是好伴侣才对。

临睡觉前，山俊彦没有忘记刚才在观赏夜景时发生的不快，问她为什么会生气，素雅却说女人生气不需要理由，让他自己去琢磨。

第二十七章

山俊彦把拍摄题材定位在人文创作是有原因的，像云南这些旅游风景区，开发得比较早，很多风景早已被摄影师拍了多次，很难再出独树一帜的片子，而拍风景只要选取好角度，在不同的季节寻找到合适的光照，就能拍出千篇一律的风光大片，若想拍出个性，需要很好的机遇，遇上特殊的天气加上好的运气才行。而人文摄影的题材比较广泛，照片中若是充满故事，则需要摄影师的思考，当然也需要碰运气。人文的摄影，应该是更难得。

香格里拉的独克宗古城特有的典雅和松赞林寺神圣的庄严，在山俊彦的眼中是最好的背景，浓郁的藏族色彩则是摄影师最喜欢的底色。虽然他是第一次来这里，但他从许多画册中多次看过这里的环境和建筑，在摄影师眼中，每一个地方都有不同的风景，独克宗古城和松赞林寺是容易有故事的地方。

对于一个老资格的摄影师来说，设备器材加上素雅这个天生的模特，仅准备几套当地特色的服饰和物件就足够了。山俊彦一直喜欢从简的摄影方式，几乎从不带灯具，甚至都不喜欢用大家经常用的反光板，他的观念里自然的才是最好的。

第一天的摄影，选择了去古城拍片。早上出门时，两人各背了一个双肩背包，为了避免换镜头的麻烦，山俊彦带了两个相机，分别挂了两个焦距的镜头，三脚架是必带的，又装了两块备用的电池。素雅则带了一把雨伞还有防晒的遮阳帽和擦汗用的毛巾，还偷偷给山俊彦带了一包牛肉干。身着多口袋摄影服的山俊彦在素雅眼中是另类的帅，临出门前，素雅给他涂了厚厚的一层防晒霜，自己也是全副武装，戴了大个的墨镜和大檐的帽子。

两人站在古城门口的广场上，远远望着那些乱石垒砌的碉房和山坡上金光闪闪号称世界第一的大转经筒，像是来到了另一个世界的王国。

然而拍摄还是很辛苦的，仅在独克宗的那个号称世界上最大的转经筒前，拍摄工作就有两个多小时。两人来到转经筒，山俊彦先围绕着它转了好几圈，找到角度，把三脚架支在离转经筒不远且能避开游人的地方，要等合适的光线照过来。刚才还云朵飘飘，一会儿却被风吹走，好不容易光线合适了，进入镜头的游客却少了，而且一直没有山俊彦想要的影像。

功夫不负有心人，当一个白发苍苍穿着藏红色服装的老阿妈摇着转经筒出现的时候，连在一边等待的素雅也清楚知道，摄影师眼中真正的模特出现了。果不其然，老阿妈的身影一出现，山俊彦的目光就没有离开过她。老阿妈一只手不停地摇着小转经筒，另一只手扶着大转经筒的护栏，表情虔诚而执着，嘴里不停地叨念着，脚步不停地交替变换着向前行走。

山俊彦手里端着的相机不停地在不远处摁着快门，当他预判到老阿妈快到他设定的机位范围内时，便早早跑到支好三脚架的那架相机前，像守株待兔的猎人，一动不动地静候在相机前等待着最好的机会。老阿妈围着转经筒转了七圈，山俊彦的眼睛跟随着她转了七圈。

老阿妈的身影离去好一会儿，山俊彦的眼神还一直在取景框里不舍得收起来。

"看什么呢？"素雅走过去在身后悄悄地问了一声。

"影子，一个虔诚的身影。"

山俊彦抬起头，脸上满是汗水。素雅把绑在手腕上的棉布巾取下来，给他轻轻地擦拭。

"念经的人是不是不喜欢别人给他拍照啊？"素雅问。

"这也是摄影人需要一直提醒自己的，多用长焦镜头，尽量在远处拍摄，不要打扰到别人。"

"在别人不允许的情况下拍摄，会不会有负罪感啊？"

"摄影师的拍照目的是记录虔诚，初心很重要，别有杂念就好。另外，真正有信仰的人，心里口里眼里只有经文，是看不到你的，也不会在意你的。"

素雅在相机里回看着照片，老阿妈写满沧桑的面部还有一串串五彩饱满的天珠头饰，冲击着素雅的内心。两个相机一个是彩色画面，一个是黑白画面，仿佛是设定了两个世间一般，黑白的照片则更能触及灵魂。山俊彦说是强制自己刻意这样设定的，他喜欢黑白色的沧桑感。素雅看着照片，回味着山俊彦刚才的话语，她这才感受到了摄影的魅力所在。

中午在古城内找了一家云南腊制排骨火锅店，素雅记得在白水城也有一家，她想比较一下原产地的口味和千里之外的有何区别。俩人点了一个中份的火锅，腊排骨却是满满的一锅，这是在旅游风景区很少见到的，说明这里的民风依然淳朴。原产地的腊排骨明显好于白水城的味道，也许是口味好的缘故加上摄影耗费体力，俩人竟然把一锅排骨连同两盘青菜加一份面条全部吃完。

吃过午饭，太阳直射得睁不开眼，中午的阳光不适合摄影，俩人决定先回酒店去休息，到临近傍晚时光线暗下来后再回来。素雅看到路边有几辆插满鲜花的人力三轮车，便伸手招呼了一下，挨得最近的一辆车夫是一穿着藏式服装的小伙子，看到她摆手，蹬着车子像风一样来到他们身边。两人上了三轮，那车子上的鲜花一半是塑料花做底，外面竟有一半是真花，像是从田地里摘来插到上面的，还有浓浓的花香味道。三轮车走在青石板路上，车子左右摇晃着，带起来的清风摇响了车上的风铃，那蹬三轮的小伙子从车座子上回过头来，问他们想不想听藏族的歌曲，黝黑的面庞露出了一口洁白的牙齿，没等他们回答，只听到嘹亮的藏族歌曲就从身下的音响里冒了出来，对唱的男女仿佛把雪山上的清澈引淌出来，涤荡着听歌人的心灵。路边的游人把目光汇聚过来，素雅和山俊彦对视一笑，闭上眼睛继续跟着歌声飘荡。

到了酒店门口，山俊彦问藏族小伙车上的 CD 在哪里能买到，小伙子机灵地从身上的挎包里掏出来一摞："十元一张，随身携卖。"素雅让山俊彦就买车上刚放的那一套，一共六张碟片，小伙子收了五十块钱。

下午三点半后，俩人重新从酒店回到古城里面。素雅穿上从古城门口的民族城买的衣服，她挑选的是一件纳西族姑娘的节日盛装，红白相间又布满绣饰品的连衣裙，加上几件项链耳坠的首饰，活脱脱变成了云南当地的纳西美女。

古城在傍晚的柔光里更加妩媚，青石板上的马蹄印诉说着古老的故事，街边的茶叶店和咖啡屋装扮得古朴典雅，印证着千年的茶马古道。当地老翁背着箩筐，叫卖着各种奇特的特产。山俊彦贪婪地举着相机驻足在一个角落里，不时按动着快门。素雅这才知道她这个从千里之外带来的模特纯粹是个摆设，自己倒是落了个随意。

素雅悠闲地逛着各种小店，她尤其喜欢那些原生态的手工制品。在一个手工蜡染的布料摊前，她被那些蓝色蜡染的花纹所吸引而驻足，素雅把一块块大大小小的棉布蒙在头上，系在脖子上，拿着镜子看着它与身上的衣物和肤色的搭配。选中了自己满意的，就从背包里掏出钱给店主人，满意地把布料塞进鼓鼓的袋子里。转过头去找山俊彦，却无意中发现，摄影师就在离她不远的地方，镜头跟着她不停地拍，原来她一直没有离开过他的镜头，模特还是有用的。

临近傍晚的时刻，在街道的旁边有一家门头别致的院落，大门口处有一株茂盛的三角梅，鲜红的花朵一大片遮盖了半个门楼，增亮了这家院落的底色。门楼的门楣上挂着白底黑字的匾牌，书写着"流水别院"四个字，从大门洞里望去，院子宽阔，繁花似锦，院中有小桥流水，有亭有廊，隐约听到还有琴瑟之声。这里的客栈都是开放的，游人随便出入拍照休憩。两人决定到院子里去看一看，顺便休息一会儿，俩人进来，走到院中的凉亭处，在亭子中央的藤椅上坐了下来。

风从凉亭飘过，格外的清爽，院内琴声悠扬，弥漫着花香。院落是由二层木制阁楼围成的，像是福建的客家土楼，房间错落有致。下午的夕阳把东边的阁楼照得金碧辉煌，光影之间形成了很好的明暗对比，像一幅立体的壁画挂在那边。山俊彦把相机举起，把这美好的瞬间记录下来，又沿着光线把阁楼的角落都拍进了镜头里。这时，他才发现，这琴声并非从音响里传出的，在二楼的走廊里，有一位身着白色旗袍的女子正端坐在一架古琴前面，优雅地拨弄着琴弦。山俊彦用镜头把女子拉近到面前仔细端详，女子面容姣好，表情凝重，似乎全身心倾注到琴声里面，抬眼望见山俊彦举着的长镜头，却不感羞涩，大方地与他对视，山俊彦连忙摁下了快门。

从一楼的门厅走出一拎着茶壶的姑娘，来到凉亭处把茶杯斟满："欢迎二位，请喝点茶水。"姑娘把茶杯推到两人面前，用手做了请的姿势。

"谢谢，你们这院子真好，来了就不想走了。"素雅说。

"我们这个院子的客人都是朋友推荐来的，也欢迎你们入住。"姑娘笑吟吟地答道。

"你说咱们后两天住在这里怎么样？"素雅转过头来问山俊彦。

"随你啊，听你安排吧。"

"谢谢亲爱的。其实大酒店在哪座城市都差不多，而这种客栈是最有当地特色的地方，你若同意，咱们就定下来。"

"同意。"

素雅跟着拎茶壶的姑娘走进一楼的厅堂里办入住手续，出来时，脸上带着满意的笑容。

"办妥了，楼上的房间，就是那个美女的旁边。"素雅用手指了指楼上抚琴的女子。

"哦，明天下午拍完照，就过来。"

"确实喜欢这种有情调的院子，过两年，我们也来这里开个客栈吧？"素雅坐在藤椅上，轻轻地闭上了眼睛。

"琴棋与书画，诗酒伴花茶；啾啾关老师，何处不素雅？"

"好诗，我把这几句，写在客栈的门前。"

"你给客栈起个名字吧。"

"那我要好好想想了，想好再告诉你。"素雅眯着眼睛，似乎睡着的样子，嘴角微微向上翘着，露着满满的喜悦。

景色宜人，美女相伴，山俊彦也觉得心情舒畅。他想，这样的生活对多数人来说是舒适的，尤其是三五天的休假旅游，作为生活的调剂，会让心情得到放松，身心得到愉悦。但是能否获得持续而久远的舒适，则是个难题。如素雅所说，真若是在这里开一家客栈，长久生活于此，短期会感到新鲜，时间一旦长了，单调枯燥的周而复始也一定会无聊无趣的。

其实，开一家有情调的客栈不难，难的是一直保持着有情调的生活。

夕阳落下，古城的夜色更美，夜晚的景区人流如织，高原的晚上夏季如秋，没有了白天的炙热和紫外线的照射，相比之下青年男女更加喜爱古城的夜晚，天一黑就纷纷地涌上了街头，古城酒吧的灯光亮了起来，丰富的夜生活开始了。

山俊彦拉着素雅在古镇中一些人少的胡同里，架起三脚架借着灯光，拍摄了一组"喧嚣下的寂静"为主题的画面，才收起器材，算是完成当日的拍摄工作。

俩人在路边的小吃店，品尝了香格里拉有名的洋芋粑粑、琵琶肉和路南乳饼，又喝了当地阿妈家的酥油茶。酒足饭饱后，依然叫了一辆脚蹬三轮花车，哼着藏族歌手三智才让的歌回到了香格里拉大酒店。

到了酒店里，俩人都感到腰腿酸痛。山俊彦感叹自己已经没有了年轻时在外拍照的激情，素雅的脚上磨了个水疱，山俊彦用酒店针线包里的绣花针帮着她挑破，挤出里面的血水，帮她涂上药，贴了创可贴。两人简单洗漱后，躺进了柔软的大床上，相拥着进入了梦乡。

听说日出时金光耀古城的美景不错，昨晚临睡前，山俊彦把闹钟定到早上五点钟，一觉醒来却发现闹钟没响，已是早上六点半多。上午最好的光线是在天亮后到十点前，而且还要看天气。上午去松赞林寺的拍摄时间比较紧张，俩人匆匆吃了早餐，七点左右坐上预订好的出租车，酒店到松赞林寺景区有五公里的距离，都是乡间公路，汽车开的速度并不快。窗外是一片黄绿色漂亮的草甸，被一夜的露水滋润着，蒙罩着一层湿漉漉的薄膜，清晨的阳光洒在上面，看到无数个晶莹的小眼睛一眨一眨的。

出租车司机叫洛桑，性格豪爽，特喜欢和乘客交流，蹩脚的普通话里透着山民的豪气。他一路不停地介绍着当地藏民的风俗习惯。

洛桑从反光镜里看了看坐在后座上的素雅，告诉素雅，若她是藏人，在这里生活是可以找三个丈夫的，藏族允许一夫多妻，也允许一妻多夫。他感觉素雅是能降服住男人的女人，很多男人会在她面前俯首称臣。素雅听了开心得前仰后合，让洛桑看看山俊彦可以娶几个老婆，洛桑故意端详了一会镜子里的山俊彦说，他不行，一个就够了。素雅说到底哪里不行，洛桑说他身体不行需要吃冬虫夏草，后座的俩人都乐得捂住了肚子。

一路说笑显得车程不远，不一会儿的时间就进了松赞林寺的景区，洛桑指着路边的白色藏式居民房说，你们看那屋子上插的旗子，插一杆的是一个老婆，插三杆的有三个老婆。临下车前，洛桑递给山俊彦一张自己的名片，说逛完了景区，提前打电话给他，可以过来接他们回去，山俊彦和素雅愉快地答应了。

松赞林寺被称为小布达拉宫，依山而建，雄伟壮观。从山下望去金碧辉煌，丰富多彩的镀金筒瓦，殿宇的宝角处是兽吻飞檐，庄严而神圣。整个寺院像是飘浮在半空中的宫殿一般，即使不信教的人来了以后，也会被这威严而华美的气势所折服，总有种不虔诚心不安的感觉。山俊彦看了下手表，虽然还不到七点半的时间，寺院门口已经站满了游客。

两人在售票处兑换了事先在网上购买的门票，进入景区大门的里面，在一个指引图面前，听到导游在介绍，松赞林寺是格鲁派寺院，按照寺院的要求，游客不得戴帽子和墨镜进入大殿，而且只能顺时针方向游览。还讲了许多藏传佛教的一些禁忌，山俊彦见素雅拿出一个小记事本，认真地记下来。山俊彦凑过去看，发现她一会儿的工夫竟然把松赞林寺的外景图画了出来，下面密密麻麻地记录着导游刚才讲的提示。山俊彦问她，记录这些做什么，素雅说回去后整理成游记存起来。

难得来一次这里，山俊彦建议素雅跟着旅行团的导游去游览景色，自己去拍摄，素雅却不肯，说自己是他请来的模特，不能半路被辞退，要全程陪着山俊彦去摄影。山俊彦把分量轻的那个相机挂到她的脖子上，简单给她调了相机的参数，告诉她两人一同拍摄，鼓励她说，若是拍得好，不但给模特费用还把她拍的照片给推荐到杂志上。

素雅给山俊彦涂抹的防晒霜没有阻挡住紫外线的强烈侵蚀，不到两天的时间山俊彦的脸和脖子涂上一层锅底的颜色。素雅的遮阳帽和蒙面的丝巾倒是起了不少作用，除了面部微微发红外，并没有太多的变化。三千多米的高原上，太阳强烈，却很凉爽，算是为拍照工作消除了一丝丝疲劳。山俊彦还是有些高山反应，昨日在古城时已经没有感觉，今天好似又回到了身上。松赞林寺去三大殿的台阶确实有些高，而且坡度很陡，爬几步就有些喘，素雅的背包里背了一瓶氧气，山俊彦却坚决不用，怕第一次吸了后就养成不得不吸的习惯，喘得厉害时俩人干脆坐到台阶上，看天上不断盘旋着的老鹰，当地人把老鹰称作神鸟。休息一会儿，感觉体力恢复了，再接着向上爬。

半个小时的工夫，俩人到了山腰的广场上。远处烟波浩瀚，云雾满山，素雅望着眼前的美景情不自禁地伸开了双臂，做了个大大的 V 字形状，清新的空气和如画的美景似乎减轻了高山反应，山俊彦又恢复了精神。

网上说松赞林寺是摄影家的天堂，来到这里后发现果然是名不虚传。藏传佛教遍地是穿着红色僧袍的出家人，红黄白组成的寺院建筑，一眼望去山下那满眼的碧绿草甸子，都是摄影师镜头里的最佳背景。无论你是否会摄影，拍出来的都是大片。

山俊彦不断指点着同样拿着相机的素雅，在摄影师的眼睛里全是故事，全是美色。山俊彦说，人文摄影主题就是故事题材，核心是要捕捉到人和环境的情感表达。他说，跟随那个浓妆艳抹、衣装华贵的时尚美女，在大殿里若是虔诚地给佛祖磕头祈愿，会给人带来许多的遐思，会猜测她究竟在祷告什么。从远处走来的那个背着孩子的老妪，要等她从洁白的寺院墙前走过时，拍下她的身影和表情，或者拍她满是皱纹的双手，来体现她背后的沧桑。山俊彦的快门在不停的闪烁中记录下了人间的万象，素雅手忙脚乱地按照山俊彦的指导去拍摄，毕竟是跟着行家学习，胡乱地拍几张，在回放相机照片时，却发现都是些美丽的作品。素雅特别高兴，感觉从事摄影确实是个很好的职业。

不到十点钟，两人结束摄影工作，天公似乎配合着他们，乌云也堆积了上来，把太阳给遮蔽住了。早上听天气预报，今天并没有雨。阴天更适合看看寺庙里的景观，俩人走进了松赞林寺最著名的三大殿，每个大殿内都有高大的筒幡从房顶垂下来，佛像造型各异，法器威严壮观，大殿内松香弥漫，木鱼声声，经唱缭绕。素雅十分虔诚，在每一座佛像前挨个磕头、祈愿，在功德箱里捐钱，山俊彦跟在她的身后，被她的虔诚所打动，也不时从包里取出一些钞票塞进功德箱里。

两个人参观完最后一个大殿，正打算离开的时候，素雅发现在大殿的一侧，密密麻麻排满了一座座香客供奉的神龛，烛光闪烁，甚是壮观。沿着这些神龛向里走，不远处的空地上有个黑色的案几，上面有一棕色竹筒，烛光下看到竹筒上刻着菩萨的雕像，筒里放了许多拴有红绳的黄色纸质灵签，素雅似乎对算卦抽签格外感兴趣，拉着山俊彦过去，在菩萨面前双手合十作揖后，从里面随意抽取了一个纸签，她示意山俊彦也去抽一个，山俊彦冲她摇了摇头。

素雅打开放签的袋子，拿出纸条，上面写着："当春盼雨喜相逢，玉兔金乌渐分明；犹记当年窗前月，碎旧破晓早出征。"素雅拿给山俊彦看，俩人端详了一会儿，大体意思能知道，应该是个好签。案几旁边立有一标识牌子，牌子上写着"解签向里走"的字样，素雅拉着山俊彦沿着路标向里走，跨过一个走廊，进到一个小门里面，见前面一穿僧服长髯须的老者正坐在椅子上看经书。

"大师，您能给解签吗？"素雅走到跟前，轻声问。

老者并不答声，也不看素雅，只伸出手来示意她把纸签递与他，老者接了过来，打开黄袋取出里面白色的签条。

"施主已经过了不顺的年份，春风拂面会越来越好，你是个能持命运之人，只是尚不自信，若是自信则无论生活和情感都能安排得妥帖。你有佛缘，胸中常住理想的桃花源，看似缥缈不定，实则佛祖护身，可以逢凶化吉。为上上签。"

"大师，我的理想会实现吗？"素雅问。

"坚守佛缘，放低夙愿，不忘初衷，终得圆满。"

"明白了，谢谢大师。"素雅合十作揖。

"男施主的签也拿过来吧。"大师望着站在一边的山俊彦。

"哦，大师，我没抽签。"山俊彦答道，并没有说不信抽签的话。

"嗯，信和不信都在一念间。"

"大师，我们走了，谢谢您。"

"不客气。我送这位小伙子几句话吧，不知愿听不愿听？"

"大师，请讲。"山俊彦站住身子，想听听他说什么。

"不求签不求卦，胸有成竹或心存畏惧；认清实为认不清；困惑的答解是放下。老衲不点破不说破。"说完，大师又重新拿起了经书，不再理他们。

"谢谢大师，我们告辞了。"

从大殿出来，山俊彦一直琢磨着大师说的三句话。

"大师说的准吗？"素雅问。

"信则灵，不信则不灵。"

"那你是信还是不信呢？我觉得挺准的。"

"那你的理想是什么？"山俊彦问她。

"找个没人的地方，放马归南山，你耕田我浇园。"

"大师所说的，你心中的桃花源就是这样啊？"

"是。大师对你说的话是什么意思呢？"

"我也在琢磨，好像看透了我。认清实为认不清，是在说我看着是个明白人，实际是个糊涂蛋。只是大师没有说破而已。"

"哈哈，你不糊涂，只是不想明白。"

山俊彦在殿前广场的下台阶处给司机洛桑打电话，他很快接听了电话，说二十分钟后就能到，让他们在山门处等他。下台阶要比上台阶容易许多，山俊彦和素雅边欣赏远处的风景边向寺院大门外走，到山门的地方不久，洛桑的车就到了。俩人上车后，洛桑突然想起什么事情来，突然认真地问山俊彦，是否在山上拍了西南方向的风景？若是拍了，就要抓紧删掉。山俊彦和素雅非常纳闷地问为什么，洛桑说，那边不远处就是香格里拉的天葬台，那些盘旋在天空中的神鸟是佛祖派来的使者，它们负责把逝者的肉身带走。而死去的灵魂是要上天堂的，照相机会把升天堂的人的灵魂带进镜头里，那些留恋世间的灵魂可能会跟着相片走，直到七七四十九天后才肯离去。听的素雅有些毛骨悚然，提醒山俊彦抓紧删掉。山俊彦冲她笑了笑，对她说，整个过程中他并没有拍那个方向的风景。

到香格里拉大酒店后，让洛桑在门口等着，俩人去房间把行李搬下来，退掉房间后再让洛桑送他们到古城的客栈。办完退房手续，把行李放到洛桑的车上，素雅把流水别院客栈的名片递给洛桑，洛桑看了一眼地址，就发动了车子。因为洛桑的车是当地的车牌，可以直接开进古城，省却了到门口再换三轮车的麻烦。洛桑熟悉古城的地形，并没从古城的大门处进入，而是从人少的西门驶入，在胡同里七拐八拐，十几分钟后，就到了流水别院客栈所在的街口停下来。洛桑把车停好后，帮他们取下行李，一定要把他们送到客栈的门口后才肯离开，走的时候嘱咐他们，需要汽车时随时招呼他。

客栈的房间虽不如香格里拉大酒店的房间宽敞，但是装饰颇具特色，打扫得干净，住着是一种居家的感觉。

把行李放到房间后，洗漱完毕，发现已是饥肠辘辘。俩人下楼准备到古城里面吃午餐，在一楼碰到了抚琴的那个女子，打了招呼才知道她是这家客栈的老板，姓邝名钰，河南信阳人。她告诉素雅，店里的厨房就提供当地的特色菜，在房间或者院里的茶桌上就餐即可。两人跑了一上午，懒得再出去，也想尝尝客栈的餐饮，于是按照邝老板的推荐点了几个特色菜，坐在院子的凉亭里等候。不一会儿，红烧藏香猪肉、虾仁炒松茸几个特色的本地菜端到了桌子上面，邝老板接了两杯青稞酒送过来，让他们免费品尝，说是当地的酒坊酿造的。饭菜十分可口，酒味也甘醇清香。两人在凉亭里边吃边谈论着洛桑，觉得当地人淳朴善良，和香格里拉的美景一样令人赞赏。

吃完午餐，两人回到楼上的房间。完成了拍摄的任务，心情也轻松了许多，舒适的客栈令两人的心情非常愉悦。素雅说，来到这家客栈后，就想这样一直在古城里待着，现在哪里也不想去了。山俊彦本来就不是喜欢到处乱转的人，于是俩人一拍即合，把原计划后两天去普达措公园和虎跳峡的计划就直接划掉了。

没有行程计划的压力，两个人的身心就更加放松。素雅说，给身心放一次假，回归田园，回归自然。

第二十八章

夕阳已经落下，而天空中飘荡着朵朵白云，山俊彦和素雅推门走出，在二楼的走廊里听到了熟悉的古琴声。

素雅笑着对山俊彦说，这老板娘手不离琴，似乎从早到晚抱着琴一样。看那熟练的指法和流畅的和弦又不像是初学练琴的样子，那一定是对古琴的酷爱。客栈老板娘邝钰的身段随着琴声的节奏摆动，闭着眼睛整个人完全沉浸在舒缓的琴声里，素雅两人从凉亭边走过去，她连眼睛也没有抬起。

和昨日一样，傍晚的古城，华灯初上，大街上的人开始变得熙熙攘攘。中午客栈的饭菜可口，俩人吃得很饱，晚上不想再多吃。素雅说，想找寻个清净一些的酒馆，或者咖啡馆，坐在那里喝点啤酒，吃些清淡小吃，最好是有流水的沿街小楼，吹着凉风看看街上的风情，那样的感觉一定会好。山俊彦笑她说你描绘的风景，好像在《水浒传》里见过，就是潘金莲坐在二楼窗前看西门庆那一章节。素雅明白山俊彦是在逗她，伸手掐他的胳膊，山俊彦躲了一下向前快走，素雅在后面笑着追了上来，俩人随性的追逐，像孩子一样的大笑，引得路人在一旁用诧异的眼光盯着他们。

千里之外，没有人认识，更没有人说闲话。

古城内小吃店挺多，工艺品店、特产店也多。路边的酒吧里多是嘈杂的音乐声，稍有点情调的咖啡馆却难找，俩人走进几个店内，觉得不喜欢就又出来了。游荡着走了好几条街道，都没有找到素雅心目中想去的地方。

在一个十字街头，素雅的手机铃声响了，她接通了电话。电话里传出一个男孩子的声音，素雅轻声答应着，与电话里轻声对着话，脸上的眉头松一阵紧一阵。

"是儿子打来的电话，他奶奶心脏病犯了，家里人都去了医院，晚上一个人在家。"素雅挂了电话，给山俊彦说。

"哦，没事吧？"

"儿子独立性挺强的，没什么问题。"

山俊彦看着素雅的表情，她一脸平静，冲着他苦笑了一下。

"给他买点好吃的回去，估计是想你了吧。"

"离开我这么久，他现在已经习惯了。"素雅轻叹了一声。

在古城里的青石板路上走久了还是有些累，一直没找到合适的歇脚的地方，两人都不想再向前走。

"这里没什么吃的，咱们回小院里吧？"山俊彦说。

"好吧。"

两人转身准备向回走，十字路口的拐角处有一座二层小楼吸引了他们的目光，与周围白色的藏式碉楼形成鲜明对比，仿佛一位亭亭玉立的姑娘穿着艳丽的服饰站在那里一般，这座小楼外墙的一层是红色，二层是亮黄色，几个黑字招牌镶嵌在二层楼的中部，鲜黄的底色显得黑字有立体感。香巴拉·普达餐吧几个字写得苍劲有力，下面是它的英文标记，应该是一家藏餐厅。

"去这家看看吧，外面装潢挺有特色的。"素雅说。

"应该是一家藏餐馆。"

俩人走进餐厅，厅堂里弥漫着一股酥油茶的清香，但又不像一般藏家餐馆那么氛围浓郁，屋内的墙壁是金黄色，挂满了民族特色的节日照片，整个装修和饰品都是藏式的风格。一楼的客人不少，素雅问服务员二楼是否有空位，服务员让他们自己去楼上找座位。于是俩人沿着旋转木制楼梯到了楼上，二楼的空间要比一楼开阔许多，也是满眼的金色，能看到街景的靠窗沙发上都已坐满了人，屋子中央的长条桌上还有几个空位，他俩在中间的位置挨着坐了下来。山俊彦感觉这样的就餐方式更像是在酒吧里一样。穿着藏族服饰的服务员走过来，微笑着把一个黄色的菜单递给素雅。

"你们店里的特色菜有哪些？"

"藏式烤蘑菇点的最多，土豆煎羊排，手抓牦牛肉。"服务员的普通话里带着西域风情。

"要蘑菇和土豆羊排吧。"素雅想起了司机洛桑的提醒——有不少餐馆卖假牦牛肉，没有点牦牛肉。

"还有青稞蔬菜卷，石头烧牛舌，这些菜游客点的也多。"

"加个蔬菜卷吧。你还想吃什么？"素雅转头问山俊彦。

"晚上少吃点，喝点东西吧。"山俊彦回答。

"这里有青稞啤酒，青稞白酒，还有拉萨啤酒，也有奶茶。"服务员说。

"来两瓶青稞啤酒吧。"山俊彦说。

"两瓶哪够啊？来四瓶吧。"素雅说。

"不是说在高原不能多饮酒吗？"

"今天想喝点酒，本来打算晚上少吃点的，可惜菜单上好多好吃的呢。"素雅有些遗憾地把菜单递给了服务员。

菜还没有上桌，桌子对面又来了两个人坐下来，素雅看着他们有些面熟。

"大哥嫂子，好巧啊，又碰到一块了。"对面的两人也认出来他们。

山俊彦仔细一看，原来是第一天晚上吃火锅时碰到的那对小夫妇。

"缘分，缘分。小张和小如啊，真巧呢。"这时素雅也认出了他们，

300

她记得小伙子叫张磊，女孩叫小如。

这对小夫妇两天时间把香格里拉几乎所有的景点都跑了一遍，俩人不愧年轻，马不停蹄地转景点也不觉得身体累。他们感觉这个地方简直就是世外桃源，每个景点都像画卷一样。当他们听到素雅说，计划这两天要一直在古城里，哪里也不去了，俩人极力劝说他们一定要去白水台、碧塔海去看看，还为摄影师山俊彦感到遗憾。山俊彦和素雅感慨和年轻人有了代沟。

到这家餐厅用餐，小夫妇是专门冲着这家店的名气寻过来的。张磊说，他们下午刚从普达措公园出来，早听说过这家餐厅，在大众点评里评分最高。素雅在百度上搜了一下，原来香巴拉·普达餐吧是这里的网红店，餐厅名字中的香巴拉就是指香格里拉，普达是梵文音译过来的，意思是神助乘舟到达彼岸，寓意非常美好，这里是年轻人表达美好祝福的地方。餐吧里墙壁边的书架上摆满了一摞摞的笔记本，本子上全是来过这里的游客留下的祝福语。

素雅合上手机对坐在对面的女孩小如说："走，咱俩去看看那些笔记本。"俩人从凳子上起身，走到墙边的书架前去翻看。有些笔记已经有七八年时间，本子的封面已经磨损得掉了色，内页的纸张有的已经发黄。而翻看笔记本，里面的留言各式各样，有图画，有诗作，有故事，还有来自不同国家的语言。大千世界，无奇不有，奇思异想都集中在这一张张泛黄的纸张上，许多祝福语写得才华横溢，又动人心扉。一个男孩写道："希望出门就能邂逅一位可爱的女人，我会带她来到香格里拉，最好她有点高原反应，这样我会尽心尽力地照顾她。"一位女人写道："八年前认识，八年后分手。又过了八年，我来到香巴拉，还是没有忘掉八年前的你。"这些柔情的语言，感伤的故事，让素雅和小如动情不已，不忍放下。直到桌子上的菜品快要放凉时，俩人才回到桌前，每人手里仍然拿了一本笔记过来，商量好似的，同时递给了各自的男人。

"你也写个祝福吧！"素雅给山俊彦说。

"都是年轻人玩的游戏，我都这把年纪了，要写吗？"山俊彦翻看了一下内容，苦笑着说。

"不行，你必须写。"素雅拉着他的手甩了甩。

张磊倒是听话，拿出钢笔在笔记本的一页空白处，整整齐齐写了几行字，像是医生开处方一般，写完递到媳妇小如的手里，小如接过来认真看了一遍，脸上泛起幸福的红晕。

山俊彦拿起笔，沉思了一会儿，却不知该写什么，素雅用眼睛瞪了他一下，用嘴冲着对面的小夫妇努了一下，意思是你看看人家都写完了，你还在磨蹭。山俊彦盯着素雅看了一会儿，此时心里飘过一段话，于是便写在了纸上："过往所有的累积，只不过是在等待一个对的人出现而已。如今，这个人就在眼前，余生便不再彷徨。来香格里拉，不喜如画的风景，不喜香嫩的牦牛肉，只是欢喜这既素又雅的生活罢了！"

山俊彦把笔记本和手中的笔递给素雅，素雅拿过来看了看，眼睛立马湿润了，深情地望着他，手在桌下轻轻攥了攥他。然后，在山俊彦写的留言下面写了一行字："若是有一天，你找不见我，请来这里。"然后在后面画了一个大大的心。

山俊彦不解地看着她，素雅说："我在这里囤了一块空地，心在这里。"她从口袋里拿出手机，把笔记本上俩人写的话拍了下来，并且记下了笔记本的编号。

张磊和小如笑嘻嘻地看着他俩，小如抿着嘴说："嫂子，我俩想看看大哥写的什么，可以吗？"

山俊彦愣了一下，素雅倒是大方，瞄了山俊彦一眼，笑着把笔记本递了过去，小如连忙站起来接了过去，俩人认真地看了看山俊彦的留言。

"大哥，写的真好呢。我俩可羡慕你们的感情了，第一天我们就看出来了，嫂子看大哥的眼神都是满满的爱意。"小如说。

"你们俩感情也很好啊。"

"这一年总是打架，有好几次都不想过了。"小如嘟着嘴认真地说。

"嗯，主要怪我脾气不好，总是爱找碴儿。"张磊接过来说。

"你们刚结婚，要有一段磨合期的。"素雅说。

"你和大哥刚结婚时也有磨合期吗？你们为何还保持着甜蜜的爱情呢？别人都说过几年后，再好的爱情都会成为亲情，是吗？"两人把他们看成了爱情的导师，连着问了几个问题。

"这个问题让大哥说吧，你大哥有经验。"素雅故意把山俊彦推了出来。

山俊彦连忙摆摆手，说："这可是个大课题，家家有本难念的经，我可没有什么经验。菜都凉了，抓紧吃吧。"

"你就别客气了，帮年轻人指导一下，让他们少走弯路嘛。"素雅却不依不饶，非要逼着山俊彦说。

"是啊，大哥，你说说呗。"

山俊彦把杯子举起来："好吧，边吃边说，首先声明，别误导了你们。"

"不会的，不会的。"

年轻小夫妇把他们点的三个菜和山俊彦他们点的菜品放在一起，有荤有素，有汤有饭，组成了一顿丰盛的晚宴。

"关于磨合期的问题，恋爱时也在磨合，但是多数情况是遮掩瑕疵。真正的磨合期是在婚后，两人朝夕相处，又无所顾忌，容易原形毕露。过了这个阶段就好了。"

"就会恢复到恋爱时期吗？"小如仰着脸问。

"回不去了，要么彼此适应，要么有激烈矛盾，要么就破罐子破摔。"山俊彦笑着说。

"咱俩还没到破罐子破摔阶段。"张磊用手搂了一下媳妇的肩膀。

"现在正在激战中，要分出个输赢。"小如立即反驳。

山俊彦心里想，这样的话题讨论一晚上都弄不明白，还是接着说第二个问题吧。

"爱情会不会变亲情？我的答案是会的。现实中，柴米油盐的生活，加上喜新厌旧的人性，时间长了感情就会变淡，爱情就会在变淡中被吞噬掉，婚姻中没有那么多的浪漫等待着你。另外，婚姻解决的是安全感的问题，人进了婚姻，爱情就进了坟墓，能转化成亲情是幸运的。当然了，你们年轻人不一定这么想，有憧憬有梦想。"

小夫妇若有所思地点了点头。

"这个观点我并不同意。"在一边一直未说话的素雅突然说。

"你的观念是不是有些传统了啊，爱情不一定要变成亲情。"素雅怼了山俊彦一句。然后转身对小夫妇说："你俩还是要对爱情充满信心才对，而且你们当时结婚的目的是也不是为了相互照应的安全感吧。是因为相信爱情会一直延续下去，才决定一生在一起的吧。"

两人看着素雅，点了点头。

素雅继续说："爱情是可以保鲜的，关键是你用什么来保鲜。用婚姻去锁住爱情肯定是锁不住的，否则就不会有这么多的婚外情。所以我从不认为结婚是目的，真正的爱情是一直保有相爱相恋的感觉，努力消化掉外界的影响因素。这些因素包括两人的个性差异，习惯的差异，还有能力的差异，通过磨合也好，互补也好，总之两人之间的差距不能太大。好的爱情是，价值观一致，能力互补，通俗地说，对事物的看法要基本一致，在生活技能方面要有互补性，比如有人做饭，另一方去洗碗；有人事业为主，另一方要多照顾家庭，每个人对对方都要有价值才行。你们有空时可以看看杨绛写的《我们仨》，无论如何都要相信爱情。"

素雅说完，喝了一口啤酒。山俊彦悄悄说："你说的有些理想化，对年轻人不一定适用。"

素雅冷冷地说："我是说给你听的。"

张磊和小如俩人若有所思地对视着，消化着两人刚才的对话。

"话题太大，一两句说不完，吃饭聊天为主。"山俊彦说。

"好，谢谢大哥大嫂的嘱咐，我们相信爱情，努力像你们一样把爱情保持到老。"小如拉着张磊把杯子举起来。

"明天你们离开这里，去哪里？"素雅问。

"明天去西藏，直飞拉萨。"

"哦，太好了，这辈子一定要去趟西藏的。"

"大哥和嫂子去过吗？"

"三年前我去过，来了一次说走就走的旅行。开车去的，来回用了半个月的时间。"素雅说起西藏，有些眉飞色舞。

"太厉害了，听说开车进西藏需要很大勇气的。"小如一脸崇拜。

"是的，一路遇到很多故事，令人难忘。尤其从拉萨去纳木错的路上，会越过海拔五千多米的唐古拉山口，到了那里就会给你不一样的人生体验。而且非常神奇，自从去过西藏后，到了高原也不会在乎高山反应了。"

"嫂子，你给我们推荐一些西藏好玩的地方吧？"张磊说。

"好啊，有个客栈我很喜欢，推荐给你们去住。"素雅翻找着手机里的电话号码。

这是山俊彦第一次听素雅说起去西藏的往事，三年前自驾车到西藏，而且在那里待了十多天。看到素雅正在兴奋地述说去西藏路上的故事，心里涌起一股不舒服的感觉，可是又不便说出来，他不愿意再听下去。他站起身来，说去卫生间一趟，然后从二楼走到楼下，在门口的垃圾桶旁边，点了一支烟。

山俊彦很自然地想起了那个去过摄影室的男人，后面虽然再也没有听素雅提起过，但是她不会忘记的。从那以后，是否就这样地断了联系？山俊彦不敢肯定。男人是了解男人的，在信息如此发达的时代，和一个人取得联系，是件很容易的事情。素雅过生日那一天，那个男人找素雅谈过话后，俩人就此断了联系，山俊彦不太相信，只是他不愿意去想这些事情。素雅和这个男人交往了多年，肯定是有一定感情的，过往的回忆也不会轻易地被抹掉，偶尔就会蹦出来，带来一些情绪的波动。山俊彦知道自己有时候是一根筋，脑子里总是纠结着一些事情不放，年轻时会直接说出来，但是随着年龄的增长，会隐忍，刻意不钻牛角尖，有时候也会觉得自己很小气，但是山俊彦知道心里的感受不会欺骗自己，他的内心确实很在意这方面的事情。

在男女的感情里，双方视对方的身体和精神为彼此的领地。尤其是在男权社会，男人对领地意识更强一些，女人被别的男人亲近或者占有，相当于男人的领地被侵犯和丢失，这不仅有碍于尊严和自信，也是女人是否全身心爱男人的标识。这也是女人出轨后，男人往往无法容忍的原因。

山俊彦在门口吸着烟，无聊地看着古城的街道许多小情侣相拥着，游逛着。二十多分钟没上楼，手机铃声响了，是素雅的电话。

"你去哪里上厕所了，怎么这么久？"

"哦，我在门口接了个电话，一会儿就回去。"

"抓紧上来吧。"

山俊彦扔掉烟蒂，准备进门，手机铃声响了，以为是素雅又催促他，接通就说了一句："我马上上楼去。"

"师父，在哪里潇洒呢？听声音好像美女让你上楼呢。"是周惠子的电话。

"哦，惠子啊，有几个摄影圈的朋友在等我上去喝酒呢。"

"我怎么感觉你和美女在一起逛街呢，还有唱歌的声音呢。"周惠子不依不饶地追问。

"你耳朵够尖的，大街上的特产店里确实放着音乐呢，不过香格里拉的夜色确实不错，不逛街有点浪费。"

"我不管你和谁逛街，别忘了给我带礼物就行，这可是你答应过的。"

"哦哦，没忘没忘。有事吗？外面挺冷的。"

"我正和苗部长一起吃饭呢，最近有些业务多亏苗部长帮着打点。你稍等，苗部长要和你说话。"

"大摄影师，你好啊。"苗部长的声音从话筒里传过来。

"苗部长，您好您好，感谢关照啊，等我回去，再请您喝酒。"

"哦，别客气，咱们都是一家人。再加上，你的美女助理这么能干，不帮忙也说不过去啊。哈哈。"

"您看云南这边有什么需要买的吗？我回去时给您带着。"

"不用不用，等你回来再聚。你在那边也多注意，古城艳遇多啊。"苗部长在电话里哈哈地笑着。

挂掉惠子的电话，山俊彦又回到楼上。

素雅斜着身子看他："给谁打电话了？这么久。"

山俊彦看了她一眼，没有表情地说："公司的事情，你们谈完了？"

小如说："刚才嫂子给了我们许多建议，明天去了我们心里就有底了。"

"你嫂子是个见多识广，有许多故事的人。祝你们在西藏也有美好的故事！"山俊彦话里有话，冲着小夫妇举起酒杯。

"好像你没故事一样。"素雅这时才听出山俊彦的讽刺挖苦。

"在你嫂子那里是故事，在我这里故事却成了事故。"山俊彦继续开着玩笑。

"大哥嫂子真幽默呢。"

这时，服务员把酥油茶和糌粑端了上来，山俊彦把杯子里的酒一口干掉，伸手拿糌粑。

素雅看着山俊彦的脸色，悄悄地问："你没事吧？"

"没事。"山俊彦低着头说。

吃完饭，从餐吧出来，素雅让张磊给她和山俊彦在普达餐吧的小楼前合影留念，素雅故意把身子靠在了他的怀里。

和小夫妇告别后，山俊彦和素雅一边散着步，一边逛着路边的特产店。素雅给闺密娜娜挑选了一只黄澄澄的蜜蜡手串，给学校的同事买了一堆的鲜花饼，山俊彦并不说话，帮着她提着袋子，走回了客栈。

此时客栈的小院里还很热闹，有几桌住在客栈的游客在凉亭边上的椅子上喝茶聊天。老板邝钰看到他俩回来，打着招呼，邀请他们坐下来喝茶，山俊彦表示今天有些累，想早点休息，俩人直接上了楼。

"你今天咋了？是不是我惹你了？"素雅进了客房关上门问山俊彦。

"没有，我自己的问题。"山俊彦苦笑了一声，坐到房间内的椅子上。

"是不是去西藏的事没给你说过，你生气了？"素雅试探地问。

"不是。"

"都是认识你之前的事，没说是因为不想再提起过去。"

"理解。"山俊彦态度冷冷的，去找电视的遥控器。

"爱情不会变为亲情的观念，我的内心就是这样想的。"

"我今天不想和你讨论。"山俊彦有些霸道地打断素雅。

素雅靠在床头上看书，不再理他，山俊彦也专注地看着电视剧，俩人各干着自己的事情。

电视里播放的电视剧是王志文和左小青主演的《天道》，背景音乐是经典名曲《天国的女儿》，细腻真挚的声音中透着悲凉。

两人在一起的日子，很少有这样的冷战，过去两人并非没有矛盾，都是一方主动哄另一方开心，没过一阵子就会和好如初。而今晚的情景，两人谁也不想放低自己的身段，各自封闭着自己的嘴巴和心灵，也尽量不去想对方在想什么。

不知不觉中，山俊彦连续看了五集电视剧。他无意间回头，看到床头的台灯还亮着，素雅穿着衣服竟然睡着了，山俊彦看了下手表，已是深夜三点多，他却没有丝毫的困意。

山俊彦拿了一支烟，走出房，在二楼的走廊里，将烟点着放进嘴里。小院里早已安静下来，只有几个夜灯发着冷光躲在院子里的草丛里，灰白色的天空看到星星闪烁，一朵朵白云不紧不慢的若隐若现。

山俊彦上床的时候已是凌晨四点多，他看了看熟睡中的素雅，熄灭了台灯。两人第一次在床上背对背地睡着。

第二天山俊彦从梦中醒来，睁开双眼，屋子里依然黑黑的，不知道是几点钟，却隐约听到外面的古琴声。山俊彦伸手把床头的台灯打开，拿起手表看了一眼，竟然已是中午十一点了。床的另一边空着，素雅没在房间里，他起身下床，才发现房间里的窗帘都关闭了，所以屋子里没有光亮。

山俊彦突然发现，在窗边上只有自己的旅行箱，素雅带来的大箱子不见了。

难道她走了？

山俊彦赶忙把房间的灯全部打开，又把窗帘拉开，确实没有了素雅的旅行箱，连在阳台边的衣架上挂着的几件洗过的衣服也一起不见了。山俊彦慌乱地用手机去拨打素雅的电话，手机里传来一个女生的声音："您拨打的电话已关机，请稍后再拨。"

素雅去了哪里？就因为昨晚自己没主动和她说话就离开了，还把手机关了？山俊彦有些后悔，又有些懊恼，遇到点小矛盾就这样处理，为何这么任性。

山俊彦穿好衣服走出房门，走廊里，服务员正推着更换床单的小车过来，望见山俊彦问道："先生，您的房间现在打扫方便吗？"

"不用了，今天不用。对了，你看见我爱人拉着箱子几点下楼的吗？"

"没有看见呢。"服务员说。

这时旁边的门打开，老板邝钰从里面伸出头："山老师，你夫人早上九点多去了机场，她说你昨晚睡得晚，早上不让服务员打扰你休息。"

"哦，好的，谢谢你。她……"山俊彦本想问她去了哪里，话到嘴边又咽了下去。

说明素雅现在正在飞机上，并不是刻意关掉手机，山俊彦这样想着。可是为何要赌气回去呢？干吗不和他说明白？

山俊彦回到房间里，翻看手机里的信息，看看素雅是否给他留过言，翻看了微信短信，都没有她的消息。

山俊彦气恼地把手机丢到了床头柜上，却看到手表下面压着几页写有字的信笺纸，刚才看时间时并没注意到，他赶忙拿了起来，是素雅的笔迹。

俊彦：

　　早上接到儿子电话，他奶奶昨晚心脏病去世了，儿子想让我回去一趟。他是奶奶从小带大的，感情很深，我虽然和他爸爸已经离了婚，但是孩子还小，我很担心，所以我回去探望一下。今早看你熟睡，就没忍心打搅你，估计当你醒来的时候，我已在回去的飞机上，到了白水后我会给你打电话，不用为我担心。

　　可能你会怪我不告诉你，我知道如果告诉你的话，你会和我一起改航班回去。我想，你出来一趟不容易，多在这里休息两天吧。

　　昨晚的事情向你道歉，说了一些话没有顾及你的感受。

　　在认识你以前确实发生了很多事情，有些事情确实是没法忘记的。但是那些属于我的过去，过去的事情是无法转变的。你接受我，而我的经历包括了过去，也是你必须面对的事情。

　　我是爱你的，你应该能清楚地感觉得到，所以请信任我，相爱的人是不会伤害彼此的，即使有时候伤害可能是无意的。我知道我的原则，分手了就是不爱了，如果是真爱就不会分手。所以，我们若是真爱，你就不用担心。若非真爱，担心又有何用。

昨天你给张磊和小如谈起对婚姻的看法，我是有不同意见的，这也是咱俩观念的差异吧。我觉得还是要说清楚，否则会影响我们的未来（当然若是有未来的话）。我认为，婚姻不是爱情的坟墓，婚姻也不会给爱情带来安全感，真正的爱情不受任何束缚。若是没有爱情，走进婚姻又有什么用呢，你不要误解，我并不是认为婚姻不重要，其实哪一个女人不希望和心爱的男人走进婚姻的殿堂呢，两人一起牵手到老，该是多么幸福的事情。

但是，爱情是所有一切的前提。我没像其他人一样去逼婚，是因为真正的爱情不需要去为难对方，其实有时候我心里是担心的，担心会失去你，我也知道这种担心是没用的。我们能做的，是做好自己的事情。

你不用着急回去，在这里放松一下自己，也考虑一下我说的这些事情。

这几天我看到了我们未来的样子，一定会非常幸福地牵手到老，这是我确信的。假如有一天，你找不到我了，也别着急，因为爱你的人根本不会走远。若是走远了，就不再爱了。

素雅写于清晨

第二十九章

看完素雅留下的信笺，山俊彦不禁陷入了沉思，知道素雅坐飞机回了白水，一颗悬着的心算是落地。若是素雅早上叫醒他，他一定会陪她一起改签回去，素雅在信中嘱咐他在这里多休息两天，显然，素雅并不希望和他一起回去。昨天的争论，还有一晚上的冷战伤害到了她。

山俊彦查了一下航班信息，今天只有一班回白水的飞机，十一点起飞，下午一点半左右到达，现在是十二点半，距离素雅开机还有一个小时。

山俊彦坐在沙发上，考虑是否也改签回去，还是等原定的后天的航班，今天已经没有航班，最早也是明天中午十一点的。早上和中午都没吃东西，此时山俊彦觉得饿了。山俊彦到楼下要了一份米饭和青菜，端到房间里吃完，又拿起素雅留下的信，认真地思索着。

素雅是个爱情至上的人，或许她说的是对的，懂得相爱的人，不会被世俗的凡事所打扰，爱情也不会变成亲情。显然，素雅是懂的，而自己却是迷茫的，甚至还在为素雅过去的经历而挣扎，也许自己真的需要去认真思考如何对待感情。

山俊彦心里空落落的，有些不知所措。他不断查看着手机里的航班管家，直到看见素雅乘坐的飞机落地的消息，他用手机拨打素雅的号码，却依然没法接通。也许她还没下飞机，或者是在等托运的行李，山俊彦心里不停地想，手里在不停地摁着手机的重拨键，十几分钟后，对方的手机依然提示关机状态。

山俊彦拨打了航空公司的电话，查询素雅乘坐的航班情况，航空公司的人员答复说，航班已经准时落地。他给素雅的微信发了三个问号过去，依然没有回信。

山俊彦变得焦躁不安，甚至生出了一些怨恨。心里想，如果素雅知道他在牵挂她，飞机落地的第一时间应该是开机，给他拨打电话。现在，飞机已经落地一段时间，手机却依然打不通，说明她没想开机，不想回电话。山俊彦有些怅然若失，但是也毫无办法，只有耐心地等待她的消息。

大约两点十分，飞机落地四十分钟后，山俊彦终于收到了素雅的微信。

"我到了，别担心，现在坐上了回去的大巴车。"

山俊彦拨电话过去，电话一接通，山俊彦就问道："你几点走的？怎么走的时候不叫醒我？"

"想让你在那边多玩两天。"

"联系不上你，我好担心。"

"嗯，知道。"

"你为什么不及时给我回电话？"

"……"素雅沉默了一会儿。

"我明天回去，需要去接你吗？"

"你不用早回来。我需要陪儿子待几天，等处理完事情再和你联系。"

"好吧，记得和我联系。"

"嗯。"

挂掉素雅的电话，山俊彦重新躺回床上。心里猜想着素雅的表情，听声音她情绪低落。人之常情，毕竟是婆婆帮着带大的孩子，老人去世，素雅心里也是难过的。今天她不辞而别，也有自己昨天和她赌气的原因，山俊彦心里这样想的。

睡了一会儿午觉，山俊彦从小院里出来，一个人在古城里散步，纵是晚霞再美，街上的女人风情万种，都引不起他的兴致，没走几条街道，便回了小院里。

院子的凉亭里，穿着旗袍的邝钰刚弹完琴，端坐在茶台前泡茶。看到山俊彦走回院子中，给他打招呼。

"您这么快就回来了，喝杯茶吧，刚煮的普洱茶。"

山俊彦白天在房间里待了十来个小时，现在也不想回去，于是点了点头，坐到了邝钰的对桌前。

"姐姐怎么回去了？只留了大哥一个人在这里。"

"家里有急事，早上回去了。"

"您在这里还有拍摄任务吗？您来的时候，看您带着专业的设备。"

"拍完了，原准备明天上午回去。"

"香格里拉这么多景色，怎么会拍完呢，来一趟不容易，多玩几天呗！"邝钰把斟满茶的杯子递到山俊彦面前。

"谢谢。"山俊彦端起来抿了一口，普洱的茶香浸入口鼻，不愧为普洱的故乡，茶的味道也不同。山俊彦想起给办公室的人带特产的事情，问客栈是否有特产卖，邝钰笑着说，这里的每家客栈都有特产，客栈都是到城里采购了加价卖给住客的。

而她的客栈只卖普洱茶和锡制茶叶罐，保证比外面的质量好还便宜，她说她不是通过卖特产赚钱，而是为了让客人记住流水别院客栈。山俊彦让她拿了几个茶叶罐给办公室的人每人一个，又让她带了几饼上好的普洱茶，准备回去送给白社长和苗部长。他记起周惠子让他单独买礼品的事。

"这里有什么专门送给女孩子的礼物吗？最好是当地产的。"山俊彦问她。

"大姐刚离开，你就准备给情人买礼物啊？"邝老板笑嘻嘻地说。

"你误会了，我给我的助理买，摄影助理。"

"哦，明白了。我建议你买藏人常带的天珠，这里有一个专门磨制天

314

珠的手艺人，用的材质很好，工艺也好，可以买一个挂到脖子上。"

"你推荐的这个纪念品很不错，有特色还吉祥。"山俊彦说。

邝钰说完亲自带着山俊彦找到那家卖天珠的店铺，帮着他挑选了两件色泽光润工艺精良的天珠，价格也只有一二百元，比别的店铺还是便宜了许多。

两人回到客栈里，院子里有外面游玩回来的住客，围在一起喝酒聊天，邝钰主动和他们打着招呼，有个光头的男子邀请邝钰和山俊彦坐下来一起喝酒。山俊彦觉得没什么意思，推托自己还有事要回房间处理，就上了楼。

山俊彦也在思索这几天的变化，素雅在身边，无论是摄影还是游逛古城，心里是安定的，即使在熙攘的街道上，两人可以像孩子一样蹲到墙角处，看蚂蚁搬运食物，在繁星满目的夜晚，两人可以躺在草地上，倾听蟋蟀的歌唱。而素雅离开后，除了焦躁和心烦意乱外，满眼景色了无生趣，美食美酒也变得索然无味。山俊彦躺在床上，翻弄着手机，没有素雅的消息，他也不想打扰她。客栈院子里的男女，不时传来一阵阵愉悦的笑声，山俊彦也知道，每个人都有自己的生活方式，现在的年轻人似乎活得都很明白，工作和生活分得清楚，工作就是为了好好地生活。山俊彦在想，自己工作究竟是为了获得什么样的生活呢？似乎从来没有认真地思考过。

睡觉前，山俊彦改签了第二天的机票。晚上山俊彦做了许多梦，凌晨的梦最清晰，他和素雅，还有在古城碰到的那对小夫妇，张磊和小如，四个人一起去普达措公园游玩，在公园门口的广场上，有一面叫作"心上人"的大镜子，这面镜子有个神奇的功能，就是你在它面前站立，镜子里能显示出两个留在你心里的人。大家排队去照，张磊和小如在前面，俩人照出来的结果是对方，还有一个小女孩，那是他们未出世的孩子，俩人激动地抱在了一起。素雅排在山俊彦的前面，临到镜子前时，她却把山俊彦推到了前面，镜子里第一个走出来的是素雅，第二个走出来的却是一个影子，看不出面目也看不出男女，连山俊彦也不认识。轮到素雅，她却摆了摆手，跑掉了，山俊彦焦急地跟在后面，怎么叫她也不回头。

第二天早上醒来，山俊彦对这个梦依然念念不忘，俗话说，日有所想夜有所梦。素雅的心里究竟还藏了谁？他把行李收拾好，在一楼吃完早餐后把房退掉，给司机洛桑打电话让他到客栈接自己。

老板邝钰望见推着行李的山俊彦笑着对他说，本想让摄影师帮着拍些照片的，却没想到香格里拉的景色并没吸引到摄影师。山俊彦是她开客栈以来，很少碰到的一类人。

山俊彦笑着回答，以后有机会还会来这里，到时候仍然住在流水别院，听邝老板的古琴声。他随后想，邝老板刚才的话里有话，一个年轻女人来到香格里拉开客栈，潇洒地过着自己的生活，这是个有故事的女人。从她的琴声里可以听出弦外之音。

洛桑在去机场的路上告诉山俊彦，昨天早上是他送素雅去的机场。山俊彦问，素雅在路上说了什么没有。洛桑说，她一句话也没说，一脸心事重重的样子。到了机场，山俊彦给他说，以后再来的时候，第一件事就是给他打电话。洛桑开心地笑着，说昨天大姐也是这样说的。

下午一点半，山俊彦回到了白水市，他叫了辆出租车，回到了自己的公寓内。

山俊彦在回小区的路上给素雅发了微信，告诉她自己已经回到了白水城。素雅或许当时正在忙碌，直到傍晚的时候才回了信息，老人已下葬，她需要在家待几天处理一下事情。

接下来两天是周末。周六上午，山俊彦一个人来到摄影室，不到一周的时间，茶几上的信函又堆了一摞，有些公函周惠子已经打开，把和摄影有关联的会议评奖等信息逐一登记在册，写有山俊彦名字的私函单独放在一边，山俊彦全撕开看了，除了有几个摄影杂志的邀请函外，其他的基本都是广告杂志。他给自己冲泡了一杯咖啡，从楼上端到楼下的展厅里，把门和窗户打开。山俊彦想起香格里拉的流水别院客栈，摄影工作室也是自己的一个心灵的客栈，他站在展厅的中央，看着墙上挂着的一幅幅作品，每一幅风景和人物作品，都会把他带回到那个当年的场景中。

山俊彦发现去香格里拉的这几天，让他看清了自己的内心，自己喜欢做一个单纯的摄影师，他从内心里喜欢这个职业。

一个人影从玻璃门走了进来，是小白。

"山老师，你回来啦！不是说明天才回来吗？"

"拍摄任务完了，昨天就提前回来了。"

"哦，你怎么不在那边多玩几天呢，听说那边风景很好呢。"

"确实很美，随后给你看照片。对了，小白，你今天怎么过来了？"公司规定，周六是店里休息的日子，周日展厅对外营业。

"让惠子给折腾的，最近几个广告项目着急结账，我就过来加班了。这几天她负责在外面跑，我在家里做后勤服务工作。"

"你们在这里辛苦加班，我却在外面看风景，心里都过意不去了，所以就早回来了。"山俊彦笑着说。

"你也是去工作啊。"小白非常认真地冲他说。

山俊彦心里想，这次的确是工作，顺便陪同素雅游玩，公私结合。

"我给你们带了几个锡制的茶叶罐，你拿过去和给大家分一下。你先挑一个喜欢的。"山俊彦上楼把在客栈买的茶叶罐拿下来，递给小白。

"谢谢啦。对了，山老师以后别叫我小白了，我和干爹分开了。"

"哦。"山俊彦愣了一下，点了点头。

"我这几天搬家了，不在那个四合院住了，前段时间在南二环旁边买了个不大的房子。"

"哦，恭喜恭喜，乔迁新居，啥时候组织大家给你温居？"

"是想请您去坐坐呢，下周看您时间。我想叫我的作家同学和你的同学那两口子，其他人就不说了。山老师，你……你帮我保密。"小白在说这句话的时候，轻轻叹了一口气。

山俊彦明白小白的意思，她是不想告诉白社长她的新住址。

望着小白转身出门的背影，山俊彦心里在想，小白其实是一个不错的姑娘，表面爱慕虚荣，穿名牌时尚的衣装，其实心地善良，做事淳朴认真，也有正义感。

周一上午，山俊彦见到了周惠子，一周的时间香格里拉的强紫外线让山俊彦的皮肤变了颜色，他发现周惠子也变黑了，好像是和他一起去的云南一样。周惠子解释说，山俊彦不在这段时间，她每天在外面跑业务，有两个下午是跟着苗部长打高尔夫球，变成这样子了。

山俊彦把从古镇买的天珠送给周惠子，惠子非常高兴。山俊彦到了楼上的办公室里，她也跟着追了上来。

"师父，早上小白送给我茶叶罐，我以为你把单独送我礼物的事情忘记了呢。"

"我答应过的怎么会忘了，专门给你买的，是个非物质文化遗产的传承人做的。"

"太感动了，谢谢师父。"惠子把天珠挂到脖子上，在镜子里不断地打量着自己。

"这段时间你也辛苦了，最近业务很忙。我给白社长和苗部长从云南买了点普洱茶，抽时间去杂志社时给他们送过去吧。"

"老苗这两天叫我吃饭，我带给他。白社长的让小白带过去吧。"周惠子嘿嘿笑着说。

看来周惠子还不知道小白的事情，他也不方便去解释，给白社长的茶叶还是自己找时间送过去吧。

周惠子让山俊彦把在香格里拉拍的照片交给她进行整理，山俊彦想到相机存储卡里的照片有很多是素雅的，便推托说没带过来。等他回家后，把照片导入自己电脑里，挑选出素雅的照片，把剩余的照片存到硬盘里带给惠子去修整。

周惠子在整理照片时，仍然发现了端倪，因为在松赞林寺和独克宗古城的几张照片里都发现了同一个女人的身影。山俊彦知道，那是素雅的身影，虽然大光圈把她的背景拍得模糊，但是，周惠子凭借女人独有的敏感却分辨出来，在不同的地点出现的是同一个人。

周惠子没有直接问山俊彦，而是在电脑里用彩笔把几张照片里的素雅的身影圈出来，给他看。山俊彦只能撒谎说，这个背影是别的摄友雇佣的模特，自己不喜欢蹭拍，故相机里没有模特的正面照，但是没注意竟然拍了背影。山俊彦给她说周五就提前回到了白水，周六还到公司来了一趟，若是和别人一起去，哪能提前回来，不延后就不错了。这丫头才将信将疑地信了山俊彦的解释。

第三十章

去小白的新房温居，订的是周三晚上，素雅还在老家处理事情。下午的时候山俊彦和她通了电话，素雅情绪依然低落，说有些事情还没处理完。山俊彦问她是关于婆婆的后事吗？素雅说是家里的一些事情，随后回城里再给他说。

临下班前，山俊彦给耿浩打电话，让他下班接上自己。杂志社的副总编是有专车和司机的。下班时，耿浩的司机已在摄影工作室门口等他，车上却没见到耿浩，司机说，耿副总编还在开会，让他过来接上山俊彦再回杂志社，山俊彦给小白带了一盆兰花放到车上。山俊彦在杂志社的楼下等到六点半，才见耿浩提着公文包从大楼里急匆匆出来。

"抱歉，等急了吧。"坐到车上，耿浩冲山俊彦歉意地说。

"总编日理万机，理解理解。"

"快被小琼给骂死了，催促我尽快过去，我的会议开了一半就出来了。"

"我以为是因为我在下面等，你才着急的，原来是被老婆催的。"山俊彦在耿浩的肩上捶了一拳。

"没办法，唉，你今天怎么没带上你那位老师一起啊，小琼以为你俩真是两口子呢，我可没敢说别的。"

"她回老家了，处理婆婆的丧事。再说了，小白是同事，怎么带去？"

"那你准备怎么办？就这样过妻妾成群的生活吗？"

"我没你那本事，想尽快有个结果，有些事确实麻烦。"

"这个世界没你想的那么复杂。其实，真正关心你，懂你的人一辈子很难碰到，所以遇见了就要抓住。不用太在意周围的人的看法，和这些人的关系多是利益关系，不牵扯利益，没人会搭理你。"

"你的意思是咱俩也是利益关系吧？"山俊彦看着耿浩说。

"本质上也是。属于情感利益关系，你的花花事不能给别人说，给我说了，一是舒缓你内心的压力，二是满足虚荣心，朋友起到心理咨询师的作用。情感利益是可以用物质利益衡量的，你若给我钱，我没意见。"

山俊彦听着耿浩没头没脑的几句话，不解地看着他。

"你当了总编后，讲话也变得有哲学味了。"

"嘿嘿，我其实是在说我自己，和小琼在一起时，说三道四的人很多，其实和别人没有半毛关系。自己认为看对眼了，就是对了。没必要想那么多。"

"你说的是对的，我不如你。"

"呵呵，你上学时就婆婆妈妈的。不过，你无论做什么，我都支持。"

"是因为不牵扯你的利益吧，和你没半毛关系。"山俊彦用他的话怼他。

"你倒是现学现用了。"

俩人说话间到了小白的小区门口，耿浩让司机把兰花从车上搬下来，送到楼上去。俊彦却拦住把花接过来，让司机先回去，说自己搬着就可以。小区面积不大，绿化也一般，围栏里的草坪杂草丛生，从小区的公告栏里看到，这是个以回迁房为主的小区。

住惯了四合院的小白，能选择这样的小区居住，看来是下定了决心和过去告别。

耿浩摁响了房间的门铃，门打开，宋小琼却拦着不让进门。

"迟到这么久，别进门了。"

"老婆大人，我还没开完会就跑出来的，抱歉抱歉。"

"怎么赔礼啊？"

"亲一下，亲一下。"耿浩说完，把嘴巴凑了上去。

山俊彦在身后，被甜腻弄得不知所措，轻轻地咳嗽了一声，宋小琼这才发现山俊彦跟在耿浩身后，脸色一红，连忙躲开。

"你这老不正经，大哥和你一起来，也不说一声，赶紧进来吧。"

"打扰了，打扰了。"山俊彦笑着说。

小白围着围裙也从厨房里出来，把山俊彦手中的兰花接了过去。

"谢谢山老师，还这么客气。"

房子不大，家具也朴素，但是收拾得干净。餐桌上已经做了四五个菜，说明两个女人已经忙活一阵子了，餐桌上摆了五双筷子，说明还有一位客人未到。

"还请了谁过来啊？"山俊彦问，他猜想是周惠子或是办公室的小青年。

"还请了个男劳工，去下面灌纯净水了。"

"劳工？老公？"

"哈哈，哪有老公，是劳力。"小白笑得浑身乱颤。

正说着，门铃响了，小白去开门。

从外面走进一个高个子的男生，肩上扛着一桶纯净水，来到茶几旁边，把水桶安装到机器上。竟然是"妈宝男"。

"山老师，耿总，你们好。""妈宝男"不知是不好意思，还是扛纯净水累的原因，脸上带着红晕。

"哦，小……，原来说的老公是你啊。"山俊彦差点又叫成小白。

"嗯？""妈宝男"一脸迷茫，不知对方刚才说了什么。

"山老师逗你的，这也当真，我说你是男劳力。"小白在一边解释。

"这小伙子真不错，我单位同事的保险都是他帮着做的。"耿浩说。

"谢谢耿总的支持。"

"别杵在这里了，进来帮我炒菜。"小白把"妈宝男"拉进了厨房内。

围坐在餐桌吃饭的时候，小白宣布了耿浩和宋小琼已经领结婚证的消息，大家纷纷举杯相庆。山俊彦骂耿浩还保密，不够哥儿们义气，耿浩开玩笑地说是怕刺激到他。

可可去美国参加的夏令营结束，飞机落地北京机场后，给山俊彦打了个电话，声音带着哭腔。

"爸爸，我想你了。"这是可可很少表达的词语，令山俊彦有些惊讶。

"怎么了闺女，在那边玩的不高兴吗？"

"不是，就是去了国外，才感觉特别想念你们。"

"哦哦，回来的高铁路过白水，来找爸爸吧。"

"不，我也想妈妈和姥姥，直接和同学一起回潍阳了。爸爸，我给你从美国买了个 T 恤衫。"

"好啊，谢谢宝贝闺女，我这两天回去看你。"山俊彦眼睛有些湿润。

"爸爸，我在潍阳待两天，下周就去白水找你玩吧。"

"好啊，好啊。"

闺女明显长大了，会表达情感，也有自己的主见了，山俊彦心里有些欣慰。素雅给山俊彦发信息，她从郊区老家带回来两箱行李，问他明天中午能否去车站接她，山俊彦说没问题。第二天上午，山俊彦先去了一趟光影客杂志社，白社长在办公室只和他见了十几分钟，并没有问公司运营的事，就被秘书提醒要到市里去开会，山俊彦把从云南带回的茶叶留下，就出了白社长的办公室，又到一楼的广告部看看苗部长是否在办公室，广告部的人员说苗部长上午没到办公室。

山俊彦从杂志社出来，看时间还早，去了附近新华书店里的咖啡馆，点了杯水在那里翻看了几本书，算着素雅说的火车到站时间，他驾车到了车站，在出站口等她。

火车准时到站，几分钟后就看到了素雅，她表情凝重，手里推着两个大箱子，山俊彦赶忙走过去，接了过来。

"怎么拿这么多行李回来？"

素雅却没回答，依然低着头向前走。到停车场后，山俊彦把两个大箱子放到后备厢一只，放到后座一只。拉开车门，让素雅坐进副驾驶的位置，自己驾驶汽车驶出火车站。

"先把行李送到宿舍吧。"素雅说，表情依然严肃。

一路上俩人没说话，山俊彦把车直接开进了素雅和娜娜租住的小区里。把车停好后，山俊彦把两个箱子搬下来，送到了楼上。素雅用钥匙把房门打开，让山俊彦把箱子推进她的卧室里。素雅不想再出去吃饭，便进厨房里下了两碗面条，从冰箱里找到了一些酱菜，俩人凑合着吃了中午饭。

洗刷过碗筷后，素雅到卫生间洗漱了一番，走进了卧室里，山俊彦也跟着她进来，把房门关上。素雅上床后身子挪到靠里的一边，给山俊彦留了位置。她靠在床头上，静静地看着挂在墙上的钟表。

"休息一会儿吧，你脸色不好，肯定休息得不好。"山俊彦说。

素雅的泪从眼角处涌了出来，山俊彦把她抱在怀里，轻轻地用手拍着她的后背，素雅委屈得像个孩子一样，把压抑了许久的悲痛都哭了出来。山俊彦静静地抱着她，让她尽情地哭。二十分钟后，素雅终于平静下来，山俊彦低下头去亲吻她的脸，把她刚哭过尚未干的泪痕吻净，素雅双手搂住了他的脖子，嘴巴主动寻找到他的嘴巴，四片唇就黏在了一起。

身体的缠绵和激情的交合，夏日的炎热把床单打湿了一片。

两人去卫生间冲了冲身体，再回到房间内，素雅再一次抱住了山俊彦。

"孩子以后也不要我了。"

"不会的，孩子懂事了就会明白的，更何况还有我呢。"山俊彦拍了拍素雅的后背，轻声地说。

"孩子早已经习惯了我不在家的生活。原计划是把他带到城里的，这次和他深入地聊过，他不愿意离开那里，并且说不会离开爸爸的。"

"孩子大了会理解你的。"

"但愿吧，人和人的缘分是命中注定的。没有爱情的婚姻，两人在一起都会痛苦。但是，离婚对孩子的伤害是最大的，尤其是未成年的孩子。"

"其实你在香格里拉说的是对的，婚姻不会带来安全感，真正的爱情才是安全感的源头，没有爱情，亲情也变得捉摸不定，说不定哪天就走散了。有爱情的婚姻才会走到天荒地老。"

"你这样想，我心里踏实了许多。"素雅仰起头来深情地看着他。

"你那天说的关于过去的恋情，我也想明白了，谁没有过去呢。我这里也解释一下，我不是耿耿于怀过去的事情，而是在意现在。若是和过去的人还藕断丝连，不但是对现任的不尊重，也是对自己的不尊重。就像你说的，分开就是不爱了，相爱为何还要分开。"

"谢谢你，我最担心的是两人三观认识的差异，这很重要。"

两人深情地拥吻。和谐的对话对内心的伤痛起到了抚慰的作用。

"亲爱的，我想和你商量个事情，这事我考虑了一段时间，我想征求一下你的意见，联合国组织的非洲支教活动给我们学校一个名额，我想报名参加。"

"那怎么行？太远了，那边也不安全。"山俊彦瞪大了眼睛，把身子立起来。

"你先别着急，我出于几个方面的原因：一是我最近心情也不好，想换个环境调整一段时间；二是我也不想因为我的原因给你太大压力，有些事情你需要想清楚再去做决定；三是我们的感情也需要时间的考验，我相信，真正的爱情不会因为距离和时间而变质。"

"我还是不同意，非洲那边条件太差，病毒也多，听说支教需要两三年的时间。不行。"

"若是去欧美，你同意吗？"

"去欧美的话，时间短，我会同意，相当于旅游了。"山俊彦如实回答。

"欧美没有支教的项目。我知道你是担心安全问题，我了解了一下，联合国组织的项目对安全问题很重视，这次支教项目是四个月左右时间，不到年底就回来了。"

山俊彦心里知道，素雅已经打定主意去了，只是为了尊重他的感受才和他商量。山俊彦确实担心安全的事情，另外，这么长时间的分开，自己内心也是一种煎熬。

"你再慎重考虑一下吧，你知道的，无论什么事我都尊重你的选择。"

素雅抱着他的脸亲吻了一下。

"你放心吧，我不会让你担心的。"

山俊彦把耿浩和宋小琼领结婚证的消息告诉了素雅，素雅的眼中透露着惊奇和喜悦，她说，爱情确实能让一个桀骜不羁的男人转变。

第三十一章

可可来白水是在周一的傍晚，这一次她固执地让妈妈休假也跟着来白水城。山俊彦猜测这也是可可姥姥、姥爷的主意，自从上次两位老人提出让他在白水买房子后，老人都是在尽量撮合山俊彦和妻子复合。

山俊彦从高铁站把她俩接上，直接送到了鉴明湖边上的一个环境较好的酒店住下，可可问为何不去他家里住，山俊彦说，家里就一个卧室住不开，住酒店到景区玩也方便。酒店在曲柳街旁边，环境优美，尤其是傍晚的霓虹景色，人来人往很热闹，从房间里能看到鉴明湖的水面，以及架在湖上的摩天轮也璀璨绚烂。可可说，住在这里要比住在爸爸的小屋子里强多了。

在可可来白水城的第二天，素雅被通知要去北京参加由联合国教科文组织的支教活动的出境前培训，十天时间都要住在北京，十天后直接从北京飞往肯尼亚。

山俊彦开车把素雅送到高铁站，在停车场里，两人在车里长时间拥吻。山俊彦说，培训完那天他赶到北京去送她出境，并嘱咐她认真地准备各种事项，避免出现意外，尤其是非洲的瘟疫多，有些国家还有战乱，别到处乱跑，支教结束就立马回来。素雅笑着说，还没出去呢，就惦记着回来了。素雅让山俊彦安心在这里陪好可可，她说她不吃醋。

望着素雅拖着行李箱进了站台，山俊彦觉得心如刀割，两行泪不自觉地流了出来。

可可给山俊彦打来电话，说和妈妈正在大青山的山顶上，能看到全市的风景，问他现在在哪儿，让他挥挥手，说不定就能看到他。山俊彦给可可说，他正在忙着，等傍晚的时候，开车去接她们。

回到办公室里，周惠子在二楼办公室里面试两个刚毕业的年轻人，惠子对其中一个小伙子非常满意，他上学期间喜欢摄影，还听过山俊彦的课，非常愿意到摄影室来工作。周惠子见山俊彦回来，领着小伙子见他，山俊彦一看这小伙子有些面熟，小伙子倒是不腼腆，主动提起，听过他的课，而且问了很多问题。山俊彦对他有印象，记得当时对他在摄影方面还给了许多鼓励。周惠子让小伙子下周就来上班，主要是做摄影助理的工作。小伙子走后，周惠子看到山俊彦情绪有些低落，有点心不在焉的样子，主动问他出了什么事情。

"没什么事，最近有些累。"山俊彦敷衍地说。

"可可和嫂子来了，你休息几天陪他们吧。"惠子听到昨天山俊彦和可可的电话了。

"我手里事还不少，她们自己玩就行。"

"我明天没事，带她俩去转转吧，你别管了。"惠子说。

"不用，让她们自己玩就行。"

"我答应过可可的，她来了我带她玩的，我不能做个不讲信誉的人吧。"

临近傍晚的时候，山俊彦开车到护城河公园去接妻子和女儿，可可见到他直接扑到他的怀里。

"爸爸，累死我了，我妈简直疯了，爬完山也不歇歇，下山后就逛公园，逛得我腰酸背痛腿抽筋的。"可可学着电视里做广告的老人的样子，晃晃悠悠的令人哭笑不得。

"你怎么不让她休息一会儿？"山俊彦冲着妻子指责道。

"她这是懒，不是累。"

"爸爸背着你走一会儿吧。"山俊彦蹲下身子。

"太好啦。"可可立马精神了许多，趴到山俊彦的背上。

许久没有这样背过可可了，背着个大姑娘在大街上行走，引来了许多关注的目光，有些孩子羡慕地望着他俩，拉着自己的父亲也要求背着。可可趴在爸爸的肩膀上，两只手紧紧地搂着他的脖子，一直走到停车的地方，都不舍得下来。

晚餐是可可选的地方，就在她们所住酒店的对面，一家吃重庆串串香的火锅店。川味的麻辣吃完直冒汗。晚餐后，山俊彦告诉她们明天一早周惠子开车带她们去游玩，妻子的脸上挂着不高兴的样子，但是看到可可兴奋的表情，妻子也没有说什么。山俊彦把她娘俩送到酒店后，自己开车回公寓。

到家后，山俊彦发了微信给素雅，问她现在在干什么。素雅回微信说，她还在培训中，晚上要一直学习到九点半。

第二天一大早，周惠子便开车到了可可住的酒店，把可可和妈妈接上。三人开车赶往距离白水城七十公里外的城北古镇，这个古镇是明朝的遗址，京杭大运河从镇中心流过，当地政府按照意大利威尼斯的风格把古镇重修，建成一座中西结合的水上城市。

周惠子把车停进停车场，买门票带母女二人进到古镇里面，仿佛来到了水上世界，整个古镇像完全泡进水里一般。城里的交通工具主要是摇橹船，商贩们在岸边叫卖着琳琅满目的各式商品，有异域风情，也有南方古镇的水韵格调。夏天是旅游的旺季，不是节假日和周末，游人也非常多。

周惠子比可可大不到十岁，可可的嘴巴很甜，姐姐、姐姐的叫个不停，俩人都喜欢玩刺激的水上运动，水上降落伞，水上摩托艇，还有刚刚流行的水上飞人项目俩人也分别玩了两遍。

山俊彦的妻子在船上负责帮她俩照看着箱包衣服。周惠子邀请她也尝试玩几个项目，她总是说你们玩，我看着就行。

临近中午时，周惠子三人坐着乌篷船驶到停泊在河道中央的一艘大船上去吃"河鲜大餐"。一直在海滨城市长大的可可知道海鲜，从没听说过"河鲜"这个词语，非常好奇。

她问周惠子："姐姐，只知道有海鲜，今天才知道河鲜，难不成也有湖鲜？"

"当然有啊，你吃的大闸蟹，就属于湖里产的湖鲜。"

"我以为是狐狸变的狐仙呢。"在一旁不苟言笑的山俊彦的妻子，突然笑着说了一声。

周惠子和可可跟着也哈哈笑了起来。

三人点了一个大大的鱼头，炖熟后，放进一个大瓷盆里，奶白的浓汤有股香甜的味道。还有一份田螺，那田螺的个头很大，像可可的拳头一般大小，螺肉烧得很烂，蘸着酱汁放进嘴里，嚼得咯吱咯吱地响。

三个人吃得很高兴，只是太阳晒得毒，不适合四处游逛。吃完饭后可可在大船的摇椅上摇着摇着就睡着了。周惠子和山俊彦妻子坐在餐桌边，喝茶聊天。

"嫂子，你怎么不到白水来，和师父一起啊？"周惠子问她。

"你师父不想让我来，这我心里清楚，所以也不来自讨烦恼。"山俊彦的妻子直言不讳。

"不会吧，我师父挺重感情的。"

"那是对别人。我俩这几年就没说过几句话，他心里怎么想的，我很清楚。"她望着船舱外面的水面，平静地说。

"也许在一起就会慢慢好起来。"周惠子劝道。

"你这么年轻漂亮，快结婚了吧？男朋友做什么工作？"山俊彦的妻子反问惠子。

"还没找到呢。"

"哦，是吗？按你的条件是可以挑着找的，可别等自己年龄大了。"

"唉！看上眼的人都有主了，谈不来的咱也看不上，找个合适的人没那么容易。"周惠子叹了一口气。

"真不了解你们这些年轻人，挑来挑去的。不像我们这一代，差不多就结婚了，没感情也要凑合着过一辈子。"这句话不知是说给周惠子听，还是自言自语，后面又补了一句，"其实各家都差不多。"

周惠子本想争辩几句，但是感觉她刚才讲话的语气怪怪的，干脆就不再说话，拿出手机玩起了《王者荣耀》。

当她们回到白水城时，已经是晚上八点钟。山俊彦在酒店的大堂里一直等着她们，看到三个人拖着疲倦的身躯走进来，知道今天玩得够疯的。

可可说，和周姐姐在一起太开心了，俩人在古镇里的一整天，要比在美国的迪士尼乐园玩得还要痛快，她太喜欢周姐姐了。惠子高兴地摸了摸可可的头说，姐姐也喜欢你，今天时间太紧张，若是在这里多住几天，她周末再带着可可去玩。

山俊彦问她们是否吃了晚餐，三个人都表示不想吃了，抓紧睡觉休息。

山俊彦把妻子和闺女送进房间，让她们洗澡睡觉。从酒店出来，准备打出租车回公寓，却发现周惠子的车还在，他走过去发现惠子还在车里坐着。

"你怎么还不回去？"山俊彦问。

"我有点累，坐在这里休息一会儿再回去。"惠子有气无力地回答。

"今天谢谢你了，可可玩得很开心。"

"谢什么，这是我姐妹俩的事情。对了，师父，你这么晚出去干什么？"

"我回宿舍睡觉啊。"

"你不陪嫂子她们一起住啊？我以为你住在这里呢。"

"房间只有一张大床，我回公寓去。"

"那好吧，上来，我送你回去。"惠子说。

"不用，你早点回去吧。"

"上来吧，也顺路。"

山俊彦看着惠子有些疲倦的面容，让她坐到副驾驶，他负责驾驶汽车离开酒店。

"我先送你回家吧，看着你确实有些累。"山俊彦说。

"师父，我有些饿了，你请我吃饭吧。"

"刚才不是还不饿吗？"

"突然觉得饿了，前面有家韩式餐厅，我想去那里吃点烤肉。"周惠子说。

"好吧，师父请你。"周惠子陪着他妻子和孩子玩了一天，山俊彦不好拒绝她。

在汉江韩式烤肉店前停好车，两人进店里找了个靠窗的位置坐下。

餐桌的碳烤炉上，五花肉已经被烤得滋滋响，韩国的餐饮制作简单而快捷，生菜包着蘸酱的烤肉放进嘴里，吃起来香味四溅。

"我很喜欢可可，和我的性格差不多，像是我的妹妹。"惠子用纸巾擦着嘴角的蘸酱。

"确实有点像，也像你一样倔强。"

"嫂子挺贤惠的，一天没听她说几句话，也不喜欢玩，只看着我俩疯。"

"职业习惯吧，不怎么爱玩。在家也是不爱说话。"

"你俩当时怎么在一起的？你追的她吧。"周惠子回头给服务员说，来两瓶烧酒。

"开车怎么还喝酒？"

"喝点酒解解乏，一会儿叫一个代驾来吧。"惠子说这话的时候，姿势还很潇洒，"你接着说。"

"那时候年轻，也不记得谁追的谁，都是媒人介绍的。在小城市是先看单位，再看家境，然后再看俩人是否合适。"

"那就是你当时没看上人家了？"

"那倒不是，两个人的单位都比较好，她家的条件更好一些，当时我们是这样考虑的，有稳定的收入，就会有和谐的家庭生活。"

"你们这代人挺可怜的，多数是先成家后恋爱，没有爱也凑合着过下去。"

"你说的是对的。"山俊彦认可惠子所说的。

"这是嫂子说的。你和嫂子不合适，这不怪任何一方，你俩的差距是慢慢形成的，而且很难弥合。"

山俊彦端起酒杯，冲着惠子说："敬你一杯，小小年纪看得透彻。"

"看透有啥用，你还是过你的生活。"惠子喝了一口烧酒，叹了口气，"不过，我感觉你背后确实有女人的影子，若是喜欢，你和嫂子还是离了吧，这样过下去，对谁都不好。"

山俊彦不知说什么合适，只好一个人默默把杯子里的酒喝干了。

"其实，女人没你想的那么柔弱，这个世界谁离开谁都能活。只是有时候，心里有份倔强而已，分了也就分了，或许双方过得更好。"惠子继续说。

"你说得对，年龄越大就越明白自己要什么。你们这一代，要比我们早明白很多年。"

"师父，老苗前几天给我说，他喜欢我。"周惠子突然说了一句。

"噢，这有些突然。"山俊彦还是吃了一惊，"他单身吗？"

"刚离了不长时间，我没搭他的茬，我对他不讨厌，也没怎么太喜欢。"

"二婚啊，你不介意吗？"

"说实话有些介意，可是，若是俩人合适就不那么介意了。"

"那慢慢相处吧。"

"你说，你要是离了，我们有可能吗？"周惠子故作调皮地看着山俊彦。

"不可能，咱们有代沟。"

"你看白社长和丁晓彤，我感觉他俩也是爱情吧。"

"他俩分开了。"

"啊？"

"小白搬出来了，挺有志气的。"

"哦哦。"

"你别问她。"

"嗯，这家伙嘴还挺严的。"

烧酒的度数不高，喝到嘴里有些绵软，两瓶酒很快喝完，又要了两瓶。烧肉店十点打烊，俩人站起来的时候发现这个酒是有后劲的，惠子走路开始晃荡。

代驾司机已在门口等着，山俊彦把车钥匙递给他，让惠子坐到后座上，绕过去拉开副驾驶的车门，惠子在后面说："师父，你也坐在后排吧。"山俊彦迟疑了一下，把车门关上，拉开后门坐了进去。

惠子把父母的小区地址告诉了司机，说最近和父母住在一起。

汽车行驶在路上，山俊彦把车窗落下一点缝隙，让凉风吹进来。惠子把头靠在他的肩膀上。

"师父，你说我这辈子是不是注定要找个年龄比我大的啊？"

"不一定，关键看缘分的。"

"'妈宝男'对我挺好的，但是我死活看不上他呢。他和小白倒是挺般配的呢。"惠子闭着眼睛喃喃地说。

"嗯。"山俊彦没有敢再接话。

临到小区门口的时候，周惠子突然转过头，用手揽过山俊彦的头，嘴唇贴到了他的唇上，没等他反应过来，就离开了他的唇。周惠子用手擦了擦嘴巴，眼睛里带着似笑非笑的表情。

"从明天开始，我准备和老苗谈恋爱了。"

她让司机停下车，把费用结了。转头对山俊彦笑了笑说："师父，你自己打车回去吧，晚安。"

第三十二章

　　素雅出国的前一天，山俊彦买好车票去北京，素雅却坚持不让他去北京送机。她解释说，全国的志愿者四十多人在北京集体行动，大家都按照统一的时间和计划执行任务。若是山俊彦来到北京，她根本没有时间去见他，所以不让他来，并且安慰山俊彦说，就去三四个月时间，很快就会回来："两情若是长久时，又岂在朝朝暮暮。"素雅在电话里说的还很激动，为即将去往万里之外的陌生地方表现得十分兴奋。

　　山俊彦只好把高铁票退掉，嘱咐素雅务必要注意安全，并且要随时和他保持联系。

　　第二天晚上，山俊彦在白水城的公寓里，默默地看着墙上的时钟，计算着素雅乘坐的航班飞行的时间。去往肯尼亚的飞机是深夜一点半起飞，要经过十七个小时才能到首都内罗毕，中间还要在迪拜的多哈经停三个小时。素雅半夜十一点多，她给山俊彦发起视频聊天，屏幕里的素雅穿着一身休闲运动服装，上衣是去香格里拉穿的那一件，随行的男女队员有数十人，素雅说已经通过首都机场的海关，正在候机厅等待登机，临挂掉手机前，给他做了个可爱的怪表情。

　　山俊彦一夜迷迷糊糊睡得不踏实，在凌晨五点多耳畔听到了手机的信息声，他拿起手机，看到是素雅发来的微信。她已经到了迪拜的机场，发了几张照片过来，机场的环境很优美，照片里有许多带着各色头巾的阿拉伯人。山俊彦给她发视频请求，她没有接听，只好发信息过去，嘱咐她一定要注意安全，别和团里的人走散了。

直到临近傍晚的时候，素雅终于到了肯尼亚的首都。素雅发信息说，他们要在首都住三天，当地的教育部门会给他们安排支教的地区，还特别提到在非洲的一些要求。素雅给山俊彦说，当地人告诉他们，若是离开了首都，手机就没有了网络，微信肯定是没办法用的，他们所去的学校有固定电话，但是不能打国际长途，而且只能是在固定时间，由指定的电话才能呼入。这意味着，素雅在非洲期间的几个月时间内将无法取得联系。这是山俊彦所没有料想到的，此时也没有别的办法，他只能让素雅尽量给带队去的政府工作人员商量，能留一个随时联系到的电话，哪怕是通过素雅在白水的学校公务电话拨打也可以。

　　山俊彦此时很后悔同意素雅去非洲，哪怕是会让她不高兴也应该阻拦。山俊彦连续几日都睡不好，随时看着手机里是否有素雅的信息，在肯尼亚首都那几天，素雅有信号就发消息给他，交流还很频繁。而几天后，素雅去了一个叫纳库鲁的地方，山俊彦查到这是肯尼亚一个省的省会，在这里有 2G 的信号，时断时续，但是还能发出信息。素雅说，这个省会城市从建筑来看，不如白水城下面的一个乡镇，但是当地的居民却很热情，这个地方有不少来这里支援的华人，有些男人还娶了当地的女人，有的还定居在这里，她总体感觉还是不错的，让山俊彦不要太担心。

　　素雅到肯尼亚的第五天发信息告诉山俊彦，后面再去的地方就没了通信信号，可能就很难联系了，不过她已经和带队的政府工作人员说好了，可以定期用当地的电话和白水学校的公务电话取得联系，她可以把她的状况让同事告诉娜娜，然后由娜娜再转告给他。

　　山俊彦给娜娜通了电话，娜娜对素雅的选择也发了一通牢骚，说她这次太固执，执拗。娜娜劝山俊彦说，既然她选择去了非洲，也要尊重她的选择。娜娜说，你们之间也需要一个冷静期，未来的路还有多年，也许对你来说是个好事。山俊彦问她，这句话是不是素雅说的。娜娜笑着说，她也是这样认为的。山俊彦让娜娜想办法与学校随时取得联系，支教这几个月，安全是最重要的。娜娜让他放心，一定会有办法联系到素雅，有消息她会及时通知山俊彦。

日子如往常一样，广告公司的生意依然红火。周惠子几乎没有时间顾及摄影室的工作，新招聘来的小伙子由于上学期间学习过摄影的基础，个人又非常喜欢摄影，在工作上进步很快，没多长时间就承担起了摄影助理的所有职责。山俊彦感叹现在的年轻人头脑灵活，学习能力又强，90后是不可小觑的一代人。

自从上次与周惠子在车里亲吻的事发生以后，山俊彦见到她总感觉有些别扭。而周惠子则好像什么都没发生过一样，还是一口一个师父的称呼着，该开玩笑的时候照样没大没小，和平时没什么两样，唯一的变化是下班时间一到，就没人影了。

小白近期变化较大，变得更加开朗，不时在办公室发出爽朗的笑声，她的穿着和佩戴的手包饰品也不再是奢侈品牌，但是依然是时尚的领先者。她带动了办公室的几个年轻人的穿衣打扮，刚招聘来的两个员工都是艺术院校毕业，经常为大家的穿衣搭配提出建议，大家公认白经理是最有时尚范的榜样。小白有一天通知大家，不要再称呼她为白经理，她的名字叫丁晓彤，名片和对她的称呼都要改变。

山俊彦在香格里拉拍的照片，《山茶花》杂志按照古城系列和藏族特色分别刊登了两期，其中在独克宗的大转经筒前，老阿妈转经时所拍摄的那组照片，被申报到中国"栀子花"年度摄影奖去参赛。耿浩负责的"茶话儿"网站，也在旅游栏目中选用了他几张照片，照片后面配了文字，选用的是一个比较著名的散文家写的关于香格里拉的文章。耿浩说，他选用山俊彦的照片不是为了面子问题，而是《山茶花》杂志的纸媒与网媒已经在内部展开了竞争，用耿浩的话说，那是纸媒和网媒的时代争夺战，这是天和地的较量。杂志社里分管纸媒和网媒的副总编分别是高明和耿浩，山俊彦都比较熟悉，但是他更看好自己的同学耿浩，不仅仅因为互联网是媒体的发展趋势，更因为耿浩背后还站着一位叫宋小琼的作家做参谋，山俊彦觉得宋小琼是个不简单的人物，竟能把一个中年男人收拾得心服口服，肯定不仅仅是靠相貌和年轻的身体。

山俊彦平日很少开车上下班，自素雅出国以后，他更懒得开车，平日出行都是坐地铁。今天早上起床后，发现窗外下起了雨，还伴着轰隆的雷声。上午，山俊彦与白水出版社的人约定九点在咖啡馆见面，出门时雨越下越大，他只好到地下停车场开车。路上他收到了周惠子的电话，说有笔欠款迟迟还没有到账，是上次展览会招投标的一家单位，尚有二十多万元的余款，前两天就到了还款期，却突然被通知停止划款，周惠子感觉那家单位出了问题，于是今天上午她要去那家单位的财务部门催要欠款。

白水出版社的编辑与山俊彦谈的是几年前出版的一本摄影集再版的事情，出版社认为这两年有意境的人文摄影又开始流行，市场上此类作品不多。目前摄影行业以商业创意为拍摄目的的照片居多，真正做艺术欣赏特别是专做人文摄影的却越来越稀缺，他们预计山俊彦的摄影集再版将会热销，并且期盼山俊彦能够再出版一本摄影集，授权他们出版社发行的话，他们可以买断版权。

这时山俊彦的电话铃声响了，来电显示是周惠子的电话，他给编辑说了声抱歉后，站起来接通了周惠子的电话。

"师父，你接电话方便吗？"周惠子的声音听起来有些紧张。

"我在咖啡馆谈事情，现在出来了，你说。"山俊彦到了一个无人的角落里。

"我今天去那个欠款的单位，说是他们的负责人在招投标中涉嫌行贿白社长，正在接受检察院的调查。白社长好像出事了，我给老苗打电话，他给我说白社长已失联一段时间了。"

"你先别急，我一会儿回公司。"山俊彦感觉事情有些大。

山俊彦回到咖啡馆内，对出版社编辑的再版和盛情邀约表示了感谢，并且同意按照出版社的建议签署合同。

　　从咖啡馆出来后，山俊彦驾车赶忙回到了办公室，周惠子已在摄影工作室的二楼等他。

　　周惠子一脸焦急，这时候才看得出年龄和经历的差异。毕竟是刚毕业没几年的年轻人，遇到突发的事件便慌了阵脚。

　　"你先别着急，说说什么情况。"山俊彦说。

　　"今天去那家欠款的单位，单位内部的人告诉我，他们的账务已经被查封，牵扯广告招标的事情。我打电话问苗部长，他说已经好几天联系不到白社长了。杂志社的人都在传言他已经被'双规'。"

　　"苗部长没什么事吧？"山俊彦关心地看着惠子。

　　"他私下给我说，他到广告部的时间比较短，现在查的事情多数是以前的项目，没有他经手的事情。他说心里一直很清楚，应该没事。"

　　"那就好，咱们公司最近做的业务和白社长有没有关联，另外我记得也没有直接的经济往来吧？"

　　"是的，这些我不担心。我担心的是公司成立时的资金和股份，若是用非法所得投资成立的广告公司，我们是不是也牵扯到里面去了？"周惠子把担心的事情说了出来。

　　"这事需要咨询一下专业律师，只要我们没有违法经营，应该没事。"山俊彦说完，心里想，大不了把广告公司关闭就行。

　　俩人正商量的时候，惠子的手机振了一下，她看了一眼手机，眉头皱得更紧了。她把手机拿给山俊彦看，是苗部长发来的信息："刚才说的事是真的。"

　　白社长被"双规"的事已经被确认了，接下来会发生什么，以及对广告公司有什么影响，山俊彦和周惠子都不能判断。

　　"需要告诉小白一声吧，估计她会受不了。听说她已经离开那座四合院了。"惠子说。

"你给她说一声吧,让她心理上先有个准备。"山俊彦说完,心里想丁晓彤也许会卷到白社长的案子里面去。

晚上,山俊彦接到周惠子打来的电话,关于入股资金的事情她详细地咨询了律师,律师答复说,若是白社长通过非法资金让别人代持的方式投资成立公司,不影响投资的有效性。随后,惠子把律师解答的原文发给了山俊彦,内容是:"出资资金来源非法并不影响出资行为的有效性,亦不影响出资人据此取得的初始股东资格。对于以违法犯罪所得的资金进行出资的行为,司法机关应当追究、处罚该违法犯罪行为,并有权以拍卖或者变卖的方式处置股权,即追缴出资人已经取得的股权,剥夺其股东资格。"

惠子说,她下班时也和小白说了这件事,小白听后却表现得非常冷静。只说了一句"我不害怕"就走了。惠子感到她心里还是忐忑的,只是嘴上不说出来而已,让山俊彦打电话安慰安慰她。

山俊彦也有些心烦,真是祸不单行,最近好像特别不顺。素雅一直联系不到,本来就已很闹心,公司又发生这样的事情。山俊彦躺在床上辗转反侧,他想起了和素雅在香格里拉遥望星空的那个晚上,心里是多么平静,躺在那里什么都可以不用去想。如画的风景,还有那个流水别院里悠悠的古琴声,简直让人心醉,而回到这个忙乱的都市里,大家都是一群忙碌的身影。山俊彦在想,人究竟是在追求什么呢?

如今,素雅在遥远的他乡,究竟在做什么,是快乐还是悲伤?她是不是后悔去了那里,有没有惦记着自己?山俊彦胡思乱想着,突然他意识到一件事情。作为地理老师的素雅应该是理性的,她去一趟香格里拉都能计划得如此周密,去非洲支教四个月,她不可能不知道所去的地方条件艰苦,还有通信设施的不发达。既然她知道,为何还坚持要去?显然,这是素雅有意的安排,目的是离开自己一段时间,与其说素雅在给自己一段时间清醒，不如说是空出一段时间来，让山俊彦自己去领悟。山俊彦突然领悟到，在这段空闲的时间，仔细去梳理所谓的事业、生活、家庭和爱情究竟孰轻孰重。山俊彦躺在床上，望着空空的房顶，对这些自己曾认为很重要的事情，现在都充满困惑。

你到底要什么？

山俊彦不断地追问着自己。

他爬起来，点着烟，吸几口掐灭，再躺下。

过一会儿，又起来，点烟，掐灭，上床，几个来回。在似睡似醒间直到天色大亮。

第二天上午，山俊彦九点才从床上起来，在去办公室的路上，山俊彦接到了娜娜打来的电话，带给他一个惊喜的消息。娜娜说，今天一早，素雅给学校打回了电话，她在肯尼亚的支教学校已经开始工作，目前除了通信不方便外，工作生活状况都很好。素雅特别嘱咐学校的同事，务必将她打电话的情况立即转告给娜娜。娜娜给山俊彦说，她心里知道，素雅是希望尽快把消息告诉他。

终于有了素雅的消息，山俊彦心里总算是安定了一些。

白社长被"双规"的消息传出来几天后，小白被通知去配合调查，去之前小白给山俊彦打了电话，山俊彦告诉她不要紧张，如实配合就行。后来得知，当天小白一直被调查询问到晚上十一点，是"妈宝男"一直在外面等候她，然后送她回家的。

小白连续几天都没到办公室里来，周惠子带着办公室的人员，把广告公司开业以来的账务和相关业务文件进行核查，并且把法律顾问请到公司来，将公司经营中的一些风险点都做了法律咨询，最后法律顾问给出的反馈还不错，整个公司的经营问题不大。但是公司还是笼罩在案子的阴影中，没有最后的结论。另外，摄影工作室和广告公司的办公用房也是光影客杂志社帮着租下的场地，虽然账务上的记录都合法合规，估计后面也会被清退，甚至补交一部分房租。

周惠子把最坏影响和准备采取的措施都列了出来，并且让苗部长随时打探着白社长案件的进展情况，广告业务仍在继续开展中，但是只要与杂志社有些联系的单位，都已经听到了风声，对他们公司选择退避三舍，因而广告公司的业务收入下滑较多，只有前期进行的一两个项目，还有这一年多以来，周惠子利用自己的优势维护的几个单位还有些小业务以外，公司的日常经营受到了很大影响。

目前，公司也只能等待案情调查结束才能有定论，周惠子说危机就是在危险中抓住机遇，现在尽可能拓展一些外部的客户，要借这个机会与对杂志社的依赖进行脱钩。她对广告公司未来的业务还是很有信心的，但是为了节省成本，新招的两个大学生还在试用期，她决定让他们重新找工作。山俊彦觉得刚来的小伙子还不错，建议把他留在摄影工作室做助理。周惠子说，那要从小严和小周里辞退一个才行。同两人谈过话后，小严却主动提出来，自己不要底薪工资，去为公司拉广告业务，按业绩提成就行，因为他看好周经理的才能，相信公司一定会走出低谷的。小伙子的一番表态，把周惠子感动得稀里哗啦，她把拉广告业务的佣金提高，并保证等半年后公司业绩好转时把小严的底薪补齐。

山俊彦周末的时候，回了一趟潍阳。可可在骑自行车时，被卡到污水沟的井盖上，腿部受了伤，在给山俊彦打电话时都带着哭腔。

腿缠纱布躺在床上的可可看到山俊彦回来，单腿落地给了他一个拥抱。自打去白水玩了几天后，父女关系更加贴近了。山俊彦抬高可可的脚踝看了看可可的伤，发现腿磕的都淤青了，幸好没有伤到骨头。山俊彦心疼地摸了摸女儿的头。

"还疼吗？"

"疼，但是看到你回来疼痛就减少了一半。"可可现在变得越来越会说话了。

"我要是早回来，你就可以到处跑了？"山俊彦用手刮了一下她的鼻子。

"嗯嗯，是呢。你若在家里住着，我的腿就会好的更快。"

姥姥端了一碗水果罐头，放到可可面前，用汤勺喂给可可吃。可可却推开，冲着姥姥说："我快憋不住啦，你去把我的书包拿过来。"

"你这个臭丫头。"姥姥笑着把碗放到茶几上，去了可可的卧室里。

可可笑眯眯地望着山俊彦，说："老爸，你猜我有什么好事告诉你啊。"

"猜不出来。"

姥姥把可可的书包拿了出来，可可从里面掏出一个大信封，递给山俊彦。

"噔噔噔。"可可嘴里哼着音乐在伴奏。

山俊彦从信封的缺口处取出一张硬纸，上面写着"录取通知书"几个烫金字，原来可可被她所在学校的高中部正式录取了。

"哎呀，太好了，被录取了。我怎么记得到下周才发放通知书呢。"山俊彦用手拍了一下自己的脑壳，有些懊悔地说。

"老爸，昨天就收到啦，只是老妈不让告诉你。"

"为什么？"

"她说，这样你就安心了。若是我考不上我的本校，就要去你那里上私立高中，这样的话你就不能继续潇洒了。"可可学着妈妈的口气一本正经地说。

"这是什么话啊，恭喜你心想事成了，爸爸心里替你高兴。"

"那个谁，也考上了，我估计会继续在一个班里。"可可有些娇羞地说。

山俊彦会意地冲可可挤了挤眼睛，可可立起身子兴奋地举起手给山俊彦击了一下掌。

"哎呀，又疼了。"可可撒娇地说。

临近傍晚，妻子从单位加班回到家里，见到山俊彦在客厅陪岳父说话，看了他一眼，什么话也没说，转身去了厨房里，与可可的姥姥一起做晚餐。

吃过晚餐，可可回到自己的卧室里看书，岳母回到了房间内，岳父仍然如往常一样去了书房。餐厅里只留下山俊彦夫妇。

"需要帮着收拾碗筷吗？"山俊彦问妻子。

"不用，你忙你的。"

山俊彦打开电视，躺在沙发上却翻看着手机。妻子和女儿从白水城回到潍阳，一切似乎都没有改变，但是妻子住在白水城的宾馆里，她从未提过去山俊彦的公寓里，其实她心里是很清楚的，只是她性格并不像其他人一样，遇到事情就打闹撒泼，她即使心里有委屈也不会说出来。山俊彦不知道俩人没有了感情，是因为缺乏沟通，还是和彼此的性格有关。

电视里的节目演着，山俊彦也继续翻看着手机。

素雅朋友圈的最后一张照片是肯尼亚首都内罗毕机场，后面再也没有更新过，距今已经二十多天了。最近，她给学校打了电话，让娜娜给自己报了平安，说明知道自己在惦记她。还有三个多月的时间，山俊彦不知道素雅在那边究竟过得怎么样，未来这段时间，会不会出现别的意外情况，非洲的卫生情况，还有安全问题，甚至他还想到素雅和一起去的人会不会有新的恋情出现。山俊彦感觉有些焦躁不安，他从沙发上站起来，从外套里拿出一包烟，打开房门走到了楼道门口的空地上。

不远处是黑黢黢连绵起伏的山脉，山风吹过来带着清新的凉意。小区的环境优美，潍阳是个安逸的城市。山俊彦的心情却不平静，望着这个熟悉而又陌生的家，他越来越坚定自己的观念，要遵从内心的选择："莫让浮云遮望眼"，所看到的一切都是浮云。

第三十三章

周惠子从苗部长那里探听到了一些关于白社长的案情消息，虽然距离审判的程序还早，但是一些事情已经水落石出，他的主要受贿行为是发生在来杂志社前，做宣传部副部长时，插手了多项工程，受贿金额巨大，他的名下包括用亲戚的名字登记的房产就有十多处，包括那座四合院。白社长喜欢认干女儿的事情也被人津津乐道，传言他有多个干女儿，小白只是其中一个。注册广告公司的资金也被检查组来查账过多次，据内部流露出来的消息说，当时注册时，以白社长表弟杜欣的名义投资的二十万元，属于白社长的受贿资金。而以小白名义投资的四十万元是白社长卖的自己家福利房取得的款项，这个款项不但资金来源合法，而且是先打进小白的个人账户后注资的，所以手续也是合法的。苗部长对周惠子说，白社长对小白是真爱啊，否则真的无法解释为什么这样做。

周惠子给山俊彦汇报了相关的情况，关于广告公司的事情，两人悬着的心才终于落下了一大半。从目前的消息来看，在白社长最后被审判时，只要把杜欣的百分之二十股份转让或者拍卖就可以。这个事情对公司的未来发展应该影响不会太大，况且现在周惠子已经把公司转型到其他的业务领域了，小严近几天已经拉来了好几笔车体广告的业务，其业务提成比原来的工资还要多。

小白整个人消瘦了一圈，开始按时到办公室上下班，每天"妈宝男"早上送晚上接，也不再避讳周惠子的眼神。

似乎一切都在向好的方向发展。然而，令山俊彦时刻都在惦念的素雅，自从给学校打回那一次电话后，便再也没有了她的消息。山俊彦几乎每天都要给娜娜打电话询问，是否有素雅的消息。娜娜也很无奈，没法和国外的素雅取得联系，她耐心地劝说山俊彦不要着急，也不要太惦记着素雅，素雅在国外的支教工作应该很顺利。

时间就在初秋的美好时光里，匆匆地流淌着……

耿浩和宋小琼的婚礼订在国庆节那一天，耿浩通知山俊彦带着素雅一起来参加，山俊彦告诉耿浩素雅出国支教的事情，耿浩逗他说，要不你趁这期间再谈一个。山俊彦问他在哪里举办婚礼，耿浩说结婚地点还没最后确定，宋小琼想要一个仪式感隆重的婚礼。还说，隆重不代表奢华。耿浩说他正为此事头疼，希望山俊彦能帮着出出主意。山俊彦说，他也不知道什么样的仪式感是最隆重的，但是他认为小琼的决定是对的，婚姻大事是人一生中最重要的事情。结婚仪式并非只是结合的标志，仪式感是对婚姻的尊重，仪式感是把爱情锁进婚姻里的标记。他记得这句话是素雅说过的。

收到耿浩结婚的消息，山俊彦再次想起素雅，三个多月时间音讯全无，就这样眼睁睁地看着素雅消失了，消失得无影无踪，除了藏在山俊彦心里的那个素雅。

光影客杂志社的新社长上任后，把租给他们的两套房子收了回去。广告公司也搬进了写字楼里面，公司的业务逐渐增多起来，周惠子承揽的几个大项目也签订了协议，大家变得都十分忙碌起来。这时，山俊彦给周惠子和小白提出来，他决定正式退出广告公司的管理工作，等公司完全运营正常后，他在广告公司的股份采取转让或者每年递减的方式退出。山俊彦决定专心去做他的摄影工作，这也是他一直以来的想法，希望周惠子和小白两个人尊重他的意见。山俊彦态度很坚定，周惠子耐心劝说他不要退股，可以做财务投资，年度参加分红就可以。山俊彦非常坚持要逐年退股，俩人只好接受。山俊彦在三一艺术社区那边找了两间房子，把摄影工作室搬了过去。

山俊彦曾经在三一艺术社区做过一次大型的摄影展览，也是在这里第一次遇到素雅，如今重新搬到这里，山俊彦每天拿着相机走到大街上，寻找着拍摄的主题，像个街头摄影师一般，拍完一天，回到摄影室让做助理的小伙子去修整冲印，选出好的照片去投稿。似乎状态又回到了两年前，但是山俊彦知道，此时的心态与过去是完全不一样的。

女儿可可暑假结束，回学校报到的那一天，她给山俊彦打电话说，妈妈最近晚上总是睡得很晚，有时候她在半夜醒来上厕所，看到妈妈屋子里的灯还是亮着的。可可比较担心妈妈的状态，她也不敢给姥爷姥姥说，希望爸爸多打电话关心一下妈妈。山俊彦答应了。

第二天中午，山俊彦给妻子打了个电话，说女儿很关心她的身体，并询问她最近的情况。妻子却主动提出来，要和他认真地谈一谈，山俊彦问她需要回潍阳当面谈吗？妻子回答说，在电话里说更好。他们约定在晚上九点通电话。

在与妻子打电话之前，山俊彦想到上次在潍阳的不欢而散的谈话，他预想到了今晚谈话的内容，妻子会用刻薄的语言来指责自己的不负责任，要求他回心转意，甚至把过去的感情翻来覆去地强调，用女儿可可、家庭伦理道德等讲一番大道理，然后让山俊彦好好反思自己，随后挂掉电话。山俊彦知道这是屡次打电话的结果，所以今天他也做好了思想准备。

九点钟，两人像召开电话会议一样，准时接通了电话。

"你说吧。"山俊彦先说了一句。

"这时候还有什么可说的。"妻子冰冷的语气如山俊彦所预料的一样。

接下来是沉默，双方十几秒钟没有说话。

"山俊彦，你回答我几个问题吧，这也是我最近想不开的地方。"

"你说吧。"

"第一，我究竟做错了什么；第二，我怎么做，才能留住你的心；第三，我以后该怎么办。"

没有直接指责，令山俊彦倒是有些诧异的。妻子问的这几个问题，也是山俊彦一直想和她沟通的事情。

"你没做错什么，你为人善良朴实，对待老人孩子尽心尽力，包括你对我已去世的父母都做得很好，这方面我也是很感激的。你这么多年都没有做过对不起我的地方，这也是我提出离婚而又一直很愧疚的原因。"

"不用吹捧我，若是你一直这样认为，我们也不会弄成现在这样。"妻子依然用犀利的言语冷冷回复他。

"我说的都是实话。我们走到今天，主要的问题在于我，是我不想这样过下去了。你做的都没问题，都是我的问题。我俩不仅仅是没有共同语言的问题，而且已经没有相互沟通的意愿了。所以，无论我们怎么去做，都无法改变这些根本问题的。你不会为了我去转变，我也不会为了你的喜好而去迎合。这么多年，我们都按照自己的方式固执地生活着，都不愿意改变自己，若是能改变的话，我们早就改了。所以到现在，是我们改不了观念，或者说是根本不想改。我们无论怎么去做，都没法让对方回心转意的。"

"那是你，不是我。"

"好吧，是我。"山俊彦不想跟她再去争吵。

山俊彦继续回答她的问题："你问你以后怎么办，我相信你肯定考虑过的。咱俩这种状态你肯定是不满意的，再这样下去对我们来说都是一种折磨。我们分开，只是打破了一种表面的和谐而已。尤其是在家乡，大家更看重面子，我很理解离婚给你造成的困扰。你担心的是未来的安全感问题，你是公务员，家里这些年的存款加上你的工资收入，物质方面你不用担心，未来可可也会很好地长大成人。你现在担心的安全感问题，主要是情感方面，你现在还很年轻。"

"我不需要你给我安排后事。你是铁了心吧？"

"是的。"

"一个女人用青春陪伴你这么多年，你说不要就不要了？当初你在娶我的时候是怎么讲的，给你生了孩子抚养大了，给你的老人养老送终了，你在别人面前像个人物了，你却说和我没了感情。我对感情的忠诚，我的朴实，我的省吃俭用持家，在你眼里曾经都是优点的，现在却全成了缺点。你真的很可笑。"

"是的，你说的没错。为了这些就要一起没感情地过一辈子吗？"

"你是为了外面的女人！"妻子打断了山俊彦的话。

山俊彦知道妻子一定会提到素雅的。

"没有别的女人也会提出分开。我觉得我说这些你不会相信，我们是因为感情有了问题，并不是因为别的女人，才让感情有了问题。"

"你在为你的无耻狡辩。"

或许是吧，山俊彦也不知道是不是在为自己狡辩。

"家里的财产，还有我这里的一些存款，你要多少都以你的意见为主。"

"你好大度呢，为了外面的女人，你什么都可以不要了！你以为我会成全你吗？"妻子突然就崩溃了，说话的声音突然提高了许多，把电话挂掉了。

山俊彦放下电话，心情也变得沉重。他躺在床上，眼睛望着天花板，脑子一片空白。闭上眼睛，脑子里闪现出两个小人，就像是过去冰箱上面的海尔兄弟，俩人一会儿窃窃私语，一会儿又互相打架。

山俊彦知道，这两个小孩，一个是表面伪装着的自己，另一个是内心真实的自我。他在想，自己是不是太贪心了，无法丢弃任何一个。俩人就在山俊彦的心里，拉扯着纠缠在一起，山俊彦感受到的是心累。除了自我的纠结，迷惑，对于妻子的感情，山俊彦也是矛盾的，他能理解妻子的心情，她宁愿守着一个虚无的躯壳，也不愿意把它击碎掉，去独自面对未来的一些不确定性，这是很多中年女性的选择。不少中年女性宁愿选择得过且过，也不愿意去选择另一种生活。妻子的痛苦是可以想象得到，但是山俊彦不知道该如何做才能降低伤害。世上安得两全法，不负如来不负卿，这都是心灵鸡汤，有痛苦就会有伤害，其实无论如何做都会有伤害，伤害对方还是伤害自己是个选择题。

山俊彦在想，如果自己不离开潍阳来到白水，今天会不会是这样？如果不是遇到素雅，会不会是这样的结局？可惜的是人生没有假如。

在纠结和矛盾中，山俊彦昏睡了过去。

早上醒来时，他的手机里收到了一条来自妻子的短信："对于一个没有良心的人，一起过下去也没有意义。我满足你的要求，你随时回来签字吧！但是我有个条件，暂时不要让可可知道。"

山俊彦整个人都蒙了，一切来得太突然，他一时有些想不通，是什么让妻子突然就转换了思想，是一时的冲动？还是深思熟虑后的答复？有些百思不得其解。

山俊彦在香格里拉的独克宗古城逆光拍摄的那组"转经筒前的老阿妈"，发出去一个多月的时间，就收到了中国摄影"栀子花"奖组委会的信函，告知该系列作品已被组委会列为提名金奖的作品之一，邀请山俊彦在九月底到北京参加评审会。

会议在北京西站旁边的越秀宾馆开了两天，一百多人参加，国内一些著名的摄影家均到会，说明"栀子花"奖在中国摄影界有很大的影响力，评审会不但让照片入围金奖的作者去讲解自己拍照理念和心得体会，还搭建了让摄影师之间进行学术交流平台。每一位参加会议的摄影师都有较大收获。山俊彦带着年轻的摄影助理小陈来参加会议，坐在他身边的摄影师叫马超，他的作品也被列入金奖提名，俩人交流时，得知马超刚刚从肯尼亚参加完摄影活动归来。听到肯尼亚这个国家时，山俊彦的眼睛马上就亮了，主动询问其在肯尼亚的情况。马超说肯尼亚是个自然动物的王国，是一个非常适合摄影师去的地方，他把手机里存储的照片拿给山俊彦看。山俊彦一张张地翻看着美丽的自然风光，还有一只只鲜活而多彩的野生动物，心里却想着素雅在那里已经接近三个月多了，可能已经适应了那里的生活，甚至都有可能乐不思蜀了。当他滑到一张一群人拉着条幅合影的时候，他感觉那个条幅标很熟悉，似乎在哪里见过，他想起是素雅从北京出发前发给过他的，他连忙把照片放大去看。山俊彦看照片中合影的那些人，都是中国面孔，他屏住呼吸，一个一个放大寻找，照片里站在最右边上抓着条幅的人正是素雅。真的好巧。

"马老师，你这张照片是在什么地方拍到的啊？"

"怎么，你认识里面的人？"马超注意到山俊彦惊奇的表情。

"是呢，我朋友在里面。"

"那太巧了，这是一支支教结束准备回国的教师队伍。我刚到肯尼亚机场的时候拍的。"

"回国？什么时间啊？"

"那是两个多月前我刚到肯尼亚的时候，他们让我帮着拍合影，我用我的手机拍完了然后发给了他们。我觉得到非洲支教是件很有意义的事情，所以没有删除，一直存在我的手机里。"

"两个多月前？"

"是的。"

山俊彦有些蒙了，这样说来，素雅在非洲支教只有一个月的时间，结束后就回国了，只是没有告诉他而已。她现在在哪里？

山俊彦马上从会场里出来，拨通了娜娜的电话。

"娜娜，素雅回来了？"听到娜娜接通后，山俊彦直接问道。

"没有啊，快了吧，还有不到一个月的时间。"

"你俩还在骗我，她只在肯尼亚支教一个月时间，已经回来两个多月了！"

"哦，是……是吗？"娜娜已经变得结结巴巴。

"究竟发生了什么事？"

"山老师，是素雅不让我告诉你的。你有空时咱见面再说吧。"娜娜说完急急地挂掉了电话。

素雅早已经回到了国内，和娜娜一直演戏骗他。山俊彦有些恼火，但也不知道素雅为什么不见自己。

山俊彦让摄影助理小陈在北京继续参加会议，自己买了当晚回白水城的高铁票，下车后他直接打车去了素雅和娜娜租住的宿舍里，他摁响了房间的门铃。过了一会儿，才听到一个女人的声音。

"谁啊，这么晚了。"房门拉开了一个缝隙。

"我，山俊彦。"

"山老师，这么晚了，你不是在北京吗？"娜娜惊讶地问。

"开开门，我找她。"

"素雅，她不在这里。"

"你打开门，让我进去。"山俊彦有些愤怒。

"真的，真的。"

山俊彦用力一推，把娜娜推到了一边。

他推开素雅的卧室门，屋里漆黑，山俊彦摁下了房灯的开关，房间里没有人。

山俊彦转身来到客厅里，去开娜娜的房间，却被娜娜伸手拦着："你不能进去，里面有人。"

"她在你屋里干吗？"

"不是。"

山俊彦这时已不听娜娜的劝阻，直接把门推开，却见一个中年男子赤着上身坐在娜娜的床上，眼睛里露出惊讶的表情。

山俊彦赶忙把房门关上，娜娜倚在门框上无奈地看着他。

"你等我一下，我进去换件衣服，和你到楼下说。"娜娜说完推门进了卧室里，过了十多分钟，和山俊彦一起下了楼。

"抱歉，娜娜，我刚才有些着急，打扰你了。"

"没事，这事也怪不得你。"

两人在小区花园里的石凳上坐下来。

"素雅在两个月前就回来了，但是她不让我和你说。回来没多久，就从学校办理了离职手续，离开了白水城。"娜娜说。

"为什么？出了什么事情？"山俊彦问。

"素雅说，出国前的那段时间，脑子里特别乱，不知道自己一个人该怎样去面对新生活。她很了解你，不想因为她的选择而给你太大的压力，她说，因为压力而迫使你做的事情，是她不想要的。于是，她选择去肯尼亚支教一个月，是为了调整自己的状态，也为了给你俩一个喘息的时间。"

"她回来以后，为什么不和我联系？"

"一个月的非洲生活，素雅看了很多，也想了很多。她和我说，很多贫苦的家庭，温饱都是问题，根本受不到任何教育，那些没有追求的人，活着仅仅是为了活着。素雅不像我一样，我追逐世俗，而她却是有梦想的人，在我看来，就是太理想化。我也劝不住她，她就辞职了。"

"她去了哪里？"

"山老师，我真的不知道，这次请你务必相信我。素雅说，她安顿好了再联系我，可是两个多月了，我也没接到她的任何消息。她还说，假若你知道她回国了，想找她的话，就一定能找得到。"

山俊彦回到住处，心里安定了一些。衣柜里的衣架上，素雅的睡衣挂在上面，她的化妆品仍然在卫生间的架子上整齐地摆放着，她离开这个屋子已经一百多天。

考验感情的东西很多，距离和时间就是。

第三十四章

耿浩和宋小琼的婚礼在城外最大教堂前面的草坪上举行，湛蓝的天空飘着洁白的云朵，和地面上穿着婚纱的新娘遥相呼应，新郎耿浩西装革履，红色的领结让他更像是一个成熟的绅士。西洋乐队奏起了婚礼进行曲，在白水城这个传统的都市里，举办这场纯西式的婚礼，并没有显得格格不入，而这庄重的仪式感显得更加威严和神圣。

小白挎着"妈宝男"的胳膊来到站在人群里的山俊彦面前。

"山老师，你早过来了？"小白今天打扮得格外漂亮。

"是啊，我一大早就过来了，可惜人家不用我拍照。"山俊彦开玩笑说。

"我们结婚的时候，请山老师给拍。""妈宝男"抢着说。

"你想啥呢，没脑子。"小白敲了一下他的脑袋。

一个穿着花裙子的女孩子蹦了出来："哈哈，这才几天啊，就开始谈婚论嫁了啊。"

山俊彦抬头一看，是周惠子。

"你听他瞎说呢，我还没答应他呢，再说了，他娶谁还没定呢。"小白不示弱地说。

"反正我不会和你抢。"

俩人一离开办公室，见了面就要呛几句的，这已成了习惯。

山俊彦故意问惠子："今天苗部长没过来？"

"他来干什么，又不认识耿浩叔叔。"周惠子翻着白眼地问。

"看来都在考察期呢。"山俊彦自言自语地说。

山俊彦趁机又给他们宣布一件事情："这两天我要出趟远门，继续完成我今年的摄影计划。你们若是用工作室的照片，直接找摄影助理小陈就可以，我离开这段时间，他负责打理工作室。"

"师父，你准备去哪里？"

"还是去云南吧，上次在香格里拉没待几天，秋天很适合在那里住一阵子。"

"您保重身体，争取这次去，再拍些故事带回来。"周惠子笑着给山俊彦说。

"好，争取吧，香格里拉是人间的天堂，那里天天都会有好事发生。你们结婚的时候，我建议去那里举小婚礼，我给你们做摄影师。"山俊彦笑着对他们说。

第二天早上，山俊彦坐上了飞往香格里拉的航班，中午的时间就落在了香巴拉机场，司机洛桑在出站口向他挥舞着双手迎接着他的到来。

洛桑开的还是那辆帕萨特轿车，车里面已经换了一套崭新的座套。洛桑的普通话依然蹩脚。

路两边的风景和上次来完全不同，秋天的香格里拉像是个打翻了的颜料盒，把草甸和山峦涂抹得五彩缤纷，那份美令人窒息。

流水别院里，秋水潺潺，古琴仍然端放在凉亭的架子上，老板娘此时却不在。山俊彦仍然挑了上次住宿的房间，把行李放到楼上后，他坐到凉亭里独自冲泡了一壶普洱茶，品酌着，望着小院里几个月以来的变化。

老板娘邝钰从外面回来，认出是山俊彦，笑着给他打招呼。

"摄影师，这次要住几天？"

"若干天吧，住到想走的时候。"

"哈哈，这个回答好。"

"这个季节，来这里的游客少吗？"

"香格里拉四季风景各不同，这个季节是属于你们摄影师的。"

"好像上次我来的时候，你也是这么说的。"山俊彦笑着说。

"是吗？我怎么忘了呢。你这次准备拍什么？"邝钰并不尴尬。

"我想慢慢地拍吧。"

"这里适合慢生活，只有在慢中才能体会到香格里拉的味道。"

让节奏快起来容易，让生活慢下来似乎没有想象中的简单，离开白水到香格里拉，离开了曾经熟悉的喧闹和繁杂，寻觅心中的那片宁静，找回自己的梦想，这是山俊彦唯一想做的事情。他用手里的相机和沉着的脚步，重新去松赞林寺、大转经筒拍摄，在牦牛家火锅店去吃水性杨花，慢慢地品味着香格里拉的味道，回到流水别院里整理照片，听古琴声，喝茶聊天。

又是一个明月的夜晚，天上的银河倾泻出多个星花。山俊彦从山顶的普达措公园回到古城，却依然意犹未尽。他记起曾在这里遇到的小伙子张磊说过："游完普达措，不到香巴拉·普达餐吧，是另一种遗憾。"山俊彦想起了餐吧里的留言簿。

黄色的二层小楼，多彩的玻璃橱窗，在月光下依然引人注目。山俊彦进到餐吧里，大厅里依然是那股熟悉的酥油茶的味道，山俊彦沿着旋转楼梯来到了二楼，曾经坐过的地方已经坐了游客。山俊彦环顾了一周，没有一个空位可以坐下。沿着墙壁摆放的还是那些排列着密密麻麻的留言簿的书架，山俊彦站在书架前面，随手拿了几本翻看着，他记得上次和素雅写过的那本的大概位置，是一个棕色的皮制封面，上面有一个红色的松紧带箍在上面。山俊彦在书架的最下面一格找到了它。

山俊彦轻轻抽取出来，拍了拍上面的蒙尘，展开内页，开始一页页去看里面的内容，心里涌出一股莫名的感动，眼睛开始发酸。他发现这个留言簿的内页已经写满了，当翻到那个画有红心的页面时，山俊彦的心像被电击了一下，心跳仿佛停滞在那里。

山俊彦写的那段话仍然在那里："过往所有的累积，只不过是在等待一个对的人出现而已。如今，这个人就在眼前，余生便不再彷徨。来香格里拉，不喜如画的风景，不喜香嫩的牦牛肉，只是欢喜这既素又雅的生活罢了！"下面是素雅清秀的字体："若是有一天，你找不见我，请来这里。"重温着这些话语，山俊彦泪流满面。

突然，山俊彦把眼睛瞪得大大，望着素雅画的那个大红心。里面竟然不知什么时候填写了一行小字。

白水关山别院欢迎您！后面是个电话号码。

山俊彦愣在那里足有十几分钟，服务员过来提醒他，那边已经有空座位了。山俊彦却完全没有听见，他拿起留言簿转身就向楼下走去，却被服务员给拦住，餐吧不允许带走留言簿，山俊彦急忙把电话号码输入到手机里，并且直接拨了出去。

电话很快就接通了，却是个稚嫩女孩的声音，山俊彦感到有些遗憾。

"您好，这里是白水关山别院。"

"你好，你们的地址在哪儿？"

"在独克宗古城，达拉廊街 99 号。"

山俊彦用百度地图搜索，发现距离香巴拉·普达餐吧只有一千米，原来近在咫尺之间。

十几分钟后，满头是汗的山俊彦来到了达拉廊街 99 号，一个写有"白水关山别院"的白底蓝字招牌赫然立在一座庭院的影壁上，旁边还有一个铜牌，上面写着——摄影师之家。

天上新月如钩，一盏许愿灯恰巧从独克宗古城里飞了起来，在这满目璀璨的浅夜里，像是穿着霓裳的嫦娥，飞向了挂在天际的那轮明月！

第二天清晨，朝阳把雾气中的独克宗古城粉刷得鲜亮，大转经筒金光映照着远处连绵的雪山。

山俊彦一个人离开了香格里拉，没有乘坐洛桑的出租车……

飞机直冲云天，离开了美丽的香格里拉，万米高空，透过椭圆形的玻璃窗，望着无边无际的蓝天，山俊彦的脑海里不停地回荡着月下小院里的对话。

浅夜里，高原的小院空气清新，月光温柔。天空中星星点点，虫草伴着和音，一切还是那么浪漫。两个淡淡的身影，坐在院子中央的石桌前，眼睛明亮，照亮了彼此的表情。对面几个月未见的女人，此时变得熟悉又陌生，笑谈在非洲所见的奇闻逸事，遇到的危险处境，听得人心惊肉跳。回国后，毅然来到这里，买下小院，精心地设计和装修，汗水和努力终于有了今天的成果。新的未来就在眼前，如何向前走呢？女人问男人，男人却不知如何回答。现在解决了许多问题，但是又增添了许多的疑问。雪山顶上的光线逐渐明亮了，说了大半夜的女人没有丝毫的倦意。男人对女人说，你也给我一段时间，让我思考思考如何回答这些问题吧。

山俊彦把目光从窗外收回到机舱里，他在手机上的留言簿上一口气写了《你好，九月》的文字。

九月的美好，应该感谢那个炎炎的夏日，没有比较哪里有这份美好。在九月，你随意地张望，满眼都是秋的味道，天清气朗环绕，风轻云淡相随；一阵凉风吹来，浸入肌体，透彻得爽朗。尤其是再下一阵子淅沥的小雨，那落叶开始微黄，吹落到地上变成了淡淡的忧伤。在凄雨冷风中，仿佛看到了一个披着霓裳的姑娘，慵懒地斜躺，头枕着夕阳，眯着眼睛在漫天地遐想。

浪漫的九月，适合走一走古街古巷。踏在泛着青苔的石板上，随意游荡，青瓦白墙记录着历史的沧桑。隐约间，牵着白马的词人，轻蹄过身旁，低音浅唱，再一眨眼，墨色已然跃上了白墙："薄雾浓云愁永昼，瑞脑消金兽。佳节又重阳，玉枕纱厨，半夜凉初透。东篱把酒黄昏后，有暗香盈袖。莫道不销魂，帘卷西风，人比黄花瘦。"落款处的词人画像，眉头微蹙，带着一丝暗暗的秋伤。潺潺流水不知从哪里就冒了出来，波影里翠草浮动，随意地摇晃。溪底的鱼儿，晶莹剔透，若是不动，仿若就是路边低头烧琉璃的师父，手中绕啊绕，不经意间就绕出的鱼儿。你趴在石栏上直直地望它，那晶莹的玩意儿抬头和你对视了只一下："嗖"的一声就不见了，仅望见了那簇翠草的慌乱。回过神来，沿着溪流，伴着水流的哗声，感受着初秋的湿意，继续向前，便见到了小石桥，还有打着油纸伞的少女，袅袅而轻巧的遛逛。这时，一丝丝牵挂竟油然而来到了心上，轻叹流逝的时光，还有那些不断错过的梦想。垂柳立在路旁，乱拂的丝绦肆意地扰在脸上，挠动着青春，扰乱了心房。幸亏一汪清泉突然就映入眼帘，惊喜了遐思，让淋漓的流水去浸泡忧伤。水色墨绿，一眼便望到了泉的胸膛，那些枕头大的锦鲤们在打趣地追抢。望见水潭，流水不再动，风也轻了，闹市中的宁静竟然种在了这里的水中央。仔细看看，泉底丝丝缕缕地争涌，竟然来到了溪流的源头上。坐在一旁的石凳上，静等明月的升起，待那皎月沉入泉中央，抛一石块下去，击碎了粼粼波光，惊散了鱼儿，也惊醒了岁月的梦乡。

　　柔情的九月，这时却又想起了大海，真的不应该，却又忍不住。九月的大海比以往更加蔚蓝，那是天之蓝的颜色。抬眼望去，一望无际的起伏，在天水接连处，是久未上岸的大船，还有摇动着彩旗期盼回家的船员，九月是个想家的季节。与波涛汹涌的大海相比，最喜欢海的港湾，宁静而温暖。就在那个湾角处，是一排排睡了的小船，蓝色、黄色，还有紫色，静静地依靠在岸边，一阵秋风吹来，仿佛是妈妈的摇篮，有节奏地荡来荡去，摇篮曲的音乐是岸边钓鱼的大爷轻声哼出的音调，在呼唤着鱼儿上岸。那只白色的小船，像个青春的少年，蹦蹦跳跳，就是不肯靠岸，时而闹时而沉思，不紧不慢。问它高兴什么，并不回答，闭起眼睛回味，回味白日里摇桨的那对情侣，还有那些让人听了脸红的情话。再看天上的云彩，白得实在不像话，一朵朵悬挂在天上，倒影在轻柔的海水里，像大个的水母随着波浪在游泳，那招摇的姿态，曼妙的身材，不知冲向哪里来的游客，炫耀着九月的大海。落日把蔚蓝染成赤色，随后又变成金黄，赤脚踩着沙滩，慢慢地走进水里，温润滑腻，稍有凉意，却不似夏日的浓郁。旁边拖着泳圈的孩子，迎着泡入水中的夕阳，尖叫着去拥抱海浪，究竟是一种什么欢快的心情？若是仲秋留在了九月，那是更佳的好了，那句"海上生明月，天涯共此时"的诗情就从纸上飘落下来。天上明月照，海涛身边涌，就这样走在湿润的木栈道上，倾听着海浪的声音，举头望着皎洁的月亮，你会向谁寄相思呢？这时，若是有个跑步的姑娘从身边跑过，一定要一把拉住她，用手指指天上，再指一下海里的霓虹，给她说：停下来吧，看看月亮，一起迎着海风慢慢地向前走。我想，她一定会满口答应的。

美好的九月，你还能想起哪里呢？对了，辽阔的草原怎能缺少这美好的九月呢。漫山遍野的绿色，连绵起伏的草甸子，在白云下面驰骋的马儿，打滚撒欢的羊群，还有那摇动着鞭儿的牧羊姑娘。离开了七月的风沙，八月的炙烤，九月的安详才是草原的性格。一辆砂红的吉普车轰隆驶来，拖着高高的尘土，那开车的汉子，音箱拧到最大，使劲地把油门踩到了底部，这里没有阻挡和羁绊，可以尽情狂野。在大海边，蓝天可以把大海染蓝，而草原上的天空不一样，在青草的反射下，晴空万里的蓝天，云的颜色是多彩的。草原上的风是随意的，望见骑马的男女，便要追上去，掀起女孩的裙子，吹散她满头的秀发，引来了女孩爽朗的笑声，还有男孩带着醋意的呵斥。草原的雨，更是自由，像个到处巡视的农场主，背着手驾着彩云游来荡去，望见哪里的青草干枯，便用手里的水壶漫天的喷洒。一阵阵凉风细雨，在九月的季节，那满眼的青色开始变得多彩起来，草变金色，树叶是红的，还有紫色的小花，加上奇幻的晚霞，宛若走进了凡·高多彩的油画里。月亮还是升了起来，红色吉普车的灯光亮了，安静的天路好漫长，远远地望去，那天幕上正上演着一幕幕彩云追月的故事，故事里有万马奔腾的气势，也有层林尽染的画布，还有那对策马扬鞭的少男少女，驰骋在九月的草原上。故事讲完了，夜也静了，枕着马头琴的悠扬，渐渐地进入了梦乡。

九月就这样褪下了年少的青涩，穿上了时尚的红裙子，换上了那双白跑鞋。沿着古镇的清流，心念着草原和大海，慢慢地走着，仲秋的月亮，跟着她的脚步，默默地又轻轻地紧拽着她的裙子，拉出来长长的影子。在转弯的拐角处，抱着吉他的小伙子，正动情地哼唱着赵雷的歌谣："分别总是在九月，回忆是思念的愁，深秋嫩绿的垂柳亲吻着我额头，在那座阴雨的小城里，我从未忘记你。"

我的九月，还有什么比你更美妙。

二〇二〇年五月一日